第12卷

人物传奇

蒋子龙文集

龙志亚 题

人民文学出版社

前　言

　　我一直信服这样一句话：在世间一切活动中，唯有人的故事最吸引人。

　　这一卷里的人物没有虚构。他们有古人、今人、圣人、凡人、能人、奇人……他们之所以能打动我，并与文学连接在一起，是他们生命中那不同寻常的特质，以及他们人生轨迹的传奇性。

　　经典作家称："人是造物主的杰作。""杰作"中的佼佼者，才称得上是传奇。他们能告诉我们，"什么是最好的"，"什么是最合适的"。

　　我们不可能也无法追寻他们的足迹，但可以追求他们所追求的目标。

　　巴尔扎克有言："一代人就是一出有着四五千名优秀角色的戏剧。"我们所处的这个时代最基本的特点，体现为他们的品质。了解他们，有助于更深切地理解这个时代。

　　于是我尽最大的努力，真诚而温暖地记住了他们。

蒋子龙

2012 年 8 月 25 日

目 录

拉 老 手

近读国内新版的《蒋经国传》，有一节让我感动。

蒋方良当年不顾一切地嫁给了蒋经国，轰轰烈烈地从俄国跟到中国，最后又跟到孤岛台湾。在她人生的中途蒋经国还曾背叛过她，闹得世界上无人不知，她最终还是全部接受下来，包括蒋经国的思想及其一切。但到了晚年，蒋方良非常孤独，儿子先她而死，自己的身体又不好……

已当了多年总统的蒋经国，无论多忙，每晚上必坐在蒋方良的床边，双手久久地拉着夫人的两只手。有话就说两句，没有话就这么拉着手对坐一两个小时。天天如此，直到他逝世。

这就是拉老手！

而现代人则不喜欢拉老手，说"拉着老婆的手，好像自己的左手拉右手"。更希望拉情人的手或一切小姐的手，说"拉着小姐的手，一下子回到十八九"！

但，一般人还更习惯于拉小手。孩子是各家的"小皇帝"，在大街上或公园里人们见惯了爷爷、奶奶们的老手拉小手，或年轻父母们的大手拉着孩子的一双小手。社会开放，生活在变，人们在公众场合也经常见到亲亲热热的青年男女拉着手，甚或勾肩搭臂，相拥相吻，也习以为常了，既不会大惊小怪，也不会为之特别感动。

于是，城市里最美的一景，是恩恩爱爱的老夫妻，手拉着手，相依傍，相扶持，散步，逛街，遛公园。或轻声说着什么，或一言不发，在浮躁的城市生活中现出一种超然物外的宁静、平和。却又是那样和谐，令人感到舒服、艳羡。

认为心的交流、情的交流,乃至爱的交流,只是青年人的权利,到了老年夫妻就变成"伴儿了",这是一种误解。"伴儿"有各种各样,简单地相守,缺情少趣,麻木疲沓地等待死神的召见,也叫做伴儿。心心相印,越老越相互依恋,欲没有了,情却加重了,越活越有趣,这也叫伴儿。

老了也要拉拉老手,要有肌肤的接触。事实证明,那些越老越恩爱,同出同进,同说同笑的夫妻,不仅健康快乐,寿命也长。

老年人最大的悲哀就是快乐减少了。要快乐就必须有接触、有交流。不能隔离自己,疏远亲人和朋友,成天装出一副"老正经"的样子。

有夫妻间的交流,还要有跟社会和他人的交流。傍晚或早晨,城市里的许多公园基本上变为老人公园,几个或十几个老人围在一起说说笑笑,练功压腿,或扭或跳,交流着各种各样的社会新闻、小道消息,哪怕是发牢骚,传闲话,张家长、李家短,也能排遣孤独和郁闷。

孤独是老年人最可怕的杀手,而自我封闭正是纵容孤独。被孤独越缠越紧,就会出事。

有一种夫妻,上了年纪之后变得相互无话可说了。仿佛一辈子的话早说光了,变成了哑伴儿。生活失去了声音也便失去了色彩,失去了许多欢乐,变得枯燥漫长,精神委顿、厌世。宝贵的生命变成了一种痛苦的消耗。其实,你不想用"口语",不是还有"手语"吗?老手一拉,心就通了,这叫"一通百通",此时无声胜有声!

有人退休或离职后,便觉得被社会抛弃了,不愿出门,不想见人,对一切都看不惯。其实是一种胆怯,越退越没路,越缩属于自己的空间就越小。出问题的大多是这种人,或精神崩溃,或过早地谢世。

有句老话叫"只有享不了的福,没有受不了的累"。现在倒过来了,受累是享福,享福是受罪。有人忙碌了大半辈子,到老年却忍受不了清闲,变得精神恍惚。

闲——意味着无用,意味着多余。忙碌的人年轻。所以常有这样的事情发生,上班的时候人是好好的,退休后一年半载人就完了。

人是感情动物,无法在没有感情的沙漠中生活。人是社会动物,与社会隔绝人也无法存活。

法国一位著名的洞学家维罗尼凯,曾创造了在八十二米深的洞穴中独自生活了一百一十天的世界纪录。最后却精神错乱,"在地下看到了不可理解的现象"……于去年自杀身亡。

最近北欧则爆出另一则惊人的新闻,七年前两对夫妇在滑雪时遇雪崩,落进一个山洞,山洞很深,无法爬出来,里边却有水,有昆虫。更重要的是他们有四个人,像个小社会一样,大家有感情,有交流,相互鼓励,相互支持,吃昆虫,喝生水。七年后被救出来,除去面色苍白,营养不良,基本上是健康的。

心宽者体健,那些乐乐呵呵,能上能下,能富能穷,能高能低的人沾光,兴趣多多,希望多多。厂长不当了可以去看自行车,处长下台了可以找个地方去守夜看大门,局长不当了可以去东跑西颠联系业务,正式工人当不成了可以去找点临时的活干,实在找不到活干,玩儿也要玩出点花样儿,游泳、下棋,凑到人堆里聊天,都是不用花钱的。总之不能把自己关在家里发闷、发傻、发呆。

应该提倡每个单位在组织老职工外出参观旅游时,允许带老伴儿。文明的社会提倡"拉老手"。

有些人恰恰到了老年才会体验到自己的青春。

1982年元月

3

精卫的震撼

天津火车站过去叫"老龙头车站"。天津古有九河注入渤海，为渤海之要塞，正是"老龙王之头"。

当"老龙头"建站一百周年的时候，车站翻修一新，昔日的"老龙头"变成一只大鸟，主站房凌空欲飞，两侧伸展数千米长的附属建筑状似鸟翼，环抱着站前七十米高的钟塔楼。建筑有灵魂就活起来了，透着一个地区乃至一个国家、一个民族的精、气、神！

人们拥进天津站，确切地说是迈进富有巴洛克风格的圆拱形中央大厅，突然都站住了，周围的什么雄伟呀、壮观呀、新奇呀全消失了。气骨雄豪的建筑群落刚才还深深地刺激了大脑皮层，此刻也像潮水般地退去，只剩下头顶上的一幅画。

这是一片在中国从未见过的穹顶巨幅油画，高二十一米，直径二十四米，面积近六百平方米。题目叫《精卫填海》。画面让人惊骇，恍惚间有飘逸、浮动的感觉。

七个背生巨翅的裸女，烘托着中间的精卫，她头顶一圈彩虹，身长六点五米，翅膀十二米，呵护着两个肥胖可爱、刚长出嫩翅的龆龄童子。周围还有一百只成精的海鸟围绕着她们……画家把具体的东西全部抽去，只留下海、天、云，用浓重的蓝黑色油彩堆出一团团大的色块。云的进飞，洪荒宇宙的旋舞，生的角逐，力的拼搏，爱的测试，美的流溢，海一样翻腾的血，云一样飘曳的长发，雷电似的翅膀，像剑一样劈开了厚厚的云团。

精卫们驾风驱雨，衔巨石以投海，激起冲天水柱，如喷泉一般。海和云、人和天搅在一起,这是一幅中国的"创世纪"。画面上有生命的大运动,有令人震撼的真实感。精卫的精神投下一束光晕,她们的翅膀照亮整个大厅,她们强大的生命的热力在散发,温暖了冰冷的海和天,温暖了这将军红的磨光花岗岩地面和顶天立地的坚硬的大理石柱子。

精卫填海图体现了设计者的一种精神。起初,设计者曾想采用一个最常见最保险因而也是最平庸的方案:在中央大厅的穹顶上安装无数个灯泡,这有个很好的名字叫"满天星"。可心里总觉得这么好的建筑不配画太可惜了。古今中外哪一座优美的建筑离得了绘画和雕塑! 于是,建设者决定搞"立体感很强的正宗油画",并想好了内容,画"哪吒闹海"。

为此去请教天津的油画大家秦征。秦征直摇脑袋:"不好,哪吒闹海被画滥了。这是车站,头顶上有妖魔鬼怪厮杀成一团,会让人看着不舒服。"

"你说画什么好?"

"《精卫填海》。"

"什么意思?"

"中国古代两大神话,《愚公移山》和《精卫填海》。毛主席一篇文章使愚公移山的故事家喻户晓,却冷落了精卫。《山海经》里说:'炎帝少女名曰女娃。女娃游于东海,溺而不返,故为精卫。常衔西山之木石,以堙于东海。'《述异记》里说得更详细,炎帝的小女儿溺死于东海,化为精卫鸟。精卫与海燕结合,生雌如精卫,生雄如海燕。今东海精卫溺水处,暂不饮其水。精卫,一名冤禽,又名志鸟,俗呼帝女雀。"

好个志气鸟! 精卫其实是中国的第一个女神,并司青春、爱情和复仇。让她来落户"老龙头",岂不是饶有意味? 已调到北京出任中国美术家协会党组书记的秦征,不愿做京官,老想着画画儿,没事就跑回天津。他的家和户口也都还留在天津,市里便决定把创作天津站穹顶画的任务交给他。

秦征那艺术家的硬劲又来了:"叫我干就得由我说了算,身不由己莫谈艺术！"

市长竟亲自给他下了"全权负责"的委托书。他带着王玉琪等五个得意弟子投入了紧张的创作。画家们把自己封闭在二十多米高的脚手架上，有的时候需躺着才能挥笔，有时要蹲着、半蹲着或弓腰歪身地画，中间的高部则要站直了扬头作画，甚至还要踩着凳子。每天和精卫在一起，他们就是精卫，被自己创造的海浪抽打着，精卫的翅膀载浮着，水雾云层像香烟一样在他们身边缭绕……创作的冲动像烈火烧灼着他们，感觉不到大棚里四十多度的高温，听不到脚下施工的噪音，他们仿佛也跟着精卫经历了死的恐怖，获得了生的力量。

看那精卫的裸体吧，有着太阳般的肤色，闪闪发亮，瓷实而有弹性。曲线是冷峻而优美的，不失女儿的圆曲、光滑和灵巧，却又带着锋芒，带着青春的棱角，有饱满而充沛的活力，把握着自己的命运，坦然地大爱、大恨、大复仇。也让人们坦然地欣赏这裸体的强健和优美。精卫的脸是风暴塑造的，没有传统的女神形象的福态、柔媚、恬静，有的是智慧和自信，强悍、坚毅、威猛。雷电是她的眼睛，这眼光执着地洞识了生命的意义，只有中国女人、经过大死大生的女人才有这样的眼光。画面上有海天、云光也有女性的温慈，有复仇者的酣战，也有儿童的嬉戏，构成了对美好生命永恒的肯定。

精卫——波澜壮阔的生命！

精卫是鸟，应该有双翅。正是这许多大小不等的翅膀给油画以奇特的生命和恢宏的气势。正面看，精卫羽化成仙，腾空而起，"怒而飞，其翼若垂天之云"。反面看，精卫正对着大海俯冲，而且是加速度地俯冲。侧面看，精卫在翱翔。不论从哪个角度看，精卫都在飞，都很美，给人以强烈的浮动感、飞升感，仿佛主站房连同中央大厅也一并驮在精卫的翅膀上，乘风而起，扶摇直上。

旅客们无法不在这穹顶画下驻足仰视，它喧宾夺主，吸引了众多的游客拥进天津站，不是为了坐火车，而是想看看《精卫填海》。它比天津站名气更大，传扬得更快。而关心这幅画命运的人，仍担心精卫的裸体——乳房、腹部、大腿，紧张地注视着各方面的反应。

首先是工人、普通的旅客很喜欢。外国人看了感到惊奇,他们说中国允许画这么大型的裸体油画说明开放政策了不起。几个韩国人干脆说它是亚洲第一流的⋯⋯秦征师徒却不愿意人们这么大惊小怪,舆论太大就容易引起人们的注意,万一有哪方神圣不喜欢,说句什么话,岂不麻烦。他们希望自己的作品悄悄地先活下去,在人们的心目中生根、发芽、强大,成熟到血肉丰满,真正成为天津站绝对不可少的一部分,那时才能说《精卫填海》站住了。

大家都盼着北京机场的"壁画风波"不再重演。祝愿精卫的命运会比那些沐浴的傣家少女的命运要好⋯⋯

1983年春

三年一梦

——从副总理到总经理

无产阶级文化大革命结束已经三十多年了,人们还记得他吗?

记忆同健忘一样总是有选择的。被人忘记,不正是他近几年来所追求的结果吗?他好像成功了。或许历史原本健忘。

历史果真如此健忘未必是好事,一个丧失了记忆的民族也就失去了过去和未来。或许是因为他当初身居要职时谨小慎微得过分,不显山不露水,虽掌管着全国的工业和交通——国民经济建设中举足轻重的两大块,却从未轰轰烈烈过。从来不是风云人物,人们对他的记忆本来就不够深刻。

他的名字叫孙健。一九七五年一月,在第四届全国人民代表大会上,经周恩来总理提名,和著名的大寨一位农民陈永贵,同时被选为国务院副总理。当时社会上流传这样一种说法,周总理来天津视察,市委工业书记孙健在汇报时头脑清晰,各种数字烂熟于心,精确而及时,立刻获得了总理的好感。经了解,他还不是造反派,是由一个普通工人干上来的……

孙健于一九五一年进天津内燃机厂学翻砂,以后成了一名地道的铸工,曾连续七年不回家,父亲和妻子儿女都在农村,住一间土改时分的破房,冬天透风,夏天漏雨。父亲病重,妻子上侍候老,下照顾小,还要下地挣工分,积劳成疾,身体也很虚弱……在那个年代,这一切都给他当先进工作者提供了条件。以后他当了生产组长、班长、车间主任、团委副书记、保卫科长、厂党委书记……真正是靠苦干、实干加巧干拼磨出来的。当标兵,做劳模,几乎在工厂的所有的台阶上都站过。

在学习毛主席著作的热潮中,工厂的"秀才"们为他写了一篇很好的发言稿,题目叫:《朝着共产主义大目标,两步并做一步跑》! 先在第一机械局系统宣讲,一炮打红。不久便被提拔到机械局当了负责抓生产的革委会副主任。局里派人到他的老家调查,调查者简直不敢相信自己的眼睛,孙健在天津好赖也算个人物,想不到家里如此艰难。回到局里向领导汇报:"只有孙健才能忍受这种困境,再不解决就要给社会主义抹黑了。"机械局出面把他的家属调到天津,安排他妻子庞秀婷当了工人。

后来又带着这个讲稿到全市"学毛著"大会上去讲,受到市里的重视,于是在"选拔接班人"的时候就成了市委书记,有了接触周总理的机会。当时在中央的领导群中,上海人太多,风传为了便于协调和平衡,需要在天津选一个抓经济的副总理。而孙健"两步并做一步跑"正巧跑到跟前……

在我们这个视政治为生命、注重政治履历的国家里,他曾经染了那么一水,是断送了自己的政治生涯,还是成就了自己的人生?现在,他还能再成为真正的普通人吗?

我一直在打听他的消息。说来荒诞,促使我跟他相识的竟是江青。

当时我是天津重型机器厂锻压车间的负责人,我的车间里有一台自己制造的六千吨水压机,是那个时候天津机械行业的"代表作",国内外的重要人物到天津来都要去视察一番。有一天厂部通知我,江青要来视察,全厂进入一级战备。

全车间七百多人停产打扫卫生,给道路两旁的杨树刷上白粉,新修一个高级的厕所——当时不知为什么,老把江青跟厕所联系起来,接待江青必须得有个好厕所。车间的厕所,老天哪,不习惯车间生活的人是难以忍受的。厂部还把招待食堂装饰一新,改做接待室,找来全厂会念诗、会唱歌唱戏的人……准备得太周到了,到时候江青点什么就得有什么。

晚上不许我回家，住在车间里随时等候命令。这样一闹心里就更紧张了，唯恐哪儿没想到，临时出事……这样的"大事故"以前并不是没有出过。那个年代全社会都重视工业，或者说各地最重要的景观就是工厂，国家领导人经常到厂里来，有外国领导人来访也往工厂里领。国务院副总理李先念和夫人来的时候，由于事先没向工人交代好，大家一窝蜂似的围过来看热闹，使来视察的人变成了被参观的对象。柬埔寨的西哈努克亲王来的时候刮大风，车间三十多米高的房顶窗户没关好，玻璃破碎如万箭齐下，险些没把亲王的脑袋给开了。国务院另一位副总理纪登奎，陪着一个东欧国家的元首来参观，水压机正要进行操作表演，兜着钢锭的链条突然断了……远的先不谈，还是说说眼下吧，天津市委工业书记孙健来车间检查接待江青的准备情况，我们自然也就认识了。

孙健通知我们，第二天上午九点钟江青来车间视察。厂党委书记跟我约定，江青一进厂门口就从传达室给我打电话，我便指挥工人出炉锻造。七十五吨的大钢锭在炉里闷着火烧了好几天了，就等着表演给江青看。第二天早晨七点钟，全厂就从一级战备进入临战状态。那个时候"全民皆兵"，我们厂的民兵有师、团、营、连、排的建制，大家喜欢用军事术语赶时髦。我的车间共有四个大门，八点三十分，厂保卫部下令，只留一个正门开着，将其他没有接待任务的大门全部上锁，不许工人出入，免得围观江青。

然后就是静静地等着，九点，十点，十一点，十二点……全厂像傻老婆等痴汉子，心在嗓子眼儿提溜了四个小时，还没见江青的影儿，也没有得到市里的任何消息。解除警报吧，怕她会突然大驾光临，打个措手不及。不解除警报吧，这样傻等下去也不是办法。我先悄悄叫人给车间各门开锁，先让工人去食堂吃饭。大家在心里埋怨孙健，怀疑是他故弄玄虚把我们给耍了。到下午三点钟，孙健风风火火地又来了，说江青一会儿就到。对上午江青为什么没有来，他没有一句解释的话，我怀疑连他也未必就知道其中的真正原因。也许是江青故意虚晃一枪，不让别人掌握她的行踪，现在说的"一会儿"就真能到吗？

"一会儿"是多长时间？大家嘴上不说，心里已经懈怠了，不再像上午那样紧张。

孙健像个高级通讯员，给我们送完信儿又急急忙忙走了。他还要把相同的内容通知另一个工厂。江青视察完我们厂还要去发电设备厂，看来受折腾的不只我们一家。工人们说，孙健是给江青蹚道的，如果途中有地雷、有刺客，他替江青先死。说来也真够辛苦的，身为市工业书记，不是陪着江青视察参观，却像个小跑儿一样地窜来窜去，工人干部终归还是要受气。连"一会儿"都不到，突然来了两卡车解放军，进厂后跳下汽车急速散开，把住了大门口、各个路口和通向我们锻压车间的大道。看来人家对早就站在那里的本市警察并不信任。

这回要动真格的了，我让工人们各就各位，该轮到我们上场了。很快，庞大的车队出现了，威风八面，其气势压过了以前所有到我们厂来过的领导者。他们下车后，工人们看见江青的随员里有许多熟脸的人物，文艺界的，体育界的……党委书记请江青先进接待室，书记要亲自向她汇报全厂的工作情况。接待室里有吃的、喝的，集中了全厂的尖子人物。江青刚迈进去一只脚，看见里面红红绿绿的气氛，立刻抽腿转身，嘴里嚷着："我要看工人，看你们那个大机器！"大概市里头头在她面前把六千吨水压机狠命吹了一通，让她只记住了那个"大机器"。计划全打乱了，参观队伍浩浩荡荡地奔我们车间而来。

天车钳着通红的七十五吨钢锭，在水压机的重锤下像揉面团一样翻过来掉过去地锻造着……我相信，无论是什么人在这种气势面前也会被震慑。车间里一片通红，参观者站得远远的，就这样身上所有暴露的地方还会被烤得生疼。党委书记到近前来，把我拉过去介绍给江青，让我汇报车间和六千吨水压机的生产情况。我只讲了几句就觉得不对头，她眼睛盯住你，似乎听得很专心，其实根本就没有听进去，或者听不懂、没兴趣。不知她心里在想什么，似乎有自己固定的思路，你正讲到半截儿，一件事还没有说完，她突然插上一句与此不相关的什么话，提一些让你哭笑不得的问题。这时候跟她讲机器、讲生产，简直是白费劲。我改变策略,用最简短的介绍引导她去多看几个地方。

六千吨水压机只是车间的一个工段,另外还有两千五百吨水压机、锻工、热处理、粗加工等四个工段。让她看我们不是目的,让我的工人们看她才是目的。特别是跟在江青后面的那几位明星,平时老百姓花钱也看不着。为了接待他们全车间忙乎了一个星期,他们来了以后工人们还要坚守岗位,摆出一副大干苦干的样子,不准走动,不许围观。我再不把江青领到工人面前,让大伙瞧上她两眼,将来群众会埋怨我的。

最要命的是看守高级厕所的两个女工,保卫科还特意关照她们,寸步不得离开,这有关江青的安全。工人中喜欢恶作剧的坏小子不少,他们挖空心思想钻到高级厕所里去排泄一番。"江青的厕所"——这太有诱惑力了,想体验一下排泄时的痛快程度有何不同?两个女工要挡住这些人,保护好厕所可不容易,当江青来方便时还要服务周到,男警卫进不来,江青的安全也由她们负责。江青走后还得拆掉马桶,搬走瓷盆,恢复生产调度室的原面目。这段时间她们忙得够呛,现在看江青的架势并没有要去厕所的意思,当她准备撤退的时候,我让人赶紧通知两个守厕所的女工,警报解除,快出来看看她们准备服务的对象。

我把江青送到车间门口,江青问身边的人:"还要去哪里?"被江青改过名字的市委第一书记答话:"按计划您不是还要去视察发电设备厂吗?他们都准备好了……"江青打断了他的话:"不看了,不看了。我累了,我要回家。"车队随即一溜烟地开回宾馆了。

不知有没有人通知发电设备厂和孙健?他们还在那儿傻等着呢!

我松了一口气,总算应付过去了,没出大乱子,今天晚上可以回家好好睡个美觉了。没想到快下班的时候孙健又来了,提出要给江青送礼,让我用不锈钢锻打了两块"键",处理后用刨床刨光,上面刻上字,一块送给江青,一块送给毛主席。两块键做好后,放在一个极精致的呢绒盒子里,周围再放上两种不同的铁刨花。忙乎完又到下半夜了,孙健就一直坐在车间里等着……

这就是我跟江青结识的过程,而孙健跟江青的关系却并没有到此为止。他被选拔为国务院副总理进京后,一直没有见到江青。在一次讨论经济形势的政治局扩大会议上,常务副总理把他介绍给江青。江青说:"我认识他,他不认识我了!"

孙健紧张了,急忙解释:"您工作很忙,我不敢去打搅。"

"活该!"江青气呼呼地说了一句让他摸不着头脑的话。

当时的孙健可有点慌神儿,"活该"是什么意思?是说她自己工作很忙活该呢,还是咒骂他不敢去看她是活该?不管是什么意思他必须都得去看望一下江青了。让秘书联系了几次,终于得到允许,到钓鱼台去了一次,回来时拿着江青送的一个桃,并恭恭敬敬地将桃放在办公桌上。那时候全国都在学习"毛主席送芒果"的重大政治意义,江青显然在效仿毛主席,不过把芒果改成了桃。别看就是一个简简单单、普普通通的桃,却不敢把它的意义理解简单了。可这个桃的意味再深长,两天后也开始腐烂,孙健感到不好办,便把秘书边少林找来:"首长送的桃,烂了怎么办?"

"这桃又不是金的、银的,细菌钻进去能不烂吗?"边少林原是天重厂的年轻工人,也曾管我喊过几天师傅,跟我学过怎样给厂部写报告,跟孙健的关系也比较随便,所有关于孙健的情况都是他亲口告诉我的。

孙健担心如果让桃烂掉,容易被人误解是对江青的不尊敬,甚至惹出不必要的麻烦。可吃掉它,似乎也不是个好办法。首长给的东西,意义非比寻常,理应长期保存,怎可随便吞到肚子里去?但吃了总比烂掉好吧?他对小边说:"要不,你把它吃了吧。"

小边不敢:"首长送给您的,还是您自己吃吧。"

到第二天那个桃就不见了,不知是孙健偷偷地吃了,还是悄悄地扔了,孙健没说,别人也不好问。但为了这个桃,他给江青写了封感谢信……那个时候写这样一封信必然要使用一些极端词句,诸如"非常呀"、"敬爱的"等等,可以理解为"礼尚往来",也可理解成别有政治含义。就像江青只送一个桃,可以理解为是恶作剧、是污辱、拿孙健找乐,也可理解成是政治上关心和爱护……

幸好这位铸工出身的副总理，平时愿意干实事，也能吃苦耐劳，并没有掺和到当时上层斗争的漩涡里。为此，他手下的秘书和工作人员还颇有怨言，一方面觉得他是个好人，没有架子，同时又觉得跟着他倒霉。别的首长有许多丰富美妙的活动，最诱人的就是可以调来内部电影观看，什么《出水芙蓉》《乱世佳人》……还有出国的机会，或搞得到各种各样的好东西，连下边的人也跟着沾光。这些好事却偏偏都没有孙健的份儿，他似乎摸不着大门，即使想看电影也不知到哪儿去调片子。他的业余爱好就是动员工作人员跟着他一块在院子里开荒种白菜、种大葱……当时他每月的工资是六十二元，每天的生活补贴九角，而他的家庭负担重，能省一点是一点。干这些事他很在行，亲自做示范，怎样培土、浇水，施什么肥，间隔多大为宜……工作人员当面不会顶撞他，背后却骂他"老土"。

同是副总理的谷牧曾问过他："怎么还不把家属接来？"孙健说："你这当师傅的还不知道有这么一条规矩吗？学徒期间不许带家属。"他把自己当成国务院的学徒工了。

但心情却并不像他说得这么轻松。他必须严格自我控制，谨小慎微，忍受意想不到的困难，随时都要应对微妙而复杂的斗争环境。在老百姓眼里他身居高位，其实他并不掌握政治漩涡深处的底蕴，从来也不敢春风得意，靠的是身上那股坚韧的气质。他当市委书记不久就患上了失眠症，升为副总理后愈发严重了，紧张时整夜整夜地睁着眼。

是一种糊涂的清醒。

"四人帮"垮台后，他还在副总理的位子上又干了两年，足见他没有什么大问题。可他毕竟又是"文革"的"产物"，"文革"结束了，他的历史使命也该画句号了。一九七八年夏天，他正在外地检查工作，接到电话，通知他停职检查。

他的世界开始缩小，才四十多岁的他却只能是属于过去了。世界多变，难有永恒，他要求回天津。

他还能选择，就不算很不幸。

幸好他还没有染上骄傲的恶习,虽然要为那三年的副总理生活付出昂贵的代价,但他相信自己的风格和人品并未受到政治与权力的严重毒害。他主宰不了自己的命运,能为自己的灵魂当一半家就很不错了。

他回到天津后,市里要召开一个小范围的批判会,参加会的人都是区局以上的领导干部。机械局的党委书记尹敢坐在第一排,此人曾是孙健的老上级,也是我的短篇小说《机电局长的一天》里的人物原型,以后又变成了孙健的下级。

见到孙健走上被批判台,尹敢立刻站起来,伸出手问:"老孙,身体怎么样?"

"挺好,谢谢!"这件事该轮上孙健记一辈子! 那是什么时候,什么气氛,台上坐着市里领导干部,可谓众目睽睽。尹敢正应该跟自己划清界限,他却跟自己握手打招呼……

孙健要求回内燃机厂,市里管分配的同志却叫他去天津机械厂,这个厂对他不熟悉,估计麻烦会少一点,但仍然有些不放心,问他:"内燃机厂的人会不会到天机厂贴你的大字报?"

"不会"。

"你这么肯定?"

他说不出具体的理由,总觉得自己的老厂不会不要他。以后的事实证明他估计得不错,无论什么时候,只要他走进内燃机厂,没有三个小时出不来,工人们都愿跟他说几句话,但从不问他到底犯了什么错误。他也从不讲过去的事情。只有一个工人实在忍不住了,问过他国宴上有几道菜……

他最终还是被送到天津机械厂接受"监督改造"。上级允许他妻子庞秀婷来见他一面。他对自己善良、温顺、胆小的妻子讲了三条:"一、我不会自杀,我对自己心里有底。二、相信现在的政策。三、你从来都是我的靠山,这次更得依靠你,听见别人说我什么也别当真,带着孩子好好过日子。"

任何职务都是暂时的,家庭是永久的。孙健从来不给人以强者的印象。他的性格是顺从自然,默默地接受和理解命运。凡是发生的就应该发生,有些事情不能细究,不必非问出个为什么。知道太多太细不仅没意思,反而会被污染。过去对别人也许有趣,对他可是有趣到没有趣的地步了。相信物质不灭吧,事情糟透了就会开始变好。

当他一走进天津机械厂,就闻到了那种熟悉的生命的气味,浓烈刺鼻的机油香、铁腥味和烟火热气。生命原是要不断受伤,不断复原,不断地创造,不断地被创造。世界上没有永恒的东西,烦恼和痛苦也是如此。因为生活不会停顿,很快又吸引了他的心灵。

严重的失眠症在被监督劳动中一下子好了,不要说晚上睡得踏实而深沉,就是中午,饭碗一放,或躺或坐,不消十秒钟就能入睡。年轻人在旁边甩扑克、聊大天,丝毫不影响他的鼾声。有人说打呼噜是男人的歌,这歌声表明孙健渐渐恢复了内心的宁静和饱满,作为一个正常人的力量又开始复苏、生长、壮大。

至于他的智慧更不会衰老,而且恢复力惊人。必须行动起来,只有行动才能培养起对自己的信心,才能真正地投入生活。没有行动的人是"彻底完蛋"了。孙健用行动证明自己又属于这个世界了,而且他的世界在不断扩大。这位循规蹈矩的前副总理结交三教九流,拉买卖,签协议,为了在商品经济的竞争中做优胜者,甚至学会了送礼……他的同事们说:"老孙一来我们这里就活了!"

他每天从家里带一盒饭,早晨吃掉这盒饭的三分之一,中午吃掉另外的三分之二。有时在厂里吃午饭,总是排队买一碗豆腐脑、四两大饼或四两馒头,一共花不了两角钱。工人们问他:"你怎么老吃这个?"

他回答得很坦然:"这对我的胃口,也符合我的经济条件。"他去起重设备厂买吊车,厂长正在接待外国客户。听说孙健来了,叫供销科把他扣住,非要请他吃饭。这位厂长过去在机械局生产处工作,有一次到市里开一个长会,散了会已是晚上八点多钟了,大雨如注,他和另外两名基层干部饿着肚子在门洞里等待雨停,被孙健出来撞见,让司机先送他们三个回去,自己等在宾馆的门洞里。小事一桩,孙健记不得了,别人却记得很牢。

此类事情还有不少,他倒霉以后开始收到回报。

一九八五年初,上面来了精神,孙健可以当个中层干部。厂长把被称为"天机厂重点的重点、天机厂的未来和希望"的那个工程交给了孙健,投资四千万元,全部引进德国设备,两年后成批生产摩托车发动机。孙健要求他的办公室成员每天提前十分钟上班,晚十分钟下班,任劳任怨,干实事,讲效率。他自己每天则提前半小时进厂,打水扫地。紧张时他就吃住在厂里。在中国办事之难尽人皆有体会,何况是办一件大事。孙健丢掉所有的心理负担,以一个兢兢业业的业务员的姿态重新打入社会。每天脚不拾闲,上自市政府、各部委、区局等大机关,下至厂矿、街道、个体商贩、农村包工队。用技改办公室干部田大凯的话说:"孙主任不愧见过大世面,到哪儿去都不憷阵。"

上级机关里有不少孙健过去的上级、下级和熟人,他忘记了过去,以新的基层办事员的面目出现,反而受到了大家的欢迎。因为谁也不会忘记他曾经是本市管工业的书记,曾经是国务院副总理。是中国人同情弱者的善良天性使然,还是由于欣赏他重新投入生活的勇气,大家都尽力帮助他解决问题。因为人们见惯了能上不能下的干部,他们下来以后不论是出于骄傲,出于不满抑或是出于自卑,反正是架子不倒,再也不会开辟新的生活领域了。就如同人已经死了,活着的只是他的影子,充其量是个"会走路的骨灰盒"。

孙健则相反,处处证明他还活着,有生气。

孙健的妻子摔断了腿,家里无人照顾,吃饭的时候他赶回家做饭,服侍妻子吃完饭,再骑车赶回工厂,该干什么还去干什么。他的风格是中国式的,有传统的毅力,具有献身精神,谨慎细致,不爱激动,不说走板过头的话。不管多累多急多气,从来没有跟人红过脸、吵过架。他好像死过一回,活转来变成了一个宽容的更热爱生活的人,连他的声音甚至都不带性格特征。每月的奖金发下来他绝对搞平均主义,全室每人一份,数目也一样多。同事的家里有病人,他定去看望,年轻人的爱人生孩子,他会送去小米,大家都觉得很奇怪,当过大官的孙健为什么没有娇惯坏自己的脾气和身体?

工作又苦又累,他根本不觉得苦,反而觉得比过去轻闲多了。他一直在第一线,从没有松过套。当天津市委工业书记的时候,他跑下去看过近六百个企业,是第一线的书记。进京后第一次参加国务院会议,周恩来总理给副总理们分工时说:"孙健最年轻(当时他三十九岁),多到下面跑跑,花三年时间掌握情况,便于今后工作。"他仍然是第一线的副总理。现在,孙健用了一年多的时间,盖起了近两万平方米的三层楼主厂房,并安装好全部设备,天津机械厂又一项拿人的产品:摩托车发动机正式投入生产。

机械局基建处的同志讲:"这个大楼有一半是孙健的。"我闻讯找到天机厂,孙健却调走了。现在是中国机械工业安装总公司天津开发区公司的"经营经理"——多么时髦的头衔儿。每月的工资也升到了九十七元,比当副总理的时候还高一大截。我打听到了他家的地址,在一个炎热的下午拜访了他。那是一大片地震前盖的老楼群,我找到了七十七号,向站在楼洞口的一位老太太打听孙健住在几楼,老太太尚未开口,一楼的一个房门开了,是孙健听到声音迎了出来。

我吃了一惊,不是惊奇他有什么变化,而是惊奇他没有变化,与十几年前我第一次见到他时几乎没有什么两样。皮肤黝黑,没有褶子,身材不高,微胖,或者说还称不上胖,只是看上去很结实,且行动利索,有股沉实的力量。

生活中悖逆层出,为什么没有给他留下痕迹?至少外表是如此。我真没有想到。正巧他的妻子庞秀婷也公休在家,怀里抱着才刚出生几个月的孙子。我开玩笑说:"添丁进口,你好福气。"

这位红旗垫圈厂的工人显出一副老实厚道的气质,却也不无得意:"大女儿生了个小子,大儿子也得了个小子。"

"你们不是还有个孩子吗?"

"二小子刚上大学二年级。"

"行啊,你们算熬出来了!"

"大女儿高中毕业就参加工作了,大小子大专毕业,二小子上的是本科。"

我咂摸这话的意味。子女的"步步高"是不是说明这个家庭的政治、经济情况正在好转?他们住着一个偏单元,阴面儿的小房间十平方米左右,搭着一张大床,有几件旧式家具。阳面儿的大房间有十四平方米,收拾得完全像个简单的小会议室。除了墙角的两个小书架(里面放着马恩列斯毛刘周朱等经典著作和二十四史)和另一角上的冰箱,其余的家具就全是沙发,一对三人大沙发,一对单人沙发。沙发上罩着套子,扶手和靠背处在套子外面又垫了毛巾,用大号别针固定在套子上。由此也可看出这个家庭的勤俭和风格。屋里很整洁,水泥地面擦得一尘不染。我问孙健:"你难道还经常在家里召开会议吗?"

他说:"我自己家的人口就不少,到我家里来的人更多,特别是家乡的亲戚朋友,来天津旅游、订货送货、做买卖,不愿住旅馆,都是在我家里安营扎寨。白天,这间屋里可以吃饭待客,晚上打开沙发是两张大床。"

他们夫妇都是河北定兴县人,乡里乡亲自然少不了。陈永贵不是也曾经常为家乡的"旅游团"找旅馆、租车、买票,成了昔阳县和大寨的农民驻北京的办事员吗?他说:"我没有什么太大的本事,几十年来就混下了一个好人缘儿。"

这是一句实在话。

一九八七年初,天津机械厂召开表彰大会的事。厂部给为数不多的几个厂级先进人物准备的奖品是纯羊毛毯。当厂长念到孙健的名字时,他脑袋轰的一下……二十年,转了一圈儿又回来了,跟过去的生活接上了茬儿。当年他曾经多少次上台发言,接受奖状,厂级的、局级的、市级的,先进生产者、红旗突击手、劳动模范,他获得的荣誉可不少。而如今天机厂的群众又连续三年都选他当先进,但最高只能当到厂级的。厂长们不敢把他的先进事迹往上面报,怕给他帮倒忙,弄巧成拙地被市里批驳,甚至惹出麻烦。而只要不出厂门口,就由天机厂的职工和领导说了算。尽管孙健是位奉公守法的公民,是天机厂的中层干部(技术改造办公室副主任,主任由厂级领导挂名,他抓全面工作),经过党员登记他仍是中共正式党员。但他毕竟是从国务院副总理的位置上走到天机厂来的,这一变动是非常的,不能以实心实意的公事公办去触动政治上的敏感部位。

大礼堂里响起《运动员进行曲》,先进人物该上台领奖了,孙健却犹豫着。前两年发奖都是蔫捅,没有这么张扬,如今人们讲究的是实惠而不是形式。他对走上台去,有种莫名的不安,怕工人笑话,怕被人议论和指指戳戳。可如果不走上台去,又没有正当的理由,反会让领导下不来台,也会遭别人多心、疑心、议论纷纷……他给自己鼓劲说:"这时候我是谁?是老百姓。我就应该拿自己当个普通的老百姓、一个普通的干部。不应该把别人以为你是什么样子,应该是什么样子,曾经是什么样子当成你自己。上!"

当他从厂长手里接过奖品的时候,工人们为他鼓掌了好长一阵子,其热烈程度在工厂的大会上很少见。有人还站起来喊:"应该!"

"孙头儿,你这个先进名副其实!"

他又站在台上了,又面对着热情的群众。他没说一句话,笑得像哭。抱着奖品毛毯,很暖和,把他的前胸焐热了。他超越了自身的限度,向世界重新证实了他的存在。

人民的记忆就是历史。原来群众一直在关注着他。

同事们有时开他玩笑说:"你是上去的糊涂,下来的也糊涂。"

他自己解嘲说:"糊涂到家就是明白。"

1984年6月

西施之美

　　爱美之心人皆有之。又岂止是人有爱美之心，最美的是大自然，大自然创造大美、完美、宇宙间整体和谐之美。让大自然感到美的，让日月星辰、风雨雷电、花鸟鱼虫感到艳羡的才是最高的美——即自然美。

　　位居中国古代四大美女之首的西施就具有这样的美。她在溪边浣纱，游鱼都被她的美貌惊呆，忘记游水，沉入水底。汉代王昭君的才貌同样也迷住了在高天飞翔的大雁，竟忘记摆动翅膀跌落于地。三国美女貂蝉，能羞得月亮躲起来。唐朝绝代佳人杨玉环能让花朵觉得自愧不如，卷叶低头。"沉鱼、落雁、闭月、羞花"便成了形容美女的最高境界。

　　她们都是通过了大自然的考核，才登上了四大美女的宝座。

　　现代社会年年选美，到处选美，却选不出一个大家公认的心服口服的美女。一提起来还是四大美女……

　　西施之美仿佛具有侵略性，控制了人们的想象力，她美得正是所有人心里的梦想。她成全了世世代代的人关于女人的梦想，人们又用自己的想象力不断去补充西施的美。"莫教施粉与施朱，自然冰玉照香酥"，"增半分嫌腴，减半分嫌瘦"。

　　古人赞赏的美女正是具有这种自然美："着粉则太白，施朱则太赤"，"手如柔荑，肤如凝脂，领如蝤蛴，齿如瓠犀，螓首蛾眉"。女人之美有三种：

　　一是生出来的天生丽质。

二是修出来的。现代医学证明人在二十五岁之前相貌主要靠遗传，二十五岁之后相貌丑俊主要看自己的修养了，即气质美。美得完整才完美，外表与内在相和谐才美得真、美得实。世人只知西施美，少知西施贤。其实她是一位忧国忧民的巾帼，"一双笑靥才回面，十万精兵尽倒戈"，"若论破吴功第一，黄金只合铸西施"。

西施原是浙江诸暨县的茶商之女，自小就美名远播。其时越国被迫向吴国称臣，越王勾践卧薪尝胆，谋求复国，遂在国内遍选美女以献吴王。西施被选中，在京城学习三年，熟悉琴棋书画，诗词歌赋，锦衣美饰，宫廷礼仪。同时还被晓以大义，授以机宜。虽然在去吴国的途中和护送她的越国相国范蠡相爱，海誓山盟，订了终身，但仍以国家命运为重，舍身取义。被献于吴王后果不负众望，把吴王夫差迷得荒淫无道，朝政大乱，众叛亲离，多次掩护了越王东山再起的行动，吴国终于被灭。功成身退，西施随范蠡双双隐去，留下美名千古传诵——这在中国历史上是绝无仅有的。

同样以美色误了君王的妲己、杨贵妃，则在历史上留下骂名。老百姓对帝王宠幸的美女常不怀好感，唯独对西施例外，不愧是中国古代第一美女。她沾了气质的光，美得真，美得善，美得内外统一，遂成绝代之美。

古代还有四大丑女，之所以也能流芳千世，为后人所景仰，并非因其丑，也是因为美——内在之美，品德高洁。远古时代的嫫母，形同夜叉，丑陋无比，被称为丑女之首。但其德行是当时女人的楷模，且智慧超群，"妒佳冶之芬芳兮，嫫母姣而自好"。后来被我们的始祖黄帝娶为妻子，协助黄帝施行德政，击败炎帝，杀了蚩尤。

战国时期的钟离春，"双眼下凹，长相奇丑"，年逾四十尚未出嫁，终因其志向远大，敢于陈言，击败如云的美女，成为齐宣王的皇后。东汉孟光，又黑又胖，力大无穷，却和当时的美男子梁鸿结为夫妻，留下了"举案齐眉"的佳话，相亲相爱，白头偕老。

还有东晋的阮女，貌虽丑，然心善智高，嫁得如意郎君，幸福百年。可见美女也好，丑女也好，她们之所以能留下美名，均得益于美在内,美在精、气、神。

三是整出来的美女。即靠整容、化妆重新给自己贴上一张脸。是涂抹出来的美,无论古今中外,无论美女、丑女还是普通女,都不排斥化妆品,都希望驻颜有术。问题是怎样涂抹?并不是所有的涂抹都能出美,涂抹不好,还能出丑,或者臭美……

当代妇女豪勇,敢于往自己脸上涂抹,且不论把脸涂抹成什么样子都敢上街,上街后别人可以不敢看,但不会不嗤笑。社会的承受能力增强了,既然能够忍受生态环境的被破坏,大气的被污染,难道还忍受不了浓抹重彩的女人脸对视觉的损害吗?或者风一吹来,有些女人脸上掉白灰。或者有人只顾涂脸忘了牙齿,一开口猩唇不掩满口污牙,或黄或黑,惨不忍睹。或者脸没有涂美,反把牙的不美扩大为丑。或者有人脸涂重彩,却不管脖子,大白脸,灰脖子、黄脖子,反差强烈,自出其丑,美容变成丑容。或者有的人虽然脸蛋儿涂抹得还可以,一开口说话就露了馅儿,俗不可耐。没有内在境界的呼应,外表再美也做作,终归浅浮。而且越是文化修养低的妇女,越敢往脸上涂抹,不知化妆品之利害,不知自己脸面的事关重大,脸皮很薄又很脆弱,需小心谨慎从事。眼下相当多的高知识、高智商的女性不化妆,或只化淡妆。

西施是"淡妆浓抹总相宜"。当浓则浓,当淡则淡,重要的是"相宜"。"相宜"就是谐调,就是完整,也只有谐调完整,才能产生美感,甚至能提高人的气质。不相宜就会破坏整体美,降低人的气质。

天津一位六十多岁的女作家对我说,两年前她参加了一次我主持的文学活动,最大的收获却不在文学上,而是学会了化妆,改变了晚年的生活。她跟北京一位五十多岁的女作家住一个房间,那女作家每天早晨化一点淡妆,涂一点唇膏。别人却看不出她化了妆,只觉得她年轻、优雅。相比之下天津这位老大姐则显得太老太黄太皱。于是她也学着化妆,人渐渐发生了变化,别人都说她越活越年轻,她自觉精神状态也有了生气。年轻有年轻的漂亮,老了也有老的漂亮——这就要借助化妆品。

化妆绝对是一种文化。目前凭着勇气,凭着无知,凭着寻求刺激、追赶新潮的热情敢于往自己脸上涂抹的女性，大都还处于"东施效颦"的阶段。"西施宜笑复宜颦，丑女效之徒累身。"其实，东施之貌未必丑于西施，只为效颦于人，才蒙千古之诮。有女人的地方就有化妆品，有化妆品的脸却不一定都是美的。美是自然，化了妆而又自然，抬高了自己的气韵，就是美。

生活里最贵重的东西就是美。人生就是追求美，美化自己和生活。

所以西施之美千古不朽。美总是有希望和有生命力的。

西施在后面，西施也在前面……

1985年3月

历史的机缘

像一双灵巧的手在择一个线团,拉出一根线绳就是一条公路。

十几年来这双手不知在广东修了多少路,架了多少桥,建造了多少高楼大厦。然而这是一双女人的手,相当纤细,戴着与之相配的精巧绝伦的戒指。

这双手原来是捏粉笔的,拿着雪白的粉笔,在黑板上写出一个个朝代的兴衰史,实在是太合适了。她从小喜欢历史,学了历史,毕业后成了一个中学的历史教员。

这也许是受家庭的影响——她的父亲是原国民党军队的高级将领,自认也曾被人称做是创造历史的人。然而历史专爱打乱创造它的人的命运:当他的小女儿站在讲台上为天真的孩子们讲解历史的时候,他却在世界头号资本主义强国过着优裕的生活。

稍有一点历史常识的人都知道这意味着什么。这个孤弱的女子如何渡过"文化大革命"这一关?

按一般人的推算,等待她的只可能有三种命运:死、逃、沉沦。好像是历史的安排。

哪一种安排她都没有接受,却成了道桥和建筑工程两个公司的总经理,手下有四千多名职工。眼下广东省的第一条高速公路正在她手下伸延。路是经济发达的动脉,人们企盼大道早一点畅通,如同盼着"心脏搭桥"或解救"脑栓塞"一样急迫。以合同期限为准,她提前一天,甲方奖励给她的公司两万美元;她将工期拖后一天,甲方将罚她一万美元。四月份我采访她的时候,她很有把握地说,提前二十天交付使用是没有问题的。

她不是"双枪老太婆",看上去还相当年轻。手下的人前呼后拥,她本人则端静寡言,质智优雅,身上有一种孤绝的神秘感。

她的魅力也正在于此。在安详恬静中可感受到她那鲜明的个性,这个性正是她生命的基本事实。可以按照自己的风格生活,终于能驾驭自己的身心走向充实的人生。

在当下世人的眼里她成了英雄,获得了巨大的成功,人们恭维她,社会尊敬她,即便是某些显贵见了她也不得不屈下一膝。然而她却尽量挤出时间静心享受自己的空间。这使她并未失去深度、凝聚力和感情。

她利用业余时间去攻读经济学硕士学位。嗜书如命,每晚读书不到凌晨两三点钟便无法入睡。长期以来,每天睡上三四个小时就足够了,保证第二天能精力充沛地投入工作,上上下下,指挥若定。她仍然关心政治,关心时势,关心这个令人有哭有笑、哭笑不得的世界。

这大概是积习难改。历史教会了她许多东西,历史注视着未来,历史还能使她防止许多东西。

她经历过了,凝重的历史感悟沉淀为一种智慧。这个过程是怎样发生的? 成就英雄的悲剧——人们不是喜欢说有一个英雄就有一出悲剧吗?

她有那样的家庭,有说不清的海外关系,本人又是这么漂亮、优雅,才华逼人,拒绝了学校工宣队头头的侮辱和逼婚。她被打断了肋骨,打伤了左肩,绑缚野外准备第二天活埋。偏巧这天夜里下大雨,看守她的造反派们丢下她自己去避雨了。一个跟她沾点亲戚的小伙子冒死救走了她。

出身"红五类"的丈夫,受不了她的牵累,在她最困难的时候可以理解地离她而去了。她东躲西藏,独立抚养七男三女十个孩子。她有着很平凡的美德,经历了太多的磨难和欺骗之后,却成了非凡的勇猛。她开始寻找挑战和成功,而不是安全感。多苦、多累、多脏的活儿都能干。她记住了马克思在创立唯物史观时提出的一个命题:恶是历史发展的动力。

她崖岸自高,踽踽独行,挺过来了。

十个孩子均已长大成人,有了自己的事业和追求。

她在广州市天河区有一幢属于自己的五层小楼。她的房间在五楼,客厅的正面摆着一尊通身放光的观世音菩萨,仿佛闪烁着深湛的智慧。房子里宁谧、平和,令人肃然、欣然。

当一个人达到某种高度,就非常突出,常常会被人议论。是更快乐,还是更孤独? 更得意,还是更失意?

她在观音像前感到充实、宁静。仰不愧于天,俯不怍于地,中不歉于人,内不疚于心。

只顾介绍她的故事,没有机会说出她的名字。只好让她在结尾时亮相:

朱晓明。

1985年5月

一堆金子

军长给英雄们授勋,念到张学鑫的名字时竟卡壳了,吭哧了半天忽然惊天动地地吼出:"大尉张学……堆!"他不认识这个"鑫"字,既然是一堆金子,就想当然地认为应该念"堆"。

最初吸引我的却不是张学鑫,而是张学鑫手下几百个干部中的一个普通中层干部、公关部经理刘新生。且慢,不要一见"公关"两个字就想到漂亮的女性。我也确实见过一些能干的公关小姐,缘于此,眼前这位"公关汉子"才让我惊奇。他谈不上英俊,只能说端正,绝不魁伟,但很瓷实,严肃正规得像男性的精装本,老实可靠得近于僵直铁硬。

他的公关辞令总让我想起部队上操的口令,从服饰到骨子有一股军人气度。他能引起我的兴趣就说明他的公关学是成功的……一年多以前他还是空军特级飞行员、飞行团长,飞了十八年没出过一次事故,连肇事险故也没有发生。

我问:"你喜欢公关部的工作?"

"喜欢。"

"十八年的飞行经验能派上用场,还是飞行和公关之间有什么联系?"

"恰恰相反,飞行员的生活是全封闭的,回到地面后也是一切为了上天做准备,上了天就忘了地面、忘了人间。在地面上穿飞行衣,上了天坐密封舱,飞行要求我们的生活必须单调,一天二十四小时,一年三百六十五天,都必须集中精神想飞行。不知夜总会、酒吧、花花世界为何物。而公关部是开放的,我需要过一种开放的生活。"

"张总对你的工作满意吗？"

"没有表示不满意。"

我想张学鑫是满意的。这样的公关部经理给人以安全可靠足以信赖的感觉。张学鑫会用人，可谓"出奇制胜"。刘新生是不是张学鑫那"一堆金子"中的一块呢？

由此生发，张学鑫周围的人讲了许多他用人的故事。他是有个性的，不把对自己的顺从当做挑选干部的主要条件。当年他曾当过电台台长，常被师长叫去打扑克，自己输了规规矩矩钻桌子。师长输了却不肯放下架子从桌子底下爬过去，他仗着自己身大力猛硬是捺着师长的脑袋塞到桌子底下，为此激怒了师长也不在乎。

一九八五年初，刚竖起大牌子的中国汽车工业南方贸易公司生不逢时，国家银根紧缩，再加上轰动海内外的"海南汽车事件"，中国式的一刀切文件下来了，广东的汽车一辆不许卖！已经成为汽车大亨的张学鑫，手里还存着数千辆汽车，仓库的大停车场上排着整齐的钢铁方阵，在阳光下闪着五颜六色的光泽，看一眼就让人眼晕！

七千万元的资金被积压，整个公司成了一盘死棋，上上下下焦心如焚。张学鑫走到哪里都像一团带着雷电的云彩，他在酿制自己的雷电。"南贸"公司好像很大，其实单薄得很，只能听凭国家经济气候的左右，外界刮风自己就得跟着摇晃，外面降温自己也得受寒。将来应该强大到自成气候，甚至能反过来影响国家的经济气候……因此他必须把自己的干部都轰起来，轰出去。

他的号令是这样发出的："这一仗打不赢就得输掉整个战争，在企业竞争中不存在理解和同情。商品经济可不是一个温柔慈爱地等待你慢慢成熟的温室，优胜劣汰，残酷无情，要寻找挑战接受挑战，把灾难和不幸变成发展自己的机会……"

张学鑫用男子汉才气纵横的手段和作风领导企业，指挥干部，他的汽车贸易公司是全国第一家，连政府的高级官员们也用一种新奇的眼光注视着它。这公司是张学鑫创建的，在公司的形象里太深地印上了他的性格。一把手的个性往往就是企业的个性，不承认这个性或抹杀这个性就会伤害企业。

在这样崭新的事业面前,创造远胜于经验,经验至少不起主要作用。

因此,在张学鑫手下干事只会听话是不行的,很可能还是危险的。在他的公司里墨守成规没有前途,必须去闯,去找到属于自己的职位。总经理办公室的女秘书陈前绣首先坐不住了,毛遂自荐要北上面君。这位学铁路工程的一九五八年中专毕业生,朴实,外柔内刚,带着一种焦虑,一种控制得恰到好处的义愤,决心先找国家物资总局的头头,不行再找国务院、党中央。她只想说明一个简单的事实:南方贸易公司里的汽车不同于什么汽车走私事件里的汽车,它是从正路买来的,冻结积压在仓库里受损失的也将是国家。她站在总局所属的机电局长的背后讲了两个多小时,那位深感为难的局长竟没有回过头来认真看看她。局长下班了,她又跟到人家家里,她相信只要人跟人之间的感情能够流通起来,物资也会流通的。

事在人为,陈前绣在一个月里五次进京,一年有半年在外,工资奖金全用做差旅费了。她的诚意终于打动了铁板一块的中国体制,在物资总局机电局长的帮助下,国家承认南方贸易公司售销汽车的合法性。陈前绣马不卸鞍,当年售出国产汽车二千四百辆,第二年售出三千辆。"南贸"一盘死棋开始变活,又一位具有创业气质的经营人才闯炼成熟。张学鑫任命陈前绣为南方贸易公司副总经理兼销售部经理。

开放的力量和自由造就了张学鑫,他也给下面的人提供足够的支持和自由施展的天地,因此而吸引了一大批精兵强将。在我面前称张学鑫为"老板",跟他配合默契的党委书记兼副总经理施兆龙,满面红光,头发梳理得很整齐,穿一身有板有眼的灰色中山装。广东人把这种衣服叫做"共干装"。现在大街上难得看见有人穿它,但穿在施兆龙的身上却与他的气质极为和谐。他自信,见过世面,曾在香港当过四年华粤公司的经理,干部们都有点怕他。据说广东有了一种新风俗,不带东西不能串门。职工们找他办事则不许提东西,提了东西也要自己再提走,不提走他就从窗户扔出去。

我当面叮问此事,他自有独到的见解:"违反纪律的人怕我,说明我是对的。没有违反纪律的人怕我,说明我太严肃。当今社会轻浮,为人难得严肃。我严肃一点有什么不好?"

我又问:"一般人认为配班子要一强一弱才会和谐,你和张学鑫都很强,为什么如此协调一致?"

"共产党是执政党,怎么会政强党弱,或政弱党强?目标一致就能协调好。人和物不一样,硬碰硬有可能会损伤,人有灵魂,要刚柔相济。我的工作就是要保证总经理的管理顺畅。当书记要会协调,会用人,会组织,会表扬,会批评。"

还有"进口大王"、"汽车大全"、"金融魔术师"、"汽车大夫"等等,南贸公司真是由"一堆金子"堆成的,张学鑫无疑是这堆金子的顶尖。

这个名副其实的山东大汉,大头颅,长脸形,眼神灼灼逼人,站在人群里高出一头,看人需弯腰,要不就得低头,久而久之养成耸肩缩腰的习惯,酷似舞台上钟馗的造型。他的举止潇洒自如,也许是各种各样的困难和意想不到的麻烦对他不断地挑战,使他保持年轻,保持强健和灵活,不论精神和身体都如此。一张嘴却满口胶东腔,轻声细语,慢条斯理,与他那大个子的体魄极不协调。

他一九七一年调来汽车配件公司(南方贸易公司的前身),一九八一年初,汽车配件公司的经理调走,张学鑫受权主持公司的全面工作。他的时机来了,却发现公司每年要亏损二十九万元。由于以前的好大喜功或经营思想混乱,搞了几家不伦不类的汽车厂,生产了一些无人知晓的杂牌汽车,质次、价高,很像大跃进时土法上马的产物,无法跟国内的汽车大厂竞争,更谈不上抵挡排山倒海般涌进的外国汽车,便都一阵风似的垮了,包袱背在了张学鑫的肩上。

他受命于公司的危难之际,或许也是一种幸运的成全,诸多压力顺势迸发,他不得不担当起重新创造的责任,开辟新的前途。

"推开窗户一看,满地都是日本车。"——真是"有路就有丰田车"。抵制不行,感慨无用,要紧的是正视现实,在被动中争取主动。他派人把住广东九个交通要冲,统计过往汽车的流量和型号。三个月的路测结果表明,进口汽车占广东汽车保有量的百分之四十,使用率却特别高,占车流量的百分之七十。这些车会损坏,会出毛病,张学鑫试探性地进口了二百万美元的外国汽车配件,这不是一笔小买卖,更何况外汇是提着脑袋做抵押借来的。张学鑫有追求冒险的天性。而现代经营诀窍就是在冒险中取得报酬。他进口的汽车配件很快销售一空。第二年,仅此一项的营业额达到一点九亿元。第三年三亿元。

"现在有条件也有资格跟日本人谈谈了。"张学鑫三下日本,按照惯例,中国买了日本这么多汽车,日本应该向中国免费提供修理设备,丰田汽车公司对发达国家就是这么做的。他们之所以对中国装聋作哑,一是欺侮中国人老实,二是认为中国人掌握不了他们的维修技术。张学鑫在外国人面前,气岸勇迈,钟馗肩高耸,额头眼角堆出一团略带嘲讽意味的不好惹的皱纹。他本人不要任何东西,包括谢绝那些极力想坐到他身边对他动手动脚的女人。

他不是来开洋荤、来乞求施舍的,而是要求得到应该得到的东西:"日本汽车在中国的分布和流动情况你们掌握吗?丰田在中国道路上行驶会有什么问题,尤其是在中国南方的道路上行驶容易发生什么问题,你们真的不想知道?以你们的精明不想改进自己的汽车?不想维护信誉继续讨好中国市场?就想一锤子买卖在中国砸了自己的招牌?"

最后日本只能赠送给张学鑫一座丰田汽车修理厂整套设备和一所培训中心的全套教学仪器。他们很精,派专家来张学鑫的修理厂帮助工作,每天中午白吃一顿中国饭,将获得的大量有关日本汽车的信息反馈给丰田汽车研究所。他们的产品每年甚至每隔几个月就有新的改进,培训中心也是培养修理日本汽车的技术工人。这一切对中国也有好处,张学鑫的丰田汽车修理厂每年产值二千多万元,备件最齐全,成了全国的进口汽车修理中心。

销售进口汽车配件、修理汽车只是张学鑫几十种经营业务中的两项,并且不是最主要的经营项目。最主要的是做中国的汽车代理商。面对外国车的巨大压力,中国车到哪里去了?

中国汽车作为一类生产物资只能由国家统一调拨,不需要汽车的可以分到汽车,真正需要汽车的买不到汽车,汽车丧失了应有的"消费品格"。于是各种"倒爷"、"事件"层出不穷。活动的汽车在这种僵死的体制管理下根本无力和外国汽车厂商竞争。作为中国的汽车代理商,张学鑫就要打破这种局面,率先在中国进行汽车贸易,由他代表中国各大汽车厂直接跟国内外用户对话,跟世界汽车工业对话。在国家庞大的汽车管理体制下他借开放的锐气冲出一条大道,为自己的企业设计出新形式,再不钻进那种沿袭蠢法走蠢路、执行蠢政策培养蠢材的毫无希望的循环。

他奇特而大胆的思想吸引和鼓舞了公司的职工,到一九八五年,进口汽车乱了套,张学鑫的公司却已经发展成一个"汽车王国"。短短几年,销售额达到十几个亿,下面又派生出几十个分公司、修理厂、经销部、服务中心等。

老话说,人到五十岁就没有胆子了。张学鑫的胆子到五十岁以后才得以淋漓尽致地发挥。一九八五年初,他创立了中国第一个汽车贸易公司——中国汽车工业南方贸易公司。很快就在国内外建立了一百五十多家分公司和代销部,正稳步地充满信心地向实力雄厚的跨国公司发展。

当公司上下普遍担心,假若张学鑫退休必然会影响企业的发展时,他本人却表现出现代人超脱的听天由命的态度,仿佛他那高大的身架就可以做自己的纪念碑。他对我说:"急有什么用?谁都想长生,不愿年老。但人总有老迈昏庸的那一天,趁现在明白退下来不是好事吗?不要等到自己成了自己的敌人的时候再下台!"

张学鑫果然有绝的,在他生命和事业的鼎盛时期却想把自己一刀切地"切"了下来,却没有哪个聪明人愿意接他的班。为什么?接他的班太难了,干好了,人家认为是张学鑫打下的基础,功劳仍旧记在他的账上;干坏了,人家会骂你给张学鑫提鞋都不合格。当今的时髦是接收烂摊子,扭亏为盈才是英雄。

鉴于此,我真想冒叫一声:"刀下留人!"不让张学鑫算得太准。

1985 年 9 月

探龙宫的人

贵州省总工会的同志终于要安排我们去看龙宫了。而且嘱咐要做好不怕累的准备,早晨六点出发,夜里十二点左右才能回来,大部分时间要用来在山道上周旋。

人家都说跋山涉水去访景探胜是很辛苦的。我却巴不得出去走一走,放松一下精神,再苦也乐。我们到贵阳四天了,可以说是足还没有出过户,经受的简直是一场"文学轰炸"!贵州省的工人作者热情极高,每天上、下午和晚上都安排了座谈会,分秒必争,那架势好像是既然抓住了我们,不挤个油干水尽不罢休。主人们还可以三班倒,以逸待劳,车轮战法,我们则只好连轴转。几天下来,已经口干舌燥,精神十分疲乏。因此对龙宫就格外向往,想尽兴地看一看贵州的山和水。

这个季节正是十月金秋,在北方多是天高气爽,秋阳杲杲。在贵阳却是天气阴沉,太阳难得露脸。早晨六点多钟,在天津已经放亮了,在这里还是星空蒙蒙,大街上黑乎乎一片,行人极少。我们在一个街头小摊上每人匆匆吃了一两油条,喝了一碗豆浆,便上路了。面包车驶出贵阳市,天才渐渐放明,雾气也慢慢消退,四周山峦如黛,莽莽苍苍。微风吹过,公路两旁花影袅娜。很庆幸,今天是个好天气。俗语称贵州是"地无一里平(指山多地少),天无三日晴"。出游碰上这样的好天气,真不知托谁的福?大家兴致很高,有的观看车外景色,有的小声交谈。我却另有美差,手上托一部贵州省工人作者的中篇小说手稿《龙宫洞主》。必须利用路上这十几个小时的空闲把这部七万字的小说手稿看完,明天还要跟作者交换意见。当然,窗外有好景色,我还是要抬起头看上一阵。

车过安顺，便爬上山道。土路像一条黄色巨蟒，缠绕在一座座大山的腰际，面包车就轧着这蟒身攀援而上。一个地方的山水有一个地方的特色，贵州的山不像河北、山西的山那样光秃秃，也不像福建、湖南的山上长满树木，一片葱绿。这里的山介乎于有绿无绿之间。有的像千层糕、万沓纸，当地农民就用这一张张的石片当瓦，盖在房顶上。

当汽车钻到群山的腹部，眼前满是怪石奇岩，千峰万嶂，突兀峥嵘，形态万千，威势压人。果然像陆游所形容的："……有竞起者，有独拔者，有崩欲压者，有危欲坠者，有横裂者，有直圻者……奇怪不可尽状。"

龙宫就藏在这样一片大山之中。

车停在山腰，我们需步行上山才能看到龙宫。我深感诧异，龙宫即使不在深海，至少也应该有水，选在这大山之巅，甚至可以说是穷山荒山之腹，莫非是一条旱龙？一条呆龙？

翻过一个山头，我被眼前的所见惊住了。两架山之间有一个幽静的山谷，谷底流着湍急的溪水，顺水而上不足千米，突然涛声大作，轰轰如沉雷之鸣，似雨似雾般的水滴迎面飞来，溅湿了衣服。抬头望去，两山的连接处矗立起一座巨大的石门，这是大自然造就的龙门。溪水正是从龙门里喷出，直落千丈，形成一条巨大的瀑布。也给那些有志气的鲤鱼们摆下一个又高又陡、非雄才不能跳过的龙门。

翻过龙门，景色迥异，眼前竟出现了一个天池，碧水渺渺，波光耀霞。远处有个洞口，洞门上赫然写着两个字：龙宫。

我们在天池边上租了一条小船，划进龙宫。同行者当中有人已看遍了中国的名山胜水、美景妙地，一进龙宫却都被惊呆了，真是闻所未闻，见所未见！大家无不为大自然神奇的造化之功所倾倒。龙宫总长有十六里，水深处四十米，浅处也有二十米。这是在群山肚子里穿过的一条神秘的地下河，这是把大山掏空的一个巨大的溶洞。结构奇绝，玄妙无穷，九曲十八弯，景色瞬息万变。宫顶有时高几百米，有时又需低头才能钻过。忽而如刀劈剑砍，似恶虎扑来；忽而又呈现出玉树琼林,仙台楼阁,紫气升腾。最绝妙的是它能穷尽人类的想象力,你想到什么,它就像什么,天上有的这里有,地上有的这里也有。

一池深水,倒映宫顶,缓缓而流,郁郁森森,万影沁人,水岩清寒,神奇莫测,方向难辨,如进迷宫,如坠仙境。真是飘然一叶舟,优哉龙宫游!大自然的神妙、优美、宁静,调谐在这山与水的默契之中,不期然地淹入了人们的心灵,仿佛净化了人的心境,壮美了人的肌骨。我的心里莫名其妙地涌起一阵自豪,谁能说得出中国还藏着多少这样的龙宫、这样的奇迹?

我向导游打听这龙宫是怎样被发现的,是谁发现的?导游笑而不答,我心存疑惑。待我们划出龙宫时,遇到了龙宫的发现者、贵州省水利厅厅长胡克铨。他还不到五十岁,朴实、文静、含蓄,他简单地介绍了发现龙宫和第一次探龙宫的经过。

去年,他在这一带翻山越岭,为农民寻找水源,发现了这个天池和一个极小的洞口,当地居民讲了许多关于这个洞口的传说,劝他万不可钻进洞去。他凿开了岩石,只身驶小船钻进洞去。于是奇迹就被他发现了。我们有龙宫,又有胡克铨这样敢于探龙宫的人,中华民族这条巨龙的腾飞之日还会远吗?

当地领导拿出一个大本子和一支毛笔,请我写几个字留念,我未加思索,心里似乎早就憋着几个字,信笔写道:

"龙出宫,世界惊!"

在回去的路上我又打开中篇小说《龙宫洞主》,觉得手上的分量也格外沉重起来。

1985年10月23日夜草于贵阳云岩宾馆

精　灵

　　我充其量只见过三四位女导演,却莫名其妙地模模糊糊地得出了这样的印象:她们似乎就应该是一些粗粗拉拉、泼泼辣辣、喜欢咋咋呼呼的人。或声音沙哑,或高腔大嗓,能踢能打能喊能骂,能抽烟能喝酒……要调度千军万马,指挥生旦净末丑、神仙老虎狗们逢场作戏,非得雄化不可。没有强人气质怎么能导演得了一幕幕人间大戏?

　　当杨道立经过严格地筛选最终被挑中成为大连服装节总导演的时候,让人们觉得眼前一亮——她是那样娇小、精致。说话很少,含蓄而优雅,决不在人前张扬、抢风。她的举止不动声色然而又非常有说服力地纠正了我对女导演的印象。也许她的出现就是要给中国女导演风风火火的形象正名。但人们又生出新的疑问:她这种深藏不露的气质能够指挥调度各路大腕明星和成千上万的群众队伍吗?

　　大连服装节展示的并不仅仅是服装,而是整个城市的风貌。大连人希望这个节日能带动他们的城市走向中国,乃至走出中国。而导演则是这个节日的灵魂。杨道立恰好就是精灵般的女人,能够点石成金。

　　她像精灵一样在人群里穿梭,像精灵一样操纵和点化着一个人山人海般的节日。对那些演员来说她具有一种神奇而美丽的魔力,她迷住了服装节,服装节也迷住了她,服装节一年一年地办下去,一届又一届,届届出新,步步登高。

　　而总导演总是她,一个美丽的女人就这样成了工作狂。工作狂仍然可以是美丽的。

　　她拥有女人最宝贵的两样东西:智慧和美貌。但是她更看重更愿意使用的显然是自己的智慧。因此使她具有一种内在的力量。美貌这种资源是有限的、是娇嫩的。唯智慧资源是无限的,越开发越富有。

　　杨道立生逢其时,这正是一个导演的时代,一切都要运作,不导不出"戏",越导"戏"越多。人出"戏","戏"迷人。唯一不够美妙的是她的身体。工作狂在狂的时候掩盖了许多矛盾,包括身体上的毛病,一旦无法掩盖了,就是相当严重了。尽管她的身体难以承受她的智慧的高强度运转,但智慧无节制地开掘,却能使一个女人变得更加美妙。

　　病中的杨道立成了一个纯粹的女人,安静,温顺。她那不安分的智力却表现出难挨的饥渴,需要读大量的书,需要听朋友们交谈,从纵论天地间一切人与事的对话中获取信息和愉悦。当她病好后重新投入工作时,感到充沛的就不仅仅是体力了。

　　当导演需要智力,更是一种高强度的体力劳动。被"戏"牵着,被演员架着,被社会抬着,导演是一种热热闹闹的悬浮力很强的职业。杨道立却能热而不躁,悬而不浮,能动也能静。需要动则动,需要静则静。她已出版了四本书,有小说、散文、报告文学、诗歌、随笔等等。写作是静功,要能沉得住气,定得住神。这样的女人岂不是有点太厉害了?

　　她的智慧能对人构成一种紧逼感和压迫感,这是那种能让男人变得愚蠢的女人。

　　第一次见到杨道立的人还会生出另一种好奇:她的丈夫是什么样的人? 什么样的男人才配得上她,或者说才能降得住她? 她的丈夫徐横夫,是个大智若愚的男人,沉稳、厚重、宽和,正好同杨道立的机敏、灵透、锋锐相应合,能够包容她,忍让她,支撑她,呵护她,以她的兴趣和事业为自己的责任和义务。

　　这才是天造的一对,地设的一双。才子佳人型的配偶,让人感到不牢靠。俗云:"两口子一样,活不到天亮。"佳人达官或佳人富翁型的配偶,让人看着不舒服。唯有佳人厚人型的配偶,让人看着舒服,感到牢靠。

对杨道立的精明干练,称道一番是很容易的,我真正认识她并为她感动,是看到她的哭——那是在一位朋友的葬礼上。这位朋友是个非常优秀的人,学养很好,在事业上卓有成就,可惜长期积劳成疾,终于不治。大家都为他痛惜,无人不落泪。场面壮观,悲声阵阵,杨道立却哭的没有动作,没有声音,只是紧紧架住死者亲属的胳膊,以悲痛分担悲痛,以悲痛劝慰悲痛,以悲痛支撑悲痛。所不同的是,她隐忍不发,默默地悲泣,任凭满脸飞泪,模样变形,却格外令人动容。

她是外人,却以不见外的真诚救助和化解有可能因过分哀伤造成新的意外事故。葬礼结束后,我们乘坐一辆大客车回住地,杨道立坐在一个角落里,把脸埋在膝盖上,双肩抽动,腰身颤抖——这一幕深深地感动了我。她不再是导演,不再有责任,不再压抑自己,要轻轻松松地哭一抱,化解心中的哀痛。此时的她不是精灵,只是个普普通通的重情重义的女人,是一个柔弱的惹人爱怜的朋友。

1988年5月9日

伉俪偕行

　　且看这夫妻俩戏剧般的"你追我赶"的经历：

　　他先一步当上了全省最大的一家西药制药厂的厂长,她紧跟着出任全省最大的也是全国知名的一家中药制药厂的厂长；几年后他被提拔为省医药局副局长,她则多次被评为国家级优秀企业家以及许多其他的荣誉和头衔儿,如全国劳动模范、三八红旗手、人大代表等；他又升高一步到省经委担任副主任,成了全省的生产大调度员,她则被中央一个部门看中,想调她进京担任一个正厅级生产部门的负责人……她所在的省是毛泽东主席没有到过的极少数的几个省份之一,可见其偏远。对一般人来说能离开边疆到首都工作,还有一个正厅级的职务,不会全无吸引力。但真正让她动心的是一个发达国家向这个部门提供了折合人民币一亿多元的合作资金。她正处于一个企业家的巅峰状态,有不少极有前途的设想,正可以利用这笔钱为国家干点事。但,她最终还是放弃了。省里挽留她,她也舍不得离开自己的工厂。还有一个重要的原因,她不愿丢下自己的家庭,职务会发生变化,但家庭不能变。这时候她被任命为省医药局副局长,正是她丈夫以前担任过的职务……

　　不以每个人事业上的成败论家庭。成功和失败是偶然的、暂时的,家庭则长存。中国人连死后也要认祖归宗,并不太习惯去见上帝。有多少种人就有多少种家庭,有多少种家庭就有多少种不同的味道,即所谓"百姓百家百种味儿"。但,每家都有一个"当家"的,也就是占据户口册上第一页的人——户主。家庭有各种各样的类型,不同的

40

家庭有不同的"当家人",或"男强女弱",或"女强男弱"。男"强"女就可以"弱"一点,男的窝囊女的就必须强梁,反正每家每户都必须有一个能够当得起家做得了主的人……打住,何为"强"? 何为"弱"?

职位高、权势大、有本事、挣钱多、事业成功,难道就是"强"? 反之为"弱"? 智慧超群、性格坚韧、敢于决断、有强烈的责任感和领导欲,莫非就是"强"? 反之为"弱"? 各家有各家的标准,各人有各人的好恶,柔弱女子的可敬之处往往是她的强韧,男强人的弱点也常常更招女人喜爱。而他们这一对儿,算什么类型呢?

如果硬要分类,只能算是"男强女亦强"。他们从相识相爱就开始相互竞争,相亲相争又两不疑。在大学里他们是同班同学,她上课不动书,高度集中精力听讲,甚至知道老师下一句要说什么。这种善于集中自己注意力的本事让同学们惊奇而又羡慕。他上课则不听讲,下课后看书,完全靠自学,自制力很强。不知是天才的习惯,还是故意与班上的女才子形成反差。他的总分常常比她高,是班上稳扎稳打的佼佼者。但,有几门单科她才是真正的尖子。其中尤以高等数学和理论力学最为突出。这是两门公认最难学的功课,特别令女生头疼,唯她却最喜欢这两门功课,对逻辑思维有天生的爱好。

毕业考试她的高等数学比他高两分,他至今还耿耿于怀,甚至怀疑是老师判分不公正。其根据是,当时大学里的王牌教授认为自己一生只教了两个有前途的学生,其中一个是她,另一个应该是他却不是他,这不明显的有偏见吗?

她喜欢一个人读书,温习功课不愿碰上本班的人,然而不论她躲到哪里,总会有人找到她,紧跟着就会围上来一帮同学。没办法,同学们要找她问功课,何况她长得又是那么可爱,纤巧优雅,鲜亮脱俗,典型的江南美姑,人人都喜欢接近她。毕业那一年的理论力学十道大题,大家都不会,她却轻而易举地就做出来了。唯他,偏不去请教她,自己查资料,终于也做出来了,考试的成绩还很不错。老师却说:"没想到你也会考这么好。"言外之意只有她考得好,才是应该的正常的在意料之中的,这当然令他很恼火。英语他考了全年级第一,老师却说:

41

"你很会查字典。"她明明考得不如他,大家却认为她的天分比他高。因为她平时很少复习功课,临阵磨枪也不显得很匆忙,似乎只有天才才会有这样的表现。他很用功,决不放弃全班第一的位子,难道是脑瓜很笨的表现吗?

这或隐或显的偏见伤害了他的自尊心。他们在同去井冈山的路上却意外地产生了感情。那个年代作为这种感情的最大胆最浪漫的表示,就是相互交换照片。他回到家把照片拿给父亲看,老人一惊,这样美得让人不敢喘气的姑娘真能成为自己的儿媳妇?他让儿子马上出发,当天就得把她请到家里来,老人非得亲眼看看心里才会踏实。他坐上了从扬州到南通的公共汽车,心急火燎地找了个靠窗的位置,只有借助清凉的风来平息心里的紧张不安:两个人刚有那么一点意思,这样风风火火地闯到她家里去是不是太冒失了?她有主见有个性,万一不随自己来怎么办?父亲会不会怀疑他不知从哪儿捡来一张漂亮姑娘的照片唬人……下车后他临窗的半边脸抽搐扭歪,一张原来清俊的脸,只几个小时的工夫被怪异地变形了,嘴眼歪斜,连说话也吃力了。她吓了一跳,受了感动,还有隐隐的内疚,不管别人怎么说,她心里明白,自己是非他不能嫁了。她陪他回到他的家,拜见了未来的公婆,在以后的日子里她安慰他,照顾他,替他挂号,陪他治疗……仅有"一点意思"的感情突然成熟了、公开了。

毕业分配的时候,边疆一个省正好有两个名额,他们很容易争取到这两个名额,这一对江南的才子才女便来到陌生而闭塞的高原城市,开始他们琴瑟争鸣的生活。现在他的脸上几乎看不出曾患过神经麻痹的痕迹,那好像是为了撮合他们的一份天意,是一种为他们的婚姻增加浪漫曲折的色彩……那个年代的大学毕业生还要接受工农兵的"再教育",他被分配烧锅炉,她被分配烧电焊,都是跟火打交道。这两个化工机械专业的高才生从生活的最底层迈开了第一步……他上班下班都穿一身工作服,从身内到身外全部按工人阶级的标准武装,没有一点自己的东西。身上有油污,脸上挂煤灰,比地道的锅炉工更不怕脏不怕累,比工人更像工人。别人却一眼就能看出他不是工人,气质是煤灰油泥所掩藏不住的。他聪明过人却心无旁骛,干得实在,干得最苦。他喜欢说话,说出的话有味道,因为他的才智除去应付锅炉之外还有很多富余,就变成滔滔不绝的幽默和机智。他无法使自己变成一座只会吃煤的锅炉,说话能使他意识到自己的存在,保持思想的机敏。工人们喜欢他,即使是地道的工人也不会比他的人缘更好,肝胆之交多在草莽。他现在也算是省里不算小的干部了,遇上搬家、打家具这类的事情,还得请当年锅炉房的哥们儿帮忙。即便他不在家都没有关系,那些老哥们儿像干自己的事一样为他"两肋插刀"。

他们都想消失在工人阶级队伍中,他做得比较成功,她却无法让自己不突出……同样也是电焊工作服,只是由于过肥过大,她稍加改造,再穿到自己身上就变成了"迎宾服"(那个年代对最高级女装的统称),大方可体,婀娜生姿。高原上也有美女,但很少见过像她这样的皮肤,娇红欲滴,嫩白透明,仿佛风一吹就会破。再配上洒脱的仪态,剪水的双瞳,才华横溢的性格,在工厂里自然格外招眼。更何况她还有不少绝活:不管从哪一方面看,她都跟焊枪、面罩、烟雾、火烫不谐调,可烧出的焊缝跟她的人一样漂亮。绝活之二,每逢参加批判大会,她总要带上一只鞋底儿,台上狼烟滚滚在进行路线斗争,她在台下飞针走线,从容熟练,一场批判会下来她能纳好一只鞋底儿,针脚反正一样,一片均匀而规则的菱形……她把机械制图的技巧用到纳鞋底儿上了。自己纳的鞋底儿穿在脚上舒服,父母、丈夫都穿她做的鞋,这一手全厂闻名。她干什么都要当冠军,在生活里她的确是许多单项的冠军。

幸好"文化大革命"已进入末期,两年后她调回技术科从事应该从事的设计工作。

他似乎更得风气之先,先她一步当了官。当然,第一个受到官场伤害的也是他。二十世纪八十年代初,工厂发生了一件轰动一时的新闻,他被诬陷干了那种最容易把自己搞臭也最能伤害妻子的事情,传言纷纷,搞得他陷入一种洗不清白愈描愈黑的尴尬境地。

她没有像事件的设计者所估计的那样也抬不起头来,或者跟丈夫大吵大闹甚至要离要散,却意外地从容和理智,站在丈夫的身边,上班一块来,下班一块走,连进食堂吃饭也是在一起,说说笑笑,亲亲热热,旁若无人。他们在别人面前从来没有这么亲近过。新婚阶段也没有,成熟以后更不会。她的卓然气度反使想伤害她和她丈夫的人陷于卑微和难堪。

上级机关派人来调查这个案子的时候,不仅知道他是无辜的,更重要的收获是发现她"有一套"。她是搞技术的,不懂政治,甚至不喜欢政治,但她有一种天生的气质,做了比政治家还高明的事情。这件事为以后突然提拔她到另一个制药大厂当厂长埋下了伏笔。

相互信赖是他们心灵的支柱。

两个极端聪明的人,花钱却没有计划,谁领了工资或发了奖金就放在一个没有锁的抽屉里(他们家没有一个带锁的抽屉),谁用钱就自己去拿,没有大小,不分主次,当然也不存款。挣多少花多少,那时候想存款也没有能力,两人的工资能够应付生活所需就不错了。

有一个月,距离发工资还有一周,抽屉里竟没钱了,只好凑合。好在每个月发了工资先买粮食,填饱肚子不成问题,其他就一概免了。可钱到底是怎么花光的,谁也说不清楚。过了几天打扫卫生,在抽屉缝里发现还夹着十五元钱。如同得了一笔意外之财,全家人好不高兴。每个人都是复杂的,回到家就简单了,人在自己的家里是真实可爱的。如果人在家里也不再真实可爱,这个家就失去了家的意义,也许该散伙了。

谁说生活是枯燥的? 当你走进家庭就丰富多彩了,只有在家里才能够躲避高雅的或无聊的孤独。谁说生活太紧张? 当你躲进家里便放松了。

他在外面稳重,有条理,虚心耐心,耳聪目明,呈智慧态。一回到家从里到外都累极了,要休息,要松弛,要自在,呈自然态。高声说话,自得其乐地哼唱扬州小调,不管别人的耳朵是否受得了。不讲分寸地随便批评孩子。比如一家人打牌本是很高兴的事,他会突然因哪个孩子出错一张牌而高声叫嚷,搅得大家不欢而散。或者指责这个没把碗筷洗干净,要不就指责那个桌子没揩净……他的喊叫却是无心的。他有强大的理智,在外面靠理智活着,回到家想靠感情生活,彻底地舒展自己,不再有丝毫约束,不再有种种顾忌,随心所欲。他太喜欢自己的家庭,信任自己的家庭,反而身在福中不知福,回到家就完全回到了他的"自由王国",因此他一进家,孩子们就说:"爸爸广播电台开始播音。"

小儿子知道爸爸妈妈疼他,因此比两个姐姐更敢说。

"反正理永远长在爸爸的嘴上。"

"我怕爸爸,爸爸怕妈妈,妈妈怕我,咱们家的生态环境终究还是平衡的。"

她的确喜欢儿子,不论有多大的烦恼,一想起儿子就什么气都没有了。儿子身高一米七八,体重七十九公斤,就要高中毕业了,她仍然把他当成个大玩具,给他起了二十多个外号,随口乱叫:大熊猫,小呆瓜,瓜宝宝,皮特爷爷,小祖宗,瓜老先生……

儿子今年考大学,晚上她陪着儿子一块温习功课,一块背书,她认真看一遍就能背出来,儿子倒还背不出。这并不妨碍她一看见儿子就笑。

上边还有两个同年同月同日生的女儿,一个在大学读书,一个在工厂上班。

美满的人总是觉得自己的幸福与一般人的幸福性质不一样,她在家里跟在外边一样,不喜欢高声讲话,习惯于轻声细语,把噪音都让给丈夫一个人。

他晚上要看电视,明知道大多数电视节目俗浅无聊,也许正因为电视节目无聊才要看,不必动脑子,相反地对大脑倒有转移和调节作用,甚至还能帮助睡眠。有时他就靠在沙发上以鼾声陪伴着孤单单的电视机……

她晚上回到家,除去做家务,帮助儿女,喜欢一个人独坐一会儿,想想工厂的事儿,想想今天已经发生的和明天可能发生的事儿。看完白天在工厂里没有时间看的文件,有了诗兴还会立即命笔,记下自己的感受。

她外貌秀婉,诗词里的胸襟却相当豪放沉浑。选一首她一九八八年五月在美国学习时写的《望海潮》,可一隅而三反:

> 雨肥梧桐,风送残红,夜阑春残美洲。独自凭栏,重洋远隔,心随故国神游。翠竹绿红楼。潇湘飞落红,淑女浓愁。千古绝句,安有绿肥红瘦。
>
> 无需泪溃香丘。休效黄花瘦,愁载千舟。一览环球,群雄林立,小龙竞相逐流,光阴不复留。想浩浩十亿,当思沉浮。故国深忧,情思万缕系神州。

他到中央党校深造一年。

她当了三年副厂长,五年厂长,使厂子大变了,从外观到内部质量都变了。盖起了四栋厂房大楼,产品连续三届获得了国家金牌奖,可谓"三连冠"。当她要离开工厂的消息传开后,许多干部和工人都哭了……如今的干部调动能有如此效果,无异于群众向她颁发了一个分量更沉重的奖牌。她舍不得工厂,工厂也舍不得她。当厂长当到这个境界,还有何求?

他的官比她大,人们在介绍他或提起他的时候还是习惯于说他是她的爱人。可见当她的爱人比当官更出名更幸运更惹人羡慕。

可是,他从来都是自己生活的主心骨,尤其在生活出了麻烦的时候。

人们对他的忌羡里也有对他的不公正,由他们两个组成的家庭,却拥有一切让人妒忌的幸福。写到此,我还是拿不准要不要讲出他们的名字……

1988年7月1日

46

云南一绝

——朱宝凤素描

昆明市宁静的灯火托着熹微的月光，天光云影中显出云南白药厂深不可测的大轮廓。按GMP的标准建造的制剂大楼尤其突兀峥嵘，绝对是现代化的高规格厂房，却让人感到笼罩着一团神秘气氛，何况是在这难眠的深夜。

云南白药——俗称"神药"。

生物学家蒋加伦在南极遇险，生命垂危之际没有忘记自己背包里的云南白药，他知道里面的红丹是救命丹，吞下去果然出现了奇迹。唐山大地震时，一位医生感谢我的救援之情将自己保存的多半瓶云南白药送给我，我揣着它逢伤便涂，果然止痛不发炎。那米黄色的药面极为金贵，掉一点都让我心疼。孩子们通过白药知道有个云南，认识了云南。去年我们在五台山上翻车，我吃白药，涂抹白药酊，照旧游览，登山讲课，参加座谈会，决无疼痛之感，暗自庆幸受伤最轻。回到大同市在朋友们的劝说下去照个大相，以去疑心病。照相结果证实我摔断了一根肋条。断肋而不疼，这真有点神！

且住！这有点做广告的味道。

云南白药自一九一四年由曲焕章先生配制而成，至今已七十多年了。当一九八三年，一位看上去是那样清丽纤巧、含蓄娴静的妇女出任云南白药厂副厂长、两年后她又升为厂长时，使这古老的神药真正进入生机磅礴的青春期，"大跃进"时盖起的干打垒厂房在这短短的三年里被一片设有全套空调装置和全套机械化生产线的白药大楼所取代。根据生产的需要，可以自由而准确地控制空气的湿度、温度、洁净

47

度。现代科学技术使云南白药这神奇的配方更神,质量有了脱胎换骨般地提高。国家每五年颁发一次的金质奖章,自一九七九年以来云南白药已经连续两次摘取这金牌。全厂的产值、利润、主要产品质量等主要经济指标,连续三年每年创下一个新的历史最高水平。"历史最高水平"——这是个被新闻和各种报告材料用滥了的字眼儿,冲淡了它真正的分量和实际意义,仿佛它是轻而易举地写出来的、算出来的、喊出来的一串没有多少实际价值的虚幻的数字。白药厂的连创历史最高纪录却是活生生的、硬邦邦的,体现在国家、企业和每个职工身上,让你看得见,摸得着。这决不轻松,有一系列考验智慧和勇气的故事。

云南白药厂近三五年来的变化的确是神奇的,令人思索,不尽理解。要解开这变化之谜,关键在厂长朱宝凤身上。然而朱宝凤效应也不是那么好理解的。习惯于典型、样板、一窝蜂、随大流、千篇一律的中国人会觉得朱宝凤本身就是一个大谜……

当她以女儿的面貌来到这个世界上时,处于病危中的八十岁的祖父却焦急地等着见她一面才肯咽下最后一口气,他盼了一辈子尚未抱到孙子呢! 气息奄奄仍无比急切:"是小子,还是丫头?"家人不用商量却同声说:"是小子,小子!"祖父带着满足的微笑,把朱宝凤接来,自己却去了,带着永恒的谜。不知对少年朱宝凤的心理有什么影响? 从小学五年级开始,她突然从一个班上成绩中等的学生而变为全校的佼佼者。学校没有准备,父母没有想到,她自己也许早就准备适应新的早就应该属于她的地位。一九五七年,她是全校唯一的一个考上省立重点中学的学生。一九五八年由于极"左"路线的影响家庭受到冲击,从此后她就一直处于一种政治上"不开展"、学习成绩优良的两个极端的尴尬境地。这影响到她后来性格的形成和多元气质的形成。在联欢会上也许活泼异常,能唱能跳,转瞬间又变得极为文静,一个人躲到校园后边的小荷池边一待就是几个小时。前年回乡探望母校,不见昔日荷花池,只见一排排新楼,惆怅若失,不无凄楚,竟偷偷落泪。这就是朱宝凤。一九六六年底,大学已停课闹革命,"文化大革命"渐进疯狂,她这个"走白专道路的、入团难于上青天的资产阶级小姐",也热血沸腾,正想跟上革命的洪流。恰在这时收到一份加急电报:母病危,速归。她赶回家见母亲红光满面,是身为"老运动员"的父亲把她骗回来在家里提前搞"复课闹革命"。她不解,不满,怪罪家里不让她革命。但她却躲过了"文化大革命"的高潮,对轰轰烈烈的南京大规模武斗竟一无所知。在家读书、练字、写诗,直到半年多后,学校平静下来她才返校。这种逃避使她在政治上又损失了很多,一九六八年底被工宣队分配到云南昆明制药厂接受工人阶级再教育。

她被分配到机修车间当焊工。从江南初到云南,清秀的气质,细腻的皮肤,白衬衣,黑裙子,白袜子,黑布鞋,乌亮的拖到腰际的大辫子,再朴素不过了。自然去雕饰则是真美、更美,与云贵高原上的土黄色调不甚谐调,她被指责为"娇气"和"洋气"。工人一当便不敢再脱掉工作服。好在除了"娇气"和"洋气",再难指责她别的。五年后被调到设备科搞设计,总算回到了自己的专业。

知识又显示出了力量,雄厚的数学基础和娴熟的制图技术使她得心应手地设计了一系列化工设备,设计、施工、投产……一张张蓝图变成了一台台运动的机器,变成了成批的产品……"居里夫人"的夙愿似乎不仅仅再是个梦幻,此时她正值而立之年。

正当她踌躇满志致力于化工机械的专业设计和研究之时,一个意外的机遇改变了她的人生道路。她所在的工厂发生了一件不大不小的案件,与朱宝凤并无干系,却莫名其妙地伤害到她,谁料她气度卓然,处理得极为从容和理智,反使伤害她的人陷于卑微难堪的境地。上级组织部门在调查这一事件时发现她"有一套","气质不错",记住了她。在一九八三年企业整顿调整班子时,云南省医药总公司的一位领导同志凭着多年人事方面的经验,通过多方面的考察,发现了她特有的事业心和责任感,并且得到了当时省医药总公司党委的一致通过,于是一个"爆炸性的新闻"在云南省医药系统中传开了,朱宝凤被提拔为云南白药厂厂长。有人赞同,有人忌妒,有人感到莫名其妙……而她呢,似乎并无什么特别的感受,她少年时的梦想是当居里夫人第二。再说她长到三十七岁连芝麻绿豆大的官儿都没当过,学生时代由于功课好只当课代表,胳膊上连一道红领巾的杠杠也未挂过。从事技术工作以后也是只对自己的图板负责。图板一抱十年多,连打扫卫生、义务劳动都是听组长的招呼,根本不懂得组织能力为何物。最后她还是服从分配,上马到任。她找到了安慰自己的理由:"大学学什么不一定将来就非得做什么,关键是要在社会上找到自己的位置。大学更重要的是培养分析、解决问题的能力。"她甚至还有几分天真地想:"当厂长手里有权,就可以起用一大批有专长的人,至少不会搞武大郎开店,还是划得来。"

就这么偶然,仿佛是一种命运的召唤,她走上了领导舞台。奇怪的是从技术工作转到行政工作,她并没有觉得太困难。历史上这种先例很多,孔明就没有当过普通士兵,也没有一级级地爬过楼梯,他未出茅庐先知天下,当了军师运筹帷幄,决胜千里。她似乎就应该当厂长,一个天才的厂长诞生了。当她正式接手厂长职务的时候证实了这一点。

对于有才华的人来说,接手一个大家公认的烂摊子其实是很容易的,表面上吃亏实际是占便宜的,扭亏为盈就是英雄。而朱宝凤要接收的是个久负盛名的有相当利润的老厂。正因为厂子老,有强大的惰性,缺乏生气。加上内部困难重重,由于体制的原因,很少有即将卸任的班子会为下一届班子创造条件,往往是吃光分净,留下一个窟窿。白药厂奖励基金倒欠两万多元,某些所谓主要产品亏损。加之原材料价格飞涨,如田七一等根,从原来的每公斤七元八,涨到九十元,现在是二百元。惊破人们的想象力,比朱宝凤升得还快,叫她怎么办?工厂的利益受到威胁,职工等待着领导的决策。表面上架子又很大,很有名气,谁都以为白药厂不错。朱宝凤表面看是捡了个便宜,实际却有苦说不出。大家都要看看这个美丽端庄、双眸清亮的女工程师到底有什么绝招。

朱宝凤不能靠经验。她缺乏领导经验,只能靠理论。"穿衣服拎着袖子是穿不进去的,因为没有抓到要领。只有拎着领子才算抓到了要领。"云南白药厂需要她拿出决策。

一个企业的生死存亡,除了客观上不可抗拒的因素外,很大程度取决于经营决策。"管理就是决策。"一个正确的决策往往能以一胜百,反之一个错误的决策会损兵折将,乃至全军覆没。决策是个复杂的思维过程,甚至要进行数学处理。这恰恰是朱宝凤的优势。她在南京化工学院上学的时候,被同学们,尤其是女同学认为最难学、最头疼的两门功课——高等数学和理论力学恰恰是她最喜欢的,老保持着尖子的地位。高等数学第一学期考了全班第一。第二学期考了八十八分,到长江边大哭一场,自尊心太强了。第三年又夺回第一,一直保持到毕业。她复习功课喜欢躲到一个没有人的清静地方,然而不论她躲到哪里总有人找她问功课上的问题。一位老教授承认一生只教过两个满意的学生,朱宝凤算一个。且看她的第一个决策——由于原材料上涨而亏本的老产品葡萄糖下马。

生产葡萄糖的大厂是目前中国一流的西药厂华北制药厂,葡萄糖的原料基地在华北,产量大,成本低,占绝对优势。而云南白药厂是中药厂,生产西药是自己的劣势,到华北买原料,生产批量又小,成本高得吓人,没有前途。云南的优势是植物王国,应该发展新的中药系列。她的方案一提出却使全厂哗然,众说纷纭:

"新厂长不是上马而是下马!"

"葡萄糖是长命产品,到共产主义也需要葡萄糖。"

"只要对厂房和设备加以改造,不可能亏本……"

都是一些有资格、有发言权的人。其实是对她的不信任,她还没有获得大家的信赖。不能回避这第一关,工厂和她难以相处,就得改变工厂。宇宙间的新星都是在对抗中产生的。

朱宝凤召开全厂职工代表大会,讨论她的方案:"我测算过了,即使再投资六百万元也只能搞个不伦不类的车间,仍然竞争不过华北制药厂。目前我们厂也不可能拿得出这么大的投资。如果有人不同意放弃葡萄糖,请有识之士出来承包。不敢指望获利,只要年利润完成零,奖励一千元,低于零则降一级工资。半个月内无人承包就下马。"

厂长动了真格的。当然不会有人应战，却堵住了许多说闲话的嘴。丢掉包袱后退一步是为了前进。朱宝凤拿出一个系统的治理云南白药厂的方案，交全厂职工讨论、修改、补充。通过了就执行。改革要让每个人心里都有数，确立目标。

白药厂总体改造工程、厂长负责制、经济承包责任制……一项项重大的行动开始了。她发现问题，把握时机，用自己独特的思考力和方法去思索和解决这些问题。用新的措施，新的步骤，去实现新的目标。她给自己定的治厂方针是"决策、用人、分配"。摆在首位的决策就是变革现状，开创未来。这要冒风险，但值得。躲避一切风险就是躲避成功。问题是人们无论如何也不能把她跟冒险联系起来，似乎长得秀气的人就只能温柔，身上不可能有太多的铁元素。

一级产品要一级甚至特级包装。朱宝凤在大学是学化工机械的，启用从西德进口多年而一直利用率很低的胶囊分装机，使胶囊白药的产量有了较大幅度的上升。过去服用不大方便的易碎的瓶装云南白药逐渐被四克精装旅游型的神药所取代。胶囊剂型精致、服用方便、密封优良、剂量准确，立刻在市场上大走俏。紧跟着一批批中药新秀接踵问世，并很快走红。宫血宁、云南白药酊、云南白药膏等等。宫血宁成了妇科良药，求药者遍及全国各地。白药系列和田七系列产品名扬海内外。

重知识，讲究科学和精细的朱宝凤，可不想把自己的智慧和别人智慧像存钱一样锁到保险柜里。智慧同生命一样，不用就会变质。她的智力常常闪现异彩，而且深信不会让她走错门。她的设备精良、阵容整齐的研究所还在不断地推出新产品——这些科研人员是她的智慧银行。她还有一个思想银行，那就是围绕在她身边的以副厂长、总工程师、总经济师为大将的智囊团，协助她决策。

云南白药厂开始迈入自己的全盛时期。一九八七年与一九八六年相比产值增长率为百分之三十五左右，销售收入增长为百分之六左右，利润增长为百分之四十五，质量稳定提高率百分之百。一九八五、一九八六两年被评为云南省经济效益先进企业,一九八七年通过省级先进企业验收并接受了国家经委的表彰,被列为全国全面质量管理成效显著的企业,并荣获一九八七年云南省大中型企业争先创优的优胜企业。朱宝凤开始成为自己企业的真正中心。

按理说,她从被任命为厂长的那一天起,有了经营决策权和用人权就已经是企业的中心了。她却有自己的见解:"中心是自然形成的,不是靠任命出来的。上级可以任命一个厂长,但不能任命一个企业的中心。一个成功的厂长应该运用法律手段、经济手段、行政手段、教育手段使全厂的工作自然而然地纳入厂长的方针和目标的轨道,也只有在熟练地操纵好全厂这架大机器并使其各部件都高效运转后,厂长才有可能成为企业的中心。"

首先,工厂成了她的世界的中心,管理工厂是她的生命中的"维生素"。朱宝凤沉迷于自己的工作中,她使云南白药厂振奋,白药厂也使她振奋,这构成她生活的激情,甚至连丈夫和孩子也不能跟工厂争夺她。在家庭里她是贤妻良母,熟识她的或刚见过她的,似乎都不怀疑这一点。用她自己的话说:"由于受家庭的熏陶,我还是很正统的,外貌就属于比较典型的中国女性。"这比较引人注目,生活又极其严谨,省了许多麻烦,干事情会顺利得多。更准确地说,她是"比较灵活的正统型"。有个很好的数学头脑却很少用于管理家务,夫妻俩每个月领了工资都放在一个抽屉里,谁要花钱自己从里边拿。

她是个普通的然而又有些奇特的女人,有一种理解企业的杰出天赋,一种感情,一种无法说清楚的天生颖悟。谁能说清楚魅力到底是什么东西?但人人都能感觉到它的存在,一种情调,一种印象,一种信赖。现代科学管理喜欢承认智力的卓越作用,所以选择了朱宝凤。她却不玩心眼儿,坦率真诚,和群众维持一种动态的有生气的关系,使副手们都很清楚自己的权力、责任和位置。当然,强大的经济效益是形成厂长权力的重要因素,一个亏本的给职工发不出工资和奖金的厂长是没有资格谈论权力和中心地位的。决策正确,说话靠得住,敢于放权,让干部和工人不仅感到权力的严肃还要感到权力的温暖,也是她成为企业的中心的原因。

朱宝凤觉得自己已经有力量冲击一下最敏感、最麻烦、最顽固、也是毛病最多的分配制度了。她认为提高生产力的关键在于分配。要真正实行按劳分配,仅仅在奖金上或部分浮动工资上做文章是不行的,小疼小痒,不解决根本问题。她精细大胆地制定出工资改革的方案,实行全额浮动工资。

这在国营大企业可是超前的!毫不留情地触动基本工资就是真的掘了铁饭碗的老根,长期适应于基本工资的职工们受到强烈震动。朱宝凤的方案是把每个人的原基本工资输入电脑存起来。这一招很高,安慰和稳定了群众情绪,工厂不会忘记每个人过去挣多少钱,成为档案是很神圣的,可作为调动工作和退休的依据。

我愿列出朱宝凤的一系列的公式:

每个职工当月的实际工资=月工资单价×本月积分。

假若月工资为 x,单价为 y,积分为 z。

y 等于各工种所负责任的大小、艰苦程度的大小、职务系数 F_1、岗位系数 F_2,基本月工资单价 B。$y=F_1$、F_2、B。等号后面这三个系数又是怎样确定的呢?

B=A+B/100,A 为原基本工资,B 为浮动工资,完成月内各项计划得分100。

积分在100分以上部分的 B 值:

$R=A17$、$m17+A16m+...Aimi+...+A5m5/100M$

A17、A16、Ai...A5 分别指国营大中型企业干部工资17级到5级。

m17、m16、mi...m5 指各级相对应的人数。

F_1=现任行政职务和技术职务。

F_2=技术性较强或较艰苦的岗位。

车间工人的积分 z 总—zi_斗 –22–}–23+24+25。

z_1—产量分,z_2—质量分,z_3—消耗分,z_4—文明生产、劳动纪律分,z_5—安全、设备完好率分。

分配改革试行了半年多,生产效率显著提高。中国工人真正变

"扣奖金"为"挣工资"了,得到了群众的拥护。但试验还在进行,还有不少问题,尚需不断地补充和完善。眼下我可不想给朱宝凤惹麻烦,说她的方案如何完美,多么成功!

真正敢夸口说获得成功的是更为精密的考核干部的公式。以供销科的承包为例,已经试验了一年半。

——运用价值工程采用五个变量:x(超产奖),y(销售收入),z(差旅费),f(系数)。

$x=f(y+1oo)/(z+0.25m+24)-4.96$(万元)

其中 f 值是这样确定的:

当 y≤1450 万元时 f=0.1;

1450<y≤1550 万元时 f=0.11;

1550<y≤1650 万元时 f=0.115;

当 y>1650 万元时 f=0.12;

……

一个新型的管理干才,不是大家所熟悉的那种凭经验凭胆量苦干实干加会战的领导。但处在朱宝凤的地位,面对这一大摊子复杂的管理工作,再温柔的女性,身上恐怕也得有点铁的东西。只有自己相信自己,才能让别人相信她。好的态度就是自信的化身:内在含着一股令人尊敬的沉静的力量。

一九八六年随着云南白药厂的声名大震,外国商人蜂拥而至。愿意以百万美元的价格提供生产"云南白药膏"的流水线。当时,某些同志也鼓动她向某某男强人女强人学习,人家引进了多少设备,签了多少合同,去了多少国家,拉她参加各种各样的会议。朱宝凤很清楚,如果引进外国生产线或到香港招标,成与不成她都可以出国考察一圈儿。这是很时髦的,很出风头的。当时企业界正刮着一股出国、引进、贷款的热风,强人们如雨后春笋。她自知是文弱女子,绝非什么强人。花两百万元买进的设备一年只能使用一个月,利用率太低,划不来。最后决定跟江苏一家工厂联营,没花多少钱就解决了问题。

一九八八年春天,全国评选优秀女企业家。由各种专家组成的评委会对朱宝凤没有争议,认为她才称得上是懂管理,依据现代科学,而不单凭热情。因此成果扎实牢靠,不会起落无常,昙花一现。

中国大地上喜欢传说这样的故事:某某企业家是强人,由于强才招致妒忌、打击、陷害、争议,枪打出头鸟嘛。往往短命或焦头烂额,无计自拔。朱宝凤也是选择了做一个有所作为的不断行动着的厂长。她思想敏捷,行动也敏捷,在行动中还不停地思索,有一种创造性的勇敢。云南白药厂和她本人也并非名气不大,全国优秀女企业家、全国“三八”红旗手、全国优秀经营管理者、全国“五一”劳动奖章获得者、云南省劳动模范,还有这个委员、那个副会长之类的虚衔儿,等等,等等,连她自己对某些荣誉都感到莫名其妙,承担这些东西很苦、很累。她甚至不承认自己已经是优秀企业家了——她不谦虚,从学生时代她身后就拖着高傲自大的影子。既然这样想,一定有她的道理。

所有这一切并没有使她成为“有争议的人物”、成为被枪打的“出头鸟”。虽然不是所有人都理解她,却承认她,都说她的好话。但没有针对她个人的风波、官司,她私人没有什么所谓“对立面”,不必为她的名誉和命运担心,她在人际关系上耗费的精力也不是很多。这本是正常的,毫不足怪。由于奇怪的事情太多,不正常变为正常,她这个不该奇怪的现象反而显得奇怪了。况且朱宝凤在工作中也不是永远正确,永无失误。比如在评职称的时候,有些可评可不评的同志由于人际关系方面的原因被评委们否定了。她想鼓励和继续发挥这些人的工作热情,便设想搞个“代理职称”。结果所有没评上的人都想要个“代理职称”,闹得难于招架,她只好在干部大会上承认错误,收回自己的决定。类似这样公开向群众做检查的事情还有过。她不需要粉饰,真正的东西是用不着粉饰的。有错就改,威信会更高。

她很清醒,既没有被别人绊倒,也没有被自己的成就淹死。就像跑步能满足人的天性一样,也可能会有磕磕碰碰,但总的来说会益寿延年。朱宝凤的厂长生活就是一路跑步。我曾向她请教“益寿延年”

的秘方,她说:

"工厂的重大决策都要提交职工代表大会讨论通过。"

"你那个职代会不是形式? 不是简单的表决机器?"

"不,蛮有用。往往对我的方案作很多补充和修改,只有这样才行得通。"

"如果通不过怎么办?"

"通得过就通,通不过就算,并不影响我的威信。工厂不是我的,赚了钱也不是给我,我如果认为自己没错,会说服大家。"

她讲得很实在。有所求才能有所得,既当厂长就得克服知识分子的心理障碍,什么清高呀,不好意思呀,无所求呀,工厂可不能无所求。倘不尽如人意,就必须改变它,厂长经营决策的目的就是谋求企业的外部环境、内部条件、经营目标等三种综合因素的动态平衡。幸运的是在这个办事越来越困难的世界上,她似乎能够从容地做得到自己想做的一切事情。

在大企业的高级领导层里,没有多少女人的身影。朱宝凤不能不让人感到是个美好而深刻的谜。从生理学的角度去猜度她毫无意义,倒是哲学意义上的她令人深思并感到新奇。为什么困难重重的现在和未来会像泥团一样任她塑造?

当国家领导人接见朱宝凤等优秀企业家并为她们授奖的时候,电视屏幕上却找不到她的镜头。原来电视记者就不大相信她是朱宝凤:"呀,你这么漂亮哪像个女强人哪?""我不是强人。"她淡淡地一笑,好像强人就不应该漂亮,一个天生丽质,如此内秀、轻徐的女人怎么会当厂长? 怎么能成为优秀企业家? 仿佛这是不可想象的事情。记者喜欢把镜头对准有强人气质的企业家,让人感到中国的企业家是一排没有经过打磨的铸铁件。

朱宝凤确有多元的志趣和气质。娴于诗词,大部分是写给自己看的,像日记。一九八三年九月她给厂校的学生讲课,手里拿着东西一脚踏空,摔断两根肋骨住院。时值中秋,明月临窗,她在病床上填了一首《踏莎行》:

薄雾纤云婵娟轻度广寒寂寞无寻处纵然顷刻聚云峰清光万里难遮住不叹春归何忧秋暮今朝且喜银辉路巾帼自古多豪气当为华夏中流柱。

难得一股英气。她词里的意境比她平时的为人更放得开。当她到机场为一位颇有作为的朋友送行时,吟出这样的诗句:

天河飞渡,怅望西风倚栏处,唯见离人无数。

文豪武杰,叹沉浮几度?……沥血呕心,非图紫莽,独重山河固。天涯同此,愿肝涂九州路。

据传她写了很多即兴的诗词,抒发一时一地一景的情怀,却决不肯轻易示人。只有极少数被别人偶然发现拿去发表了。她承认,扎实的数学和文学功底对她帮助很大。清华大学请她去讲课,这是当初她想进而进不去的一座学府。一九六三年以优异的成绩毕业于著名的南通中学——数学家杨乐就是从这儿走出来的。论学习成绩,朱宝凤有把握考取清华、北大这样的金牌学府。厚爱她的老师却不让她报考这两所大学,重点大学要通过重点政治审查。她出身不好,其父是旧时代的知识分子,这样的知识分子可以被扣上各种各样的帽子。要想有大学上就选一个普通大学的比较好的专业。想不到二十几年后自己以高级工程师的身份站在了清华大学的讲台上。学生们问她是怎样成功的,她答:

"改革给了我机会,让我发现了另一个崭新的自我。连自由也随机会而变,丢掉机会如同丢掉生命。但机会并非一般的机遇,它不是等来的,更像是一种选择。一个人的命运取决于选择。"

"您认为中国的企业家应该具备怎样的素质?"

当时不是"红楼热",她未加思索便脱口而出:

"要具备王熙凤的决策能力和组织能力,具备薛宝钗的协调能力,具备贾母的容人和大家风度。"

今年她被选送去美国学习管理三个月。回来后向全厂职工汇报赴美学习考察的感受,讲了三个多小时无人退场。这无疑又是一种"朱宝凤效应"——如今让工人们有兴趣有耐性地听完一个长报告,多么不容易呀! 一个厂长的性格往往就是她的工厂的性格。

综合各种"朱宝凤效应",也许可以预测:她会逐渐形成自己的大气候!

1988年7月31日

权威的随和

如果说我跟文学有缘，其实不如说我跟文学界的一些老作家、编辑和朋友有缘。

在我的创作经历中，有一些人是我永远不会忘记的。陈荒煤就是其中的一位。我将陆续写出他们对我的帮助和影响。借庆祝荒煤文艺生涯六十年，便先写出这篇《权威的随和》作为开篇。

一九七五年第四届全国人民代表大会开过以后，又召开了全国钢铁座谈会和机械行业学大庆大会。我当时以天津重机厂锻压车间主任的身份参加了后一个会议，为一批老干部在危难之中还奋力抓生产的精神所感动。他们的生活和当时的文艺创作模式相比是那样新鲜，那样壮阔感人。会后我便写了短篇小说《机电局长的一天》，在一九七六年复刊后的《人民文学》第一期上发表。当时《人民文学》的编辑周明告诉我，叶圣陶、张光年、陈荒煤等老同志，看了我的小说很高兴，甚至很感动。

对一个工厂的业余作者来说，这个消息的分量是很重的。我不管他们是否被"解放"了，他们是文学界的权威——这一点任何人、任何时候都否定不了。我的小说获得了他们的认可，就是获得了文学的认可。

没有多久，随着"反击右倾翻案风"运动的高涨，《机电局长的一天》成了大毒草，要在全国范围内批倒批臭。周明告诉我，在给老先生们送第二期刊物的时候，有的老先生还问，这一期还有没有"局长"那样的小说？我的日子已经很不好过了，听了这话感到一股温暖。当时的文化部负责人于会咏,在一次会上说,一些死不悔改的反动权威对《机电局长的一天》表示赞赏,难道还不说明这篇小说有问题吗?

我跟文学的缘分是不打不成交的。

四年后我的又一篇小说《乔厂长上任记》在天津引起激烈争议,《天津日报》发表了十四块版的批评文章。当时我跟文艺界几乎没有联系,批评我的人我不认识,支持我的人中有许多我也不认识。我原来所想象的文学的神圣感彻底消失了,又一次感受到了文坛的险恶。

北京却是另外一种气候,专门为我的小说召开了讨论会。在会上我第一次见到了荒煤,活脱脱一个寿星老儿,异常随和。许多人当面或背后都直呼他"荒煤"——有些人是他的同辈,有些人则比他年轻得多,他都答应得很自然、很干脆。这自自然然的两个字带着尊敬和亲切。一个六十多岁的人能被人这样称呼,有这样的人缘儿,真是福气!

我读他的文章,击水中流,踔厉风发,语锋犀利。但他的人更像他的散文,宽厚,慈和,有大家气派的人情味。

想不到由于荒煤公开说了赞扬我的小说的话,竟激怒了当时天津市委文教书记,这位书记在一次会议上说,北京的冯牧,还有个叫陈煤荒的人支持蒋子龙……引得哄堂大笑,一时作为奇闻传遍文艺界。他又要批评文学,对文学却又表现得惊人的陌生。

为了我的一篇作品,使亲切近人的荒煤,在大庭广众被人呼为"陈煤荒",是对其一种亵渎,是对作家和文学的亵渎。我为此怀着深深的歉意,觉得牵累了荒煤。

一九七九年,中国青年出版社要出版我的第一本小说集,编辑王玉璋请荒煤作序。荒煤一口答应,并认真地看了全部书稿,有些细节和疑问并请王玉璋打长途电话向我核实。这份权威的严肃和认真,不只让我感动一时,还让我永远记住了。以后也有些朋友请我为他们的书写序,从不敢草率应付。除非不答应,既答应就按照规矩干——这是我从荒煤身上学到的。

我以前在学,今后还会继续学的是他身上那份平静自信的随和,几乎是有求必应。

天津的作家们想请他去讲课,他不推辞。天津一批企业家也很想见见大名鼎鼎的荒煤、冯牧,这两个名字在天津格外有人缘儿。我派人来请,一请就到。因为天津作协没有好车,我想请企业出车,有七家企业争着出车。因为谁出车接的谁就有权接待,就可以把两位老作家拉到他的企业去参观、去炫耀一番。那是一次全市性的企业家的重要聚会,当时的经济气候也很好,我真想威风一下,让七辆豪华轿车全部进京,作协的面包车开道,组成一个车队去接荒煤和冯牧。却又担心他们不高兴,倘再给他们惹出点麻烦也不值得。最后规规矩矩地只派了一辆车。

这次我进京参加"陈荒煤文艺生涯六十年研讨会",有十几位得到消息的企业家托我向荒煤祝贺,并希望当荒煤庆贺文艺生涯六十五年、七十年、八十年的时候,也通知他们一声,由他们负担费用。

他们是真诚的。

一个作家能获得社会广泛的真诚是难得的,是值得欣慰的。

经历几个时代,度过六十年文艺生涯,实在值得大庆特庆。既有才华又有福气,可喜可贺!

我祝愿荒煤老幸福长寿。

也祝愿中国文坛多有几个像荒煤老这样的福将,使中国文艺界多一份随和,多一些祥瑞之气。

1988 年 8 月

邮票大百科

两年前，我在写作长篇小说《空洞》的过程中遇到一个问题：国际防治肺结核病的标志为什么是一个双十字？我去请教医学专家，到网络上搜索，查阅大英百科全书，均不得要领。写作卡壳就如同嗓子眼儿扎了一根鱼骨，要咽咽不下，想拔拔不出，说疼不太疼，说不疼又每分每秒都不舒服，只要你喘气就能感到这鱼骨的存在，什么事都干不了，无时无刻不在想着怎样弄掉这根鱼骨。

憋得难受，就在自己的两排书柜前转磨磨，眼睛不知怎么就瞄上了《世界医学邮票大观》，"有病乱投医"，便从书柜上搬下了"大观"——我只能用"搬"这个字，因为它分量太重，大十六开本，用的是最好的纸，比砖头还要略厚一点。里面收录了五千六百枚邮票，全部彩印，并配有中、英文说明，真不愧是"大观"，洋洋大观！

我翻到了《早期抗结核病邮票》一章，连续四五页全是各式各样的"双十字邮票"，五彩斑斓，图案精美，哪个国家的都有。穿插其间的文字说明则介绍了结核病是在什么年代由什么人发现的，人类是怎样一步步寻找克治此病的方法……正是为了纪念伟大的先驱者，国际抗结核运动才将自己的标志定为"洛林十字"——俗称"双十字"。

说得简洁精确，赋有权威性。使我忽然对邮票有了新的认识，它看起来很小，但每一枚邮票的发行，都记录了一位重要的人物或一个重大的历史事件，将它们编纂起来就是难得的大百科全书！奇怪的是，发现这一点的不是邮政业的专家，也不是出版界的行家，是一个业余集邮爱好者。当然,他不是一般的爱好集邮,而是专门收藏医学邮票的世界级权威人物——至今他已收藏世界各国医学邮票两万多套,去年在罗马尼亚举办的世界医学集邮展上获得金奖。此公就是崔以泰教授,曾担任天津医学院副院长、天津医科大学校务委员会主任。

我也是由这件事起,才认识了这本"大观"的价值。看书如看人,只有认真读过之后,才知道要把它摆在什么位置——摆在一个好拿好放的地方,用起来方便。凡查找跟医学沾点边的东西,就先翻这本"邮票大观"。找到邮票就算找到一件事物的来龙去脉了。

比如,今年五月在报纸上看到一条消息,说广东狮子会在人民大会堂成立……只扫了一眼标题就把报纸扔掉了,觉得无聊,广东人舞狮子干吗要跑到人民大会堂开个成立会?无非就是炒新闻、出风头……过了一个多月,广东一位朋友打电话来,兴致很高,说刚做了白内障切除手术,非常成功。是由国际狮子会资助,用进口的最先进的设备,请美国的眼科专家主刀。他自上中学就戴眼镜,刚过五十岁眼镜片就厚得像瓶子底了,这次借着切除白内障将视力恢复到一点五,睁开眼以后的第一个感觉,是没想到自己的老婆竟这么老、这么丑!记得以前谈恋爱的时候朦朦胧胧地觉得还很漂亮嘛……我赶忙打断了他的话:先别谈你老婆,狮子会是怎么回事?舞狮子的为什么要资助你做白内障?

他只顾沉浸在恢复视力后的兴奋和遗憾之中,对资助他恢复视力的狮子会却所知甚少,只记得是个慈善组织。狮子和慈善有什么关系?放下电话我就翻开了"邮票大观",很快便找到了,国际狮子会由麦勒温·琼斯于一九一七年在美国的芝加哥创建,总部设在伊利诺伊州的奥克布鲁克。宗旨是推行"视觉第一行动",为盲人和有视力障碍的人提供帮助。并宣布每年的十月八日为"世界视觉日"。自一九九七年开始,向中国捐款近两千万美元,与中国合作开展一项世界最大规模的防盲治盲工程——"视觉第一中国行动"。凡纪念国际狮子会的邮票,票面上都突出一个大写的"L",或是一个狮子头。

还有,美国医师协会的徽章为什么是一根蛇杖?"扶轮国际"倡导的服务精神为什么成了企业经营中的最高道德标准? 等等,等等。翻阅邮票大百科,总是能令人兴味盎然。不仅帮助增加知识,而且图画精美,赏心悦目。

妙哉,妙哉!

1990年春节

奋燕之奋

近几年,"命运"这两个字时髦起来,几乎没有人不谈它,连文盲也认识它。

人世间真有叫"命运"的东西吗?反正浩瀚的《辞海》里没有这个条目。一位穷其一生精研《易经》的学者说,命是先天的,运是后天的。人生机缘际遇不可否认,但更重要的是能具备积极的人生智慧,掌握先机,进退有据。不患没有机会,唯患没有本事抓住降临的机会。

但是,在恋爱婚姻上"千里姻缘一线牵"的事的确存在。

上个世纪的五十年代之初,一个十四岁的纯净纯美而又执拗的小姑娘,毅然只身离开炽爱她的家、亲爱的母亲和三个哥哥两个姐姐,还有那生她养她的热烈奇特的泰国土地,和几个志同道合的伙伴跳上了从曼谷到汕头的航船。她只知道她的祖国是中国,而不是泰国,是祖国就有着不可抗拒的诱惑力,像一个更新奇更温暖的大家庭一样在等着她。根本没有想到(那时候她也不可能想到)会有一桩很难用幸福或不幸来简单概括,只能说是牢固而又一言难尽的婚姻在等着她,一个属于她自己的小家庭在等着她……

船刚驶进了暹罗湾,离南海还远着哪,她和同学们再也抑制不住对新家、新国、新世界的向往,彻底解放地唱起了中国歌曲。当时泰国的学校里不许唱中国歌曲,她和华裔的同学只能在星期天躲到公园的草地上或划船到湖中心,享受用华语高唱中国歌曲的陶醉感。

现在谁还敢管?"让我们荡起双桨……小鸟在前边带路……你是灯塔照耀着黎明前的海洋,你是舵手掌握着航行的方向……我们的田野一望无际……"嗓子嘶哑了,她们还在唱,还在喊、在吼,却没有笑。互相搂抱着,眼里挂着泪,一腔腔稚嫩的心胸里第一次涨满一种复杂的情感,有刺激有豪壮有留恋有孤单有莫名的甜滋滋的恐惧。

她的眼神空洞起来,在望着远处的浪花还是天际的流云?看见了自己真正想要的东西还是迷失了自己的心智?离自己的理想是愈来愈近还是愈来愈远?同学们摇醒了她:"你在想什么?"

她如果说想家,想母亲,想哥哥姐姐,她们大家准会在甲板上抱头大哭。幸好她的回答大大超乎同学们的意料:"我要郑重宣布,从现在起我不再是卢金燕,改名叫卢奋燕。跟着祖国一起奋发、奋斗、奋进、奋勇、奋不顾身,还有勤奋、兴奋!"

卢奋燕——三十年后这名字坚实有力地响亮起来。

至少在天津是一位口碑不错的名人,一位才华横溢的领导干部。我们似乎不习惯用才华横溢形容领导干部。当领导干部不一定非要才气纵横,才气纵横也不一定非要当官。她既有才华又是官,使平庸的权力场出现不平庸。因而发生在她身上的故事,意味就不一般了……在讲这个故事之前还是先说说她的恋爱和婚姻。

在恋爱婚姻问题上,她像许多中国的才女一样,起决定作用的不是她们的才华,而是传统道德。在恋爱之前最容易受"幻想支配",才华为她们提供了足够丰富的想象,在恋爱之后又最容易被"遭遇"所支配。六十年代初,卢奋燕是河北师范大学的学生会副主席、"红专标兵",人漂亮,学习成绩漂亮,组织能力漂亮,当众演说的口才漂亮,是全校无可争议的代表和骄傲,经常代表师大去参加省市的一些重大社会活动。每年一度的开学典礼上,校长必然要介绍卢奋燕的事迹,号召新生向她学习。此后的连续好多天,新生们轮番拥向她的宿舍,都想看看名人卢奋燕长得真像传说的那么美吗?

可以想见,除去妒忌她的人以外,羡慕她的钦佩她的倾心于她的小伙子为数不少,也很有那么一些有勇气的男生敢于认真地追求她。那个年代没有一个姑娘不把恋爱婚姻视做终身大事,同样也没有多少姑娘在生活中确实把它当做压倒一切的头等大事,往往把这种事排在学习、工作、入党、入团等等许多"身外事务"的后面,很少动大脑筋把幻想付诸实践,更缺乏胆略主动出击寻找并牢牢把握住那属于自己的千载难逢的机会,迷信自己有的是时间和选择的机会,便在自己还没有那种非常幸福或非常不幸、十分满意或十分不满意的感觉中游移着,无可无不可地进行着……直到有一天突然醒悟,已经没有时间了,也没有更多选择的余地了,游移便成定局。

卢奋燕的同班同学刘志民,河北蓟县人,面目清俊,喜欢思索思辨思慕思虑等一切抽象的思维活动,身上有一种明显的冷静的理论气质,又是生物系的学生会主席,接触校学生会的女主席有得天独厚的优势:请示工作,研究问题,共同举办或参加社会活动,而那个时代的大学生,社会活动何其多!于是,卢奋燕和刘志民随着接触愈来愈多,友情也愈来愈深,生活本来就是相遇。

一九六四年一场社会主义教育运动开始清洗中国,卢奋燕像突然遭了雷击,由学校的旗杆顶跌入臭水沟,由"红典型"变成"黑典型",由人人学习的尖子变成"修正主义苗子",由大家争睹她的芳容到人们见了她就躲,甚或投以白眼。

耻(恥)——"耳"与"心"相连,足见人言之可畏和反复无常。在这之前她的生命状态完全处于一种充分打开、充分放松的形式中,一下子很不适应这种球场上人盯人的战术。她怕见人,羞于见人,尤其不愿见到任何熟人,除去上课和参加各式各样的对她的批判会,其余时间就躲在宿舍里,连食堂也不去了。因为她进了食堂也无处站无处坐,端着饭盆无论站到哪儿或坐到哪儿,同学们呼啦一下就远远地躲开了,像厌恶一团发霉的饭菜。

那个年代的政治运动,像美丽圣洁的少女驱赶着人们羔羊般温顺可爱的心灵,忽东忽西,忽左忽右,热情开朗习惯于被众人围着的卢奋燕,受不了这种鄙视、这种疏远,饿了就在宿舍里胡乱鼓捣一点东西吃。同宿舍里还住着一位也有些失意的女生,她已经毕业了,因为身体有病分配不出去,还因为家里很穷她不愿回家,宁愿待在学校,只要她沾着学校,学校早晚得给她分配工作。这个人此时贴上了卢奋燕,她大包大揽,帮着买菜,帮着做饭,帮着吃喝。卢奋燕以为她们是同命相怜,非常感激她,把家里寄来的钱交给她,把心交给她,把痛苦和不满倾诉给她。那个人吃着她,用着她,花她的钱调理自己的身体,每天还要到运动办公室汇报她的"活思想",靠揭发卢奋燕获得学校的好感,想得到自己想要的工作。

以后她果然如愿以偿,卢奋燕却在会上被批傻了……怎么自己心里想的人家全知道?她无法为自己辩解,猜不透这是怎么一回事,真是神了、绝了!她就从未想到要怀疑同舍的大姐,连同这困惑和新的痛苦再倾诉给这位大姐……真诚注定是要呻吟的。她在实实在在中痛苦,且不得不试着接受人生种种不同的境遇,直到毕业的时候,好心的班主任怕她到社会上再吃这单纯轻信的亏,便点给她这位同舍大姐的底细。此后的二十几年里这位同舍大姐每每见了她仍旧像没事儿人一样跟她说个没完,回忆多姿多彩的大学生活,偶尔还会到她家里串门,她也始终没有点破两人间的那层窗户纸。

卢奋燕或许是出于对心灵有残疾或性格有缺陷的人的同情,或者出于对人类的尊重,见不得别人的丑陋和尴尬。她也永远不适应人际关系中那种病态般的工于心计,当官以后仍然不适应。她先被分配到天津市四十中学当了生物教员。刘志民出身好,分配到教育局工作。

无产阶级文化大革命使学校变成战场,单身教师宿舍为造反派所占领,卢奋燕无处安身,把自己的铺盖搬进刘志民的房子,两个人便结婚了。

危机从来都孕育着"生机"和"新机"。

简单吗?对于听故事的人来说这原本应该是最富色彩的结合,却处理得这般简单和容易,缺乏应有的浪漫和一波三折。这就是真实的生活,在当时除去政治斗争是复杂的,其余的一切都很简单明白。她不再是个富有个性的美丽的孤独者,她有了自己的家庭,就开始喜欢并热爱这个家庭。因为她可以按照自己的心意构筑、充实和打扮这个家庭,她在家里完全可以舒展自己生命中的强大活力,重新得到生活的力量和激情。

相遇是简单的,牢固的维系就艰难得多了,必须投入全部才华、真情和辛劳,还有相互的尊重和忍让。南方女人仿佛生来就是天才的采购员和厨师,南方人的口味复杂,不能容忍单调,泰国菜,潮州菜,天津味儿,她吃过见过,做起来也不是很困难,一回生二回熟三回成名。大革命的年代工作并不是很紧张,她买菜做饭的时间雷打不动,这是天经地义的,以后随着职务的升高她的工作担子沉重起来,每星期日上午大采买,有些费事的东西如:猪肝、猪肚、牛百叶、排骨等等做成半成品,放在冰箱里够吃一个星期的。星期四下班后做一次补充采买,蔬菜要吃新鲜的,每天现买。

河北人的饭菜比较简单,刘志民的胃被彻底征服了,当然还有他的心。他脑血管先天畸形,上大学的时候老闹头疼,总以为是学习紧张,运动紧张,追求卢奋燕也不能说不紧张,她是先进标兵的时候追她不容易,她成了"黑苗子"追她要听闲话,精神更得紧张。结婚后他的头疼病却奇迹般地消失了,为什么? 他自认为是省心、舒心、心里美。

凡有亲戚、朋友、邻居走进他们的家,沉稳的刘志民绝对是家里的老太爷,家里的一切因他而转动。围着他活泼转动的才是卢奋燕。决不可误解刘志民是个霸道的大男子主义者,恰恰相反,他文质彬彬,随和勤快,只是非常懂得享受家庭的快乐和欣赏妻子的魅力,在他的眼里卢奋燕是个充满生命智慧和活力的良妻,如同一片灿烂的阳光,一种温馨清洁的空气,使家庭里弥漫着她的情趣、她的味道,角角落落和每一件东西上都染上她的色彩。刘志民一点都不怕丢失自己,男人的幸运就在于能躲进女人制造的温暖舒适的氛围里。

对别人也许是沉重的家庭负担,对卢奋燕来说却是一种对她生命的肯定,对生活的享受。她是被一个叫毛遂的老人所称道的那种钢锥,放在哪儿都要冒尖,不习惯于碌碌无为与世沉浮。即便在"文化大革命"中,别人可以把她拉到批判台上当做批判对象,可是当她走上讲台,两派学生都能不跟她捣乱。因而她的班复课最早,她是全市最著名的改造三蛋(浑蛋、坏蛋、零蛋)生的特级教师。她的武器是真诚和才智,分量很沉的真诚,才智又使她更有力量。保护弱小,又不扼杀人的内在的骄傲。

　　一个三轮车工人的孩子,因为父母没有门路,毕业分配成了最倒霉的一个。卢奋燕找学校,找教育局,找接收单位,似乎是不顾一切地为自己的穷学生讨回公道。她是全班学生的母亲,谁也不能欺侮她的学生,连那个年代的学生都知道她是好人,不爱她还得敬她,不敬她还得怕她。她的言她的行总有一种真挚的道义感,因为她自己就具备足够丰富和强大的心理资源,开发学生的心理资源并不吃力,包括她的端庄的大家风范,她的美,对周围的事物都有一种提升作用。

　　这是女人的方式,或者说是母性的方式。一个真正富有自豪感的女人,一个心灵成熟的女人,必然充满智慧、爱护、宽容、温慈和坚韧。"文化大革命"结束以后,她的真诚和才华得到肯定,被评为全市第一个"全国模范班主任"。劳动模范往往是出名的第一步,然后是当校长,被选为天津市妇联主任,一九八六年被任命为天津市旅游局局长兼党委书记。

　　二十多年过去了,刘志民仍旧是个科级干部。他思想正确,不激进也不落后,言行谨慎,有学历,有人缘儿,许多人都认为他是当官的料儿,可偏偏就得不到提升。公认心直口快、大大咧咧的不适合当官的卢奋燕,却"官运亨通"。

　　是不公平还是最公平?以刘志民的聪明对当不当官不可能看不透,以他对卢奋燕的爱不可能不为妻子的成功而高兴。看得再透也是社会人,要说他心里一点没有压力恐怕也不可能。连副食品商店的售货员都跟他开玩笑:"刘老师,你就这么没出息?还不如卢老师官儿大。"他居然一时接不上话茬儿,脸上一红一白只有苦笑,心里却是真生气,回到家学给卢奋燕听。

　　卢奋燕不假思索就替他设计出了答词儿:"你不会说,二十年前我就看出老婆有本事,所以才娶了她,可见我还是比她强。"以后再有人用妻子的成功取笑他,他真就用妻子教的话应对,自我感觉也好多了。

　　好事哪能都叫他赶上?妻子好,儿子可爱,家庭美满就行了。世间没有十全十美的,太满必溢,太圆则缺,他们家的风水可能都集中在卢奋燕一个人身上了。卢奋燕确是名人,且不是花瓶式的名人,有她在的领域里当花瓶的往往是别人。

她抓教育,教育就是头等大事。她当妇联主任,保护妇女儿童的权益就无比重要。带队到穷苦农村"扶贫",她带去了花钱在香港买的几千根钩针,教当地的妇女织围巾,并负责联系收购的企业,一包到底,救人救活。有时最简单的想法往往是最合适的想法,妇联还要办企业,这可是赋予妇女团体一种新的意义,开始谁敢相信?可是一个个成功的设想变为成功的现实。她似乎具有经商的天赋。她不仅有足够的智慧,还有专一的欲望和力量。跟自己的职责同呼吸共命运,没有干不好的事。中央书记处派人总结天津妇联的工作经验,写了一大本。

她当哪个单位的头头,那个单位就出成绩,就令人瞩目。她干什么,什么就吸引人,就应该干好也能够干好,就容易出彩。她当旅游局长,下属三个全市最大的饭店,一个获得国际上的金牛奖,一个被评为亚太地区最佳饭店。中国有那么多合资大饭店,这还是第一次获得这种荣誉。天津在大饭店的管理上居然跑在了广州、北京、上海的前面,是卢奋燕有福气,还是她管理旅游局有能力?

每一项具体的奖并不是卢奋燕个人得的,但多年做教师的经验使她具备能够使部下成为成功者的能力。为保护有才华有专长的业务干部,为无辜受伤害的工人打官司,为家破人亡的家庭解决具体困难,该找谁就找谁,该挡住谁就挡住谁。不论是什么人物,谁站在不公正势力的后面就活该他倒霉。她一方面有太多的真诚,随意支付给任何人,同时她的真诚和热心肠又是非常严肃的。因而她也常被自己的责任感推到极端境地,有时她如果后退一步就会海阔天空,平步青云。她不肯退,不能退,不太在乎输赢,仍然直言无隐……

就在她工作最艰难的时候,巨大的不幸又扑向她的家庭。一九八七年八月十四日,卢奋燕进京办事,早晨登车的时候,刘志民严肃而又动情地叮嘱她:"早点回来!"

她心里突然一阵发热,自己经常外出,家里人早就习惯了,今天丈夫对她表现出来的依恋不舍,异乎寻常。是他对自己的职务不再计较,把家庭却看得更为重要了,视她也更为珍贵了? 更多的,卢奋燕没有想。

她忙了一天,晚上十一点多钟才回到下榻的房间,电话铃在响着。同局的干部告诉她刘志民病了。她心里扑腾得厉害:"什么病?"

"……胃病。"

胃出毛病还不是最可怕的,她提起的心稍稍放下了一点,但还是决定喊醒司机立刻往回赶。其实刘志民是脑血管大出血或者脑血管栓塞,晚上八点多钟在单位正开着半截会突然昏倒在会议桌旁,下边的干部怕她着急出事,说了谎话。凌晨两点钟卢奋燕赶到了医院,刘志民还在急诊室旁边的楼道里躺着,静静的仿佛已远离了喧嚣的尘世,旁边围着一堆人,也是静静的,仿佛怕吵醒了他。卢奋燕脑袋嗡的一声,为什么不抢救?

没有亲属的签字,医院不给穿刺。不穿刺就无法断定他是脑出血还是脑栓塞,不诊断清楚他是脑出血还是脑栓塞就不能制订抢救方案,因为对脑出血的用药和治疗同对脑栓塞的治疗截然相反,如果诊断不准用反了药,病人必死无疑……于是就只能干等着。

卢奋燕快要疯了,让一个极端危险随时都可能死去的病人等了六小时! 既然穿刺是必不可少的,为什么非要等她亲手在解脱医院责任的纸片上写上名字? 难道手续重于刘志民的性命? 可人命关天的事,别人谁敢担这个责任? 对于旁人来说,自己不担责任大于人命关天。

生死关头看夫妻!

刘志民被送进手术室,穿刺证实是脑出血。卢奋燕的大哥曾给她一盒同仁堂五十年代初生产的安宫牛黄丸,作为家庭必备的药,她大大咧咧热心肠,需要这种药的人很多,现在又绝对买不到这么好的安宫牛黄,她给这个两丸,给那个两丸,也是刘志民命大福大,最后还剩下两丸。连医生都说:"多亏了这两丸老安宫牛黄!"

市里曾经两次给她调配住房,她都让给了别人,自己仍旧住在接近郊区的普通教工宿舍里。她的严于律己是一个原因,同时还有女人的细致,老房子虽然窄小,但是刘志民的单位分配给他的,只要住在这里刘志民就是真正的一家之主。她怕住进自己分配的好房子让过分敏感的男人心理感到压抑。

现在刘志民住在市中心的医院里,离家很远,一日三餐她还要亲自做亲自送亲自喂,局长和党委书记的职责还不能耽误,时间一长她还不得也被折腾垮了? 旅游局的一位司机分到了新房子,他在市内还有一小间房堆放破烂,卢奋燕找司机把这间小屋借过来,打扫一下,搬来自己的床和煤气灶,开始了她漫长的艰难奔波的日子。每天至少重复三次"小屋——医院——办公室——小屋"这样的循环。

对一个女人来说,不管她是什么官儿,现实世界往往集中在家里,只有家庭才是生活的中心。任何职务都是暂时的,家庭却可以是永久的。她算有家吗?

有,她不能让心灵没有属于自己的码头。

丈夫有可能变成植物人、傻子、瘫子。她在工作上也遇到了最严酷的挫折,因为她不寻找安全感而喜欢寻找挑战,她的才华也没有教会她平和地对待失望。她受到的伤害不必细说,凡是中国人一想就能猜得到,中国很大,麻烦却大同小异,天南地北整人的招数就那么几下子,只不过不同的人使用起来方式略有变化。但,对痛苦的感受却因人而异,卢奋燕的痛苦只有她自己最清楚,有时比丈夫的大病更让她绝望。

她要求自己一走进病房就把全部烦恼都丢在门外,脸上永远挂着笑,给丈夫喂饭喂水喂药还有各种各样好吃的东西和补品,帮他翻身擦洗身体端屎端尿……只要她在,一切都亲自动手,耐心,细心,没有一句抱怨。雅洁,镇定,甚至还有几分闲适。

丈夫已经不能再跟她共同承担精神上的痛苦,她把可能发生的一切都翻来覆去想过了,给自己订了几条规矩:自己对他好,比任何医药都更重要。在他面前自己永远是妻子,还要当好喜剧演员,让他开心。

她每次进病房(以后刘志民出院回家后,她每次进家门前),都挖空心思编好让他高兴的故事或笑话。至今三年过去了,他们没有生过一次气吵过一次嘴,这好像还算不得什么。三年里她也没有一句抱怨,没有一次摔摔打打,或表现出不耐烦,这就不那么简单了。人家都说久病无孝子,妻子能例外？和刘志民住同房的病友,比他的病还轻,妻子去过两三次就不再露面了,其他家属侍候这种病人也是应付差事,谁都清楚这种病人对家庭只是一种拖累,而好人还要继续生活下去的。卢奋燕和刘志民也是夫妻,也要过日子,能做到这一步是多么不容易。她不让丈夫有一丝一毫的敏感联想和不快,非常小心的若无其事,不一般的随便自如,她说:"叫老刘的病把我治得只会笑不会恼了。"

她当然也有眼泪,只不过在背后流。她的笑不是装的,不是勉强的,那样不会持久。她有办法调理自己的心理,她并不认为这是家庭的大不幸,如果老是这样反问:"老刘为什么要得这种病？这种事为什么偏叫我碰上？"那就是自我折磨,愈想愈烦,愈想愈不合算,时间长了必然会闹事。既成事实,已成过去,无法挽回,没有什么意义的问题不要纠缠,她学会了向自己这样提问:"老刘得了这种病没有死,没有变成植物人,是他福大命大,也是我的福气。"

所以,几年来有多少人向她打问老刘的病,她又得向别人重复多少次相同的话？一般人真受不了,她却能自自然然,没有一丝厌烦,谈得坦率但并不沉重。没有回避不幸,没有夸大宣扬不幸,没有怨天尤人,不带一点不幸的样儿,不露丝毫倒霉相,乐乐呵呵一副生活强者的轻松愉快。

她还有另外一面,这时候恰恰是她最困难的时候,压力从上中下三个层面向她逼来。因为真诚,防卫意识就弱,自己暴露得也完全。也许犹太人的观点是对的,一味迎合别人就会失去自己,注重人缘并不是成功的重要条件,缺乏才能的人才在交际上下工夫。但中国不信犹太教,有人劝她:"害人之心不可有,防人之心不可无。"

她说:"不会害人的人也不知道怎样防,我自以为老是防备着哪,却仍然老挨算计。"

还有善良的旁观者和欣赏她才华的人也劝她：走吧，亲属都在国外，且相当富有，何必受这份儿洋罪？物质解放是思想解放的基础，如果你真是矢志不移地决心实现少年时代的爱国理想，那就换个环境到深圳去工作，三个机会任你选：一个月薪一万元港币，一个月薪两千美元，一个月薪三千元人民币。

她拒绝了，她的才华还在于知道该忽视哪些东西。

她投入工作更增添了一股韧劲儿，对自己像对待一架机器一样，拼命打快转儿。时刻还不忘记内紧外松。夜深人静回到借来的那间小屋里，累坏了，倒头便睡，什么也不想。真正女人式的奉献是无止境的，在家里如此，在外边也如此，这股拼命劲仿佛就是对生命之美的永恒肯定。她害怕闲下来。有时忍无可忍，感到自己快撑不住了，要崩溃，或者要疯狂，就拉上儿子去逛商店，转了一家又一家，什么都看，什么都没看见。只求累，只求拥挤，只求忘却。累够了，挤垮了，回到家就容易睡得着。

她把大姐从泰国叫回来，见了姐姐才知道，痛苦和失望是不能让别人分享的东西。姐姐陪了她半个月，她谈笑自若，原来想说的话一句没说。她到底顶过来了，不公正是强大的，但退却的往往也是不公正，她不在乎输赢反而赢了。最难得的是她始终保持了自己的气质和尊严，活得简朴而真诚，辛苦而自由。尽管真诚已是当今社会的奢侈品，她照旧以真诚法则适应现代生活，行为处世率直洒脱，不苟得取，不妄希冀，构成了她性格的美。在领导干部中让人感受到一股难得的清新气息。

而且，她仍旧年轻美丽，对自己的气质和才华仍旧充满自信。

如果刘志民命中注定非要得这场大病不可，那么他是幸福的，医院的病友们羡慕他，连某些医生也羡慕他，他的家庭也是个不幸而又幸运的家庭。他奇迹般地又站起来了。在同类病人中他算比较重的，延误的时间又长，恢复得却最快最好，生活基本能够自理，说话虽然还比较吃力，简单用语却能够表达清楚。

卢奋燕认为让刘志民高兴还不算困难，让他重病之后对生活仍旧有信念有追求,可就难了。她买了笔墨纸砚字帖,每天给丈夫留作业,除去治病、锻炼身体,必须用左手写两个小时的毛笔字。悬肘用毛笔写字可以练气练力,需全身用劲,她下班回来要检查。每有客人来,她总要拿出刘志民的字,显摆一番,没有夸张和做作。但可以看出,她由衷地替丈夫高兴。

刘志民不再有烦恼,吃得好,睡得好,面色红润。所有见到他的人都感到惊奇,他比实际年龄年轻得多,他似乎真的愈活愈年轻了。每当有人说他大难不死必有后福,他就会一字一顿地回答:"多亏奋燕,难为了奋燕。"

几年来卢奋燕对丈夫的态度也震动了她周围的人,最朴素的说法是:"想不到卢局长对她爱人这么好!"为什么想不到?因为她有地位、有名气?她首先是女人,有自己的家庭。

一九八九年的春节,国家旅游总局的局长从北京来给天津旅游局的干部们拜年,看到卢奋燕一家在借来的那间小屋里过年,心里又难受又感动。回京后五个局长共同做出决定,给卢奋燕调换一套房子。卢奋燕带着儿子去看房,她也需要有个人商量,用半天时间在新房的窗台上设计出房子的装修方案和全套家具图样。前些年她存了一点木头,一切都要做新的,一切重新开始,把家里装修得舒适而漂亮,且充分体现了她的情趣和个性。

她不能让自己的家庭变成枯燥的沙漠。一个色彩柔和,布置雅洁的生活环境对刘志民的健康会有好处。是的,"多亏奋燕"。她也真有本事,谁叫她的家庭是"女强男弱"呢!

她卓越,但普通而善良,具有实干精神,在困境中奋进,心灵已经成熟。今后她更不会对生活失去自己的信念和个性。

1991年3月

成功者的代价

题　记

题　记

　　每个家庭都需要其成员终生对它进行设计、修正、不断完善。有成功,但不会有绝对的圆满。因为水涨船高,世界不停地在变,人心不足,感觉不同。将大比小,像所有兴兴衰衰的王朝一样,鼎盛还要更完美,结束都是在衰败上。人对家庭的设计永远没有彻底完成的时候。

　　无可否认的是,大凡成功者(我这里指是俗语所说"混出个人样儿"的,当然也是指有家庭或曾经有过家庭的),都受了家庭的影响或影响了他们的家庭。观察当代成功阶级的家庭,了解这些成功者们的家庭观,不仅有意思,而且对把握生活、认识当代的人和社会也很有裨益。"看看人家是怎么生活的。"——这不是一句现成的古训吗?

　　正像每个家庭都有自己特殊的味道一样,也都有自己不愿让外人知道的隐秘。然而中国人,尤其是成功者——他们大都是一些经常出头露脸的人物,更要承受一种压力——没有私生活!家庭则是"官"的,是光明正大的存在。这给我作出这个题目提供了方便。我不想触及每个家庭特有的隐秘。

　　中国的家庭包容的东西真是太多了。让我们到成功者的后院里去看看他们的运气吧。

　　这是一个让人羡慕的家庭,或者说是一对最容易招人妒忌的夫妻。

中国人不妒忌失败者、倒霉鬼。

了解他们的会羡慕他们。

他天生是个发明家。一九五九年毕业于北京电力学校,学的专业是汽轮发电机,分配到大西北一个发电厂分管劳动保护。分管劳动保护也不要紧,是锥子总要露出口袋。他看到燃运车间的工人长年累月跟煤灰粉尘打交道,就想发明一种药剂,专门捕捉空气中的粉尘。早晨刷牙,"唰"——一滴牙膏沫落入脸盆,立刻又在水面上散开,再落一滴,仍旧如此。他心里一震,预感要有一项新的发现。不久,具有魔术般奇效的除尘剂制成了。同时还搞出一种副产品——营养面膜,搽在脸上保护皮肤,挡住粉尘,下班后用水一洗,一个个假"奥赛罗"全都恢复中国人的本来肤色。

"文化大革命"结束以后,夫妻双双调回河北。他看到一个药店的职工把湿毛巾搭在电风扇上,吹出的风又凉又湿,便发明了Ⅰ型冷风器,救活了一个四百人的工厂。当他就要得到一笔奖金的时候,他那个特殊的、十分发达和灵敏的信息网告诉他,日本也研制出同类产品,结构、性能同他的冷风器相仿。他找到工厂领导,要求做放弃Ⅰ型冷风器的打算,赶快研制Ⅱ型冷风器。只有超过日本才能打进国际市场。三个月后,他拿出了样机,体积缩小一半,像一台十四英寸电视机,价格降到一百六十元,能降温三度至六度,性能超过了日本产品。

在火车上,他看到一个秃发姑娘偷着抹眼泪,便决心搞出一种有实效的生发灵。这个世界残疾人太多,也有着太多的丑,极需美,美将变成人类的一种基本需求。以他发明的粉刺露、增白露、亮肤露命名的北京三露厂,原来亏损几百万元,而四年后固定资产达到五千多万元,安排了一千多名残疾人就业,拥有浓眉灵、速效眼角皱纹蜜、丰乳霜、眼袋霜、睫毛膏、止痒露、减肥霜、少白发液、四肢脱毛灵等三十种大宝牌系列化妆品,仅特效生发灵一项产品在一九九〇年就跟日本签订了八百万美元的出口合同。

他充满创造的渴望,脑子一刻也不闲着,同时还用高价收买天下一切他认为有前途的创造发明,手里总是握着好几项正准备开发和等待开发的技术专利。如:香烟头放上去自动熄灭除烟的烟灰缸、防止窃听的报警器等等。

他的创造欲自然也给家庭不断带来清新的空气,形成夫妻间特殊的氛围。结婚的前十年,正是"文化大革命"期间,他们一方面经济拮据,一方面时间充裕,妻子的衣服、鞋子全由他亲自设计、制作。他是个巧人,看什么,会什么;干什么,像什么。直到现在,她的衣服、鞋帽也一律由他购买。她不无骄傲地说:"他买的比我自己买的更好看、更合适。"他出差出国唯一不会忘记的私事就是为妻子选购衣物。

她是西安人,学临床化验和工业化验的大专毕业生。他搞化妆品研究离不开配方、化验,她天生就是他的辅佐,他的不可缺少的合作者。他是厂长,她是负责技术的副厂长。只有这样才能最通畅地执行厂长的指令。他的一些天才的设想通过她总能得到最彻底最坚决最完美的实现。中国历来就有拖延的习惯,不拖不延不为官。妻子做丈夫的助手那就另当别论了,自觉地拼命干。总体设计、开拓创新上他胜于她,细致周全方面他不如她。从选料到配方到化验分析到最后出成品,她一抓到底。直到几年后教会了一批技术骨干,下面的具体技术工作她才敢稍微放一点手。所以他的事业总是上马快,收效快。几个月就扭转局面,两三年就打到世界上去了——远销四十多个国家和地区。

这不是夫妻店吗?

是的。但岂止是夫妻店。他的姐姐是管设备的副厂长,他的外甥是配料车间的主任,还有他和她的另一些亲戚在三露厂或跟三露厂有关的部门工作。

北京三露厂是国营企业,怎么会允许他们开夫妻店?确实有人在私下里议论这件事,我也为此事替他们担了一份心。但没有听到有人公开地批评和反对这件事。为什么?

她的哥哥是学英语的。来北京看病,见她和丈夫创业不凡,便在她的试验室里帮助翻译资料,协助她搞化验。方便牢靠而又高效率,更不用担心会泄密。这种忙一帮就是两年,旧病未治再加上劳累过度,在回家的火车上脑溢血而死。她为此不能原谅自己,咒骂自己自私,怨恨自己,她欠了娘家永远无法偿还的债,无颜见家人,更不敢见嫂子。

工作还得进行下去,用每月二百五十元的高薪雇用了一位化验师。当他掌握了技术和配方以后,便讨价还价,很快就到一个挣钱更多的地方去了。也有人偷走"大宝"的配方,正准备以四十万元卖掉时被抓获了。

"上阵父子兵"——尤其是在创业阶段。倘不如此,这几年也许会冒出好几个三露厂,大宝系列化妆品也不愁没有冒牌货。

在当今这一言难尽的人文环境里,他们敢大大方方地这么做,倒是需要一种特殊的勇气和魄力。他的掌管配方配料大权的外甥,想出国去上学或工作,机会难得。他不准,并通知保卫科,如果外甥想不辞而别就先把他扣起来,因为机密不是他的,也不是三露厂的,是属于国家的。他外甥大叫"亏了"! 由于自己干得太多,或者说知道得太多,反而等于卖给了北京三露厂。

事实是,当他后来辞职获准,离开了北京三露厂,新厂长立刻找他的外甥谈话,希望他安心工作,并认为他的舅舅对他不公。他的妻子也因他的离职而很快被提拔为常务副厂长,带队到美国、日本去考察。

好像印证了她的说法:"自己的丈夫当厂长,我失去的比得到的更多!"

她失去的是什么?

平稳、安宁,还有对一个女人来说也许是最重要的欢乐和骄傲——那就是做母亲的欢乐和骄傲。

他最初研制"三露"是利用业余时间在家里干,窗台上摆着各式各样的瓶子,里面装着各种颜色的药水:红色的、粉红色的、黄色的……对他的三岁的儿子来说是很好看很诱人的。趁他们不在家的时候,小儿子喝了几种有甜味的药水,得了无法医治的再生性障碍贫血,随时都有生命危险,每星期必须彻底换一次血液。《北京晚报》曾发起一个群众性的抢救这个孩子生命的舆论高潮,发表了不少感人泪下的文章和来信。

她放弃了工作,在儿子身边寸步不离地守护了五年。五年,每分钟都充满危难,好难熬,好艰险。卖光了所有能卖的东西给儿子买血买药。有一次儿子想吃鱼,他不得不脱下身上的衣服换了几条小鱼。几次陷入绝境,夫妻俩走投无路只能在马路上抱头痛哭。她把所有的悲苦、忧愁和悔恨都一个人默默地咽下去,没有对他埋怨一句。她生儿子的时候就是独自承担生产的全部痛苦和欢乐。女人在这时候最需要丈夫陪在身边,可他没有。她选择他时就知道,自己这一生将无法跟他的事业争夺他。

她正是风采灿烂的年纪,五年熬下来她自觉整个人都变形了,思想迟钝了。再重新走入社会的初期,极不适应现代人际关系的复杂、尖锐和多变。

儿子的性命暂时是保住了。但智力增长极为缓慢,少言寡语,身材像个几岁的孩子,而脸像个二十几岁的成年人,被药物弄得粗糙、不平整,甚至有些许变形,知情人都不忍多看他。他们一有空就爱抚他,为他按摩。父母温柔得像孩子,笑得很甜,眼睛里流露出负疚感;孩子木呆,眼里无神。这是一幅极不和谐的充满悲酸的图画。我第一次看到这场面时眼睛像被抽了一鞭子,说不清是一种多么复杂的难受,立刻闭上眼或掉过头去。谁知道他们心里藏着多少苦痛?

他们制造化妆品本来是为了美化人类,却先毁了自己的儿子,弄丑了家庭。所以他以后发明的大宝系列化妆品都是从中草药里提炼,无毒无害,有病治病,没有病美容。如购买者有稍许怀疑,他就当场把液体性的化妆品喝下去。他儿子的悲剧不能重演。

他们太认真了。夫妻双双到西单等大商场的化妆品柜台亲自卖货,讲解自己产品的性能和简单的化妆术。所以大宝产品一直走俏。

中国人的幸福首先到家里去找。

认祖归宗。死了并不企求升天堂见上帝,而是要求回到祖宗身边,仍然跟妻子(或丈夫)在一起。这就是中国牢不可破的家庭观和幸福观。

他把自己和家庭借贷给事业,因此女人嫁给他这种人就应该想到不会享有太多的宁静和幸福。他可以几个月就救活一个中小型工厂,也曾一连五个月拿不到一分钱的工资;在一个地方干红了,事业闹大了,矛盾也就多了,他也该挪地方了。七八年换了三四个单位,他很坎坷,运气又很好。一次次困境牢固了他们的家庭,灾难加深了他们夫妻间的感情——即所谓"患难夫妻"嘛!成功则提升他们的境界,带来新鲜的爱愉和对生命的享受。

可是灾难同成功一样也拆散了许多家庭和夫妻。他们的和谐、幸福要归功于他们两人的生命素质。强大的信任和爱能战胜一切,到关键时刻中国女性特有的坚韧和责任感更成全了他们。

中国女人的幸福往往取决于丈夫的素质和机遇。从这一点说,她是幸福的、幸运的。

凡见过他们的人没有不羡慕的。

她曾是家里的娇女,学校的美女,身材高挑,清秀脱俗。即便是现在,结婚已经二十二年,经历了许多次大喜大悲,仍然丰姿秀逸,被丈夫打扮得光彩出众。他——跟她也十分般配,大头白面,英气灼灼,厚发乌黑粗硬且略有弯曲,浓眉毛透出一股逼人的自信和自重。

这夫妻俩就是他们生产的化妆品的活广告。

世界上有太多丑恶——从外表到内心。只讲外表,全世界患不同程度面部皮肤病的人占百分之四十三。生活愈不完美,人们对美的追求愈是强烈。他们就是要给人们贡献美,打扮社会,打扮人生。

当然,化妆品只能美其表。从本质上讲它会制造肤浅,掩饰丑陋和自卑。

他们的美却不是完全靠打扮。他们重视打扮。他只在试验化妆品的时候,才在自己的左手背上涂抹。那手背又白又细。

当年他在大西北挨整,穿一身破工作服,背着半袋青海蚕豆,到西安登门求婚,她就觉得他很漂亮,骨子里有股男人的气势。那个年代他送不起别的,青海的蚕豆很有名,个儿大。对他来说,半口袋蚕豆也差不多等于现在的小伙子给女朋友送一台彩电了。他是参加工作两年以后,到她的学校旁听劳动保护课,两人相识并相爱的。

那时可没有化妆品。

不论他工作多么卖劲,衣着多么破旧,那股掩藏不住的帅劲总会招人议论。他发明了一种让工厂发财的新产品,得了九百六十元奖金。有些人说:

"就凭他那个样子画一张图能值一千块?"

他的样子和他的设计有什么必然的联系?

他受到打击,更会有人议论:"他就是风险,瞧他那头发就不可靠!"

他只有苦笑。自己长得就不艰苦朴素,有什么办法?如果能发明一种心灵的化妆品,让人们的心更美更善些,一定会畅销。也难说!

她喜欢的正是他的这种"不安分"。每天早晨一睁眼就开始燃烧,精神总是处于亢奋状态,新想法一个接一个。他的思维节奏和行动节奏都比别人快一大截。这才是使他漂亮、使他充满男人魅力的根源。

这是个想入非非的时代,又是个能把想入非非变为行动的时代。没有人理睬"红眼病"了。能感觉到欲望存在的人才是有活力的人。不正是人们日益膨胀的欲望给社会以奇特的活力吗?看准时机,她跟着他发动了一场闪电式密集销售大战。出动十几辆汽车,跑遍并说服北京市大中商店。十几天工夫,市区及部分远郊区县的主要商场和个体摊户的柜台都摆上了大宝牌的化妆品。速度之快,辐射面之广,令同行又气又没有办法。正确的决断和独有的速度是他获胜的保证。

不管什么时候,他一出现在自己的工人面前,大家就会情不自禁地为他鼓掌。他似乎也深知自己的魅力,把办公室的一面墙换成玻璃,自己的任何活动都像在鱼缸里一样,群众看得清清楚楚。化妆品厂里有许多漂亮的女工,有人想给他安上点什么花花事都不可能。

他们的家，装修得豪华又舒适，格调高雅，充分利用现代物质文明。在当代中国人的家庭里不多见。他们懂得享受生活，也应该并且有能力按照自己的审美情趣和生活需要来安排自己的家庭设施。这是他们的私事。每个家庭都应该有自己的隐私。

但中国恰恰没有隐私。当社会在攻击一个人的时候往往选他最薄弱的私生活做突破口。我正为此担心。

就我所见所闻，他们的家必然会招致许多人的眼热和妒忌，这情绪将转化为一股对他很不利的力量。

有人坐在他们的客厅里发出的第一句感慨是："这是摆出样子找人家来整你！"

一位大企业的厂长羡慕地说："这两口子把自己的家搞成这个水平，即便被撤职也值得了。"

言外还有一层意思：许多企业家累死累活，担风险，操碎心，为国家出了大力挣了大钱，下了台两手空空，跟普通人一样，有的还不如普通人。他们夫妻，在当代的企业家中则是很幸运的了。人们喜欢攀比，比工作、比工资、比房子、比老婆（或丈夫）、比儿女……

他们很有气派，活得大大方方，并不小家子气，也不想掩饰什么故意装穷。他们强调的是自己有那么多发明创造，把完全属于自己的价值几百万元的技术转让费全部捐给工厂了。自己的手里难道就不能有点钱吗？好在工厂的群众都知道下面的故事——

一港商想出二十万美元买他的"粉刺露"配方。并说：

"科学是无国界的。"

他说："可科学家是有自己的祖国的。"

"你不用怕，我们可以把美元换成人民币，用提包给你送来，谁也不知道。"

"我的配方可不便宜。"

"先生嫌钱少吗？我们还可以商量……"

"不，世界上能用钱买到的东西都是便宜的！"

第二年在广交会上，一美国人愿以二百万美元的高价购买他的大宝系列化妆品的全部配方。另拿四十万美元为他在美国买一栋房子，让他举家迁美。

他当众拒绝了。

"如果这样到美国去当百万富翁，精神上仍然是穷光蛋！"

但愿这一切能保证他的家庭的安全和幸福。能让夫妻俩脸上明丽的光泽永远不会消失，充分施展自己的所长——实现他们这个现代家庭的最高价值。

这对夫妻的名字是：

武宝信和梁永嫒。

他们不幸的儿子叫武猛。

大女儿正在日本读书。

1991年12月22日

传统家庭的抗震力

在大连市,杨文安曾经是个家喻户晓的人物。当过市级、省级乃至国家级的劳动模范和优秀企业家。他创办的大洋公司(实际是为了安排知识青年就业的集体所有制企业)红红火火,下属十几个工厂、商店、生产队,还有两个与外商合资的企业。船小掉头快,很及时地顺应经济形势的发展,东方不亮西方亮,又是尖端产品,又是与外商合资,效益大,知名度也大。得到当时的总书记胡耀邦的肯定,中央专门为他派过调查组。他担任总经理七年——在这个多变的无法预测难以规划的时代,七年不算长,也不算短了。

他无疑是个成功者,同时也是个失败者——两次被撤职,最长的一次在家里蹲了两年多,十五个月不发工资,被所在的工厂关押过,被办过"死班"(最严重的学习班)。受他的牵累,妻子徐桂兰在单位被一个泼妇殴打致伤。她老实过分,论打打不过人家,讲骂骂不过人家,胸中的恶气出不来,大病一场。大儿子杨青、小女儿杨敏,都在杨文安的公司工作,老子前脚倒台,儿女后脚就被赶出了工厂。杨青二十八岁,本是汽车司机。杨敏二十五岁,大专毕业生。双双失业在家,自然也无法谈对象。二儿子杨春最聪明,办好了去日本上学的一切手续,突然又被通知不许出国,一切手续全部作废。当然也是吃他父亲的挂落。

转眼间五口人有三口失业。徐桂兰办了退休手续,总算还有一点劳保金。杨春不和父亲一个单位工作,出国不成又回原单位上班了,还有碗饭吃。杨文安的家庭面临一场严酷的大地震——经济上的打击自不必说,精神上感情上能挺得过去吗?

这事变发生在一九八七年的夏天。

一个火爆爆令人羡慕的兴旺发达的家庭,突然冷寂下来,成了人们议论的对象。没有什么比一个家庭倒了大霉更能激发中国同胞的奇特的想象力。幸灾乐祸是当代麻木社会的兴奋点,看打架的嫌架小,看着火的嫌火小,社会上说杨文安什么话的都有。希特勒的造谣专家说,谎言重复一百遍就是事实。现在用不着,假的重复两三遍就变成真的。一家人成天蹲在家里,连杨文安这个身高一米八二、自视十分强大的汉子也被搞迷糊了,离自己越来越远,有时甚至还感到奇怪:为什么自己还没被抓走?

"人总是离自己最远。"

儿女们年纪轻,受的打击最大,怨气也最大。因为这突然变故,耽误了他们的前程,甚至会影响他们的一生。但孩子们都不会首先表达自己的怨气,更不敢痛快淋漓地向父亲发泄这怨恨。他们知道父亲是个有本事的人。以前曾为他感到骄傲,现在埋怨他又有什么用呢?这是一种很普通很实在的想法——正是中国人特有的这种很善良很普遍的想法,往往能起到一个家庭一个团体的黏合作用。

埋怨杨文安最厉害的、不肯原谅他的,倒是杨文安本人。

他好悔、好恨。挨整不是头一次,从来没有这一次这样窝囊、这样冤屈、这样伤透了心。他咒骂自己是混蛋,应该把双眼抠出来当泡踩!整他的人正是他信赖重用的人,是他自己选拔起来的副手。他一直认为他工作能力不强,但老实可靠。他的精力全集中在公司的经营业务上,像牛一样驾着公司的双辕成年累月在外面跑,把公司的人事、财务等大权全交给了副手。谁想到人家并不满足。副手搞掉正手,学生打倒老师,是一般规律,不奇怪也不新鲜。也是他得罪人太多,特别是得罪了一些头头。他的下级不借助他的上级是不会突然置他于死地的。

他恨自己没长前后眼,得意的时候没有认真想过自己会倒台的事。苦熬苦挣风风光光起起落落干了半辈子,给老婆孩子带来什么好处?

自己是最有现代意识的企业家——别人这样说,他自己也不否认。出洋过海,走南闯北,吃过见过,可家里却是两间又小又破的旧房。孩子们全到了结婚的年龄,没工作,没收入,没房子,没对象。自己的孩子都成了"四无青年"。全大连市也不会再有第二家,还有什么脸当父亲!在台上的时候搞几间房子是很容易的,也是应该的。当初真是鬼迷心窍,为谁拼命为谁愁?让老婆孩子跟着自己受罪!

人家奖给他电冰箱,他让转送给集体使用。去年他得了九千六百元的超额完成承包指标奖,拿出六千元给工人们买石油液化气罐,用另外的三千六百元奖励给贡献突出的职工。真是冒傻气!该要的不要,现在人家连工资也不给他了,谁又来救济他?也许就是因为那笔奖金才得罪了副手。如果自己拿大头,分给副手一部分,也许不会有今天这局面。副手觉得跟着他只能多干,不能多拿。这个年头大家都疯了,哪个能够多分的会少分呢?公司的天下是他打下来的,钱又多,分少分多就在他一句话。他只想干事业,今天一个新项目,明天一个新计划。事业越大,他的名气越大。别人又能得到些什么呢?

老实一辈子、担惊受怕一辈子的徐桂兰一下子成了家庭的主心骨,她必须撑住丈夫,撑起这个家,不能让好好的一个家垮了。

她从来都习惯于躲在别人的后面,丈夫、儿女、外人,谁都可以站到她的前面去。她用天赋的沉默和微笑对待一切。认识她的人都说她从生活中得到的太少了。一九六〇年结婚时做的小棉袄,现在还舍不得穿,逢年过节才亮一亮那鲜活的色彩。一年到头没人见她穿过新衣服。手脚不停地忙,嘴却老闲着。然而这正是她的力量所在,是智慧的表现。在她沉默的时候,杨文安也不可能忽略她的存在。他们五十年代在沈阳一所中等专业学校里同学三年,老夫老妻,知根知底。

徐桂兰并不认为自己冤,人无论怎样都是一辈子。她嫁给杨文安这一辈子可没有白活。她的信念就是跟丈夫过一辈子,而且始终站在这个信念的高处看生活。凡丈夫做过的,不论错对都是应该做的。他是强极则辱。自己平时软弱无大本事,这时候却感到心里明白,比丈夫强。她要替丈夫喝下这杯生活的苦酒——

自己每月有近百元的退休金,二小子每月还有百八十元的工资,再加上前些年五个人挣钱总有些积蓄,一家人吃饭不成问题。吃好的办不到,这个年头反正不会饿死人。

"钱要紧还是人要紧?"她问丈夫。

有人,将来就不愁没有钱。她每天保证丈夫有两顿酒喝。杨文安喝酒不计较菜,有菜没菜,菜好菜坏一个样。他也很知趣,以前从不喝每斤五块钱以下的酒,现在只喝一块钱一斤的酒。喝了酒话就多,就骂街,就懊悔,就抱怨。

徐桂兰对这些话听了三百六十遍了,烦透了。她知道他太好斗,爱打官司招惹人。虽然怕他又惹事,脸上仍然挂着笑,鼓励他说,引逗他说。不能叫他喝闷酒,喝闷酒心里会坐病。如今他不能到外边去说了,就叫他在家里说个够,说出来心里痛快。杨文安酒足饭饱之后就一觉睡到大天亮。凡有朋友来看望杨文安,她死拉活扯也要留下人家吃饭,为的是陪着丈夫喝酒说话。尽管杨文安被撤职了,社会上传说的也很邪乎,他的家里经常摆着流水席,没有人责怪徐桂兰的菜太简单,酒也不够高级。是出了名的会过日子会节省的女人。一九八九年秋天,二小子杨春结婚,徐桂兰摆了十六席,把亲戚朋友们送的红包全让亲戚朋友们再吃回去,还险些把自己的老积蓄也都搭上。这是她家的大事喜事,杨家正倒大霉,屋里要什么没什么,还有姑娘愿意嫁到杨家来,应该扬眉吐气地办一办,不能让新人感到晦气。她更知道丈夫好强,不能让小人们看笑话。

徐桂兰为自己感到骄傲。杨文安老埋怨自己没给家庭带来好处,徐桂兰则说:

"男人出事都是因为女人太贪。不是你不会往家里拿东西,是你没有这个习惯,也不敢。过年过节公司里每个职工都分点东西,我三番两次地问你交钱没交钱,只要没交钱我立即就把钱送去。正因为你身上干干净净,没有一点把柄落在人家手里,所以三番五次地整不倒你。这次反腐败抓走了多少人?你如果经济上不干净,这次就不是蹲在家里,而是蹲大牢了。那才是后大悔。现在我一点不后悔。"

也许是杨文安一生中最难熬的两年多过去了,靠妻子的退休金过活,身上背着黑锅,他却养得又白又胖,脸上冒油。他总结出一番道理——自己富有现代意识,老想进攻,因此防卫意识就弱,身体前倾,容易跌倒;多亏找了个富有传统意识的老婆,传统道德抗震力强。如果两人都是"现代派",这回也许就散了。

徐桂兰则不以为然。她并不认为自己是老式妇女,有时甚至比杨文安更"现代"。

也许她是对的。哪有绝对纯粹的"传统人"或"现代人"。

一九八九年底,杨文安复出,被招聘为大连市北方企业集团公司副总经理。徐桂兰又开始沉默了。在她的沉默中杨文安仍然听到了她的声音——当然是一种聪明的、给他以温暖和支持的声音。

1992年7月

天津第一街

何谓"街"？

就像"道"一样通俗易懂又和人类密不可分：街衢、街市。人一学会走路就要上街、认道。

但是，奥妙无穷的中国字不同的组合，有不同的含义。"街"和"道"连在一起，就不单是"旁边有房屋的比较宽阔的道路"了，还代表一级政府。一九四九年一月十五日天津解放后，建立了市、区、街三级政权。

目前天津市有一百二十六个街道办事处。

有数字就要排列，谁是这个排列中的第一名呢？

马场街。

李长兴副市长为其题匾："区街经济之冠"。

这个昔日以跑马场命名的街域，如今风水正茂，在墙子河以南，宾水道以北，友谊路以西，紫金山路、八里台立交桥以东，面积四点一四平方公里，居民一万六千户，人口六万四千。

繁华的佟楼商业区、本市政治规格最高的一号宾馆和星级最高的宾馆、干部俱乐部、工业展览馆、历史和自然博物馆、话剧院、梆子剧院、泥人张和杨柳青画社等等，都坐落在马场街界内。它还是大部分市级领导的居住地。这里高干多、高知多、高工多、外国客人多。

但，马场街成为"天津第一街"，却不是靠这些。

马场街通向哪里

一位过去的老同事当了河西区副区长，盛意邀我去看看区街经济。多年来我一直跟相当多的国营大中型企业和一部分乡镇企业保持着联系，对区街企业却所知甚少。说穿了是没有想把街办企业列为自己深入生活、跟踪观察的对象。

一想起街道办工厂，不知为什么，脑子里就浮动着这样的影像：雷锋式的老大爷、老大娘，积极热情，说话理直气壮，爱管闲事，调解纠纷。随便找间房子就是厂房，找工厂要台人家不用的旧机器就算是设备，糊纸盒、穿鞋带、拉小车。如果附近有一家不错的工厂，就靠山吃山，做一些小的加工，拾遗补缺。主要目的是自救或给困难户发救济，安置待业青年，给退休人员找个补差的地方。

对青年学生来说，街道是可怕的，考不上大学、中专和好的企业，走投无路了才会被打入街道。"打入"这两个字往往跟"另册"连在一起。记得以前年轻人找工作有这样的顺口溜："一工二干三财贸，死活不能上街道。"

尽管想象是作家的职业，我却想象不出"第一街"是个什么样子。

朋友要派车来接我。我认为大可不必，区区一个马场街，我骑自行车不消一小时也能转一圈儿。

她笑了，那笑让我感到自己说错了什么。

常务副区长、主管经济的夏宝龙把话接过来："您别说骑自行车，就是坐小车，用一天的时间飞车看花，也只能看到马场街的一部分企业。"

"马场街有多大？"

"马场街不大，跟整个天津市相比，它不过是弹丸之地。但它参与运作和竞争的是大经济、大市场、大循环。在泰国、阿曼等海外地区合资的项目看不了，在外地的企业用几天的时间也看不完。比如：他们在深圳买了地皮，正准备建饭店；在山东淄博有汽车修理厂；在静海县有电器厂；在三河县有景泰蓝厂；在承德、兴隆有果茶厂，还在投资安装一座钢铁厂;在北京有出租汽车公司,等等。在市内,马场街的天马工商总公司下面有十个公司:天马汽车配件公司、龙津饮料有限公司、华丰经济技术公司、迈特金属制品公司、华瑰陶瓷购销公司、华瑰电料电器公司等等,每个公司下面又有许多企业。同时还有钱庄、汽车修理总厂等。您用一天的时间能看多少呢?"

好个天马公司! 真是天马行空。夏宝龙如数家珍,他说话感情充沛,富于表现力。河西区有二十一个街道办事处,马场街只是其中之一,想不到他身为副区长竟掌握得如此细致。

"马场街有如此众多的企业,效益如何?"

"今年产值过亿,创利一千多万,而且是刚起步不久,天马尚未行空。有一些长项目和大项目正在筹划或准备上马,再过几年会达到什么境界,目前还很难估计。今年初,国务院召开全国部分省市集体经济座谈会,特别邀请了马场街主任宋玉璞参加,听取了他们发展区街经济的经验。"

夏宝龙年轻而富于魅力的脸上现出一种方向感,一种事业上的自信。

一个街办企业一年能创造利润一千多万,委实令人想不到、想不透。我深知这个数字的分量! 那些大型国有企业能达到这个效益的又有几个? 相反,我十分熟悉的一个拥有七八千人的大厂,去年却亏损了一千多万。更不要说那些令人头晕的关门大吉、放长假、给职工发最低生活费,等等。

在当今变化莫测的市场上,每个人都处在风险之中。有多少亏损企业的厂长、经理们,苦于求生无计,回天乏力? 又有多少人做梦都想办公司、发大财,却找不出门道或找错了门道? 马场街是怎么干的?

1987 年的转折

我找到了马场街办事处主任宋玉璞。

他就是马场街创造经济奇迹的灵魂?

身上没有机关气,却有一种实业家的气质。身材健硕,西装得体,脸已发福,红润有光泽,发型自然而得体,从头到脚风度严整却不僵硬,透着一股潇洒、沉稳和睿智。

关于他的故事我知道得不少了——

五十年代高中毕业后先工作了两年,以后又考入一机部电机制造学院,毕业后当过厂长,搞过宣传,当过生产办公室主任、文体公司的经理。一九八三年调任河西区生产服务管理局副局长,不久便进入他生命的低潮。局长多、中心多、矛盾多,关系复杂,工作难干。他提议、审批并一手组织了几十名工人劳务出口,对国家有好处,对出国的工人有好处,一切准备就绪,只剩下出国考察一下施工现场就签合同了,却让他靠边站了。让一个完全不了解情况的同志出国签了个"赔了夫人又折兵"的协议。一件大好事变成了区里的一个灾难,工人不满,家属告状,区里吃亏,无人能收拾残局,领导又找到他。他忍辱负重,单枪匹马去告状打官司,对方请了专职律师,他却自己当自己的律师。最后硬是把官司打赢了,让每个出国的工人得到了应得的报酬,也为区里赢回了二十万美元。皆大欢喜,他心里却留下了一道伤口。

一九八七年,夏宝龙开始主持全区的经济工作,获得了区委书记刘峰岩的支持,为宋玉璞主持了公道:"不管怎么说,是老宋收拾了烂摊子,并讨回了本应属于我们的二十万美元和公道!"

区政府解散了内耗重重的生产管理局。

这一年也是宋玉璞的转折,他被调到马场街出任办事处副主任,负责全街的经济工作。这项任命至关紧要,没有对宋玉璞的任命也许就不会有马场街以后的腾飞。最后下决心、一锤定音的是刘峰岩——这是个在河西区的历史上占有重要位置的人物,他敢说敢做,注重实际,敢负责任,当过副区长、区长,十几年的时间使河西区声名大振。提拔了一批包括夏宝龙在内的青年俊才,形成了河西区的人才优势。领导者的主要责任就是会选人用人,这要承担风险,有时还要力排众议,刘峰岩不缺少这种气魄。宋玉璞上任了。

当时的街主任禹松生,以前当过团参谋长,还保留着军人的严肃认真、热情爽快："老宋,你搞了多半辈子经济,到街里来就算是专家了。对经济工作你有决策权也有指挥权,你说怎么干就怎么干,你的意见就是最终意见。"

这几句话让宋玉璞心热,也让他不能不认真给自己拿个主意。河西区正蓄势待发,争取成为天津市经济效益最高的区,大环境逼人。马场街又是区委书记和主管经济的副区长的点儿!刘峰岩可不是只管把他调过来就不管了,这位区委书记同时还是市委常委,思想敏锐,经常有新想法,抓工作太狠!被他看中是好事,也是苦差。至于夏副区长精明过人,熟悉情况,眼里揉不得沙子,在他手下当个庸才,日子是不会好过的。上面下面都高看自己一眼,怎么说都灵,自己窝憋了四年,难得碰上这样一种机缘。可有三种选择:一、不干,挨板子吃白眼,受制遭骂,滋味不好受;二、小干,跟在别人后边,受气挨甩,老也跟不上,那样干不是自己的性格,也会很难受;三、大干,当然会困难重重。禹、宋和其他街党委领导成员,决定选择第三方案,反正怎么样都难,莫如就大干一番。动则变,变则化。既然命运、生活都给自己提供了一个施展才能的机会,就决不可放弃这种机会。

人身上的天性是强有力的。

四年来他敬慎不败,隐忍自励。一种对人生对事业的不满足感使他保持活力和警醒,一旦有了条件,下了决心,用两个月时间熟悉了街里的情况,他和禹松生便拿出了马场街的章法——

转变观念,街道经济不应再满足于小打小闹,小富即安,安置型、救济型。应树立独立意识、开发意识、风险意识。发展高科技、高附加值项目,发展外向型企业,建立相应的经营规模,甚至向企业集团发展。

思想是人最大的优点。每一个成功者都是首先跟自己战斗,真正的敌人就是自己的无能,尤其是无思想或思想陈腐。

最大限度地利用外部的一切优势,自己承担最大的责任,制定出最优越的本街政策,创造优良的环境和气候。有了优良的环境和气候就会吸引优秀人才,有了人才,大事可成。

马场街一九八七年创利一百五十九万元,第二年利润就翻了一番,达到三百五十万元。从一九八九年全国开始治理整顿,经济下滑,马场街则继续增长,到一九九一年完成利润八百多万元,又翻了一番。

"天马"的步子就这样迈开了——

我想听宋玉璞讲讲这些变化是怎样发生的,他却要陪我先下去看看。门口停着一辆"蓝鸟"车。"蓝鸟"和"天马"正相称,我就来一次飞"鸟"看"马"吧。

第一站是"天马汽车配件公司"。

"开张天岸马"

总经理杨国维,看上去相当年轻,神态举止却练达自信。他的办公室不大,但装备非常现代化,简便、实用,可以和世界任何一个地方的客户取得联系,可以通过计算机获取自己需要的信息资料。真正是自己企业的信息中心和指挥中心。杨国维也算是马场街的一位传奇人物。

他一九六九年初中毕业后被分配到黑龙江生产建设兵团,先当农民——其实比农民更农民,以后开拖拉机,当机修队长。回城后当临时工,上电大,拿到大学文凭时已是马场街的一名汽车司机了。

不久,他当了机动车配件门市部的经理,干得不错,使门市部的效益大增。

街里有个生产管理处正愁没人管,杨国维是再合适不过的人选。他思路开阔,敢说敢管。在"评议中层干部"的活动中,他这个不是干部的"中层"自然难以过关。他也知道机关不是自己的久留之地,便下去承包了一个现代化办公用品商店,头一年就赢利十八万元。杨国维的自信胜过了他的生活。

他有一颗激动不安的灵魂。无法抗拒商品竞争的诱惑力,是个锋芒铮铮的冒险英雄。总有新的想法,而且做买卖从未折过手,他到哪里哪里就有效益。以后又接管了一个天马汽车配件门市部,年底又创利二十四万元。

他眼光看到的却总是一些新的领域,从不对扩展自己的事业感到厌倦。他向宋玉璞提议,要兼并另外几家门市部,成立公司。此举正合宋玉璞心意,按道理也应该由他拍板下令,这样一来又怕杨国维领导不了由主任下令组成的公司。宋玉璞改了主意,让杨国维自己去跟那些门市部的经理们说,考验一下他的协调能力。

力量和自由造就天才,软弱和束缚培养平庸。

在优胜劣汰的商品竞争世界里,只有胜者才能生存下去。杨国维的魅力和能力已无法否认,各门市部的经理们一谈就通了。如同水到渠成,马场街出现了第一个公司——天马汽车配件公司,下属八个企业。

对成功最好的奖励就是新的成功。

杨国维去香港谈合资项目,捎带着考察了香港社会和他感兴趣的市场。在香港租房比在深圳买房还要贵十倍,而香港、深圳近在咫尺,只有半小时的汽车路程,香港一些企业家正把工厂迁往深圳。一九九七年之后,香港、深圳的发展将会趋于同步。因此他断定深圳的房地产价格将会越来越高,极有前途。他立刻在深圳买了一块地,一年后将这块地一转卖就会赚几倍的钱,如果盖成大楼或办企业,还会赚到几十倍、几百倍的钱。

吃得过饱的冠军必败。而杨国维在事业上、精神上永远有一种饥饿感,思路常处于燃烧状态,一天一个新套套。

他对北京的出租汽车市场进行了半年的跟踪调查,决定在北京成立大地出租汽车公司,投放一百辆夏利和桑塔纳轿车。宋玉璞看了他的可行性报告,十分赞赏,亲自主持了有二十多名专家参加的论证会。其中大部分是金融界人士,希望得到他们的支持。因为杨国维需要三百六十万元贷款。

但是,握有贷款权的专家们,你一嘴,他一嘴,都是提问题、打问号、发警告,没有一个人肯伸手帮一把。谁都怕担风险,神经裹在橡皮膏里,失去了应有的敏锐和热度。

宋玉璞是个沉得住气的人,脸上依然挂着微笑,目光却变得冷峻逼人。权力是一种不能共同分享的东西,因为它包含着责任。还是依靠自己吧。他说:"我请诸位来是研究贷款,而不是审批项目。项目出了问题我负责。你们要说不贷款,就请散会!"

他和杨国维立刻到建设银行贷到了所需的款。从一九九二年开始,北京大街上出现了一大批黄色夏利出租车,价格适中,服务优良。由于黄色是国际流行色,格外醒目,显得到处都是"大地"公司的车,非常突出。每年可为马场街净盈利三百九十万元。

现在许多单位和个人羡慕这个好主意,甚至纷纷效法。在刚一开始许多人却认为这个主意是想入非非——也许办企业就要敢于想入非非。杨国维正是这样的梦想家和创造者。

精兵强将云集马场

"蓝鸟"车载着我们出了马场街地界——马场街的企业并不受马场街地界的局限。与香港合资的现代电域有限公司,占地不多,院落整洁,房舍精致。当你走进电脑刺绣车间,就会强烈地感到现代高科技使工业进入了魔术时代,令人眼花缭乱、瞠目结舌,产品的生产过程如同变魔术一样神速离奇。一个不足三十平方米的小车间,每年创利就在五十万元以上。

负责人是王焕文,原是一家国营大企业的电子工程师。在原单位政策不落实,才能不得施展,便来到马场街。

不出所料,马场街成了气候,成了河西区的特区,有了无穷魅力,各种各样的人才一请就来,不请也来。引进来的另外两员大将,宋学武、周宝奎,后来一个成为天马总公司的总经理,一个主持全街的经济开发工作,成为宋玉璞抓经济的左膀右臂。马场街还将一批善于经营的人才,如孙士赞、肖金广等推上各部门经理的位子。于是各路好汉陆陆续续来到马场街。

"才不才人也,时不时遇也。"

　　阎建军,解放军高级将领的后代,在工商局有个很好的位置,在广州白云公司干了几年对外贸易,不仅有才干,还有美好的前程。见多识广,经过比较还是决定在马场街安家落户,筹建起华丰经济技术公司。

　　郭大生,原是一个国营企业主持全面工作的副厂长、机械工程师。雄心勃勃地要把企业搞上去,亲自去西德引进生产线,力气没少费,就是成效不大。想干点事太难了,抓正事难,抓实事难,抓生产难。他的心越来越冷,跟宋玉璞谈了一次话,毅然辞职来到马场街,跟阎建军一起创建太空棉厂。他看到了事业的希望,在这里只能干正事、干实事、一心一意抓生产,没有闲事。空间大,环境干净,关系单纯。诸如贷款、审批新项目等麻烦事,在原企业也许要费时几个月、几年,甚至会石沉大海,在这里给区长、主任打个电话或写个报告,几分钟,最多几个小时就解决了。第一个月,郭大生从家里拿出一千五百元给一起创业的六员大将发工资。他们不分昼夜在现场苦干了三个多月,但苦中有乐,对自己的项目、对自己的未来充满信心。第一年就创利二百五十万元。此后逐年增加,引得许多人眼红,于是爆发了一场太空棉大战,全国竞相上马了九十家生产太空棉的工厂。

　　马场街又先一步把自己的产品推销到阿曼等不发达地区,用太空棉做的帐篷轻便、防晒、防潮、耐热。他们又研制出防晒绸,取得了镀膜涂料的专利。当别人一窝蜂拥上的时候,他们又有了新的优势,真正是做到"人无我有,人有我精,人精我变"。

　　当我们来到远离马场街的华丰特种材料厂太空棉生产车间时,不知为什么我突然想起了一句古老的歌词:"几家欢乐几家愁"——

　　郭大生租用的是一家国营工厂的仓库,在偌大的一片厂区也只有这两座大库房里火爆、兴旺,车水马龙,生机勃发。这家国营厂的其他几栋主要的厂房,却冷清死寂,锈渍斑斑,职工已放长假两年多。还有一部分附属建筑被大卸八块,一块租给别人开了个低档旅馆代存大车,一块租给私人卖豆腐,还有一块租给一个温州来的个体户做沙发……好像干什么都能赚钱,就是这家体面的国营企业赔钱,甚至不得不关门。他们为什么不学习体育用品四厂？亏损得维持不下去了，召开职工大会，百分之百地赞成被马场街兼并。归了马场街之后，增加了一些新产品，立刻盈利，职工在经济上也有了安全感。

一九九〇年，禹松生被选为马场街党委书记，宋玉璞接替他当上了街办事处主任。他们深刻感到要大规模成龙配套地发展经济，没有自己的银行不行。在一次市里召开的会议上，当人们对空洞的发言、冗长的报告表现出不耐烦、昏昏欲睡、听而不闻的时候，宋玉璞却打起精神，支起耳朵，捕捉一点一滴对自己有用的信息和政策。一位副市长在作总结时似乎是不经意地带出一句话："可以考虑让条件成熟的街道办信用社，但不能多，一个区只能有一个。"

此言对宋玉璞如雷贯耳。他立刻记了下来，散会后立即写报告，亲自送到区政府，夏宝龙当场批示——"同意马场街先办信用社"。然后又去找刘峰岩，这样的事情为什么还要找区委书记批示？这正是宋玉璞的精明之处，刘峰岩是市委领导班子成员，他的大笔一挥分量非同一般。如今想办信用社的人抢破了头，刘峰岩比较了各家的条件，最后选中了马场街。于是马场街又捷足先登了。只要马场街有事，找到区里哪个头头，都不会受到冷遇和拖延。正是河西区的气候成全了马场街的全市第一。几个月后，当其他区街知道了这件事时已经晚了。

区政府经委的会计师林路，自动要求到马场街工作。这是水往低处流，还是人往高处走？在区里也曾引起一时的轰动效应——由区到街，不再是变相的下放和贬谪了。为了筹建信用社，他几乎每天晚上都要到宋玉璞的家里，一干就是多半夜，差不多奋斗了近半年的时间。

单讲林路——这个马场街自己培养的三十八岁的金融家，是个人物。身材不高，且有点耸肩，眼睛喜欢不动声色地盯视，透出逼人的冷静。说话不多，在冷峻中深藏着一股热情，有主见，内秀。让人很容易想到一些矮个子的大人物。

他发表过二十多篇关于经济学方面的论文，涉猎广泛。父母都是老干部,舅舅在海外是文化大亨,几年前资助他出国深造。中国人在国外,甚至包括在塞浦路斯这样的小国,也会经常碰到被其他人种瞧不起的事情,甚至连有些黑人都瞧不起中国人。有些是无言的或彬彬有礼的蔑视。这深深刺痛了林路。他有足够的时间重新认识自己,反省生活。年轻人不喜欢被人管,到了国外当没人管你的时候,你突然觉得还是有人管好。在国内对当官的并无太大的好感,到国外举目无亲,见到中国大使馆的官员却感到很亲近……

他回来了,没有炫耀,没有夸夸其谈,却沉默了许多。他成熟了。

近两年来他经历了曲曲折折,千难万难,有时为了守住事业,不得不顶住来自方方面面的巨大压力,他采取了不怯阵的强硬态度。同样也是为了工作,他又不得不一次次去求人家,曾在风雨中跟着宋玉璞寻寻觅觅,连鞋带都跑断了。最后他赤着脚,浑身滴水,站在人家门外苦说苦劝。道德总是低于商业的力量,送礼,回扣,原本非法的变得公开化了,他经营着近亿元的资金出出入入,有多少人想结交他,想打通他,他却顽固地信奉银行家那种冰冷的不可动摇的原则。从自己这儿做起,不能再让任何人瞧不起中国人了!

以林路为经理的天马城市信用社,今年融资八千万元,累计贷款六千万元。

马场街的魅力不仅仅是吸引了一大批经营方面的硕才、干将,还吸引了一批高级军政干部来街里负责一部分政治思想工作。如某部队二师的师长、政委、副师长、副政委、师参谋长等几乎是原师党委的主要成员,退居二线后都陆续来到马场街当了各个企业的"政治承包人"……按一般规律,凡是精兵强将,也最容易引起争议,甚至包括对宋玉璞本人。一个小小马场街兜不住这些争议——幸好这是在河西区,有一个顶得住的区委和书记。

"第一"的压力和代价

我用这种制作快餐的办法简单便捷地介绍了马场街的一些人和

事,也许会给读者造成这样的误解:马场街的成功很容易。

追求名副其实的成功从来就没有容易的。

宋玉璞说:"每干成一件事,我都想找个没人的地方哭一场! 按老办法搞小街道经济,不出河西区范围,那很容易。干大经济,不可能老局限在本区内,一出河西区,办事就太难了,正当的合理合法的事情,用正当合理的办法就办不成。为了一句话、一个批示或点一个头,我不得不一次又一次地往人家家里跑,最多的往同一个人家里去过八次。逢年过节我很少有福气在自己家里待着,都是去拜别人……"

有好心的朋友劝过他:"稳稳当当地当你的主任算了,哪来这么大的劲儿? 把利润搞得那么多,还要一再地加码、翻番,拼这么大命干吗? 有朝一日风变了,叫你吃不了兜着走!"

是啊,"方正之士只有身处还有可能让他保持方正的环境里才能吐露方正的气象"。

商品社会,金钱真的可以买到一切? 乃至人、人的道德和良心? 相比较而言,有些人的明打明要比存在于卓越阶层的卑鄙肮脏还要好对付一些。马场街的汽车检测中心建在接近郊区的地方,被附近的人纠缠不休,想额外多要钱。有一次他从检测中心出来被一队长拦住了:"宋主任你好难找啊,我等了你半个月总算把你等上啦。你的汽车检测线建在我的地盘上,车来车往影响我的业务,噪音影响我的生活,得交买路钱!"对方眼里射出一种直率的欲望——就是要钱。你说多少大道理也没用,讲工厂的重要性,讲建这个厂手续健全、合理合法,讲该花的钱你花了,不该花的钱你也花了一些,全没用。他就是劫道,就是躺在你的车轱辘前面不起来,你有什么办法?

宋玉璞还有急事,却不能表现出焦急。幸好他后边有河西区区委和政府撑腰,刘峰岩亲自到公安局为此事协调关系,从上面解决了征地这一最大难题。夏宝龙早就把底交给他了,要理直气壮,给钱不得超过一万元,由他见机行事。他身体往汽车上一靠,两颊紧绷,目光冰冷而黯淡,摆出一副铁饭碗不怕泡蘑菇的气派。

"你打算怎么办?"

"你想怎么办？"

"你给十万！"

宋玉璞只"哼"了一声，突然变得愤怒而危险了。在他的逼视下对方反而现出某些局促不安。

"宋主任，行不行？"

"不行。你别忘了这里也是共产党领导，也是法制社会，是河西区的地盘！闹僵了你的车你的人也将寸步难行！"

"那就八万、五万、四万、三万，怎么样？不能再少了。"

"超过一万没有门儿。"

"那就一万。"

"一万也不行，我只能给五千，多一分也不行。"

"五千就五千吧。"

"五千也不能这样你一说我一说就给你，要订个协议，你保证做到四条，我就给钱。一、我花了钱就要借用你的院子存料；二、不许再让别的人跟我们捣乱；三、灰土掉在地上你不能再要钱；四、我们施工挖出的土填沟，互相都不要钱。你同意不同意？"

"行。"

一起纠缠了好长时间的麻烦就这样解决了。幸好是在河西区。他们的汽车检测线建后车源不足，身为一区书记的刘峰岩亲自找有关部门，为他们联系来车源，才使检测线逐渐兴旺起来。夏宝龙跟日本谈成的合资项目给了马场街，并带着宋玉璞一块出国谈判。中国的企业，社会化程度最高，街道企业尤甚。因此企业家就更难，要是个通才，要有多方面的才能，要扮演多种角色。有几个单位相中宋玉璞正是这样的通才，只要把他调去就能打开局面，创出一域天地。便以优厚的条件，想吸引他去，给房子、给他的女儿安排工作……

这正是他所需要的，女儿中专毕业后找不到接收单位；儿媳由于单位不景气，放长假在家；妻子本来工作得勤勤恳恳，也是因为单位经济效益不好，要裁人，却首先把她给裁下来了。就这样，一家五口有三个人失业。尽管失业有时是难免的，但要拒绝也需要很大的勇气。当然最重要的原因是他舍不得离开马场街这一片事业,也舍不得河西区这个环境。在河西区能办成的事,在别处也许就办不成。他来马场街之后走了几步好棋,但领队和教练是区里领导。刘峰岩的思路很明确:第一步选中了他;第二步自己来到马场街蹲点;第三步帮助确立项目,头一年就使利润翻番;第四步坚定不移地信任他、支持他……事业可以说已经起步,而且还有几个大项目已经上马或者尚未上马,几年后马场街还会有惊人的发展——关于这些规划他不肯多说。优越无需宣布,只需要展示。

教养也使他强迫自己不抱怨。约束力是人比其他动物高贵的标志,再说作难的也不只是他一个人。党委书记禹松生,做拆迁户的思想工作时曾被石头砸伤过腿。以后的某一天,由于工作过度紧张劳累,中午没顾上吃饭,又得了脑血栓。幸好抢救及时未留下什么后遗症。未等身体完全恢复就急着上班,冬天骑车轧到冰上又摔断胳膊,不等骨头完全长好,吊着胳膊又上班了……这位被群众评选出来的"焦裕禄式的好干部"就容易吗?不容易获得的成功,才有大的欢乐。

孔子讲:"仁者不忧,知者不惑,勇者不惧。"三者皆备,天下之达德。追求者的生活永远是崭新的。"天津第一街"的创造者们正筹划将天马工商总公司、天马房地产开发公司和外经贸公司融为一体,开拓为企业集团。在今年实现利润一千万元的基础上,明年再翻一番达到两千万元,成为"中国第一街"。

有执着的追求,才有丰硕的收获和规划未来的信心。

马场街的人是幸运的。

1992年11月16日

奇迹是怎样发生的

　　能够创造奇迹的人,应该算是奇人。

　　有谁见过奇迹呢? 又有谁目睹过奇迹发生的整个过程呢?

　　一九九二年夏天,我在新疆就亲眼目睹了一桩奇迹……

　　我从来都误以为戈壁滩是沙滩、是沙漠。

　　而在沿海地区长大的人是不会把沙漠想象得有什么可怕的。细沙铺就的海滩,令所有人喜爱、留恋。或在上面散步,或嬉戏,或躺,或坐,那份柔软,那份清爽,那份惬意,难以言表。即便是在电视电影里见到的沙漠,也是那样干净,那样柔细,那样神秘,令人神往。没有奇特的想象力就不会对沙漠生出恐怖之感。

　　然而戈壁滩却不是这样的沙漠。

　　它是一望无际的灰黑色的沙砾,大的如钢碴,仿佛被炽烈的阳光熔炼过,角角棱棱,拉拉扯扯。小的如铁蒺藜,砾石的缝隙间是灰色粗沙,放眼看去如同无穷无尽的炉灰渣子!

　　森森然触目惊心。地上不长一根草,天上没有飞鸟,一切有生命的东西仿佛都被大戈壁吓住了、吞没了。远处与天相接的地方浮游着一团团神秘的白雾。有几个孤零零的风车在有气无力地转动着……

　　戈壁滩的太阳也比内地的太阳大而热,空气被阳光烧得滚烫,可以闻到一股焦味。石头被烤焦了,所以变成了黑色。细长的柏油公路像戈壁滩的一道伤口,被阳光烧化的柏油是戈壁滩黑色的血液,闪着光泽,蜿蜒着伸到前方的白雾之中。

　　神秘莫测的大戈壁上只有我们一辆车在跑。是在逃跑,越快地逃离大戈壁越好。倘是在这戈壁腹地抛了锚,后果将不知怎样?大家心里都怀着这样一种忧虑,谁都不愿说出来。汽车轱辘轧在黏糊糊的柏油上发出哧啦哧啦的声音,带起沙石像子弹一样向四外抛射……

赫赫大戈壁是宇宙创造的奇观。谁也不敢确切地说出它是怎样形成的?地球上为什么会有这么多可怕的沙石?戈壁滩的沙石有多厚、沙石底下是什么?

任何生命在它面前都显得非常脆弱。

然而我就在这戈壁滩上却发现了另一种奇迹——

在汽车的右前方,突然出现了一道崭新的砖墙。砌得笔直,不知从何处来,也不知是伸向哪里。孤零零一面墙,没有拐弯,没有结尾,分不出哪边是墙里,哪边是墙外。墙东是戈壁,墙西也是戈壁,这道墙有什么意义呢?它至少告诉我这里有人烟。墙很长,绵延十里左右接上了一座高大的门楼;门上有楼,楼上披金挂彩,雄伟堂皇。在这茫茫戈壁滩上格外突出,似海市蜃楼,令人震惊,难以相信。

门楼的中央横出三个大字:"瀚海门"。

这里的确是沙砾之海。但进得门去是"瀚海"呢,还是出得门来算"瀚海"?这大门真能把戈壁的风沙关住?

门楼的左边,一面阔大洁净的墙壁上题着一首诗,作者是田世宏,题目叫《绿沙颂》:

> 亘古戈壁涌碧波
> 瀚海巨画天地阔
> 火焰山下创新景
> 绿海当颂人当歌

右边的大墙上也用同样斗大的隶书题了一首诗,作者是齐桂欣,题目叫《军工颂》:

> 身经百战为共和

硝烟未散转大漠

瀚海戈壁建绿洲

改天换地开拓者

"瀚海门"旁边有一家小客店,在客店门口应该是挂招牌的地方,也题了一首诗:

大漠深深景迷蒙

绿海翠烟罩屋影

小店虽非神仙洞

醇酒慰君万里行

署名仍是齐桂欣。

经打听,这位齐桂欣正是我要去的新疆建设兵团二二一团的政委。田世宏是团长。

想不到他们都是诗人!

让我惊讶的不是他们的诗写得如何好,而是他们身居戈壁居然还有这份诗情、这份雅兴、这份豪迈!

只是满眼"大漠"、"绿洲"在哪里呢?

我们通过"瀚海门",顺着二二一团的公路向西行驶。公路两边仍旧是灰黑色的沙砾。

虽然过了"瀚海门",仍然置身瀚海中。也许是太疲乏了,也许是由于一种莫名的失望,我闭上了眼睛……

当陪同人的惊叹声又使我睁开眼睛时,公路两边出现了整齐的杨树林,生气勃勃,郁郁葱葱,奇怪的是它们就生长在粗沙砾上,而且长势苗壮。

越往前走树越高大,树种越多,长得也更茂盛。仿佛突然间进入一片绿洲,戈壁滩消失了,满眼都是绿色。而且绿得有层次:有的青翠,有的成熟,有的油亮。以葡萄最多,到处都是葡萄架。每个葡萄架都好像要被太多的一嘟噜一串的果实压瘫。还有玉米、稻子、梨园、桃园等等。

这戈壁滩上长出的树木、庄稼,为什么比内地大平原上的还要好?

我相信自己看到了奇迹。

在这天老地荒的戈壁竟然有这么一方宝地,是生命的绿洲——有强大的生机,给人以希望。是绿色的希望,也是戈壁滩的希望。

二二一团团部的主楼被绿树围绕,前面是个整洁漂亮的大花园。团部招待所的前面则是个葡萄园,副团长樊世华安顿我们住下来,立刻送来两大盘子新摘的葡萄和两盘子哈密瓜。如果我们想享受边摘边吃的乐趣,可以到葡萄园里去自己动手。

哈密瓜之香、甜、脆是在内地吃不到的,自不必说。葡萄更是入口如蜜,且无核。我们是戈壁滩上的长途跋涉之徒,乍然投入绿荫之中,面对可以放开吃的美果,其吃相之勇猛可想而知。

樊世华不吃葡萄,也不吃瓜,只看我们的吃相——他盯着我,满眼都是笑意。经过激烈的思想斗争,最后忍无可忍,还是发话了:

"诸位先生,这种葡萄叫无核白,含糖量大,吃得太多了会拉肚子。我这可不是心疼葡萄,故意吓唬你们——"

老樊是山西人,读了好多书,是戈壁滩上的杂家,说话风趣。他当然也算是这二二一团绿色奇迹的创造者之一。

他带我们看了世界第一流的晾房——把鲜葡萄晾成葡萄干的房子。远看像一座巨大的魔宫,高大的土墙上留着许多十字孔,以便通风。房子中央有一条通道,能跑汽车、拖拉机,两边立着无数根高大的木杆,每根木杆上又有许多枝杈,每个枝杈上挂满一串串的鲜葡萄。这个地方气温高,干燥,几乎是无雨,鲜葡萄在晾房里挂四十天就成了葡萄干。葡萄不能叫太阳晒,太阳一晒葡萄干就不绿了,也失去了那种晶莹明亮的剔透感。

二二一团每年产葡萄八百多万吨。

老樊还陪我们看了庄稼地、棉花田、库尔勒香梨园——这种梨闻名世界,英国前首相撒切尔夫人在任访问中国时,曾专程来二二一团看他们的葡萄和库尔勒香梨的栽培。我却只知有葡萄,来到这里才第一次听说这种库尔勒香梨。一旅行,才知道自己是多么的孤陋寡闻!

是机缘、命运带我旅行。旅行又补充自己,完善自己。

傍晚,我们回到招待所,团长和政委也从地里回来了。

田世宏说话高腔大嗓,带着醇厚的东北口音,也有着东北汉子的热情、豪爽和干练。他给我的第一印象是个典型的军人,有着优良的部队作风:说话准确干脆,动作准确干脆,个性鲜明,雷厉风行。精神畅旺,脸上闪着充满活力的光辉。

我在戈壁滩跑了半个多月,二二一团的晚餐是最丰盛最可口的。田世宏在饭桌上理直气壮地介绍了他的一系列的世界第一:

我们产的葡萄世界第一。这里地处吐鲁番,有着最适合葡萄生长的阳光、水质、地质、气候,再加上我们的科学技术。因此我们的葡萄上百个品种,无人能比。有些国家不惜用特务手段来偷我们的品种和葡萄种植技术。

我们出产的皇后葡萄液世界第一,你们一喝就知道。

还有这吐鲁番干白葡萄酒,也是世界一流的,是我们二二一团葡萄酒厂生产的,引进了法国最好的葡萄酒厂的技术。厂长和主要技术人员去欧洲学习了三个月。

我们的泡菜世界第一。我们的羊肉蒸饺世界第一,什么天津的"狗不理"、广州的小笼包、北京的锅贴,全没法比……

他一口一个我们的这,我们的那,有足够的自信,强烈的信念,锋锐的幽默感,还有令人喜欢的挥洒自如、才华横溢的个性。

以后我们谈得多了,谈得深了,我也采访了二二一团更多的人,才知道田世宏是个地道的科学家。他三十年前毕业于东北农学院园艺系,他来新疆的三十年可谓硕果累累,贡献卓著。他是中国为数极少的几个世界级专家之一。十年前在新加坡经国际园艺学会考核认定,并发给证书,使他无论走到世界的任何一个地方,都会被同行尊为权威、受到敬重。

他在国内外出版了七本学术著作:《新疆果树修剪》、《新疆哈密瓜栽培技术》、《新疆葡萄的栽培及加工》、《兵团果树名录》、《庭院果树栽培》等。

他是二二一团奇迹的主要设计者。

他身上有一种利用自己的知识和才华,从戈壁滩攫取一切的毫不妥协的强硬态度。自信而又机智灵活,是地道的学者,又是个雷厉风行的军人。

在戈壁滩上创业,非得有这种天上地上唯我独尊的强烈自我奋斗精神不可!

选择了戈壁,就只有选择创造,否则就是死亡。他是梦想家,又是创造者。

我问他:

"二二一团的这片绿洲,以前也是戈壁滩吗?"

"是的。"

"也是那种灰黑色的粗沙砾?"

"不错。一九六五年齐政委写过一篇《屯垦志》,记录了一次风沙的情景:刹那天空有突变,白天忽然变夜晚。铺天盖地黑沙舞,埋没道路遮住山。出门没走两三步,身后脚窝又填满。沙暴引来大风暴,飞沙走石无遮拦。拔树掀房大破坏,毁车伤人心胆寒……"

"为什么这里能长出这么好的庄稼,而几十里以外的戈壁滩就寸草不长?"

"这里有人,人类的历史就是创造的历史。不能只是幻想奇迹的发生,而是创造奇迹。在创造中改变环境,也改变自己,创造人。历史就是这么简单——我们把天山的雪水引了过来,这里有最充足的阳光。有了阳光和水,就能长出植物。在内地是桃三杏四梨五年,在我们这里种梨树三年就硕果累累。再过几年你来看,'瀚海门'以里都将变成绿海。"

力量和自由造就天才。

创造则给了他满足,他们所做的一切将会存在下去。这座"瀚海门"其实是他们的凯旋门,数十里长墙将成为二二一团的东部疆界……

二二一团的另一个重要人物齐桂欣,河南人,是个老兵,也可以叫做老革命。耿介拔俗,正直仁厚,属于另一种性格却跟田世宏配合得极为默契。

他万里投荒,劳苦半生,却保留着个人的文化情趣。他家里的墙上挂着五个用十六开大的白粉莲纸订成的厚本子,上面用毛笔写满了诗,总共有一千多首。这是他的诗集,自己写自己,自己出版,自己看。

他的诗意趣横生,透出赤子般的真淳。

他在《我的肖像》里说:"笑迎漠风背景山,红日是我大皇冠。"

对戈壁滩,对自己亲手创造出的业绩,一往情深。

他的住房宽敞明亮,有个很大的院子,院子里当然少不了瓜果梨桃,还有一大片葡萄架,每年可产葡萄一千多公斤。

我们这一行人没有一个不羡慕他的房子、他的院子、他的生活,还有他房前屋后的景致:

> 白杨高高柳林暗
> 布谷声声自得闲
> 渠水流淌急追去
> 麦浪滚滚到天边

在戈壁滩上能创造出这样的生活,倘不是亲眼得见是不会相信的。

创造奇迹的人生活在奇迹里。

我们走出齐桂欣的家,夜空悬月,清亮亮,胀鼓鼓,其圆如规。空气中散发着香气,白天的余热刺激着皮肤,纯净而舒坦。

美妙宁静的戈壁滩夜色,周围却充满了生机,能听到各种植物生长的声音,玄妙而富有节奏。

奇迹就是这样发生的。今后还会有奇迹不断地发生。

1993年1月19日

中国还有这样一个地方

毋庸讳言,我们一行人到了兰州是为了去敦煌。

近几年,乃至近几十年,中国的传统文化经受了国内外的革命意识、现代意识的狂轰滥炸。然而作为这一古老文化的灿烂结晶的"敦煌学",不仅没有被炸毁,被炸臭,反倒在世界范围内被炒得越来越香,越来越热,越来越辉煌、不管东方人或西方人,不管有文化的或没有多少文化的,不管新潮宠儿或正统人物,不管阿猫阿狗……都想去看看敦煌。有的真心去朝圣,有的想去学点什么、捞点什么、挖点什么、捡点什么,有的只是出于好奇,有的附庸风雅,有的随大流观光旅游,有的不去白不去所以去,有的去了也白去、白去也去……

我们是为什么而去? 说不出不去的理由就是去的最好理由。

离开兰州的前一天,我们被安排参加一个礼节性的例行公事又不能拒绝的座谈会,在会上认识了一个人。这个人改变了我们(至少是我)这次河西走廊之行的主要目的——重点不再放在敦煌,而是金川有色金属公司。是这家公司赋予丝绸古道以新的含义、新的生命和活力。

这条古道上的主要风景点:武威(古称凉州)、张掖(甘州)、酒泉(肃州)、安西(瓜州)、敦煌(沙州),都是属于过去,属于历史,人们到这里来是寻根探源,发思古幽情,参拜历史文明。而金川则属于现在,属于未来,在这条历史走廊里建设起强大的现代文明……成为当今中国的镍都。

这个人叫杨金义,金川有色公司的经理。

不是他在会上为自己的公司做了成功的宣传,才吸引了我们。恰恰是因为他不宣传,在会上他说得很少,几乎没说什么。

我们到处可见骤然变阔者的滔滔然、醺醺然,失意者的牢骚、咒骂以及无边无际的抱怨。在这个被金钱弄得昏头昏脑的世界里,现代人常有精神倒错的现象发生:虚伪的说教,烦人的饶舌,无常的感叹,甚至像西方的教士一样,口上悬着三个十字架,张口就是苦,叫苦连天。这一切在杨金义面前都显得浮、显得浅。

他肩宽背厚,脸上的皱纹深刻有力,双唇厚重,神态沉稳凝练,朴茂强健。看上去有着类似重金属的品质,能够承受一切自己应该承受的压力。他的责任强迫他在生活中不得不采取挑战的姿态,然而他有强大的正统观念,他遵守着种种约束——这约束是责任?是困难?是信仰?他身上充满了惊人的矛盾和忠诚。

谁都感到了这种约束力的强大和他的分量。

他的公司每年创造十几亿元的产值,单给国家上缴利税就有五亿多元。

上缴这么多?

——惊呼者心里肃然起敬。但也另有一番话没说出来:如今许多国营企业想方设法不上缴或少上缴利税,大树已被掏空,在旁边生出许多变相属于私人的小树。一旦大树倒下,便可抱住小树赖以生存。

金川公司不行,它太大了,它是国家的眼珠:它看着别人,别人也都盯着它。它不仅是全省企业界的老大,在全国有色金属冶炼行业也排名第一。因为有了这家公司,才建立起一座拥有三十五万人口的现代工业城市。这座河西走廊上的新城是为镍而建立,因镍而发展。是一座运来的城市——在腾格里大沙漠上建高楼,一砖一瓦都是从外面运来的。然而金川的价值并不单纯体现在经济效益上,近三十年来,自邓小平到江泽民,历届党和国家的领导人都到金川来过……

大有大的难处。当下一个普通的中国人也许可以不讲信仰,杨金义则不行。他的公司太难,太辛苦,责任太沉重,必须要有信仰。没有信仰不足以激励自己、凝聚群众,这信仰就是镍基高温合金——约束是人的一种高贵的标志!

中国的镍百分之八十八在他的手里。他的矿场仅次于加拿大的萨特伯里镍矿,排名世界第二。名副其实的镍都。

中国已知的有瓷都——景德镇,陶都——宜兴,锡都——个旧,煤都——抚顺,皮都——张家口,雾都——重庆,雨都——基隆,等等。

这些美号基本上是造物主所赐予的。有的已经成为历史,很少再被人提起。有的并未因其得天独厚的蕴藏和地理条件,跟上文明的脚步,发展成一个举世公认的繁荣昌盛的现代大都市。相反,有些都城的优势正在被别的城市所超过或取代……

镍都的未来会怎样?

我似乎读懂了杨金义的那张脸。

更急于想采访他,采访金川公司,看看镍都是个什么样子。金川河里真的是流金淌银吗?

从兰州到金川有近五百公里的路程,我们一早登程,中途因修路塞车耽误了五个小时,到晚上九点多钟才到达金川公司。仿佛从大沙漠无边无际的黑暗中突然间扑进了一片灯海。

这就是镍都——不给我们一个清晰的正面,用一团以夜色做背景的光影来拥抱我们。天空如水,风习习,星烁烁,云汉皎洁,箕斗参差。这样清亮的夜空,这种带甜味的空气,在天津很难享受到。

经过一天的奔波劳顿,看足了塞外大漠上的奇景野趣,到晚上能钻进一个平静舒适的宾馆,洗个热水澡,打开电视机,享受着现代物质文明——可见金川公司的实力和规格。我们都是凡人,先对金川生出几分好感……文人的敏感和多疑又提醒我,不要因此影响自己的判断力。

甘肃的形状如同一只哑铃,而金川正好处在哑铃的中心轴上。抓牢它就可以把整个哑铃举起。自古以来它就是西部要塞。

不知为什么,甘肃人格外喜欢贵金属。也许是视其为富贵的象征吧,愿意把金银加进人名和地名里。生个孩子叫金娃子、银妹子,杨金义的名字里也有金。兰州古称金城,武威又称银武威,张掖俗称金张掖。兰州的城墙不是金砖砌就,武威不产银,张掖不产金。甘肃人对象征富贵的金银千呼万唤了千秋万代,终于唤来了一个实实在在的金川公司。正好——

它的东面是银武威,西面是金张掖,"控扼甘凉二州"。

也许正是这种金银意识促使了金川的开发。

金川公司的党委书记杨学思,讲了这样一个故事:本世纪五十年代初,这里还是大漠戈壁,黄沙漫漫,人迹寥寥。南有祁连山,终年积雪,重峦叠嶂。北有龙首山,横亘百里,南北对峙。虽然射斗牛,吞日月,气势不凡,但世世代代,龙首不抬头,只有偶尔出没的野狼、黄羊为伴,不免幽恨绵绵。某日,一放羊人在龙首山上捡到了一块闪闪放光的彩石,以为捡到了宝贝,托人捎到地质队鉴定。几经周折,远在青海的地质队见到了这块高品位的氧化铜矿石。追根寻源来到龙首山,发现了古人遗留下的矿渣矿末——又是我们伟大的老祖宗在引导。一下钻却打上了一个含镍的富矿层。几百台钻机在龙首山上依次排开,像给这个无与伦比的巨大龙头扎针灸,刺激它快点醒来。很快便探明,龙首山是座特大的高品位镍矿,还有铜和其他多种稀有金属。仅镍的储量至少在五百五十万吨以上,按当时的水平,可供开采二百年。在这之前,中国已经被世界发达国家宣布为"无镍国",而镍又是一种建设现代人类文明所离不开的东西。中国很穷,用钱买不起镍,就以物易物,用六十吨渤海湾产的大对虾去换一吨镍。因此每用十公斤以上的镍都需国务院总理亲自批准……

杨学思在公司的科技馆里给我们上了一课,这一课足足讲了一上午。他是学冶炼的,"文化大革命"前毕业于东北工学院,说话富于鼓动性,带着东北人的机智、诙谐和爽快。讲起自己的镍王国如数家珍,滔滔不断。他衣着得体,风度挥洒自如……我揣度,他站在这里给国家领导人讲课的样子,也是这样充满自信如江河直泻?他们的前任经理王文海,就曾给毛泽东讲过半年课,教授《金属学》、《冶金工艺学》等。

我们中许多人对镍还是很陌生的。它被说得那么神,那么玄,到底有什么用处?

国际上公认镍是重要的战略物资,火箭和高速喷气飞机的重要部件,都必须采用镍合金制成,一架四引擎喷气机用镍就要一吨以上。其次,军舰、电子管、雷达等军工行业,以及原子能、冶金、化工、石油、建筑、机械、仪表等工业也都离不开镍。还有,镍是生产不锈钢的必不可少的合金元素,因此跟现代人日常生活联系极为密切的手表、医疗器械、自行车、电镀器皿、不锈钢制品等,也不能没有镍。难怪这种银灰色的东西能牵动一个国家的神经,值得专门为它建立一个城市,并以它的名字命名。

镍都不只产镍,铜的储量三百四十九万吨。同样也是珍贵的战略物资的钴,其储量十六万吨。这两种金属的产量和储量在全国不数第一,也数第二。同时与之伴生的还有金、银、铂、钯、锇、铱、钌、铑、硒、碲、铬、硫等十多种矿产。其中铂(即白金)族金属的储量居全国之冠,地下资源约值一千七百八十二亿元。真是一块宝地!

在金川公司的科技馆里我们大开眼界,见到了方方正正、硕大无朋的白金砖。一公斤价值十八万元的铑块则闪着银白色的光。而锇块,是蓝幽幽的。和这些贵金属相比,金银又算不得什么了。

这些宝贝的主要价值并不是用来做装饰品,它们是现代工业中必不可少的材料,被专家们视为"工业维生素"——如制造一架集现代先进技术之大成的航天飞机,就需用铂族贵金属二十五公斤左右。是技术要求不这样搭配不行,还是老天会安排?制造非常贵重的东西就必须用非常贵重的原料……

龙是中华民族的图腾,想不到龙首竟在金川。龙欲腾飞,必先扬头。《镍都报》主编屈丰泰带领我们登上龙首山,被眼前一派壮阔雄大的气象所震慑。山势雄峻,峰峦起伏,护挡着崭新的镍都。昂头雄视远处的洪荒大漠,欲雄飞,先卷起浩荡雄风。一股阳刚之气,一种龙的精神,横空而出,雄魂可见。没有绿树,没有青草,谁会想到这神秘的令人望而生畏的大山里会埋藏着无尽的宝物?

造物主真是公平,让许多青山绿水下空无一物。让人人垂涎的世间极为珍贵的东西长在"边地春不足,十里见一花"的荒山秃岭下。难怪古往今来的哲人都是出于对大自然万物的惊异和不解,才开始对哲理的探索……

我们站在了一个巨大的镍矿坑的边沿上,向下望一眼立刻腹部紧缩,眼晕腿软。矿坑深百余丈,长两里,宽一里多,坑壁盘绕着公路。可载六十吨矿石的大卡车,像虫子一样在坑壁上旋来绕去,从山顶可下到坑底,从坑底又爬上坑沿,把矿石送往选矿场。可想见当年开发时的壮观和勇烈:万人云集龙首山,炮声隆隆,地动山摇……

屈丰泰是个沉静寡言的东北汉子,他宁愿多看,也不愿多说。他甚至认为人只靠两只眼睛观察还不够,还应借助高档照相机把有价值的东西存留下来。他站在龙首山矿区,禁不住神采飞扬,讲起了开发过程中一组组难忘的镜头——

从一九六四年八月开始,三千四百人干了四个月,开凿埋炸药的坑道四十六条,总长近六公里,挖成药室三百五十五个,埋炸药一千六百五十五吨,其当量与一枚小型原子弹相同。十二月六日十六时二十五分,一声引爆令下,在场的每个人都感到被奔雷击顶,世界立刻变得无声了。龙首山剧烈抖动,巨型蘑菇状烟云冲霄而起,遮天蔽日,炸掉了三座山头,爆破岩石二百四十万立方米。中国最大的露天镍矿诞生了!

从那天起,龙首便活了,有了精神。

现在,金川公司的采矿巷道分几层,最深的一层已经挖到地下六百多米,像血管一样遍布龙体,完全采用当今世界上最先进的设备,最先进的采掘技术。取走矿石,又用钢筋水泥填充好,龙首山没有被掏空,反而更结实了。

两条主巷道在龙首山的脏腑里盘来绕去,高大坚固,灯光明亮,与山外的公路连接直达选矿场。运矿石的卡车来往穿梭,轰轰隆隆,马达声格外响,而且在巷道里滚来荡去经久不散。卡车又是一辆接一辆,其声浪以及所造成的共鸣相聚合、相衔接,有急有缓,忽高忽低。再加上打钻声,矿石的碰击声,矿车的奔跑声——这就是龙首山的音乐,是金川公司迷宫般的矿区里最迷人的乐章。

身在迷宫里觉得是在地下，走出迷宫口原来是半山腰。倘若站在北京、天津看这迷宫，它是在两千六百多米高的天上！

果然是龙抬头。

金川公司的冶炼厂则是另一番气象。高大敞亮的厂房，现代化的设备，空中双层天车，水泥地面上一尘不染，各种工具和产品码放整齐——连我们这一群外行看了都觉得舒服，惊异其管理得好。

车间里只见设备开动，不见有人操作。可见其生产过程完全自动化。闪速炉正在出镍，镍水如火泉，奔腾跳跃，直泻仓底。见我们登上冶炼平台，有几个年轻工人从控制室里走出来。炉长只有二十七岁，最小的刚满二十岁，都是金川公司中等技术学校或职业高中的毕业生。他们应该是第二代金川人，我立刻想起老金川人喜欢说的一句话："献了青春献终身，献了终身献子孙。"

这群年轻的冶炼工，和沿海大城市里的现代青年没有什么不同，从容自若，还有一点桀骜不驯和玩世不恭。虽然都穿着工作服，但每个人都穿出了不同的花样，或不系扣子故意露出里面花哨的T恤衫，或胸前挂着一个小玩意儿，或把安全帽戴的歪斜而又帅气。他们有个性、有文化，围住我们问的都是一些文学方面的问题。当我向他们提问时，他们却表现出与他们的性格和外表很不相称的焦虑。

我讲他们是幸运的，应该有足够的自信，既对得起国家，也对得起自己。单讲镍，金川公司已生产了三十三万吨，完成工业总产值一百一十八亿元，上缴利税四十七亿元，是国家一期投资的三点二倍。对促进中国西部经济的发展所起到的强大效应就更不必提了。他们个人的收入，也和沿海大城市里经济开发区的企业职工收入差不多，高出普通企业的职工收入一大截……所以金川公司虽然地处大戈壁，每年都要吸引数百名大学毕业生来投奔。这叫富在深山有远亲，穷在大街无人问。

年轻的班长大摇其头，甚不以为然。苏联完蛋，美国松了口气，世界上不再打仗，我们的镍卖不出去，哪来的钱？

想不到他语出惊人，胸怀世界，企盼战争。我问：你难道真的希望世界上天天打仗，打大仗？

他说，我是工人，管不了全世界的事，只希望出好镍，卖好价钱。

这个青年工人直率地说出了目前使整个金川公司陷于困境的主要原因。在以后的采访中，我们接触了一些中层干部和高级决策人员，也都叫苦不迭，感到压力沉重。

金德君——又是一个名字里含金的，是金川公司一位大名鼎鼎的人物。多年担任公司的计划部主任，要人才有人才，要干才有干才，要口才有口才。三十多年来她结交的镍朋友、铜朋友、钴朋友、金朋友、银朋友，遍布全国乃至世界。去年到了退休年龄，公司舍不得她，她也舍不得浪费自己的能量，便改任金川金属原料公司的总经理。

她和丈夫是金川的第一批创业者，当年其实是被骗来的。当时他俩是江西冶金学院的教师，去为金川选拔干部的人说，要调最优秀的专业人才支援国家重点建设，而金川又是一块风水宝地，北有龙首山挡风，南有祁连雪峰供水，雄踞西北要道，民风淳朴善良。正像京剧《武家坡》里所唱的："一马离了西凉界，青是山，绿是水，花花世界。"而她和丈夫正符合这"最优秀"的条件。她只有二十五岁，泼辣能干，院团委委员，正在申请入党。她的丈夫是一九五八年毕业于东北工学院冶金系的技术尖子，又是院篮球队的主力，身高体健，一表人才，学院不想放，但又不敢留，那个年代谁敢对支援国家重点工程建设说个不字！金德君的小儿子刚八个月，她给孩子喂足了奶，抱到母亲家，就跟丈夫来到金川。当时金川除了风沙什么都没有，小土房子里连床都没有，进门就算上了床。吃豆面，吃骆驼草籽，拉稀，拉蛔虫，一拉一盆。两个人的工资加起来不足一百元，拿出六十元寄给母亲和孩子，剩下的做两个人的生活费。其苦，其累，至今还不敢回头想、回头看。现代人也无法想象当时他们所遇到的困难，以及他们所表现出来的那种精神。

尽管他们是被骗来的，也没有要求再回去。金德君被人称做"工作狂"，她被怀疑身患癌症，在北京做了大手术，医生叫她至少休息两个月，她在医院躺了十天就回到金川，躺在床上办公。全公司只有五个女中层干部,她是其中的一个,而且是正处级。在这个习惯于男人掌权的世界上,女人如果和男人同等条件是提不上来的,必须要比男人强得多。

她的丈夫是冶炼厂的副总工程师,炼镍专家,业务尖子,却只是个正科级。分房轮不上,出国轮不上。曾经是篮球场上的骁将,如今却生活在夫人强大的阴影里。而金德君则开玩笑说,女人当官不如当官太太。

她目前忧虑的也是金川公司的前途。过去一吨镍可以卖到十三万元,现在卖五万元一吨都很困难。从独联体走私进来的镍,虽然质量很差,每吨却只卖三万多元。加拿大的萨特伯里公司也在中国设立了两个办事处,推销他们的镍。竞争加剧了,而市场在萎缩。主要原因就是苏联解体,对世界的威胁不存在了,经济发展缓慢下来。战争警报也解除了,美国认为不会有大仗打了,开始拍卖战略物资,抛售库存的锌、镍等金属,使有色金属的售价降到最低点。

这使我想起那个著名的动物保护区里鹿群退化的故事。鹿由于受到人的力量的保护,有足够的青草和清水,且没有任何危险,开始变得懒洋洋了,不会跳,不会跑,莫名其妙地生病或死亡。一位动物学家想出高招,给保护区里放了几只狼——这些饥饿而残暴的家伙,对鹿群展开了疯狂的追杀,撕咬。鹿们也很快有了生机,为了逃命恢复了能跑善跳的功能,头昂起来了,耳朵支起来了,角长得快了,皮毛有了光泽……

难道人类世界也如此?苏联的存在对世界经济的发展莫非也起着狼对鹿群的效应?

镍都实业公司的经理常子荫,快人快语,集中向我们介绍了企业的困难。

按沿海地区流行的说法,他的公司应该是金川公司的“第三产业”。当初成立的时候有四项基本任务:1.为金川公司的职工家属安置就业;2.为金川公司的产品进行深加工;3.为金川公司进行配套服务;4.为金川公司离退休人员安排后事。金川公司能在腾格里大沙漠里稳住阵脚,人心安定,镍都实业公司起到了很大的作用。

这些能干而又老实厚道的金川人,几年搞下来,实业公司发展到一百一十五个企业,一百六十一个商业服务网点,拥有职工一万八千人。去年产值四亿七千万元,给国家上缴利税四千二百万元,搞出了不少部优、省优产品,在全省一百家大型企业中,名列第八位,成了名副其实的国营大型企业。"第三产业"变成了"第一产业"!企业大了,灵活性就少了,困难越来越大。仅别人欠他们的债务就有六千多万元,要不回来,严重影响了自身的发展。国家的困难,别人的困难,都转嫁到他们身上,却找不到能说理的地方……

这一切是否都跟金川公司的拳头产品——镍的销售情况不好有关?

我们采访的重点是杨金义和杨学思。然而在金川公司里要找到杨金义又最困难,一会儿听说他到井下处理事故去了,你到了矿区他又回到总部主持生产调度会议。你追到总部他又去接待外国客商。最好的办法是到家里堵他,然而他每天到晚上十点多钟还不回家……

时下谁心里没有一堆问题或一团困惑?叫一个企业家能说什么呢?理论上的道貌岸然,并不能阻止社会风气的退败和精神上的堕落。

企业的困难大同小异,也许杨金义对我们的许多问题不做回答,正是他最好的回答。有些事情说出来反而不如不说。沉默是一种智慧,一种艺术,也是一种力量。我们又何苦逼得他躲躲闪闪?

——这个道理不错,然而我们是干什么来的?采访者就应该让被采访者开口,否则就是我们的失败,白白奔波数千公里来到金川……

在杨学思专为我们召集的小型座谈会快结束的时候,杨金义终于露面了。他落座后没有打断别人的话,让正在发言的人继续讲。杨学思递给他一块西瓜,甘肃的瓜糖分多水分多,杨金义吃完西瓜,挓挲着双手,正不知甩什么东西来擦掉手上和嘴边的瓜汁。金川的服务员也很老实,只知道快散会了,看见经理进来也不再补送给他一块湿毛巾。杨学思没有丝毫犹豫,把自己用了一上午的小毛巾递过去,这叫不拿自己当外人。杨金义自自然然地接过毛巾,把手和脸擦了个干净。他拿自己更不当外人,也不把书记当外人。

这个细节是微不足道的,也许不会再有第二个人注意到这件小事,却让我很感动。这表明了他们的关系和感情……

也许我过于敏感了。不论到任何地方,党委书记和经理同时出现的时候,他们的一言一行,一个细小的动作,都会引起别人的注意和联想。这是没有办法的,在现有体制下,任何单位行政一把手和党的一把手,是最难扮演的两个角色。演成"哥俩好",是封建主义的习气。演成"窝里斗",也不是社会主义的作风。社会主义的"核心"和"中心"应该怎么相处?

这二杨,年纪差不多。身材差不多。一个是东北人,一个是西北人;一个是搞冶炼的,一个是西安交大学电的。他俩的故事实在应该另外写一篇很好读的文章——

场面逼到这儿,问题堆到面前,杨金义不讲不行了。他不开口座谈会就无法散场——

他并不把公司的希望寄托在战争上。尽管他认为战争仍然是现代人类的重大灾难之一。不要过分相信美国人的话,盲目地认为世界从此太平,不会再有大的战争了。海湾战争刚打完,并不是俄国人发动的,中东在打,南斯拉夫在打,阿塞拜疆在打,世界纷纷扰扰,战争从来没有停止过。一个德国曾挑起了两次世界大战,两个德国倒使世界相对稳定了四十年。现在又是一个德国面对世界了,人们不会轻易忘记历史……

何况金川公司眼下就被拖进了一场战争里——经济竞争也是一场战争。而金川公司必须在这场战争中打赢!人们不是爱说市场如战场吗?进化之谱,就是竞争之道。有竞争才有发展,有对比才有竞争。

如果你不能胜利,就只有失败。在必须分出胜负的世界里,只有胜者才能生存下去。金川公司处于国家西部,而西部地区物资丰厚,占国土面积百分之八十九,占全国人口的百分之六十四。这就是说,如果西部经济滞后,东部地区的发展就会缺少有力的资源依托和市场空间。美国也曾先发展东部,然后发展西部。瑞典的工矿企业在南部,现在议会也正辩论如何加快北部的开发。我们国家的决策者更不会缺少西部意识……

再说说金川公司的优势,抛开战争因素不算,在当今世界上,镍、钴及铂族金属被越来越广泛地应用于现代工业和人们的日常生活中。按八十年代的资料分析,镍与钢的比例,美国是百分之一点五五,日本是百分之一点五三,法国是百分之二点零八,前西德是百分之二点一八,英国是百分之一点七三。而中国目前的镍钢比例尚不足百分之零点五。大家常常碰到这样的情况:从发达国家进口的机器设备,打开包就能用,而且不容易坏。买国产设备很可能打开包就是坏的,再打开一个还是坏的。这里就有一个材质问题。一九九二年中国的钢产量突破了八千万吨,两千年要达到一亿吨,镍钢比例按百分之零点九计算,全国每年镍需要量九万吨,而我们的镍产量每年不足三万吨,谁说镍没有市场?

杨金义在质朴敦厚的后面隐藏着一种百折不回的性格,这是一个有主见有自豪感的男人。仁者不忧,知者不惑,勇者不惧。在困难中愈显出了他的力量,他对事物没有失去平衡判断的能力,三言两语就指出了金川公司的希望之所在。

希望是不能被埋葬的,不能让希望腐烂。

一个冷静执着的指挥者,永远不能让群众回避希望。

人就是这样一种奇妙的机器,只要他规定了目标,他就可以承受一切。

相比之下,杨学思则显得举重若轻。不知他是有意要配合经理的讲话,还是灵机一动,晚上把我们领到了金川公司的五彩城。

我刚从一个杂志上读到一篇他的文章《构造大政工体系》。里面提到虚功实做,软功硬做,以人为本,渗透融合,寓教于文,求新求活等观点。以他的精明,会不会利用我们的来访,将计就计,为他的"大政工体系"服务?

五彩城是一座造型优美的现代建筑,里面设有各种娱乐厅、游艺厅、健身房、放映厅等,三楼是个豪华的大歌舞厅,有自己的乐队、自己的演员。因为是周末,五彩城里拥挤着金川公司的年轻人和一部分洒脱的中老年职工。他们服饰鲜亮、新颖。和金川人比,我们这群从沿海大城市来的男女作家们,倒显得笨拙、寒酸。

五彩城里洋溢着欢乐和生机。人们的脸上闪着光——金川人对生活、对未来充满了信心。

这是一片忠厚的土地,曾经被历史忽视过。但它有巨大的潜力,总能达到责任或命运要求它达到的高峰。金川人创造了一个镍都,也创造了一个时代。他们的业绩将与历史和文明同在。

1993 年 9 月 13 日

基　地

　　井安民接到命令要调离青藏高原。他突然意识到自己已经离不开青藏线了。原来他是这么喜欢这儿，他爱这冰雪高原，更爱这条穿透了十万大山的公路。他的生命已在这里扎了很深的根，这里埋葬着他的亲人和战友，这里有他的家，是他人生的基地……

　　但他知道自己是不会违抗命令的。

　　他是个规范的军人，连经历都是非常规范的：一九六〇年考入西宁铁道学院，一年半以后参军来到青藏兵站部，成了一名青藏线上汽车驾驶员的助手，然后是当驾驶员、班长、副排长、排长、副连长、组织股长、营长、副团长、政治处主任、汽车团政委、青藏兵站部副政委。部队师级职务以下的所有台阶，他都走过，规规矩矩，按部就班，在上级命令的指导下，他一个台阶一个台阶地上，最快半年上一个台阶，最慢八年上一个台阶。无论快慢从来不越位，也没有跳过一个台阶。更从来没有想过，自己在退休前还会离开青藏公路……这是一条魔路，没来的时候怕来，来了以后怕走。

　　他要向青藏线告别。从接到命令那天起，思想就喜欢向过去的经历巡游。

　　所谓青藏线是一个立体的几何形概念，包括公路、通信线路、石油管线和青海省内的一段铁路。其中公路是青藏线的主体，没有它别的就无从依附。

　　青藏公路从西宁到拉萨，全长两千多公里，要钻进海拔三千七百米的昆仑山口，在海拔四千七百七十六米的昆仑山顶通过，穿过六百

126

公里长的冰冻层,再翻越海拔五千二百多米的唐古拉山,最后回落到海拔只有三千多米的拉萨。倘若整个地球是一个游乐园,那青藏线的起伏跌宕就如同过山车的轨道。

修筑青藏线要比古人修长城困难得多。其根据就是古人几次想修而没有修成——

就连天纵英明的唐太宗李世民,几次三番想进入西藏,均未成功。最后想出了一个聪明的主意把两公主文成、金城,嫁给当时西藏的赞普松赞干布和弃隶缩赞。这个和亲的办法成为佳话留传下来。用姻亲的纽带权充一条公路。实际上感情的桥梁难以代替一条实实在在的通道。

国民党时期,军阀马步芳也想征服西藏,兵到唐古拉,不战自溃。中国大陆也曾被西方列强瓜分过,曾被日本侵占过。但他们都未曾进得去西藏。

于是,在世人的眼里西藏成了地球的第三极,神秘难测,连探险队都进不去。

直到一九五〇年,一个新的中国如日初升,占尽天地人的优势,没有任何一种力量能阻挡得住它的崛起。作为这种气势的前导的解放军,更是出神入化,在创造了一系列的奇迹般的胜利之后,顺势以和平的方式也解放了西藏。

进军西藏固然不像写的这么容易,而要保证驻藏部队的后勤供应似乎更难。后来成为西藏自治区主席的阿沛·阿旺晋美,曾亲自组织人用牦牛给解放军运送给养,解一时之急,但终非长久之计。

长久之计是修一条路,有了一条通道,西藏就不会封闭,不封闭就不会落后,就会跟整个国家同步。

提到青藏公路,就不能不提它的创造者慕生忠,他当时是兰州军区民运部部长,负责对西藏的运输。

他曾赶着七千峰骆驼进藏,那也许是世界上最庞大的骆驼队了。浩浩荡荡,摇摇晃晃,在皑皑雪原上像一条会移动的黑色长城。骆驼上驮的东西只有很少的一部分是慕生忠想运进西藏的,大部分是骆驼的饲料,因为往返一次要七个月。这些"沙漠之舟"在戈壁滩上可以逞雄,一到了海拔四五千米的冰川雪原上就显得笨拙无力,死伤大半,其情其状极为惨烈!慕生忠觉得对不起这些温驯忠诚的骆驼……

他决心修路。

一九五一年他带着两个警卫员,用三个月的时间步行到重庆,勘察川藏间修路的可能性。

然后又赶着马车从青海进藏,确定了青藏线的最佳路线。然而却得不到别人的理解,更不要说是人力和物力上的支持。在碰了许多钉子之后,他被逼无奈给自己的老首长,当时的国防部长彭德怀写了个报告,彭总又请示周恩来总理,批给他三十万元人民币。他带领一千多名民工,用了七个多月的时间,神话般地修出了三百公里长的大道。

彭总闻讯大喜,又给他追加了二百万元的投资,一百辆运输车,一个工兵营。一九五四年十二月二十五日,慕生忠公路修到了拉萨,成就了青藏线。其险、其高、其美,也是地球上独一无二的。从国家的中部到西南部有了一条大动脉,于是青藏高原活了!但要持久地保持这活力又谈何容易。

井安民在青藏线上跑车二十六年,往返数百趟。

在一条平坦大道上顺顺利利地跑了一百趟,也许还跑不出感情。但是在青藏线上跑一趟车,你终生再不会忘记它了。当你早晨上汽车的时候不知道这一天会发生什么情况,不知道能不能平安回来,可是你居然跑了一趟又一趟,跑了一年又一年,几十年下来你怎么会对它没感情!

他曾经非常消瘦。而中国人见了面就爱关心别人的脸色、气色、胖瘦以及吃饭了没有。不经常见面的熟人一碰到他定会大呼小叫,一副无比关心的样子:你怎么这么瘦?气色也不好!这使他很不自在,无言以对。长时间的他尽力躲避老熟人,不得已碰了面,也不让对方有机会来评论他的气色和胖瘦。他心里很清楚自己没有大问题,经常拉肚,肠胃难得有舒服的时候,怎么能胖呢?

在青藏线上跑车什么东西都得吃,只要能充饥就行。正常的情况下馒头放在工具箱里,冻成冰疙瘩,滚了一层油垢,放在出气管上烤一下,用手擦擦油垢就吃了。如果能捡到干牛粪,把馒头烤得焦黄,那就更香了。倘若大雪封山,汽车抛锚,不知要等多少天,只能挖野葱,吞雪团,附近如果能找到老百姓,就讨一点饭吃。

眼下是三月早春,江南自不必说,就是华北大地也该树返青、草吐绿了。在这青藏高原上却还是低头看雪,抬头看冰,冰峰雪嶂摩肩而立,乱插遥天,蠹蠹生寒。他已经习惯了单一的白色,青藏高原一年四季都可以下雪。其实这里的四季只是写在日历上,在现实中整年是冬天,没有春夏秋。他甚至也不记得轻风、柔风、和风是什么样的了,青藏线上有风就是大的,扬尘搅雪,封山断路。他常常被困在半路,为了不被冻死,深更半夜围着汽车一圈一圈地跑。他睡过雪窝,睡过冰坂,睡过旷野。倘若能找到一个小涵洞就是天大的福气——把被子铺在冰上,用帆布把洞口一堵,很暖和,可算是汽车兵的星级宾馆了!

他们当然也有自己的欢乐,青藏线上流传着著名的四大舒服:第一舒服喝热稀饭;第二舒服过桥,长桥五六百米,水泥桥面,不颠簸,像坐飞机一样——其实他们都没有坐过飞机,并不知道坐飞机是什么滋味;第三舒服放屁,由于高寒、缺氧,吃冷的喝凉的,使他们的肚子成天胀鼓鼓的,摸也好敲也好都是不通、不通、不通,人人都盼着放俩屁痛快痛快;第四舒服晚上睡在皮毛上,天气有多冷,被窝有多冷,在屋里洗漱用具放在桌上第二天就拿不下来了,更不要谈睡在露天。反铺皮大衣,让身子挨着毛,是人间一大美!

这样的地方为什么没有人开小差?没有人闹着要调走?有人能离开竟会舍不得呢?

井安民要向永远留在青藏线上的战友告别。

这里埋着七百多名为青藏线献出生命的烈士,是和平时期建起来的最大陵园。

重云托天，素雪盖地，四周大山披白，峰峦低头，表达青藏高原对人类生命的敬畏感。

墓默默，碑寒峭，它们不只是对烈士的纪念，也是青藏线的一块功德碑。

有一块碑上刻着三十多个人的名字，他们的遗体紧紧密密、结结实实地冻在一起，分不清谁是谁，也无法把他们分开——又何必要把他们分开呢？

有一段路格外凶险，天小山大，路窄涧阔，断崖万仞，势如削冰，平均走七点八公里就倒下一个人，一千零八十公里曾死过一百三十六人！他是幸运的，在一次事故中只把脊椎撞断了三分之二。还有一次空车下山，气泵坏了，汽车如飞机俯冲而下，他抱住手闸狠命刹住车的时候，车头和前轱辘已冲出公路，悬在半空，下面是黑森森的万丈深涧。是车盘卡在路边的石头上救了他一命。

但看着亲人在自己身边倒下，活着的人也如同撕心裂肺，跟在平原上，在家里死个亲人的痛苦是一样的，似乎更亲，更痛，更悲，更烈。因为他们在长期的艰险中生死与共，关系不是寻常的骨肉兄弟、亲戚朋友所能比的。

一个战士因发烧后又得了肺水肿，眼看不行了，班长发疯似的咒骂自己：混蛋，我真是混蛋，为什么不提醒你多带几个氧气袋！刚从军医大学分配来的年轻军医无力地想为自己辩解：我以为带这几个足够了，按一般情况也应该是够用的了……

一般情况？青藏线上哪有一般情况，都是特殊情况！每年每月每日每时每刻都是特殊、特殊、特殊！班长被悔恨吞噬着却不肯埋怨医生，他在内地的大城市长大，肯到青藏线上来工作已经不错了。他缺少经验，还分不清感冒和肺水肿的区别，还没见过一个挺好的人会在睡梦中悄悄死去……班长抱住年轻的战友，让他在自己的怀里尽量躺得舒服些，喘气有些力气，不停地鼓励他：再坚持一会儿，还有十分钟就到兵站了，到兵站一吸上氧气就好了……

只有十九岁的战士平静而坚强，没有哭闹，没有怨恨，甚至没有流露出痛苦:"班长,我不行了。妈,我想我妈!"说完这句话战士便告别了这个世界,告别了自己的班长、卡车、青藏线和满眼的冰雪,唯独没有跟他的老娘告别! 他的母亲有病,怎能把这个消息告诉她? 叫她怎么相信自己活蹦乱跳的儿子说没就没了呢? 不告诉她又怎么办? 难道继续用冒名顶替的办法,制造更大的悲剧?

井安民离开了那位年轻战士的墓,看到了陵园里一个年纪最小的死者的碑。他刚满一周岁,跟着母亲来青藏线上看望他的父亲,他的父亲在昆仑山兵站上。他是全家的希望和欢乐,也想给还从来没见过他的父亲一个大的惊喜。谁知他那稚嫩的心脏承受不了青藏高原上缺氧的压力,终于没有见到他的父亲。她的母亲紧紧抱着他冰凉的身体,永远不想放下,几个小伙子也掰不开她的手……井安民失去了一份军人的气度和勇壮,只有悲怆!

他太理解这个孩子的母亲的痛苦了。他的母亲为他带大了三个女儿,来青藏线上看望他们,身体本来很硬朗,突然发病,来不及准确地诊断,来不及抢救,就倒在了青藏线上。母亲是他的基地,想起母亲就有一种归宿感,回到母亲身边就会有安全感、轻松感。母亲死在青藏高原上,建在青藏高原上的他的小家,便成了他的基地,这个基地也是依存于青藏线的。

他如调离青藏线,连自己的基地也失去了。然而这个基地是非常值得珍惜的……

生活在青藏线上的人都懂得相互帮助,共患难,同生死,因此形成了特殊的人际关系:单纯、和善、格外重视战友情谊。青藏线运送各种物资,沟通西南大陆、东部沿海的各种现代风气、新潮观念却无法全部送到青藏线上来,运上高原。冰雪有防腐、消毒、降温的功效,奇高奇险又能隔尘绝俗。习惯了青藏线上的生活,就不能适应其他地方的生活。有些老兵转业回到上海、安徽、山东,没过多久又跑回了青藏线。甚至许多有病的人,兵站部医院开出病历叫他们到西安军事医科大学做彻底检查。他们往往把病历撕掉,也不去检查。一是怕确诊后让自己转业离开青藏线;二是怕去了后变个骨灰盒被送回家,既然都得死,不如死在青藏线上,埋在青藏线上。

井安民收住邈远的遐想,终于要离开青藏线了。

像当年他来的时候一样,是一个人离开的。他的家还留在青海,妻子在这里有自己喜欢的一时离不开的工作。如今妻子成了他的基地,妻子在哪里,哪里就是他的家,就是他的基地。

连他要好的战友中都有人想不通,他为什么不拒绝这次提拔?都五十岁出头的人了,又是一身病,为什么还像当年参军一样单身赴任?再说那是个什么"任"啊,并不是一个好地方⋯⋯

总后勤部下属几十个师级单位,条件最艰苦的有两个:一个是青藏兵站部,另一个就是他要去的地方,在中国的最东北部,夹在大兴安岭和小兴安岭之间的总后嫩江基地。从西南到东北,在一个最艰苦的地方工作三十三年,又补充调到另一个最艰苦的地方——正因为如此他才必须服从命令!真正的勇气有好几种,包括服从和隐忍自励。

而且,他也不相信从青藏线上下来的人,还会有吃不了的苦和受不了的累。

他对嫩江基地这个名字有好感,让人想到家,感到亲切。

三月的嫩江平原,像青藏高原一样寒冷,颜色也是一样的——一片雪白。有水的地方都是冰,水多深冰多厚,没有冰的地方就是雪。只是缺少莽莽荡荡、擎日拂天的大山。

然而他对自身的感觉却是大不一样——

人人都知道生活在平原上的人进入青藏高原会有"高山反应":呼吸困难,四肢乏力,或突发心脏病,或在不知不觉中窒息而亡。

有谁知道在高原上生活惯了的人,一来到平原同样不适应,因空气中含氧量过大,他得一种"醉氧"病。没有感冒,却像得了重感冒,浑身难受,无处不疼。最疼的还是脑袋,且涨得大如麦斗,连帽子都戴不进去,懵懵懂懂,欲裂欲昏,如锥刺,如棒击。再加上他长期在缺氧地带生活,因心肌缺血而形成心脏肥厚,胸闷,恶心,痛苦不堪。在青藏高原上天天睡不好,每到夜晚似睡非睡,外面的动静听得一清二楚。

来到这嫩江平原上又变得睡不醒,睡一夜如同眨个眼,一个梦还未做完就该起床了。况且常常是几个梦、一团梦搅在一起,梦梦离不开青藏线。他如不强迫自己醒来,真担心会一直睡下去,也许同样会睡死。只有得了"醉氧"病的人才知道,强迫自己起床有多困难——如同叫一个醉酒的人清醒一样难!

让井安民感到更难的是他不想让基地的官兵失望,认为他们的新政委是个病号。

因此人们每天见到的是一个仪表整洁沉稳谦虚的政委,脸上带着西部高原人的紫红色,看上去既年轻又健康。一双温和的眼睛能透视人间又能包容人间的一切,充满智慧,给他这个高原人增加一份儒雅。他身为基地政委,并不吝啬自己的笑容,他的笑无人能抗拒,流露出坦诚朴厚的性格,即便是第一次见他,也会立刻缩短距离,感到亲近、随和,完全可以信赖他。还有他那浓重的西部口音,更增加了他的质朴。一个五十多岁的人了,胸襟仿佛不曾被污染过——这怎么可能呢?

基地三千多名官兵,没有人知道井安民还忍受着巨大的痛苦。只知道他起得早,睡得晚,虽身为嫩江基地的政委,自己却没有一个基地。吃食堂,睡办公室,一早一晚都用来工作了,使人无法不对他的经历产生好奇心……

是啊,他不把自己的基地搬来又怎能安基地官兵的心呢?

他的基地又在哪里呢?一家五口四个兵分散在五个地方:妻子在西宁,大女儿在北京一家部队医院当医生,二女儿在设在西安的第一军事医科大学读书,小女儿在设在重庆的第三军事医科大学读书,分布在东西南北中。从雄鸡状的中国地图上看,是鸡头、鸡脖子、鸡心呢。他不能说只有自己重要,三个女儿和她们的母亲一样都有自己的生命轨迹。眼下看来只有把整个中国当做自己的基地了——

他没有基地,女儿们却把他视为自己的基地,他是全家可以依靠的大树。小女儿最娇,就是想父母。她觉得光靠写信还不能完全表达和排遣自己对父母的想念,就画了许多画,属于想念母亲的就寄给母亲,属于想念父亲的就寄给了井安民。这些画给井安民以意想不到的安慰和快乐。他猜测有些画是女儿根据自己的梦画的:她翘着两条小辫儿,坐在井安民的宽肩膀上,晃着脑袋大笑;井安民背着背包,气宇轩昂地大步往前走,女儿在后边追赶;一张中国地图,在重庆的位置上冒出一个姑娘的头,向着嫩江的地方拼命伸手,在嫩江的地方冒出井安民的头,向女儿伸着手,两只手就是够不上;井安民捂着肚子生病了,小女儿俨然一副医生派头,为他按摩,为他打针……小女儿竟以现代年轻人单纯的复杂和复杂的单纯,怀疑父亲是犯了错误,才被调离青藏线,分配到大东北。她并未来过东北,认为这里很可怕,纯属是一种孩子气的误解。但她把青藏看得那么重要,那么美好,令井安民感到欣慰。

这里是总后勤部的粮食基地,政委理应是基地官兵的思想基地,在精神上成为全基地的凝和剂。他拼命地投入工作,想用增加负荷和多消耗,来抵消"醉氧"反应。基地下属八个场,最远的离基地九十多公里,最近的也有三十公里,共有十五个团级单位,四十四万亩土地,他用几个月的时间跑了五遍。跑出了对这片黑土地的感情;熟悉了情况,他到位了,用最快的速度称职地站到了自己的位置上。

但是,他的身体仍然不适应,随着时间的推移痛苦并未减轻多少。基地组织篮球比赛,他这个政委怎能不上场,上了场还必须积极拼搏,又跑又跳。他靠强大的意志挺下来了,没有当场昏倒,没有呕吐,心脏也没有抛弃他,只是扭伤一只脚,浑身疼得像散了架……他挂着拐杖继续下基层。

医生劝告他,治疗严重的缺氧反应,最有效的办法是吸氧。治疗严重的"醉氧"反应,最可靠的办法是在基地工作一段时间,再回青藏高原上去调整一下,然后再回来。工作一段再回去,一次比一次待的时间长,经过几次调整就适应了。

他能做到吗? 如此说来他的基地暂时还只能留在青藏线上。可是他越来越喜欢嫩江基地这支部队,喜欢这里的黑土、这里的绿色——嫩江平原上夏季的大绿,具有强大的诱惑力和征服性。

　　当他早晨起来,扑进湿漉漉的绿色,举目随便往哪个方向看都是绿的:庄稼是绿的,顶着绿色的露珠;树是绿的,披着绿色水汽。没有一点杂质,一片黄叶,一根枯枝,绿得晶莹,绿得剔透。生活在这样的绿色之中,会感受到一种强大的生机!

　　他一定要让妻子和女儿们来见识一下这嫩江的绿色。这里既然是产粮的最好的基地,一定也是生命存活成长的优良基地。

1993年冬

"离天高"传奇

　　山东菏泽有一位农民企业家,叫张武太。少年时期是学校的尖子生,有个很响亮的外号叫"离天高"——现在已没有人说得清当初同学们给他起这个外号的真实用心了。

　　一九八九年底,我很突然地收到他一封信。信写得古怪,但很诚恳,半文不白,似通非通,邀我去广州参加"赏花笔会"。在笔会上将座谈讨论"筹建全国性的艺术沙龙——中国艺术家协会"和"出版《中国艺苑精萃》"等事宜。他在信中还说:

> 　　我可以负责承担活动经费,让艺术家们卖个字画,办个展览,著个书,立个说,以慰平生。

> 　　趁我们正值当年,应无愧于华夏炎黄子孙,完全应该在艺坛上叱咤风云,为振兴繁荣国家以尽匹夫之责。我这布衣百姓愿为你们执鞭坠镫,摇个羽扇儿,谋个南北西东,或跑个龙套,我自信还是胜任的。否则人一死如灯灭,再好的艺术才华也带走了。不知肯屈驾否? 我这草芥之人值得共事吗? 我心惴惴。

　　能写出这样一封信的人,不可能不引起我的好奇心。我猜测这个张武太是何许人也——

　　早年喜欢艺术,如今发了财,想圆自己的艺术梦? 想为艺术界做点好事? 想附庸风雅?

　　也许是个性格特殊、喜欢出怪招或有点神经质的天才人物?

我决定应邀前往,看看这个张武太到底是个什么样的人物。如有可能就劝阻他不要成立什么全国性的艺术家协会。他对艺术够仗义,艺术也应该对他够朋友,看出前边是陷阱就提醒他别往下跳。

春节前的羊城,已经有了浓郁的春意。

近百名国内外知名的艺术家聚集在空军宾馆——张武太的号召力(也许可以说是魅力)还真不小。

每个人一报到先接到一沓材料,有笔会期间的各种活动安排,有工作人员的姓名和分工。张武太从菏泽带来了二十多名工作人员,分指挥部、财会组、会务组、艺术组、花卉组。

这真叫名人荟萃,声势浩大。眼下一般的政府部门、国营单位都不敢轻易举办这样的活动,或者说举办不起。张武太到底赚了多少钱?特别是众多名人聚在一起,都要显示自己的才华和与众不同的个性,智慧多,主意多,要求多,花样多,问题多,是非多,谁能崴得了?

张武太有三头六臂、特异功能?还是完全不知此中深浅,只凭着一时的脑袋发热?

张武太闻讯来房间看我,一见之下我颇感震惊——不是因为他的相貌有什么惊人的出众之处,恰恰相反,是因为他的相貌太普通了,甚至比普通人还瘦小一些,要矮一点。虽然西装革履,领带齐备,仍然让人一眼就看出他是个农民,不失农民的质朴和拘谨。虽然他是这次笔会的发起人和总指挥,却没有主人的潇洒和自如,说话不很清楚,不善表达。听力似乎也不太好,喜欢侧过脸用右耳对准说话者,他的左耳显然有毛病。神色严肃,略显紧张,眼光总是望着别处——一个不属于他的世界。

好,谁也没有想到这次笔会的操办者竟是这样一个人物。他和那些气度不凡、自我感觉良好的艺术家们反差太大了。也许正该由张武太这样的人来扶持中国艺术,帮助艺术家。

他的名片上印得密密麻麻,像一篇文章。他有十几个头衔,第一个是"中国农民",最后一个是"菏泽师专工厂厂长",还有"曹州书画研究院名誉院长"、"广告中心经理"、"菏泽摄影家协会名誉主席"等职。

第二天,笔会正式开幕。两辆大轿车还有几辆小轿车把参加笔会的人拉到一个公园,鞭炮齐鸣,几位名人为笔会开幕剪彩,然后艺术家们伴随着游人先参观牡丹。近千盆牡丹全是由牡丹之乡菏泽运来的,如果在这隆冬盛开,实在是一大奇观。但牡丹素有"花中王"之称,生来一副犟脾气,人们出于功利的目的,越是强令它开放,它越不开。也许是那一年广州的气温格外寒冷,千株牡丹开放的寥寥无几,且不水灵,令人生出许多感慨。

看完牡丹再去欣赏书画展览,最后进了一家饭店的宴会大厅。张武太已摆下了三十桌酒席。真是大锅饭,似乎谁走进去都可以吃。

在饭前,张武太宣读了著名的《致艺术大师的心里话》:

先生:

您能光临羊城聚会,我感到十分荣幸。我是一个农民,而您却是国内外著名的艺术大师。为了筹办这次大展,我耗尽了近三十年挣下的三十万元。其中购牡丹一千株(盆),征作品千余幅,邀请了国内艺术大师、港澳和世界知名人士、海外侨胞等百余人,又邀请了中央电视台、新华社等六十多家单位,整整用了一年的时间,才完成了这次大展的筹备工作,并且得到了党和国家领导及广东省、广州市等各级领导的大力支持。我没让国家和地方财政拿一分钱,也没让任何厂家赞助一文钱。由于这次展出活动是我个人全资捐办的,所以,如果在招待等方面有不到之处,请您多加原谅。卖尽家中破屋烂瓦,能陪您坐饮一杯酒,是我平生莫大快事。您放弃了自己的宝贵时间,驾幸广州,您辛苦啦!我谢谢您啦!

这次到羊城,我有两件事需要和您商议:

第一,我想把您的生平、肖像,以及您的一两幅代表作,和这次到会的其他著名艺术大师汇编在一起,我付资印刷,出一部大八开的《中国艺苑精萃》画册,向国内外发行,向天下之人作介绍,使您的名声传播得更远、更远……

第二,近几年国人着重商品经济,忽略了艺术开发,我得悉好多艺术大师笔耕数十载，一幅作品竟变不成几个钱，好多著名艺术家的生活大都是清贫的，连大街上摆杂货小摊的，甚至连在街上卖大碗茶的都不如。于是，我下定决心，将您和别的艺术大师的笔下物，变为能吃的、能穿的。我就不信艺术不能繁荣经济！我想，全国的大画家、大书法家、大作家、大出版家、大发行家，加上社会活动家，我们这些人在中国共产党的领导下，组成一个全国性的、群众性的艺术托拉斯团体或沙龙，齐心合力，著书的、立说的、写字的、作画的同舟共济，来一个"中国艺术家协会"如何？《中国艺苑精萃》将是它的创刊或会刊。我来为您效劳跑龙套，为繁荣和振兴我中华艺术，以尽匹夫之责。

上述纯系我个人一点不成熟的意见，您是否乐意？1月19号将是我们座谈和讨论此事的时间，恕我直言啦！

此致

敬礼

主办人：张武太

1990年1月16日

他有一种随心所欲的气派，他手下的人跟不上他，他则埋怨手下的人不得力。那三十桌酒席是他自己在开饭前两个小时才联系好的。他感到自己也像一道菜一样被吃掉了。

他第一次体验到想成名是很危险的，尤其是当个召集一群名人的名人。

他对自己的权威还没有把握。

他自小喜欢舞文弄墨，崇尚艺术。以为现在正是艺术家需要帮助的时候，他们需要钱，而他正好有点钱，应该有资格来登高一呼，号令艺术家。

然而，他感到自己与那些人格格不入。他为他们花了这么多钱，却不能跟他们融为一体。艺术家们有自己的圈子，三个一群，两个一伙，高谈阔论，嘻嘻哈哈。他一走过去，连自己都感到别扭，人家跟他没有太多的话可说。他仍是个农民,如同海浪中的礁石一样孤独。

一方面他很容易被艺术家那庞大的客气所窒息,同时又容易被艺术家的锋芒镇住。

他很实在,也很固执,他脑子里会经常冒出一些想法,这些想法像兔子一样又活跃又容易受到惊吓。而那些艺术家则用各种各样的真理轰炸他。有些人已经很老了,像一件年代久远的珍奇古董,老态龙钟,说话轻声细语,不知哪一句是箴言,哪一句是废话,不知脑子还很好使,还是已经不再灵光了。他都必须仔细听清每一个字,生怕漏掉重要的东西。可有的艺术家,只是个具有催眠力的演说者。

他像一棵大树,想不到自己给其遮荫的人正是来砍树的人。真是请神容易送神难——

他感到自己撞在了玻璃墙上,像一个有雄心壮志的傻瓜。

我的主要精力都用来观察他。

他很累,累坏了。想什么时候睡觉就什么时候睡,不论在什么地方都能睡着。

常常目光呆愣,一副神游物外的样子,间或埋下眼睛轻声嘟囔几句什么,谁也听不清他嘟囔的是什么。

有时则现出一副可爱的梦游者的神情——

我跟他做过长谈,越来越觉得他不是个普通的农民企业家,在极其普通的外表下,掩藏着一种超前的自我感觉。成功对他的诱惑无时不在,他总认为这个时代给了他登场的机会,此时再不上场就完了。

他的左耳是少年时期在水坑里游泳钻进了蚂蟥,家人往他耳朵里不停地灌醋,才使蚂蟥爬出来,因此损伤了听力。

他弟兄五个,他排行第三。前面两个哥哥都没有活到一岁就死了。因此在生他的时候,母亲叫人杀了一只大公鸡,鸡血祛邪,鬼神再也无法偷走他的性命。他果然就大大方方地长大成人了,而且生有"异相"——

十六岁初中毕业后下地干活,一年挣三千六百五十个工分,一天不缺工,天天拿十个工分,谁不服气就跟谁比,必须拿最高分。但折合成钱却很少,他决定趁冬闲到窑地去摔砖坯。摔砖坯是农村出名的三大累活之一,成年人都发怵。到冬天没有人再干了,窑场上只剩下他一个人。他只是个未成年的大孩子,长得像个小豆豆。他却自称是颗铁豆豆。为了让人相信他干得了,解开衣服露出肚皮:

"你们看,我的肚子上是不是有个虎头?"

在他的腹部有六块肌肉,确有点像一张虎脸,有明显的"王"字形的横肉。

人们逗他:"可惜是个虎头,要是个龙头就好了,你就是真龙天子!"

"有虎头也不容易。你仔细看,还像丘吉尔的脸。"

他人虽小,干活却敢发狠,肯下死力气。赤脚站在冷泥里,双手冻肿,裂开了一条条的口子,每天从早晨干到月亮偏西,渴了喝窑边水沟里的水,饿了啃个地瓜面的窝窝头。窑地实行计件工资,干得多挣得多,他干了两个月,挣了一百四十元——在当时这可是一笔大款。

一九七三年他给毛泽东、周恩来写信,揭露有些干部贪污腐化、横行霸道。甚至在信中卖弄自己的文才,大讲"公仆论":为什么叫干部? 即"干"的"部分"……险些被抓进大牢。

二十四岁当包工头,他的事业就这样越干越大了。在那种二百五的年代,能够披荆斩棘地生活过来,就靠这种二百五精神。许多成功者在创业阶段都有点二百五劲头。

谁能说他不是个人物呢?

临分手的时候我问他:

"你花这么多钱办这样一个笔会认为值得吗?"

"值得。先冒它一阵烟再说,也许能烘起大火也说不定。"

"你喜欢跟艺术家们在一起吗?"

"宁愿跟聪明人在一起有所失,也不愿跟傻子在一起有所得。"

"你确信自己救济艺术的这些想法有价值? 能够实现?"

"难说,有时鹰吃掉蛇,有时蛇咬死鹰。"

他又提出要在自己的家乡盖中国最高的大楼……

141

他的想法太多,他想干的事太多。然而他的雄心跟他的实力不成比例。

现代社会的开放成全了他,他的骨子里却有许多宿命的东西。他是过于自信,还是自卑?

不论是他的自负还是自卑都会阻碍他。有朝一日也许会被这种超前自信的重负压垮——除非他是个幸运的天才。

天才的行径总是和常人不同。

且等着看吧……

我们分手后一个多月,接到张武太的信。

笔会结束以后,他抱着牡丹一盆一盆地送到广东政界、艺术界的要人、名人家中,重复讲述自己今后要为艺术界办点事的抱负。去深圳会见了九个香港人,当人家问他跟艺术家交往的真正目的是什么,他脱口而出:

"我奢望到进坟墓的时候,全国的艺术家都来给我送花圈。我盼望的就是这样一个结局。"

据他信中讲,香港人听了这番话为他鼓掌叫好。

……我看得出来,先生您出于好意对我同情过多,担心过多。别忘了,我本人是玩企业的,搞经济的。我们的笔会不仅轰动了羊城的艺术界,而且我还谈成了两项合作项目,一是跟海军潜艇学院联营办个厂;二是与茂源公司合资搞起一个企业。

看来我是过虑了,他有他的路数。

一九九一年四月,我借到菏泽参加牡丹节的机会,拜访了张武太的家——严格地说那不是家,只是师专校办工厂的一间仓库:黑暗,潮湿,用塑料布隔成三块,一块里住着他母亲,另一块里住着他们夫妻俩和三个孩子,还有一块算做厅,用来吃饭、待客,地上放着几个纸盒子、木箱子,又当桌子又当凳子。

我在这间库房里坐了半天,还不敢相信这就是张武太的家。

近几年来,我走南跑北到过许多地方,去过中国最富裕的地区自不必说,也去过一些相当偏远贫困的地方,但没有任何一个人的家像张武太的家这样破烂不堪,不成样子。而他又是菏泽地区的名人,在许多艺术家眼里是个神秘的企业家……

地上立着一块匾,是别人送给他的,上书"盛德高义"。

墙上挂着两幅猫,是张武太自己画的。一幅是卧猫,旁边有题字:"是草,还是虫? 是蓝,还是青? 我怎么总是分不清,分不清。真是叫人太头痛,太头痛。"

另一幅画的是坐猫,也有题字:"尔乐我也乐,尔在院外乐,我在室内罐中乐。大伙儿都乐陶陶地要个大快乐!"

这是什么意思? 是按字面上所表达的意思来理解,还是别有禅机,内藏玄妙?

我在床边发现了他三个孩子写给他的信,就忘记问他关于那两幅猫画的题词了。三个孩子的信是这样写的——

爸爸:

看了这封信请您不要生气,我们对您多少有点意见。

我们对您向来就敬重万分,您是我们心中的榜样,我们下决心学习您,做一番大事业。也很替您可怜,一辈子受苦受难,到头来却没有个温暖的家。再能的人也得要个家呀! 我们和妈妈整年像支游击队伍一样跟着您东奔西跑,穷凑合。只要一问您什么时候有个家,您总是大手一摆:"以后会有的!"以后到什么时候才是头呢? 每当同学们提起家,我就难过。他们要来我们家,我都推辞,我们这个家能让人看吗? 假如您是我们姐弟仨,您的心又如何? 我晚上常常偷着掉泪。弟弟还小,可我已经是十四岁的姑娘了! 我们哭着向您提出意见,我们知道您会骂我们,但我们实在不愿看着您这样。如果能有个家,我们宁愿挨骂,甚至挨打……

张武太决不是没有能力把自己的家搞得更像样子一些,那么他过这种济公式的生活又是为什么呢?

也许别有深意——

没有多少人能具备他这样的勇气,让一家人生活在这样的地方。他把自己整得惨到家了,穷得不能再穷了,因而也就最安全。所以他什么都敢想,都敢干,事业一片开阔,却没有人找他的麻烦,没有人告他、调查他、整他。他是一方名人,却没有像其他名人那样很容易被伤害……

又是两三年过去了,不知张武太现在怎么样?

1994年4月

慈祥的火

——忆秦兆阳

秦兆阳先生走了，悄悄地走了，没有惊动任何人，甚至没有惊动他自己——他还没有想到自己会走得这么急。前不久，他还对女儿说："我的文章没有做够，书没有读够，画没有画够，字没有写够，人没有做够啊。"

和他住在同一间大病房里的二十多个普通老百姓，也没有想到他是一位将会被中国当代文学史记住的重要作家，是早在半个多世纪前就投身革命的"高干"。更没想到他会死在普通百姓中间，死得这么仁义，不吵不闹，不兴师动众，静静地默默地温慈地告别了大家，让人感到生死就在呼吸之间。

——这就是秦兆阳的风格。

大约七八年前，在北京召开全国作家代表大会，秦兆阳没有出席这许多年一度的"文坛盛会"，选举的时候却得票很高，在前几名之列。当时没有人公开说破这一现象，但有相当多的人记住了这件事，并生出许多感触……

因为秦先生自一九七八年复出文坛以来，不"炒"别人，也不被人"炒"。但他从不对别人使用的各种"炒"术发议论。我不知道出于什么原因，他用什么办法，使自己成功地躲开了文坛的热闹，几十年来在所有著名的会议上、在电视上，绝对找不到他的影子。

可他本来是一个无处可躲的人。五十年代初，先以长篇小说《在田野上，前进！》向世人证明了他是一个深刻有力，大气磅礴的作家。继而以《现实主义——广阔的道路》为题，发出雄浑的强音，震惊文坛，被批判了二十年,被摘引了二十年。无论批判者或称颂者都无法超过他,这篇文章成了中国当代现实主义文学的理论巨石。在他担任《人民文学》副主编期间,披坚执锐,扶植新人,当代许多知名作家的处女作或成名作是经他的手问世的。

此后到广西过了二十年"右派分子"的生活。"文化大革命"结束两年之后重新回到北京,出任人民文学出版社副总编辑兼《当代》杂志主编。用冯牧先生的话说,秦兆阳是大作家、大编辑家、大评论家。这样一个人物能往哪儿躲呢?

况且他又多才多艺,早年毕业于延安鲁迅艺术学院美术系,我见过先生为我画的墨荷翠鸟,笔风飒飒,墨浪滔滔,荷秆高二尺,一笔贯到底,挺直灵逸,雄健质朴。时下正是"全才"走红的时候,先生却默默地躲开了时尚。他并不轻视时尚,也不鄙视喜欢热闹的人,有热闹才叫文坛,才叫社会。直到去世他没有出过一次国,当然也不是因为没有机会。我不想以出国与否论雅俗得失,我就出过国,到国外看看是我所希望的。提起此事只想印证秦兆阳的性格,想知道他是怎样消除了生活中各种各样的诱惑?

他,隐逸而不逃避,沉博而不孤傲,超拔清脱而不落落寡合,清雅而不闲适,热忱而不偏激,深邃而不沉郁,旷达而不圆滑。所以他不参加各种各样的活动,组织活动的人并不记恨他。人们习惯了他,但没有忘记他,且越发尊敬他。

当今文坛被人爆炒、被人议论、被人艳羡的人不少,被人尊敬或者说值得尊敬的人不是很多。提起秦兆阳,人们很容易生出一种敬意。他躲开热闹却没有躲开人们的尊敬,这简直是现代社会的一个奇迹。他的突然去世同样也使许多人对他的生命生出一种崇高感。

历来文坛上少不了恩恩怨怨、是是非非。秦兆阳以前是否和人结过恩怨不太清楚。应该说,他被打成"右派"就是搅入一场大的是非当中去了。他为文个性雄强,喜欢创设新说,以他的为文揣度他的为人,大概也相当锋利。曾取笔名"何直",这样的性格可能容易得罪人。但是,"经过'文化大革命'的战斗洗礼",近二十年来,谁能说得出文坛上的哪一件是非和秦兆阳有关系？谁能说得出秦兆阳和什么人结过怨？

他并不是老好人。一位还健在的文学大家说过这样的话："只有秦兆阳改过我的稿子，他敢提意见，敢改任何人的稿子。"这不是责怪，语气里带着敬意。既不当老好人，又不得罪人，该怎样掌控这种火候呢？

他爱自己的国家，却并未因这种爱没有得到回报而变为恨。他长期情绪负重、愤世嫉俗，并未转化成牢骚和叫骂，也不以嬉笑怒骂表达自己的机智和清高。自己挨过大整，并未因此而报复别人以泄怨忿。有一句很流行的话："谁没有挨过整，谁没有整过人"，对秦兆阳不合适。他关心现实又襟怀高淡，洞彻人事对生活又充满热情，厚重耿介又平正清穆，为文几近炉火纯青，为人宽展谦和、气度从容，人品与文品相契合、相映照，高标当世。

先生是文坛一团慈祥的火，温暖着人心、文心，净化着当代人文精神。他的去世使文坛又失去了一片洁净的天空。然而，他并非不食人间烟火的"世外高人"。先生是我和陈国凯在北京文学讲习所读书期间的导师，有一次我们俩到家里去看望老人，正赶上当时的第一机械工业部副部长孙友余在座，听两人纵论天下大势，得益殊深。原来先生对社会状况、对国家的经济文化形势了解得相当多、相当透彻，外和中介，壮怀不已。

一个多月前先生发病住进首都医院，由于不是部级干部，不能进高干病房，只能住进三十人的普通病房。先生安之若素，自己本来就很普通，理应住普通病房，心里坦然。这境界真的是很普通吗？去年冬季先生突然发病，人们把他送进了海军医院小病房，他显得不安定、不自然，向家人唠叨："出版社没有钱，我的级别又不够，只要能治病何必非待在这高干病房里！"

危机一过就坚决逃出了医院。他有肺心病，最怕冷，最怕过冬季，一冷就感冒，一感冒就引发肺炎，剧咳不止，继而引发心肌梗塞，这次就是这样丢了性命。几年前医生就千叮咛万嘱咐，不可受凉，不能感冒。然而每到冬季他总是要不断地受凉，反复地感冒，因为他住在阴面的旧平房里，没有暖气，到冬天阴冷阴冷。去年冬天他为了不感冒，只好穿着棉衣棉裤、戴着棉帽子睡觉，起夜也方便。从这一点看他又不普通了——北京市最普通的住宅楼里都有暖气，然而没有一间是属于他的。也许因为他有自己的老房子，单位便不再给他新房，他不属于那种能给自己搞好几套房子的人。也许他对这所早已被房管所下了危房通知单的老平房怀有特殊的感情，舍不得丢弃它，或拿它去换一间暖和的房子——一九五七年他被划成"右派分子"后，知道自己前途黑暗，在中国作家协会肯定待不住了，便拿出全部积蓄匆匆买下这房子，安置家属。

岂知，当时一个"右派分子"的家属，有了房子也难以安置得住，很快就被赶出了北京，二十多年后才得以房归原主。秦兆阳又怎么会对这所房子没有感情呢？房子问题——这是中国老百姓最容易碰到的难题。正是这个难题，葬送了一位老作家的性命。

如果说秦兆阳先生是"高人"，恰恰因为他普通、他真实。一九九○年八月二十九日先生给我一信："……数月前你给我的复信，至今记忆犹新，原因是你把我看得太好，使我惭意难消。近几年渐入衰老之境，不免常对自己的一生有所回顾，深觉自己各方面都很平常，其所以有点'名气'，是二十余年被当做批判的典型造成的，这连我自己也出乎意外。从本心说，我对自己是颇失望的，再加上经历多了，对许多事情易于看透，故不争不求不扩张，极少参加各种热闹场面，且不通世故，迂阔成性，不善处事，只是时常逃避世事。这样可能就显得与人有些不同，不同就不同，听任自然过自己的日子，求得内心安静而已。因此，请你把我当做一个忘年之交的平常朋友吧。"

平朴，坦诚，宽厚，自然。先生不希望我把他看得太好。读了此信我仍然无法把他看得平常，听了别人几句真诚的好话，一定要直来直去地还自己以本来的面目，眼下这样的人就不多，单凭这一点也可看出先生是大好人。

其实，对他的任何赞美都没有必要。他的一生就是对自己最好的赞美。

　　五十七年前，一个刚刚从师范学校毕业的少年，提着一个旧皮箱，告别亲人热土投奔延安。他走出了很远，再回头，看见母亲依然站在湖边望着他，形神清肃，目光灼热。从此这目光就再也没有离开他。前不久秦先生还对大女儿说："原来母亲的眼光盯了我一辈子。"

　　一辈子生活在母亲的注视下是幸运的，是充实而强大的。

　　这母亲也是他的大地、他的民族。

　　所以，他的内在稳健专一，树立了一种精严凝重的风格，不为当世的浮嚣所动，使淫丽夸饰的风气也难以近身，保持了大家的严格和恬淡。这是秦先生能获得普遍尊敬的主要原因。虽然他走得太匆忙，但他走得气度超拔，神风卓荦。

　　一九八三年秋天，先生写完长篇小说《大地》之后，曾即兴向我念了一首打油诗：

　　　　莫道人生易老，苦辣酸甜味好；
　　　　且喜大地多情，天涯处处芳草；
　　　　若无酷暑严寒，哪得绿溶春草；
　　　　白头犹自繁忙，只因吐丝未了；
　　　　回头无愧于心，始可安然定稿。

　　秦兆阳先生安息。

1994年10月29日

创造神话

世界上有这样一种人：生物场格外强大，善于创造自己的哲学，搭建自己的人生舞台，给自己创造行动的机会和经验，他在哪里，哪里就会热闹起来，就会出名，容易成事。

钟华生似乎就是这样的人。

当年他有感于干部有俱乐部，工人有疗养院，富翁们有别墅，就是没有想着农民，于是他就创建了中国第一个也许是唯一的一个农民度假村，而且是豪华型的，名曰"白藤湖农民度假村"。立刻名噪全国，并很快就扬名海外。五年前，钟华生受命去开发珠海西区，很快珠海西区又在更大的规模上被炒热了。投资者云集西区，大的有李嘉诚、马万祺这样的世界知名富翁，小的有普通老百姓，只拿出万八千的。国家的主席、副主席，国务院的总理、副总理以及许多重要的领导人都到西区来了，他们兴高采烈，说了许多关于西区的好话，有的说"西区几个大项目的建设，决定了珠海的命运"；有的说西部"真是海阔天空，很有前景，是大干事业的地方"；也有的说"西区这么短时间取得这么大的成绩，很了不起"……

当年人们说白藤湖很有风水，现在有更多的人又说珠海西区是一块风水宝地，是交通要地、发财之地。到底是钟华生鸿运当头，每到一地都碰上好风水呢，还是他本人就是风水，走到哪里就把风水带到哪里？不管怎样他都已经被传得很神了……

大约是一九八八年，钟华生还是"白藤湖农民度假村"的村长，身上却已没有传统的农民气息。身材不高，黑皮鞋、黑裤子、黑夹克十分合体,黑头发不密但梳理得却很整齐。行动快,走路快,思维快,说话快,出口滔滔,透出一股活力,一种感染力,且常有惊人之语。某天中午他说要带我去看一个好地方,不想这个好地方相当遥远,我们的吉普车颠来摇去,爬坡绕山,折腾了三个多小时才来到一个极其安静的地方。眼前是一片荒山野海,见不到一个人,海滩上的沙子又白又细,海水清澈,我心里冒出的第一个念头是想游泳,这里真是游泳的好地方。钟华生却拉我登上一个制高点,四野尽收眼底:野岭起伏,荒滩漫漫,茫茫苍苍,人迹渺绝。他却精神陡涨,用手指指画画:"这里是块好地方,我准备开发它。这里的海滩是最好的,你说叫金海滩好,还是叫金银滩好?"

"这里原来没有名字吗?"

"原来叫东嘴,不上口,不响亮,我们开发它,就是重新解放它,应该给它起个好名字。前面是三灶岛,名字不能改。"

面对一片荒芜,他描绘出一片人间胜境,他讲未来的规划就如同讲眼前正在发生的事情一样,那神情语气、那份自信和肯定,没有一丝讲笑话、吹大牛的意思,你没法不相信。相信了再看看眼前,又觉得有点玄。想想,他讲的并不玄,富有冲击力和说服力。当他沉浸在自己的想象中的时候,整个人像一个燃烧体,只要靠近他就无法不被灼热,想保持冷静站在他的对面是困难的。相反倒很容易被他鼓舞起来,相信他的话。

他很会创造神话。

也许这正是他成功的原因。

但要让人相信今天的神话并不容易。我当时听了钟华生的神话,只觉得他是个人物,刚搞成了一个农民度假村,又想干更大的事了。能这样想一想已经很了不得了,至于他是否真的去干,能不能干成,我没有认真地去想,听过了也就算了。

生活却没有到此就算了,一年后珠海成立西区开发建设指挥部,市长梁广大亲自挂帅,出任总指挥,任命钟华生为常务副总指挥兼三灶管理区区长和党委书记。我想起钟华生讲过的神话,可谓天遂人愿,珠海市委真是选对了人。

很快,关于珠海西区的消息多起来了——这一次钟华生的运气不好,一九八九年春夏之交的"政治风波",使许多在华的外国商人纷纷回国,撤销合同,收回投资,采取了躲避和观望的态度。国家也开始治事整顿,收紧银根,压缩投资,市政府只给了他四十万元启动费,如同杯水车薪。祸不单行,台风和六十年一遇的大海啸连续袭击西区,冲毁大堤,淹没道路,白茫茫一片不再有神话的色彩和情调。

然而钟华生有足够的想象力,他提出:困难不等于困境,困境不等于绝境,低潮不等于死潮。政府没钱不等于民间没有,当时全国私人存款七千五百亿元,有些人怕露富,西区正好提供了一个理想的投资舞台,就看你有没有本事把这些钱吸引过来。钟华生又开始大讲他的西区神话,用普通话向上面的大人物和新闻传播媒介讲,用广东话在全区的三级干部会议上和群众大会上讲,可谓逢人便讲。同时制定出神话般的让利政策:谁来投资一股五千元,两年后给一百平方米地建房,两个进西区的户口指标。他所有的行动都有理论根据:我们没有钱,但我们有地,这地是我们找烂泥滩要来的。想得利就要敢让利,生意生意,有利就生,有利就有意,无利谁会对你有意?眼前让利,长远得利;直接让利,间接得利。试了二十天,来了三百户,集资一百五十万元。一股立刻升值为一万元,五年后还两万元。只几个月工夫到一九八九年底集资六千万元,一股又提高到一点五万元。水涨船高,西区热起来了,价码自然就跟着提高。到西区来的人也多了。中国人最多,许多中国人还就怕人多,为钟华生担心,你搞这么多人来怎么办?钟华生从来没有没理论的时候:"荒凉,黄金不如土;兴旺,泥土变金。而荒凉与兴旺的区别就在于有无流动——人的流动、资金的流动、商品的流动。首先是人的流动,人流动了,就会带来资金和商品的流动。"西区不同于广州和北京那样的大城市,创业阶段怎能怕人呢?十九世纪美国开发西部,曾强制性地大量向西部移民。江山美在人才,没有人才,再美的江山也会荒凉。

钟华生不仅在国内讲他的西部神话,还跑到国外去讲。口袋里有钱的人很难抵挡被他所描绘的西区的诱惑。两年后他变魔术般地集资六亿人民币,二点二亿美元,三点二亿港元,珠海西区已热气腾腾:三千米长的珠海大桥修好了;总长一百二十公里的一级公路修好了,从珠海市区到三灶由原来的四小时缩短为半小时;西区内大道纵横,四通八达;也许是目前中国最大的机场——珠海机场的四千多米长的跑道也修好了;高澜港已初具规模……

生活在美国的珠海西区人,过去羞于提及自己的原籍,现在则以三灶为荣,纷纷打道回府,或投资,或买房,或旅游探亲。

我再游西区已是一九九四年初,北方仍天寒地冻,一派萧瑟,这里却春意融融,东嘴变成了大名鼎鼎的黄金海岸,三灶变为竖起了一百二十万平方米的建筑物,还有一百万平方米的大楼和厂房正在施工,并且有了机电、轻纺、机械制造、食品等工业……当年钟华生向我讲的神话大部分变成了现实。眼前的事实,有些则是当年神话里所没有的。钟华生又忙着向我讲述他的新神话:要在三灶建立珠海的高新技术开发区。中国是一个有几千年历史的大国,但贫穷落后。美国只有二百多年历史,其国力远远超过我们,成为世界第一大国、第一强国、第一富国。日本是第二次世界大战的战败国,但败而未衰,在短短几十年里成为世界金融大国、工业大国、科技大国。"亚洲四小龙"原来都是殖民地或半殖民地,现在也成了"龙",超越了我们。时间谁都有,而时机不是谁都有,更不是经常有。他们最重要的是抓住了时机,才有了科学的超越、人才的超越、市场意识的超越。现在我们也有了时机,世界经济已进入区域化时代。珠江三角洲处于环太平洋经济圈的中心,中国的版图像一只雄鸡,珠海西区正是鸡大腿的地方,有肉,有力量。现在有了大港口、大机场,还有高速公路和铁路,必将带动大工业、大工业促进大发展……

钟华生的思想来自对现实的直观把握和对世界质朴的感悟。他讲起自己的设想来便燃烧着一股激情。难得这股激情,眼下在生活中不是经常能碰到这样的激情,更多的是疲软,是消沉,是抱怨。没有激情就不能创造神话,生命变得死气沉沉,缺少生机。只有想干事、能干事的人才会有这种激情。

生活中不可以没有神话,人们创造了神话,实现了神话,使神话不神,生活就又前进了。

钟华生的魅力在于把神话说得像规划,能吸引众多的人相信他,何况厌恶了平庸的群众,希望自己的领导有神秘传奇性,于是在钟华生身上便形成了一种良性神话效应。

由此我想到,世界上没有一个民族是没有自己的神话的。同样,一个地区或一个单位,如果有自己的神话和神话般的人物,一定是值得庆幸的。

1994年12月12日

末代圣人家

坐落在山东曲阜的孔子故宅,被尊为"圣府"。是名副其实的"天下第一家"。在黑漆大门两侧,有一副金字楹联:"与国咸休安富尊荣公府第;同天并老文章道德圣人家。"有趣的是,上联里的"富"字上面没有竖点,是没有头的富,下联中的"章"字最后一竖出了头,其意是:"富贵无头,文章通天"。

一联成箴。历经二千五百余年,朝代更迭,战乱频仍,你篡我的位,我造你的反,皇帝换了一茬又一茬,胜者王侯败者贼,唯孔宅始终是"圣府",孔子创立的儒教被奉为"国教"。皇帝们坐了天下大都要到孔府拜圣人,给孔子的后人加封晋爵,或者把公主嫁给孔府,乾隆有个女儿,是皇后亲生,看相算命的说她只有嫁到比皇帝还要尊贵的人家,日后才能遇难呈祥。贵为天子人君的乾隆,却认为天下只有孔府是比帝王之家还要尊贵的。

甚至连对中国烧、杀、抢、掠,惨无人道地实行"三光"政策的日本侵略者,竟然也对"圣府"秋毫无犯。在孔宅门前张贴布告:"尊重和保护圣裔住宅,凡日本军人禁止入内。"日军还在曲阜"成立孔教讲经班,机构十分庞大,并设有孔学图书馆,专供查阅有关孔学资料……每到孔子生日,日军常派人来致祭,行礼鞠躬后给香钱"。

但是,"富贵无头"人寿有限,"文章通天"天会变化。到了蒋介石时代,将孔子后人一代一代承袭下来的"衍圣公"爵号改为"大成至圣先师奉祀官","享受特任官待遇"——这在当时的中央官员中,算是级别待遇最高的了。于是,孔子的七十七代孙孔德成就离开了"圣府",

到国民政府的所在地南京去宣誓就职。从此便成了政府中的一员，不再是超脱于政治之上的"圣人"。只能紧跟政治，不跟不行，开始受时局左右……孔德成从曲阜跟到重庆，从重庆跟到南京，从南京又跟到台湾。

"圣府"在曲阜，孔子的根基在大陆，传人却在台湾。大陆只剩下他的姐姐孔德懋了，孔德懋有女柯兰，前不久柯兰把她的新著送到我手上的时候，我一见书名心头一震：《千年孔府的最后一代》。

怎么，足可凝结成一部中国文化史的"天下第一家"，到了最后一代了吗？

当时我并没有对柯兰讲出这个意思，我猜她用这个书名一定是经过反复思量的，她应该比我更知道"最后一代"这四个字的分量。孔子嫡裔的"最后一代"留在大陆支撑"圣府"的，是孔德懋。而孔德懋年事已高，实际上由柯兰代母成了现代"圣府"的发言人。数年前，她以孔德懋的名义写过一本《孔府轶事》，海内外流传甚广，至今还有人盗版偷印。其实，那本书写得相当拘谨，取名"轶事"，就是不想承担"正传"的名义和责任。无非是"文化大革命"中"批孔"的余悸尚存。这本《千年孔府的最后一代》，就写得自如多了，尽力贴近历史的真实，当仁不让地要为孔府立传了。

除去柯兰似也没有第二个人能为孔府立这样的传。"最后一代"早年在孔府享受过的尊荣富贵她只赶上了一个短短的尾巴，而"最后一代"后来遭受到的磨难她却全部经历过了，甚至受到了更深更大的牵累和伤害。因为她年轻，对生活对未来有着更多的理想和热望。

柯兰也出身望门。可想而知，那个年代能跟孔府结亲的绝非是一般人家。她的祖父柯风荪，年轻时中进士，入翰林，教过光绪、溥仪读书，以后任过典礼院学士、署总监督等多种要职。一生著述丰厚，有《说经札记》、《尔雅注》、《新元史》、《寥园文钞》、《春秋榖梁传》等等。但他的三儿子柯昌汾喜武不喜文，报考了高等警官学校——这就是柯兰的父亲。这位柯家的三少爷不懂得珍惜孔府的二小姐，很快就找了外室，冷落了孔德懋母女——"女秀才碰见兵"，什么也不说，默默地接受了命运的安排。

柯兰从小就跟着母亲颠沛流离,忍受孤苦,十四岁时在苏州参加志愿军,过鸭绿江抗美援朝。复员后当过小学教员,下放过农村,参加过工人文学社……她表面上有一种努力想合时宜却老也不合时宜的雍容和孤独,离群索居,谨慎少言。但骨子里又流淌着中国圣人和清廷遗老孤忠的血,老是抑制不住想写点什么的渴望。在北京、天津的几次工人文学讨论会上,我都见到柯兰坐在工人作者中间,沉静而安分,却就是显得有点格格不入。

后来她调进《天津文学》杂志社当编辑,我碰巧也当过几年这个杂志的主编,就一直等着柯兰向我请创作假——我以为她应该放下一切,到曲阜去。孔府的命运和过去历代王朝的国运紧紧扣在一起,那里有许多值得写的东西。而那些东西只能她写,别人是写不了的。可惜,未等到她请创作假,她便被调到河西区当副区长了。许多人向她祝贺,我却深深地为她惋惜,我老以为她命中注定是为孔府而生,为文所生,官场不适合她。后来却发现,她当副区长当得很到位,优雅而从容。到届后又连选连任,直至退休。这给我一个提示,大家闺秀未必就不能当官,"圣府"和柯家的后人,为官应该是驾轻就熟的老本行。

但她终于还是为孔府写出了这本书,孔德懋有女柯兰应该感到欣慰了。当官似乎并不是她这种人的正业,她的祖父曾留下两句诗:"不信书生能误国,功名造次误书生。"当年孔老夫子听门人们谈志愿,这个说要治理国家,那个说要努力学习,孔子问曾皙,"尔何如?"曾皙不好意思说,因为他的志愿不是做官,危立于朝堂宗庙之间。孔子鼓励他,没有关系,我就是要听听各人的志愿而已。曾皙才说,他的志愿就是在暮春三月,穿上新衣服,陪同五六个大人,带上六七个孩子,到沂水河游泳,再到附近的树林里吹风乘凉,然后唱着歌回来。夫子喟然叹曰,我也要陪你去。或者说,我赞成你的想法。

在孔子的后人中,也时常会有人冒出遁世的思想。柯兰的外祖父、七十六代衍圣公孔令贻,一生平稳,安享荣华,以他的尊贵却创作了《知足歌》、《忍讼歌》、《万空歌》等,在民间流传。其中有句:南来北往走西东,看得人生总是空。天也空,地也空,人生渺渺在其中。房也空,屋也空,转眼荒郊土一封。妻也空,子也空,黄泉路上不相逢。金也空,银也空,死后何曾在手中。官也空,职也空,数尽孽随恨无穷。车也空,马也空,物存人去影无踪。世上万般快意事,时移兴过总是空。

六十多年前,孔德懋嫁到北京柯府的时候,少年孔德成送给二姐一首诗:"黄昏北望路漫漫,骨肉相离泪不干。千里云山烟雾遮,搔首独听雁声寒。"在一个极其喜庆的日子里发出了这样的悲声,其实是预示了孔府及其"最后一代"的命运。

读罢柯兰的新著,不能不为圣人之后的命运和"圣府"的命运感慨不已。她能写出这一切,需要智慧,更需要勇气。谁能想得到孔府到了"最后一代",竟把这个责任压到她的肩上。幸好她不愧是圣人之后,颇得先祖遗韵。此书的出版,也是她对"圣府"、海内外众多孔门后人以及天下关心孔府的人,一个很好的交代。

1996年4月8日

武夷灵人

吸引我去过三次的胜地有两处：泰山和武夷山。

泰山是一座圣山，一座古文化大山，抚育了文化巨人孔子，震慑着历代帝王，俯瞰着整部封建史的演进。武夷山不是一个山，而是一片山水，荟萃千山之秀，博采万水之美，朱熹在此完善了理学，成为当时中国东南部的文化学术中心。

一南一北，两座文化高峰，相应相对。

奇山养育灵人。现在想来，我三上武夷山似乎就是为后来要结识一位灵人做铺垫。武夷山流传着许多古代神奇的文化传说，我相信现代武夷山的丹山碧水间也会隐藏着一些传奇人物，缘分一到自然会相遇。

一九九五年六月，中国作家协会应台湾高雄市文艺协会之邀，组成了一个赴台的作家访问团。按惯例成员理应都是作家，却意外地多出来一位画家，他是武夷山画院的院长蒋步荣。且不来北京跟大家聚会后一起同机出发，而是到香港再跟我们会合。我感到新奇，因之也对此姓此名有了更多的兴趣和猜想。此公特立独行，卓尔不群，莫非很怪？抑或架子太大？

相见之后，才发现蒋先生非但不怪，简直可以说太平易谦和了。一副中规中矩的老派学者风度，逊顺谦恭，温厚慈良，年已六十六岁，却像一精壮的中年人，黑发浓密，面肤微红，眉重目朗，嘴阔唇厚，脸上凝贮着一团友善的静气。我们"两蒋"一见如故，话题从武夷山开始，然后天上人间，五行八作，滔滔荡荡，顺流而下，谈至夜深，兴犹未尽。此后的十天里，我们在台湾同出同入，一起参加各种活动，彼此间的了解也就更深入了……

蒋步荣这位作家访问团里的唯一画家,在台湾受到了特殊隆重的欢迎。原来他前不久刚拿出五幅作品义卖一百五十多万新台币,全部捐献给台湾的慈善事业,成为佳话轰动一时。在林边乡的一次义卖会上,竟创造了万人空巷的盛况。如此一位声名赫赫的人物,在台湾所到之处自然格外受人瞩目,被人崇敬。随之而来的就是向他求画的人也特别多。

最难得的是蒋先生没有半点架子,毫不矜吝,几乎是有求必应。我们的活动日程安排得相当紧张,蒋先生在外面随大家奔波一天,回到下榻的地方不论多晚,都要运笔走墨,把答应人家的字画做好。游览台湾岛最南端的垦丁自然公园时,我们到晚上九点多钟才下榻到青年活动中心,主人早有准备,拿出十几幅白扇子面,请蒋先生在上面作画题诗。

他熬着酷热,挨着蚊叮虫咬,听着同伴们的鼾声,画到第二天凌晨三点钟才算完成任务。小睡一会儿,七点钟又跟着我们一块儿出发了。

每有严肃的会见、座谈等礼仪场合,他却总是甘陪末座,静听静思,从不抢话争锋。由此可见先生的品格学养之一斑:好善敦伦,诚直敬慎。

真是灵人异相。蒋步荣貌极厚实,心里却灵气浮动。外表平易和礼,谨翕不争。但他的沉静里潜藏着惊人的智慧和巨大的能量,看他的字画,读他的诗词,最能强烈地感受到这一点。

一幅人见人爱的《布袋僧》,又称"大肚弥勒佛"。大腹便便,其笑融融,倚杖提袋,慈颜祥和,在画面上磅礴着一股大超越的力量,虚灵空澄,浑厚融圆。把佛的智慧具象化,且朴茂天成。蒋步荣为自己的画题诗:

> 布袋僧,袋空空,随身布袋储清风。
> 风是玉粒粮千廪,又是甘泉饮不穷。
> 布袋乾坤无饥渴,又能防暑御寒冬。
> 任西东,意从容,沐雨栉风万里蓬。
> ……

蒋步荣为什么爱画布袋僧？有时他也自称是"无争无求汉"。

他从七岁开始学画，拜清末的老秀才吴秋香为师，不仅"从芥子园入门，三希堂取法，上承唐宋画学，下继明清绘艺"，攻习山水人物花鸟虫鱼。同时还向声律诗韵学步，国风雅颂，唐宋诗词，遍览通读，打下了坚实的古文根底。以诗入画，以画咏诗，渐渐形成将诗书画融为一体的风格。既有前人风范的沉淀，又是自己人品画品文品的凝聚。

一九四九年，为了配合南下大军解放福建，他和一批热血青年毅然投笔从戎，上山打游击。待到全国真的解放了，他所参加的地下党"中共城工部"，却莫名其妙地被打成反动组织，他也随之成了"特嫌分子"。一九五七年又被定为"不纯分子"，开除公职，送去劳改。"文化大革命"中新老账一块儿算，他是"双皮老虎"，跌进炼狱。

他却问心无愧，可以"穷愁不潦倒，危难不轻生"。但三十几年的坎坷跌宕把身体折腾垮了，胃痛、腿肿、头眩、心跳……通身无一处好地方，无时无刻不在病痛的折磨之中，而且还不能去检查和医治，每天仍要干许多连健康人也难以承受的苦役。单是肉体折磨已难以支撑，精神上还要承受着一份苦难，他曾被逼迫爬到电影院墙头的最高处，抡锤砸掉自己亲笔题写的电影院名号。每个字都有半人高，他才知道消自己的"毒"可比当初"放毒"困难多了。

他的书法是从"二王"（羲之、献之）入手的，也深研过颜（真卿）、柳（公权）、欧（阳询）、苏（东坡）、赵（松雪）、虞（世南）、何（绍基）、郑（板桥）等法帖，涉猎秦篆、汉隶、魏碑、馆阁诸书法，融各家书艺于一炉，自微至精，破法有法，纵横有托，自立风骨。如果说普通百姓对他的画好在哪里看不出多少门道，他的字写得好却是人人都能看得出来的。即使看不出更深的门道，至少能看出笔画有劲、浑实、骨架戳得住，好看耐看。因此求他写字的人和单位很多。单靠他自己把那些字都砸烂、清除，谈何容易？

他砸得头昏眼花，一脚踏空竟摔得筋断骨折，昏死过去。此后，他的状况愈来愈糟，甚至在烈日暴晒或高台、田头的批斗中也会经常昏倒。似乎真的像"革命派"咒骂的那样，他要"寿终正寝，死有余辜"了！

　　横逆其来,他写诗自况:"连台悲剧演难收,一幕残春一幕秋。"

　　他也在等待着自己人生的最后一幕降落。命运恰恰在他陷于绝境的时候又出现了转机,"文化大革命"对他的迫害升级,押送他去偏远荒僻的岛石大坑插队落户,终生接受强迫性劳动改造。"革命派"以为对他判了"死刑",对他的监督反而放松了。当地的"贫下中农"们,自己的日子过得也相当艰难,没有多少闲心管他,于是他有了一定程度的自由,就不甘心"坐以待毙"了。

　　以往,道家常结庐于高山流水、深谷密林之中,通过内修外练、服气餐霞以求"长生不老"之术。"长生不老"没有见过,强身健体确是可行的。蒋步荣开始练"五禽功"。厄运频临,涵养了他的气度;穷山恶水,强化了他的个性。他为自己制定了养身的十六字诀:"虚心实学,持志坚忍,慎言善行,好义克欲。"每天夜里,他点起煤油灯,结合"五禽功"、"禅坐功"和"站桩功"写字绘画,在书画中练功,在练功中作画。

　　年长日久,他的身体果然奇迹般地强壮起来,如脱胎换骨一般,自觉诗书画的境界也不同以往了。不论环境如何险恶,只要他愿意,随时都能高度集中自己的意念,干自己想干的事。他画梅,恣肆峻拔,沉雅浑朴,并以梅自比:梅树春寒不吐芽,横枝竖干乱交加。纵然终岁冰霜凛,我仍高昂自放花。

　　轩昂坦荡,刚毅发强,将情怀胸臆寄于诗画。他喜欢画怒兰、怪石、"岁寒三友"。他画竹,鲜健挺秀,淡逸中透出铮铮硬骨,并题诗云:昨夜东风过雪山,庭前又见笋成竿。亭亭高节凌霄起,誓向天公斗恶寒。

　　可谓因祸得福,正是在这绝望之中,却时有妙思佳构从蒋步荣的大脑中溢出。

　　他在苦难中练成的这身功夫,也令他后半生受用无穷,不仅成为他晚岁健康长寿的秘术,也使他的诗、书、画和工艺品创造在"文化大革命"结束后终于迎来了一个巅峰期……

　　"中共城工部"的冤案平反,紧跟着蒋步荣身上的一切污垢全被洗刷干净,恢复党籍,出任武夷山管理局副局长,又成了国家的"宝贵财富"，被明令"抢救使用"。即使别人不"抢救"他，他自己也要"抢救使用"自己的艺术抱负和灵感了。

每一个艺术家都有自己的黄金时期，即创作高峰期。蒋步荣准备了大半生，到晚年才等来了这个时期，有一种"待到黄昏抢一景"的紧迫感，调动起生命的全部潜能，一发而不可收……

他的《长城万里图》就是在张扬一种强大的生命力，画面上有一股雄盛的气势破墨而出，峰峦舞动，长城如练，意象奇诡，游放从容。而《武夷山水》是表现大自然生命之脉的律动，却能让人立刻沉静下来。东南奇秀，神会造化，气象恢弘，苍润灵逸，熔铸自然，纵身大化。无论是他的绘画还是他的书法作品，都透出整体上的诚恳和古拙，"诚则明矣，明则诚矣"。韵在意中，意在形外。

蒋先生不仅诗书画俱精，在十几年的工夫里还创作了近万计的雕刻艺术作品，享誉国内外。接近老年，他的艺术生命全面开花了，武夷山赋予他的才智和灵气也得以淋漓尽致地喷发。

武夷山是奇山，自然会出此灵人。蒋步荣先生总算没有辜负"奇秀甲于东南"的智水仁山。我想武夷山也会为他感到欣慰、感到骄傲。

1996年11月6日

翰 墨 缘

中国有个习俗，称书法家写的字为"墨宝"。无论是向书法家买字或要字，都叫"求字"。一"宝"一"求"，足以说明中国人对书法的崇敬。因此书法家架子大一点，墨宝难求，也是理所当然。如果哪位书法家毫无架子，字也好求，就会让人感到格外新奇，无比欣慰，然后蜂拥而至……天津书法界就真有这么一位公认"人缘儿好、好说话"的"好好先生"——宁书纶。

宁先生在书坛上也算"有一号"——天津话里的"有一号"就是"数得着"、在前面占一席地位，相当于官场中的一二把手以下，常委以内。他八岁学书，"以唐楷入门，精习柳、欧、赵，研临隶书及魏碑诸体，博采厚积，然后确立自家面目。其行其楷秀而不媚，畅而不浮"。宁书纶至今已写了七十年，从未辍笔，用秃三千多管毛笔……

老先生一管在握，汪洋恣肆，含情万里，笔墨如风行雨散，润色花开。放下笔为人，却极其谦恭仁厚，随和通达，几乎是有求必应。他的应诺不是一时的盛情难却或兴之所至，而是半个多世纪以来一贯如此。

人们都说字如人，人如字，但初识宁书纶的人，却似乎难以把一个言行规范、举止一板一眼的人同他那隽秀清丽、超逸悠然的墨字协调统一起来，反差越大，相互映衬越有趣味。只有交往深了，才能发现他的人和字在骨子里的和谐与一致。

所以他的笔墨春秋就有点意味，在不计其数的书法家中，他是少数能用笔墨在宣纸上广结"天下之缘"的……

与 农 人

几年前,宁书纶接到甘肃一位农民的来信:"由于国家政策好,我发家致富了,盖了新房子,屋里想挂幅字,字比年画好,永不过时,永远好看,偏巧我的先人传下来一幅于右任的中堂,想配副对联。想来想去求您最合适,因为您人好字好……"宁先生着着实实地惊奇了一番,感动了一番,如今的农民可真了不得,居然收藏着于右任的字,更怪的是还知道有他这个宁书纶,知道他在天津。虽然地址写的驴唇不对马嘴,这又有什么关系呢? 这许多年来他可没少收到这样的怪信,只要前面写上了天津市,后面不管胡乱写个什么地方,邮递员总能把信送到他的手上。

宁书纶当晚就写了副对子:"丽日风和春淡荡,花香鸟语物昭苏。"第二天亲自到邮局寄走了。

过了一段时间那农民又来信,说没有收到,求老先生再写一副寄去。这回收到了,还寄来二斤炒蚕豆表示感谢。蚕豆炒熟后叫"蹦豆儿",像玻璃球一样又硬又脆,当然也很香。宁先生开心大笑,即便自己有副钢嘴铁牙,用了快八十年也已松动破损,对付不了这硬蚕豆。

他把炒蚕豆送了人,却紧跟着又接到七八个甘肃农民的来信,也都说自己有幅于右任的中堂,要配副对子……又逗得老先生好不开心地笑了一阵,以后很长时间只要一提起这件事还会笑。

这就是农民,编瞎话也不换个词儿,于右任哪有那么多的中堂都藏在他们甘肃农村? 但他还是一一写好寄去。

此事曾在书画圈儿里传为笑谈,有人笑他迂,明明知道人家在骗他的字,还去上当,而且是上农民的当。

宁书纶有自己的解释:"人家能骗我什么? 不就是几张纸、几十块钱的邮费吗? 我从小就给左邻右舍写春联,人家求副对子可不能驳这个面子。国家级的领导人找我要过字,我感到荣幸。远在数千里之外的大西北农民找我要字,这份荣幸更让我动心……"

与 洋 人

作为书法界的名人，宁书纶免不了要参加一些有外国人在场的聚会。这些洋人有的买过他的字，有的向他要过字，大多是为了留作纪念，给自己增加一点中国文化色彩，或者纯粹是觉得中国字好看，附庸风雅给环境增加一点美感。有一家中外合资的缝纫机制造公司的外方技师，人称"大西洪"，买了幅宁书纶的字挂在房间里，一有机会就向人夸耀："中国的毛笔字漂亮得像大美人，风情万种，姿态妍美，我每当想念妻子了，就看墙上的这幅字。"

一个不懂中国书法的外国人，倒没有完全说错，南朝梁袁昂在《古今书评》里就说过，"卫恒书如插花美女，舞笑镜台"。"大西洪"存的那幅宁书纶的长条行书："从倚彷徨神光，离合乍阴乍阳……"确实写得情驰神纵，飘逸脱尘，望之如灵如动，精魄射人。"大西洪"越看越爱，越看越秀，字似通神，越久越美。渐渐地他便"走火入魔"，想尽办法，托人打听，一定要见见能写出这种字的人长得是什么样？偏赶上那几天宁先生感冒住院，"大西洪"闯进病房，见到了一位清癯长者，神清气和，善意迎人，脸上一团笑纹："对不起，让你失望了，没有吓你一大跳吧？"

"大西洪"不知如何作答。老人哈哈大笑，感冒顿消，一身轻松："有个作家早就说过了，你觉得鸡蛋好吃就行了，又何必非要看看下蛋的老母鸡呢！""大西洪"只是一再表示歉意，来得唐突，没有带鲜花，没有买礼品，临走拿出一百美元非要塞给护士……

其实，靠笔墨真正能结下点缘分的，还是跟东方的"洋人"，他们的文化和中国文化有着很深的渊源，在书法艺术上容易沟通。几年前，在全世界庆祝反法西斯胜利五十周年的日子里，宁书纶被朋友拉到一个小型聚会上，在场的一位八十多岁的日本人山川育英，当年并没有作为侵华的日本兵在中国作过恶，席间却两次站起身，为日本侵华所犯的罪行躬身谢罪，言辞诚恳，老眼滴泪。他喜欢书法，饭后向宁先生求字。宁先生大概是对他刚才的谢罪表现感到欣慰，便慨然应允，并顺笔改了一下陆机的句子,把"山、川"两个字嵌在其中:"山蕴玉而增辉,川怀珠而添媚。"山川育英大喜过望,深躬施礼后就在袄袖上抠唆,最后抠下一粒纽扣样的宝石作为回赠,宁书纶坚辞不受。但此后,逢年过节,山川育英必来信问候,用毛笔一笔一画,工工整整,字体丰厚端凝,表达一种由衷的敬意。

韩国人也有这股劲。宁书纶先后曾在神州书画学院、天津美术学院、天津工艺美术学院、天津师范大学等处教授书法二十余年,当然以教授中国学生为主,几十年下来门生两千,也算是一番气象。这其中自然也有一批外国学生,他们都有自己的专业,只是利用在中国留学之便选修中国书法艺术。

宁书纶自编教材,这倒逼得他出版了一本又一本的书法理论著作:《赵体书写指南》、《楷书千字文技法》、《行书〈圣教序〉书法技法》、《宁书纶书法集》等。有时连毛笔都是他给学生提供……在这些洋弟子中尤以日本和韩国的学生学得最认真,有的留学期满后又特意多留两年,专门跟他学中国书法。回国后每隔一段时间就给他寄来一封长信,厚厚的一大沓子,多用正楷,有的也用行书或隶书,实际是向老师交作业。宁书纶批改后,一一回信加以说明。积几十年来的"信作业"他装订成四大册《艺海飞鸿》。有位韩国学生柳英绪,字已经写得有模有样了。一九九八年春节,宁先生给这位海外弟子中最得意的门生回赠了一副春联:

野竹上春霄才见早春莺出谷
桃花飞绿水更逢晴日柳含烟

一九八三年,李瑞环率天津市政府代表团访问日本,邀请宁书纶同行。这样的一个团里有一位书法家,自然格外受人瞩目,其责任不言自明。日方在神户大饭店请他即兴挥毫,名为"书法表演",实则是展示中华文化。日本也是个重书法的民族,在场的有不少日本书道高手,那架势一摆又像是一场笔墨擂台。宁书纶先用行书写了一幅中堂,录的是韩愈的名句:"业精于勤荒于嬉,行成于思毁于随。"

围观者先被纸面上充盈激荡的气势所震慑,然后请求讲解词意,待宁书纶注释完,那些日本的政府要员、社会名流、书法高人、纷纷上前,有的要收藏他的字,有的请他再写一幅,神户大酒店的老板沾地主之光先把字拿走,表示不仅要裱糊珍藏,还要缩小精印,广为宣传,作为酒店全体员工的座右铭。当宁书纶到京都,写了一个楷书的"和"字,求字者竟跪伏于地,双手高举着接他的字。就这样,他结交了一批自称是他的学生的日本书法家。

与 穷 人

在天津的文化圈儿里传着一句话:"有事找宁老!"

一位热心的记者,将一位垂危的无亲无友的四川籍打工妹送进了医院。然后就把宁书纶请到了义卖现场。救人更胜救火,得动真格的,"春日同和秋霜方厉,南山争高北海度深。一姹紫嫣红耻笑鞏,独从末路见精神……"他连写两大张,按当时的价格每张千元。

前年的一天,古籍出版社一位性情内向的编辑突然敲开了宁书纶的家门:"妹妹和妹夫都被汽油烧伤,面积达百分之九十五,得需要大量的书法作品打点医生。您的字说值钱也很值钱,却又不同于现金,送人拿得出手,接礼的人也敢收,不算行贿受贿,不会给人家惹出麻烦……"宁书纶不等人家说完就问他需要多少,那位编辑憋得满脸通红,说:"得要十来张。"也真难为他了,这个口实在不好开,哪有上门求字张口就要十张的!

宁先生二话不说,把柜子打开,和夫人一起翻腾,把平时积存下的自己得意的作品都拿出来,有中堂,有条幅,有对子,数了数一共十五件,包好都塞给了那位编辑。

行笔至此,要提一提宁先生的夫人。一般来说人们都讨厌书法家和画家的夫人们,不管来的是生脸儿的熟脸儿的,堵着门口不让进的是她们,进了门像防臭贼一样随时准备堵住你的嘴不让你开口要字的是她们,你如果非要不可让你先看墙上的价目表,然后伸出手叫你先交费的也是她们。宁夫人却恰恰相反,先生要说送给谁字,夫人帮着找。先生倘若感到不太满意,夫人还在旁边提醒:"那天你不是写了幅很得意的吗?大概是顺手塞到放书的柜子里了。"于是就把最好的字翻出来给人家。也许这就叫"不是一家人不进一家门"。

许多年来,为赈济救灾、为残疾人募捐、为少年儿童的教育事业筹集资金,宁书纶先生捐出的书法作品无以计数。社会上曾送给他一副对联:"善行当仁不让,义举捷足为先。"

凡事都有原因,宁书纶的热心热肠也跟他的经历有关,他知道什么是穷,什么是难。三年度荒时期,他们一家住在北马路一间小平房里,白天上班,晚上练字,当时经常停电,同时也是为了节省电费,索性天天就在煤油灯下练小楷。他谨遵古训:"善为书者以真楷为难,而真楷以小楷为难。作字要熟,熟则神气充实而有余。"还有一个原因,一练字就不感到饿了。全家人都已经浮肿,唯母亲最苦,因为长子的早逝哭瞎了一只眼,对宁家未来的寄托全部押在宁书纶的身上,自己往嘴里放的就更少了。有一天买到一把咸萝卜缨子,老人刚吃了一口就噎在了嗓子眼儿,然后就什么东西都不能吃了。也许是长时间喝稀汤,嗓子已不适应固体物质了。眼看老娘就要被饿死,宁书纶想办法买到几块豆腐,拿回家将豆腐放到母亲嘴边,老人拒绝下咽:"我吃不吃都没用了,你吃了比我吃强,你可千万不能饿出事来!"

几天后母亲去世。

人们习惯性地以为书法艺术属于"书香门第"和"富贵人家"所专有,用现在的话说是属于"上层阶级的艺术"。实际上,宁书纶是贫民书法家,是大众书法家。

但,宁书纶的"不拿架子,不炒自己"也带来一个麻烦,有好作品就送人,他的字藏于民间,自己却存不住自己的作品,要出版书法集还得现找朋友们去搜罗,这可就难了……

一九九八年夏天,有人用书本遮住了落款儿让他看一个扇面,上面是用指甲大的小楷写的《岳阳楼记》,共计三百六十个字,满纸工心,笔正字秀,骨骼清俊,神采璨然。他太喜欢这字了,望之唯逸,发之唯静,看上去又有点眼熟。待朋友把书本拿开,他看到了自己的落款。旁边站着一位衣着俭朴的老者,含笑问他:"宁先生,真的一点也认不出我来了?"

"看着面熟,但不敢贸然招呼……"

这位老者告诉他:"一九四三年我是华丰银号的职员,您在庆益银号管总账,字写得好已经远近闻名了。有一天我求您为我写了这个扇子面儿,还有一张我到贵号办事您用毛笔给我写的字条,这两样东西我保存了五十多年啦。'文化大革命'中凡是带字的东西都烧了,就是这两件宝贝舍不得丢,东掖西藏地存了下来……"

有人劝宁书纶出高价把扇子面儿买下来,但老者却分文不要,愿意白送给他。宁书纶也实在是喜欢,不要说五十多年前的作品,他手上连自己二十年前的作品都没有。但是,自己喜欢,人家收藏者更喜欢,不喜欢就不会保存这么长时间,君子不夺人之所爱。有人能如此珍惜自己的作品,不正是书法家求之不得的事吗?

他终究没有要回自己的字,反而又送给收藏者一幅大字。

与 杂 人

杂人者,什么人都有。

宁书纶到监狱讲课,不是讲书法技巧,而是讲做人的道理,做人和写字一样,心端笔才正,神清字才秀,学书在法,其妙在人。并为犯人题词:"不二过"。

他对犯人尚且如此,对机关干部、团体、企业求字,自然也没有理由拒绝。山东孔府一尊日本人赠送的孔子玉雕像,下面的碑文;广东一座孙中山雕像的碑文;宋春元雕像的碑文……都是请宁书纶写的。少的四五百字,多则八九百字,有的用正楷,有的用隶书。天津文庙的碑文两米宽、三米多长,光是在纸上叠格儿就叠了三天,然后用了十天时间才写好。

宁先生说得很实在:"现在写字的人比字还多,中国的常用字不过六七千个,全国的书法家恐怕不止这个数。既然爱上这一行,没有不希望自己的作品能够传世的。怎么传世呢?感谢政府的信赖,在一些永久性的工程上选中了我的字,得以留存于世,是天大的安慰。".

老先生活得平实,知足。因此快乐,多智。

他为闹市区的一家商场题过一块大字匾额:"天海商厦"。这四个字写得充实丰灵,气感风云,禁得住看,禁得住评。成了当地的一景,也成了他的广告牌。每天有成千上万的人路过此地,有意或无意地从不同的角度以不同的心态观赏它、品评它。有心人看了这字就会通过各种渠道,千方百计地找到他,有北京来的部长,有九十多岁的老学究,有喜欢书法的青少年,有企业的管理人员……都想方设法地找到他。来找他的人还能有别的事吗?

宁先生有几大册厚厚实实的记事簿,那也可以说是他的作品目录。几十年来,每年他都平均为五百多名不认识的人写字。有人劝告他,物以稀为贵,你写这么多就不值钱啦。既然找你要字你就给,谁还再去花钱买你的字呢?

这是几句好话,老人却不以为然,一个年近八旬的人,不可能没有自己的主意。他多年坚持这样做,一定有他的道理:"自古靠写字没有发财的。古人讲敬惜字纸,哪有借字纸捞钱的。我衣食住行,无忧无虑,是朋友们帮我换房买房,给孩子安排工作,我有病给我请医生,买药送药。社会待我不薄,我除去写字没有其他本事,怎么能为社会吝啬笔墨呢?要字的人多,说明社会需求量大,这是好事。你到大街上去走走看看,中国字快被糟蹋得不成样子了,商品名称、价目表上白字不断,别字连篇,甚至胡乱造字,把大白菜的菜字写成上边一个草字头,下边一个才能的才,这算什么字?有的连门脸儿上的招牌都写错。更不要说把老祖宗留下的方块字写得歪歪扭扭,瞎瞎瘪瘪……我没有能力到马路上去给人家改正错别字,只好谁让我写我就写。这对我不过是提笔之劳,至少让大街上,让商店里,让人们的家庭居室中多一点正确的字,少一点谬误。如果再多一点美感,少一点丑陋,那就是意外之喜了。用天津话说叫混个傻人缘儿,讲点大道理叫清洁中国文字。"

这番议论没有丝毫的矫饰陈腔。老先生的笔下人生已经进入返璞归真的境界。欧阳修有言:"古之人皆能书,独其人之贤者传遂远。"焉知写得多就不值钱?写得多,流传就广,你不存他存,你不藏他藏,也许反倒会传之久远。

1998年5月9日

人与气候

先说人。

说人，其实是说人的力量。

培根有高论："人是一切的中心，是世界的轴。"

我在这篇文章里要说的主角是缪建新——天津工业泵总厂厂长。

其人生的线条很清楚，但内容非常丰富：

一九六〇年毕业于石油专科学校机械制造专业，在起重设备配件厂当过技术员、工段长，"文化大革命"中下放当工人，天生灵才，干什么像什么，一点就透，不点也要想方设法钻透。到时间不算短的"文化大革命"结束时，车、钳、铣、刨、磨，机械精加工的全套活路他都能拿得起来，且相当厉害。艺多不压身，以后在一些重要时刻想不到这技艺帮了他大忙。此是后话。"文革"结束后，他担任车间主任、厂长。

一九八五年调任有一千七百多人的县团级大厂天津起重设备厂副厂长。工厂不错，职位不错，干得不错。当他正沿着一种牢靠的令人羡慕的前途稳步前进的时候，公司下令把他"借调"到只是科级的工业泵厂当厂长。名为"借调"，其实没有商量的余地，想去也得去，不想去也得去。他在政治待遇和经济待遇上都要损失很多，甚至会断送美好的前程。分明是"降职使用"，公司经理却言辞恳切地说：是委他以重任。这次降职不是因为他在起重设备厂干得坏，而是因为他干得好。

等他跟着公司经理走进工业泵厂的大门，就立刻明白了，所谓对他的"借调"，实际是"死调"或曰"调死"！他已没有退路。领导没有骗他，的确是交给他一副重担子，或者干脆叫"受命于危难之时"。

领导除去信任他,对他更具体的支持是在欢迎他的全厂职工大会上宣布,由公司借给他一辆旧伏尔加轿车。工业泵厂坐落在北郊区,他的家在天津市东南部的河西区,如果让他骑自行车或乘公共汽车上下班,每天光是在路上就要花费三四个小时。公司经理公布这件事,就是防止大家看见新厂长坐小车有意见。领导想得很周到。其实他对能不能回家,能不能按时下班,心里一点底也没有。不是他不想回家,他有个温暖的标准家庭,一儿一女,夫人是小学教师,后升为校长。儿女聪明,夫人贤淑。

在此后的三年里他果然只回过四次家,包括年节在内只休息过四天。他对公司领导没有埋怨过一句,也许倒应该感谢。以后的事实证明,这次调动不是他走霉运,而是他的幸运。

人之所以将这个世界当成一个世界看待,就是因为世界是每个人都必须独自演出一个角色的大舞台。

——记不得这是哪位先哲的意思。但缪建新无疑是转换了角色。等待着他的是个什么样的舞台呢?

大气候和小气候

这是一九八六年八月。

谁也不能说"改革开放"的大气候有什么问题。再看工业泵厂的小气候——

缪建新第一次见到自己的新舞台,理所当然地提出来要到各个车间去转一转。公司经理要陪他一块下去看一看,当时的工厂党总支书记劝阻经理不要下去。经理马上领悟,他下去大概有某种不方便,会对自己和工厂的原领导造成尴尬,遂作罢。缪建新便一个人找了两位熟悉工业泵厂情况的技术干部领路,走进了真实的工业泵厂。

厂房灰暗、陈旧,车间外野草半人多高,有人在抓蛐蛐、斗蛐蛐。篮球场变成了"新设备废品堆"——买来的设备没有使用,有的根本没有打包,就又当破烂卖,被拆得七零八落,惨不忍睹。买来的设备为什么不用？如果这些设备是落后过时的、不能用的，为什么要买？既然花钱买来，不能用就不能改造、不能转卖吗？他走进仓库，燕雀乱飞，鸟窝累累。这些有灵性的欺人太甚的小动物真会找地方安家！草和鸟不是坏东西，他对它们也没有仇恨。问题是这里不是野生动物自然保护区！

走进车间，冷清，散乱，遍地流油，脚踩下去发出扑哧、扑哧的声响。一位老工程师穿着新皮鞋新袜子，想躲开油污，拣有锯末的地方踩。不想锯末底下积油更多，是地面的坑坑洼洼处，宛如一个个油的陷阱，机油灌进老工程师的鞋窝。这又能怨谁？工人们干活儿不干活儿的一年都要糟蹋两双鞋。真是"油瓶子倒了没人扶"。不，是油桶倒了不扶。挺大的油桶自己又怎么会倒呢？缪建新不能表示自己的愤怒。这牵涉到对他的前任的评价。在中国这是敏感的问题。唯一的聪明办法是回避。他只感到一种难言的沉重，一种心的绞痛。没人干活儿且不说，倒有人浪费！

他在厂内各个角落仔仔细细看了一遍，只见到一个女人在干活儿。其余他见到的是喝酒的、睡觉的、打牌的、下棋的、仨一群俩一伙凑在一起聊天的。这些人看到他们并不回避，也没有惭愧不安的表示。

这是一种挑战，一种对工厂管理者的不满。

问题不在工人身上。那么问题在哪里？到处都是问题，他该从哪儿下手抓起？

原来的工业泵厂已经散了。一个企业如同一个人，精、气、神没有了，是最可怕的。形体也几乎垮掉了，从上到下都看不到前途，不知该干什么，怎样才能活下去？

如果叫他重新建一个厂，会比这个更容易些，他会选择有优势的项目，有前途的产品，组织自己信得过的精兵强将，正像一个新生儿，有强盛的生命力和美好的未来。如今，工业泵厂的牌子还在，他必须在原有的烂摊子上起死回生……

火烧新官

"新官上任三把火"——缪建新却没有精力放火烧别人。

他必须先搞调查研究。公司也答应给他四个月的时间调查研究,想出办法,从一九八七年重打锣鼓另开张。一九八六年无论工业泵厂亏损多少也与他无关。

调查先从市场开始,从国内到国际,看茫茫世界还有没有工业泵厂的出路?

为自己的产品找到了市场,就是找到了出路。倘产品先进,具备超前的优势,可以开辟新的市场。怕就怕你的产品落后过时,已被市场彻底淘汰,那就必须另找生路……

原来的工业泵厂还是由于产品落后在无情的市场竞争中被打败了。当然,在产品落后的背后还有一系列更为复杂的原因,如:技术落后、设备落后、管理落后、职工素质落后……

同样也是残酷无情的市场竞争,却能给强者带来无穷的机遇。

倘能生产先进的新型螺杆泵,仅国内市场每年的销售额可达四亿元左右。国际市场更大,每年世界需求量达五十万台以上,销售额为十亿美元左右,而且每年以百分之百的速度递增。油田、化工、火电、水电、造船、军工,哪个现代工业中的大门类离得开泵?如果说油是机器的血液,泵就是机器的心脏。生产泵的企业应该是大道朝天,前途广阔……

工业泵厂的出路就在于按照国内外市场的需要对自己进行脱胎换骨的改造。

找到了道路,看到了前途,往后就看自己怎样抬脚动步,怎样走到大道上去。

缪建新上任没烧三把火,不等于别人不放火烧他。干部们出于对工厂现状的焦急,由总支书记亲自挂帅,想借新厂长上任的机会,在九月份搞一场生产突击,完成二百一十万元的产值,一举扭转工厂的被动局面。他被这个消息吓了一跳,又感动,又担心。总支书记叫他表态,他很犯难。大家一番好意,如果真能在九月份生产放"卫星",等于他刚上任就一炮打响,既可以鼓舞群众情绪,又是全厂职工对他的最好欢迎、最大的信任。可是,根据他对工厂的粗略了解,目前工业泵厂不可能完成这个生产指标。眼下已不再是"大会战"、"大突击"的年月,事实证明管理企业不能简单地依靠大轰大嗡。如果把工厂仅存的一点力气也都耗尽了,又没有完成任务,如同把一个严重的心脏病人硬逼到足球场上参加比赛,后果不堪设想。他是厂长,是法人代表,不仅要为工厂的现状负责,还要为工厂的将来负责。他婉转地提出自己对工厂的资金、配套能力等诸多因素了解不透,没有把握。领导干部们继续开会,议论了好几天,指标由二百一十万元降为一百五十万元、一百二十万元,最后确定为一百万元。

他在职工大会上发了言,既然任务已经拍板定案,就非完成不可,缺一万也不行。按一百万元的指标制定出每天的任务,当天的任务不完成不下班。他摸完了市场的底,也想借此机会摸摸自己这支队伍的底,权当一次真杀实砍的大练兵。

练兵之后,他就会拿出自己的治厂方案。

练兵也是练己。加工泵杆的铣床上的唯一的一名四级铣工,嫌加班费太少,撂挑子了。他知道,离开他铣床就玩不转。铣床玩不转,泵杆就加工不出来,泵杆加工不出来,九月份生产放"卫星"的计划就得泡汤,用天津话说这叫"拿一把儿",要厂长的好看。

缪建新来到铣床前,立刻围上来一帮人。大家都看热闹,谁也不伸手。按理说这种事用不着厂长管,工人干不了班长干,班长干不了车间主任干。现在全都不吭声,大眼瞪小眼地盯着他,这就叫:欺生!欺负他是新来的,想难为他,晾他的台。他问车间主任:

"这么关键的设备为什么只配备一个工人?"

"还有个学徒工,目前还顶不起来。"

铣床前确实站着个年轻人。缪建新问他:

"你进厂几年了?"

"两年了。"

"这活你干得了吗?"

"没干过,师傅不让动床子。"

"噢!他不来还不让动床子,想叫工业泵厂的人喝西北风吗?这设备是国家的,谁要想靠手艺拿人,拖全厂的后腿,谁准会栽跟头!"

他走到铣床跟前,看看表盘,看看刀具,又问学徒工:"你的师傅学过徒吗?这转速和刀头都不对!"他重新上好刀,调好转速,给铣床膏了油。叫车间主任调来一个车工,让车工在旁边看着,他按照图纸要求,干净利落、一丝不差地铣出一根泵杆。然后对车工说:

"隔行不隔理,何况都是玩床子的,你就按我这个样子干,刀和转速都别动,有问题去找我。什么时候那个铣工来上班了,告诉他去打扫车间卫生和负责搬运半成品。你先把铣床顶起来。"

第二天,那个铣工就找到他,一个劲地做检讨,说好话,要求还回到铣床上去。

当个厂长光有文的不行,还要有武的。要粗能粗,要细有细。

每天他亲自掌握生产进度,协调各个生产环节,过一天干净一天,圆满一天,决不一天压一天,一天拖一天。临近月底的一天下午,他到市内开会,散会后心急火燎地往厂里赶,回到厂里已经七点多钟。总支书记在大门口等他,告诉他家里来电话,对他一个多月不回家很不放心,不知厂里出了什么事。总支书记劝他立刻回家,厂里的事由自己顶着。缪建新谢绝了总支书记的好意,顾不得先到食堂吃口饭就钻进了车间。工人都走了,当天的任务却甩下一个大尾巴。这正是较劲的时候,劲一松整个计划就全垮了,前功尽弃。他带领几个干部到附近的家属宿舍,请回了一部分工人,干到夜里十二点钟,算把当天的任务完成了。又过了个干净、圆满的一天。

人的价值在于完成责任。

他练兵的根本目的不就是练成一种集体的和个人的责任感,练出现代人的精、气、神吗?

胆识和幸运

九月份果然一炮打响,完成了一百万元产值。

公司的经理和党委书记来厂祝贺,跟大家一起热热乎乎地吃了顿大锅饭。每个职工奖励了一兜水果。

意义不在于这一百万元,也不在于只值几块钱的一兜水果。工业泵厂有了热气,有了生机,这支队伍还不错。下面就要动真格的了,看他厂长怎么领、怎么带……

下一步的方向:在商品社会要想生存下去,必须当第一,拥有第一流的产品。即用先进的高效的技术装备,生产高质量、高规格、高技术含量、高利润的技术密集型产品——市场上大量需求的系列螺杆泵。

实施步骤:

一、要改变观念,改变小生产的模式。天津市机械工业受三条石的影响太大了。然而三条石是阶级教育的典型,不是先进生产力的样板。小生产者、小家子势、小作坊、小自由,怎么能适应现代世界的大经济、大工业、大生产?

二、开发能站得住脚、能打得出去、能扭转工业泵厂乾坤的新产品。生产一代,研制一代,预测一代。

三、引用先进的技术改造老产品。在新家业还没有创建起来之前,老家底不能都丢掉。降低泵体重量,节能节材;提高精度和效率;延长使用寿命;增加产品附加值和经济效益。

决策者心里要有重点,不能到处擦屁股,四方乱伸手。如同弹钢琴,没有主旋律就是瞎弹。保证了重点就能先为工业泵厂打开一条生路,一条前途无量的生路。

要引进国际的先进技术、先进设备,就需要资金。说来说去,最后落实到一个"钱"字上。工业泵厂家底薄,国家计划下达的投资又非常有限,杯水车薪。缪建新拜会部、市、局、公司等各级领导,寻求支持,跑遍了所有有关的银行和金融财政部门,零打碎敲,积少成多,最后甚至把工厂也押给了银行。

一个现代企业家必须有本事为自己筹措到发展资金,看准的项目就敢于承担风险投入资金,项目生效就会赚回更多的钱。再投资,再发展……这就是一个成功企业的良性循环。

说起来很简单,想一想也不复杂,真正敢这么做的是为数不多的优秀分子,个人要承担全部责任,付出很大的代价。在大锅饭的体制下,看旧摊,守旧业,到处堵漏洞,凑合一年算一年,对企业来说是导致毁灭的恶性循环,对个人来说却是安全的。群众有顺口溜形容这种状况:"年年难过年年过,个人过得还不错。"

工业泵厂里也是七嘴八舌,有人说这么干不行,有人说那样干不行。

缪建新有股决策的狠劲:"怎么干行? 怎么干不行? 就这样才行!"

他带领七个技术干部到英国曼彻斯特考察购买劳尔公司的高精度铣床。没有这台设备,新产品的许多关键部件无法加工,引进国外的技术再先进也没有用。与高精度铣床配套的是专用样板刀,一个圆盘似的样板上卡着十几把刀,每一把刀都要价一万五千元。这是世界名牌,劳尔公司的看家产品。缪建新手里只有买铣床的钱,没有买刀的钱。没有刀,铣床再好也是废物。到了劳尔公司的当天晚上,他就向七个技术干部布置任务:

"我们这次来不仅要吃透并掌握劳尔铣床的构造、性能和使用方法,还要想方设法不遗余力地把他们做刀的技术学到手,不能公开学,只能偷学。我们只要新娘不要嫁衣,英国人所以在卖铣床的时候同意我们把价格压得不能再低了,就因为他们相信新娘不穿衣服是无法去中国的,等着在卖刀的时候狠敲我们一笔。谁都知道有床子必须有刀。从明天起我们跟劳尔公司的职工一块上下班,带来的礼品每个人身上都带一点,打点那些用得着的技术干部和工人……"

然后作了详细分工,每个人负责一部分。

白天他们在车间里跟英国人一块干、看、问、记,晚上回到旅馆交换心得,讨论研究,把当天学到的画成图纸,记下数据。每天夜里都搞到十二点多钟,第二天一早照常上班。

劳尔公司的老板对缪建新说:

"我接待了七批中国团,您是最挑剔的一位,也是我最尊敬的一位。"

他们回国后四个月,高精度铣床安装调试完毕,他们也拿出了自己制作的样板刀,性能与劳尔公司的产品一般无二,成本却只有一千二百元。为国家节约外汇人民币二百三十万元。英国人看到后目瞪口呆!

再看气候

缪建新力主引进了西德阿尔维勒公司三螺杆泵的设计、制造技术,不仅提高了生产效率,还使完全国产化的三螺杆泵达到了国际八十年代先进水平,与美国金字塔公司、西德阿尔维勒公司、瑞典依姆公司等世界三大名牌产品并驾齐驱。

他们建造起亚洲最大的水平也属一流的工业泵试验车间和在国内一流水平的用微机控制的螺杆泵和船用离心泵的 B 级试验台。具备了先进的科学的产品质量检测手段,不仅使自己的生产技术水平达到了八十年代最先进的水准,同时一跃成为同行业的"技术老大"。站得高,眼界阔,俯瞰国内的工业泵生产状况,兄弟厂家的产品需到他这里来检测。

他们生产出中国第一台螺杆泵和船用离心泵,并成为全国唯一的生产螺杆泵的专业厂。你是独一无二的,这优势便不言自明。

南京的尤利卡项目、国家的大重点——扬子石化总厂,购买美国的全套技术和一部分日本的设备,包括高压螺杆泵。当初该厂招标时,天津工业泵厂曾去投标,遭到扬子厂拒绝。人家讲的理由也很实在:"我们厂一投产,每天的产值就有一二百万元,一台泵才值多少钱,买了你们的泵出了问题找谁去? 我们耽误不起工夫。"不信任已经变成了公开的蔑视。在试车投产时偏偏就是螺杆泵出了故障,而且是报废性的故障。赶紧给日本公司打电话，日本人的答复很干脆，一台泵的价格是十万元，一年后交货。口气不容商量。你着急，人家不着急。偌大的一个举世瞩目的石化工程，国家十万火急地等它投产赚钱，为了一台泵要白白浪费一年的时间吗？越求日本人，日本人的口气和价码比他们跟天津工业泵厂的人说话的口气还狂，万般无奈，扬子厂的人来到天津求救。有人记前嫌，不想给干："他们瞧不起我们，我们也不在乎他们这一个主顾。让他们瞧得起谁找谁去吧！"

缪建新含笑把任务接了下来，并说服部下："和气生财嘛！人家以前瞧不起咱，现在瞧得起咱也一样，这正是该咱们的产品扬名露脸。"

扬子厂的人就住在工业泵厂等着，每天下车间催促，一个星期后突然接到家里电话，说日本泵已运抵黄浦江，天津泵不要了。这两个催货的南方人的脸也立刻就变了，拍拍屁股就想走。这下可把了解前后情况的干部、工人气坏了，他们对扬子厂的人没办法，都埋怨自己的厂长。缪建新也无话可说，只好苦笑。

几天后那两个催货人又回来了，说家里人搞错了，运抵黄浦江的不是螺杆泵。千道歉，万解释，鼓动南方人的灵巧之舌，求工业泵厂救国家重点工程的燃眉之急。

意见要提，牢骚该发，活儿还得干。不是看这两个业务员的面子，而是支持国家重点项目，不让外国人看笑话。用了二十四天，制造出为扬子厂配套的高压螺杆泵，负责试车的美国人对中国产品当然更不会有多大信任，违犯惯例带着高压试车，带着高压停车，试了三天，未出一点问题，性能超过了日本泵。几年过去了，天津泵仍然在骄傲地工作着。

天津工业泵厂名声大噪，核潜艇及一些国家重点设备纷纷找他们订货。

他们研制成功中国第一台潜油泵。

他们建立了中国第一家螺杆泵研究所。

由于他们的名牌产品三螺杆泵，成为中国机械行业中第一家获得"英国劳埃德船级社型"认可的企业。

他们只有九百多名职工,而他们的产品品种、规格、产量、质量,均占据全国同行业的首位。

每年投入市场的新产品达二十种左右,真正是走一步,想第二步,看第三步。他们的主要产品占据国内市场的百分之八十五。从一九九〇年开始出口美、德、意、苏、韩国等十五个国家和地区,创汇四十万美元。

自一九八七年开始,他们的工业总产值、销售收入、实现利税平均以百分之十四的幅度逐年递增。

缪建新上任五年来,共创利税两千两百七十一万元,相当于一九八六年工业泵厂固定资产的三点五倍。也就等于他们又为国家赚回来三个半工业泵厂。

如果听他讲今后的打算、今后的前景,更令人鼓舞,令人羡慕。只讲一点,一九九一年十一月底,就已经为一九九二年完成了三分之一的任务,还创造了许多使一九九二年再进一步的条件。这样的企业日子能不好过吗?

再 谈 人

"人,全都是为'发现'而航行的探寻者。"

缪建新是如此,工业泵厂的人大都如此,企业才会成功。

要适应高效、先进、技术密集的生产局面,非得要有一支高素质的职工队伍。人在社会再生产过程中始终是主导因素。

他那些硬仗是怎么打下来的? 还不是要靠有过得硬的人才。办一个企业要从外面引进先进的硬件和软件,对内要有硬投入,也要有软投入。

缪建新上任的第二年,就从全国十几所大学挑选、接收了一批本科生、研究生,从其他单位调入一批学有专长、为工业泵厂所急需,本人又自愿想来干一番事业的中青年专家和管理干部。其中有些人是工业泵厂花高价从大学和原单位"买"来的。这些高技术人才进厂后,得到全力的支持和爱护。当时在极端困难的条件下,工厂借钱给他们买房子。他们结婚的时候缪建新亲自主持婚礼。过年的时候他们在天津没有亲戚,缪建新便把他们请到自己家里吃饺子。

全厂的工程技术人员由原来的二十多人,增加到一百四十八人,其中光是高级工程师就有十几个。

毕业于华中工学院的硕士研究生周永旭,进厂不到一年就主持设计了新型螺杆泵,该产品一投放市场便被国家确定为节能节材产品,用它替代原炼油行业输送冷蜡的往复泵,成为工业泵厂的拳头产品。年仅二十八岁的周永旭被破格晋升为高级工程师。

一个成功的企业,只有一两个人才尖子还不够,还要提高企业决策层的整体素质。他们与河北工学院共同举办工业企业管理培训班,凡管理人员和中层以上干部,不论有多高的学历(最低的只有高中毕业,更多的是早就有大本、大专和硕士研究生的文凭)都必须分批去轮训。因为这个培训班不是为了发文凭,而是把现代的管理学信息、知识和手段,用于工业泵厂的现实。他们成立了力量雄厚的"课题组"——从新产品的设计、工艺、装备到样机的试制和小批量生产,全过程实行工程师承包。既加强了技术人员的责任感,又给他们提供了充分施展自己才华的机会。

在厂内则创建了职工培训中心。

兵是精兵,将是强将,每个人都能独当一面。讲一个销售人员的小故事——

他们要拿下中国第一工业重镇上海的市场,首先瞄准了上海高桥炼油厂。他们考察了这个厂使用的是别的泵厂生产的老泵,质次价高浪费惊人。但高桥炼油厂负责设备的人怕担风险,用老泵出了问题不会叫他负责任。如果他决定改用天津的新产品,出了问题就得由他兜着。有这种顾虑也在情理之中。

他们不说兄弟厂的产品多么坏,也不说自己的产品多么好,只要进行一番货比货,优劣自然一清二楚。他们自己赔运费,自己负责安装,试验半年,出了问题造成经济损失,一律由天津工业泵厂负责。半年试下来,天津泵不仅安全可靠省电,认真一计算,每年可为炼油厂节约十万元左右、一百吨标准原油。即便那个负责人再想不买天津的泵,别人也不答应了。

中国造的小到潜艇,大到十几万吨的巨轮,大都用上了天津工业泵厂的产品,可谓名扬四海。因为泵负责主机润滑,泵一坏,无论多大的船也只能停机在海上漂浮。

成功的氛围

一九八八年,行政公司解散,工业泵厂接收了四家同行业小厂,改名为天津工业泵总厂。

现在,任何一个人只要一走进工业泵总厂,立刻就会感到一种氛围。这是一种成功企业的效应。

厂区方方正正,干净整齐。该绿的绿——花木葱茏;该白的白——厂内道路打扫得纤尘不留;横平竖直——每条道路都有一个响亮的名号:前进路,科研道……

车间内可称得上是漂亮、合理,富有现代感,让人感到神清气爽。在这样的环境下工作,舒适、方便,对自己的企业和工作会产生一种感情、一种自豪。不管外边气候如何,在厂里看不到闲人,各安其位,各守其责,有规有矩,有条有理。有一种现代企业严格、高效的气氛。

走进办公楼,满眼都是泵:泵的某个漂亮部件,泵的模型,把泵加以变形拼成具有强烈现代感的大幅铁画,泵的生产图表,泵在国内外获得的各种奖牌……三十个系列、二百五十五个品种、两千一百零三个规格的工业泵让人看得眼花缭乱,豪气顿生,一个外行也会情不自禁地喜欢这种漂亮的泵。这样来设计、装饰自己的工作环境,让人感到主人的自信,对自己事业的热爱,体现了一种整体的希望和力量。

当有人把眼光瞄准了南方的特区、瞄准了外贸部门和合资企业的时候,当社会上求职的行情认为进机关当干部比进工厂当工人要好的时候,工业泵总厂招工的大门却不敢完全敞开,敞开就会关不上,甚至会被想挤进工业泵总厂当工人的人把大门挤破! 这是让缪建新很头痛的事：领导、关系户、朋友、同事、本厂职工，给他写了许多纸条，介绍自己或别人的孩子来工业泵总厂当工人人。

他们之所以牌号响亮，有如此大的吸引力和凝聚力，当然跟职工优厚的经济收入也有关系，令当代人最操心的房子问题，进了工业泵总厂不成问题。凡孩子在十六岁以下的三口之家能分到一个偏单元。

一九九一年夏天，传出消息一九九二年要实行房屋改革。缪建新想到一些很实际的问题，尽管他们的职工工资收入在天津不算低，但要靠自己的力量买房是非常困难的。明年房价上涨，今年应该由厂里先买下一批房，为贡献比较突出的职工改善住房条件。腾出他们的房子还可以分给子女多或住房不够宽敞的人。但厂里资金一时周转不开，就准备号召职工集资。

有人不无顾虑，这种时候集资集得起来吗？一次次为灾区捐款，各种各样的摊派，人们对从自己的口袋里拿钱为大家办事还有多高的热情？

缪建新对自己的职工有信心，不仅号召集资，还约法三章：一、利息跟银行一个样；二、拿了钱的不一定能分到房；三、分到房的一定参加集资。号令一出，很快就集资一百六十万元，在工厂附近买了一千多平方米较为高级的住宅房，这是房屋开发公司盖了准备卖给地师级干部住的，卫生间里有澡盆，光是中厅就有十八平方米……

这件事至少说明他们心齐，也说明他们的职工兜里有钱，最多的拿出三千元，每个职工平均集资一千六百元——在当前，这数字的后面是很有内容的。最后再说几句缪建新——

如果不加上这样一个尾巴，也许会给读者造成一种误解，认为缪建新很幸运，也很顺利。他是幸运的，但并不顺利。如果说他一帆风顺，就不真实。从某种意义上看，正是不顺利成就了他的幸运。

把一个烂摊子改造成现在的名厂，能不得罪人吗？他不许在车间喝酒、打麻将，以前干部借的公款，他要求归还，等等，就没有人记恨他？他被查过，被暗算过，好像在社会的某个角落有个专门整他的材料告他的状的班子。他也曾气得病了三个月，也曾动摇过——广东蛇口想调他去,要他三年时间把生产工业泵的厂子建起来。他在天津不能实现的设想都可以带到蛇口去,保证让他无阻碍地一展自己的雄图大略。给他一套房子、一辆轿车……最后要动真格的了,他还是舍不得天津工业泵厂!

大凡一个人要想最安全就得沉在时代的浊流里。他给自己的生活定位在时代的最高层面上,当然会有风险,"人是寻找意义的动物"。正因为他敢于"寻找",有胆识冒风险,所以才在一样的条件下,在相同的大气候下,他抓住了机会,创造了工业泵总厂的小气候。小气候又影响改变了一批人,于是有更多的人参加创造一种良好的气候。他获得了群众的理解和支持。

目前他正处于生命的巅峰状态。不论在什么场合,严肃到和中共中央总书记或市长、部长、局长们坐在一起开会,随便到和几个朋友随便聊天,他要么一声不吭,任别人讲得多热闹他总有点神不守舍,心不在焉。只要他一开口,就是他的泵,他的厂,他的规划,他的产品性能……除去谈工作似乎再没有能使他感兴趣的话题。

他想筹建工业泵集团。有人为他担心,取得现在的成绩不容易,也已相当了不起。船小好掉头,大了就不好办,"十个集团九个空,剩下一个还不成功"。

他想干的事一定有自己的理论:"船小好掉头是指在小河沟里航行,到太平洋上试试,不等掉头就沉了。现代世界的市场经济是大经济、大市场,集团经济占有大的优势。我把许多尖子集合成一个大尖子,竞争力就强大。宁为鸡头不为凤尾,是小生产意识……"

他这个人是不会让自己闲着的,不能忍受生活里缺少具有强大诱惑力的希望、规划和目标。

愿他永远幸运。

1998年夏

美哉，钟馗！

相貌堂堂的钟馗，在京城舍身抗暴，变作驱魔大神，一改往日的风流俊雅。红面套须，瞪目如炬，狼腰虎体，狰狞可怖。虽身为鬼神，仍牵挂着孤苦伶仃的胞妹，深夜回家，劝妹出嫁，却又担心自己这副丑恶的容形吓坏小妹……

裴艳玲做出一系列的身段，将钟馗的游移、盘旋、渴望与妹妹团聚，却又不敢贸然叫门的神态表现得准确而又生动，精微独到地活画出"物是人非倍伤情"的钟馗，一个有着深重人情味儿的鬼神，浓墨重彩地渲染出其悲剧气氛。

谯楼起更，钟馗不得不上前叫门，小心翼翼，压低声音："妹妹不要害怕，我是你哥哥……钟馗……回来了……"

我感到眼窝发热。

兄妹相对而泣，诉说人世不平，其声其情震撼着我的心灵。钟馗的大段梆子腔中，糅进了某些昆曲的韵味，愈增其悲凉和激愤。我接受了这音色壮美的新唱腔，没有感到它不是河北梆子，也没有觉得有丝毫的不舒服，相反的倒发现河北梆子音乐原来有着这般丰富而强大的表现力！我甚至想到了交响乐的效果。我反对河北梆子模仿或靠拢交响乐，但梆子腔的浑厚、雄阔、高亢、苍凉以及瞬息万变的丰富性和爆发性，是独具的优势，是其他音乐形式所无法比拟的。

钟馗代妹择婿，悲喜交加，忽悲忽喜，喜是悲的铺垫。编导一反常用两个黄旗代车的程式，让小鬼推着镶金挂彩的真车上台，富丽堂皇。钟妹端坐其中，鬼卒前呼后拥，吹吹打打，大胆而又巧妙地表现出鬼办喜事的排场和热烈。既是具象的，又是抽象的，有写意，更有写实，淋漓尽致地表现了鬼的美，鬼的侠义，鬼的善良和朴实。群鬼皆美，钟馗独秀。他喜不自胜，不住地整衣、理髯、照镜子。裴艳玲动用了自己全面的艺术才华，使我感到只有她这样的演员，才能塑造出这样一个具有强大艺术生命力的钟馗形象。

她这个钟馗正好同人们心目中幻想的那个钟馗合二为一，似乎钟馗就应该是这个样子，也只能是这个样子。看得出，裴艳玲吸收了京剧《钟馗嫁妹》中的某些身段，但这个钟馗是属于她的，她给了钟馗以真正的灵魂和血肉。每一举手投足都是钟馗，没有多余的东西，没有游离于人物之外的技巧。她靠吃透了钟馗的灵魂，才点亮了这个活灵活现的形象。她为钟馗设计的舞蹈、造型，别具一格，亦庄亦谐，有时像孩童那般天真、单纯，这才是鬼。既有独特的象征意味，又是真实的，美的。如果她用一套表现英雄人物惯有的严肃庄重、正经八百的动作，能有这样的效果吗？那还像钟馗吗？

更令人叫绝的是结尾，编、导、演的匠心升华到完美的境界，外在气氛是欢乐的，内在精神是悲哀的，外在的喜庆气氛浓烈，内在的悲剧基调愈深刻，以喜衬悲，其悲越甚！活在人世的妹妹洞房花烛之夜，也正是与做鬼的哥哥生离死别之时，妹妹、妹夫仰天而跪，哭留钟馗。钟馗则站在长天一角，人鬼不同域，天地长相隔，他劝慰妹妹："贤妹，今天是你的大喜之日，你不要落泪呀……"

裴艳玲发出三声悲从中来，以笑代哭的笑声。人鬼哽咽，天幕上托出钟馗的巨大投影，把全剧推向崇高而又悲壮的高潮……

我不能自禁，竟流下泪来。

这眼泪使我惊奇，令我不安。我不是喜欢看戏流泪的人。回家后久久不能入睡。是什么力量让我落泪呢？是因为它太悲，有一系列人变鬼、鬼嫁妹的情节？不，我看过比《钟馗》更为缠绵的悲剧，能单纯地依靠悲伤催男人泪下并不容易。是因为它壮？它奇？它新？它精？是，又不是。

艺术的感染力比光谱、色谱的成分更为复杂，它不是靠一个因素感染人。也许正因为《钟馗》集中了上述诸因素，借美的形式反映出来，才如此打动我。情感是一种错综复杂的心理现象，它是艺术的生命力，艺术的价值正是取决于这种感染力。裴艳玲之所以能"文中有武，武中有文，文武兼备，得心应手"，在戏曲的淡季把一出《钟馗》演活、演热、演红，并不全仗她有深厚的幼功基础和精湛的表演手段。令人感佩的倒是她把自己的全部才华熔铸为情，"情动于中，故形于声"，为情而造戏，不为戏而造情！

我有好久没有像这样被戏剧感动过了。许多年来看到了一些颇具才华的演员，看了一些优秀的传统剧目，他们获得的最高评价就是："有点马派的味道"，"还真有点像程砚秋"……四大名旦也好，四大须生也好，各有其代表作，正是这些代表作代表了他们的艺术高峰。他们各有自己的戏，才成为戏曲大师。要跟在后面把他们学得很像，绝非易事。即便学得很像，也只能是第二流的。难道不断模仿，不断蜕化，就是中国戏曲的方向吗？缺乏总体构想，有的有戏无人，有的有人无戏，缺乏创造和发展。人们不会永远只满足于二流演员表演二流或一流的剧目，中国需要一流的演员演出一流的剧目，让人们看到民族戏曲的希望。

就在这样的背景下，裴艳玲和《钟馗》震动了中国的剧坛，令人耳目一新，击掌称绝，看到了新的表演艺术大师。中国戏曲是一块需要大师，也能够产生大师的土壤。无怪乎像吴祖光这样的戏剧家竟对裴艳玲发出"前无古人"的赞叹！

河北梆子剧院一团的功德，绝不是眼前这种热热闹闹的捧场、爆满的票房价值、各种荣誉称号和奖励所能代表的。它为振兴和发展民族戏曲，提供了许多发人深思的经验……裴艳玲在《钟馗》里更深刻地找到了自己。如果说她得以成名的两个形象：沉香和哪吒，着重体现了她的戏曲武功技巧，那么钟馗这一角色则调动了她的多面性艺术才华，开始进入一种"化"境——举重若轻，要什么有什么，唱、念、做、打等多种过硬的戏曲功夫，全部糅进对人物的深刻理解之中，看不出纯粹的技巧，却处处都藏着技巧，即高温不见火焰！

一出《钟馗》，从小生、武生到花脸，演来一气呵成，干净利索。

裴艳玲是幸运的。她五岁登台，十二岁唱红，一九七六年之前一直被人称做"小封建老艺人"。至今才三十八岁，正是好时候。艺术上已臻炉火纯青，各个方面都已经成熟。更有人才济济的河北梆子一团和剧作家方辰做后盾，她才得以有一台台属于自己的大戏，她才能够成为沉香，成为哪吒，成为钟馗……可谓"戏保人，人也保戏"。

剧作家方辰也是幸运的。他的剧院里有裴艳玲这样得天独厚的演员，他那一套关于艺术革新的实验才得以进行。这位被人称做"小八路老右派"的剧作家，确实有中年人（他只有四十九岁）的敏锐和勇气，又有老年人（他看上去像个五六十岁的老头儿）的稳重和沉着。三年前我去石家庄，正赶上他的《哪吒》彩排，去年见到他，则谈起关于创作《钟馗》的设想。写戏能选好题材就是成功了一半，我佩服他的眼光和胆识。

当时我最感兴趣的是"打鬼"，钟馗到阴曹地府报到，阎王则派他到阳间打鬼。阴间无非是一些服毒鬼、吊死鬼、淹死鬼之类，并无游走害人的能力，而妖邪还数阳间最多……现在想来，如果侧重打鬼，从文学的角度考虑，深则深矣，恐难以成戏，编成戏也难以出台。看了方辰的《钟馗》，佩服他懂戏，会写戏，简捷地勾出一个故事，给舞、音、美提供了极大的想象空间。前半场以"院试"为主，下半场以"嫁妹"为重点，并未舍掉打鬼，"荒祭"一场堪称鬼来之笔！

方辰有一整套设想，三年搞一个戏，一个戏一个样，听来令人振奋。艺术有时是需要"像送葬或举行大典一样隆重的场合表现自己，要有个大厅，还要有众多的人"。裴艳玲、方辰等为河北梆子找到了这样的大厅和众多的观众。河北梆子这一艺术形式本身，也为裴艳玲提供了表现自己的"隆重场合"。形式即是束缚，也给演员提供了巨大的自由。形式也是艺术。倘若他们不是精通和尊重河北梆子的艺术形式，就不可能对河北梆子有真正的革新和发展。

对于美任何人都不能制定出一个规范,钟馗明明长得丑,看了戏的人都说他的形象美。只有真正的艺术才有这般神奇的魅力。裴艳玲明明是个文静端庄的妇女,在台下寡言少语,内藏秀气,锣鼓一响就变成地道的男子汉大丈夫,这说明艺术变成了她的生命,能帮助她克服心理和生理上的障碍。

难怪有位领导人说她是"国宝"。我以为此话不算过分。

1998年10月

鸟语兽言

人们用"满嘴鸟语"挖苦当下一些基本功太差的演员，越是到关键时刻，比如生死离别、悲伤动情之处，便唧唧呜呜地有气无声或有声无字，没有人能听得懂他们在嘟囔些什么。普通话原本就没有说好，偏偏又故意地撇一点港台腔，弯弯着舌头作媚作秀，滑软轻腻浮，说这是"鸟语"实在是亵渎了鸟儿们，对禽类的大不敬！

自然界会有这么难听的鸟鸣吗？不论什么时候只要你打开电视机，各种"大腕"和"新星"们的声音便直冲耳鼓，想不听都不行。倒是想听到真正的鸟鸣，那可是难上加难了。正因为此，兴城三道沟公社小羊倌出身且精通鸟语的阎福兴，前两年连续在夏天举办了多次"人鸟同唱音乐会"。不仅引起了巨大的轰动，还把"环保以及动物学专家都看傻眼了"。

第一次是在河南信阳鸡公山南湾湖里的鸟岛，阎福兴先用指哨模仿画眉的鸣唱。他的鸟歌刚一响起，便立即飞来几十只画眉，其中有一只漂亮精灵的画眉鸟叫声格外响亮，高高兴兴地和他对唱起来。"几分钟后，从四周的树林中飞来几十种、上千只鸟，一起为那只跟阎福兴对歌的画眉鸟助威。"原来那只漂亮的画眉是鸟岛上的"歌王"——那是什么场面呀，以前只在神话里读到过。谁能赶上这场人鸟对唱音乐会，那才叫好耳福哪！还有一次是在齐齐哈尔鹤类自然保护区，阎福兴用笛子吹奏鹤歌，很快就有几十只仙鹤聚集在他身边翩翩起舞。保护区的管理人员"都惊呆了，他们说从来没有见过几十只仙鹤一起跳舞的"！

阎福兴能听懂几十种鸟的语言,也能分辨得出每一种鸟的求食、找伴、求偶、哺幼、高兴、愁苦、惊慌等等不同的叫声,堪称奇人。人类进入科技时代之后,数学奇才、电脑奇才、商业奇才层出不穷,可像阎福兴这样能通鸟语的人中国能有几个呢? 他的那一身本事又怎么传下去呢? 鲁迅在《估〈学衡〉》中,曾举《记白鹿洞谈虎》一书:"诸父老能健谈。谈多称虎。当其摹示抉噬之状,闻者鲜不色变。退而记之,亦资诙噱之类也。"看来世间确有记录鸟语兽言的书,也真有人能够通晓鸟语兽言。

所幸至今不绝,去年《学问》第十期有曹保明先生的文章,介绍了一本叫《高兴》的书,就详细记录了原始时代的山里人与鸟兽周旋的故事,"包括捕猎时的声音、动作、时差、语言的轻重、表情的程度、季节的色彩,还有许多符号"。这部书的第十一代传人,自然也能与鸟兽对话的金学天,现居住在长白山的十四道沟,他的祖父金洪弼、父亲金达纯,都是长白山里的著名猎人,善说鸟兽语。金学天也擅长此技,他每说一种动物的语言时都配以动作,且表情十分复杂,难以用文字表述。他在解释《高兴》中的虎啸时更是使人无比恐惧。"他先把嘴一下子歪向左侧,嘴角随即奔向耳根。由于嘴的扯动鼻子歪向一边,右半边脸上的诸多皱纹集中拧在一起,左眼变小,右眼白睁得极大,而且炯炯放光,两条胳膊和手指虎爪般地伸向前方。与此同时他的嘴里骤然发出猛虎要撕烂一切的狰狞吼叫,地动山摇,令人毛骨悚然,肝胆俱裂……"

金学天无疑是"国宝"。如今还有曹保明先生这样的学者,我以为也是人类和鸟兽类的幸运。他五次进长白山寻访《高兴》的传人,并终使此书不至于失传。

其实,一般人不懂鸟兽语照样可以和鸟兽沟通。我在云南时听到一个真实故事,昆明化工厂的工人朱庆恒,自一九八四年退休后,每到红嘴鸥来昆明翠湖越冬的时候,他便天天风雨无阻地到湖边给鸥鸟喂食,家里有熟食就带熟食,没有熟食就带上生粮食粒,一喂就是十几年。前年老师傅去世了,朋友考虑到他生前的心愿,就把他的遗像放到翠湖边上,想跟鸥鸟们告别一下。想不到数不清的红嘴鸥呼啦啦从湖面上都飞过来,围住老人的遗像,默默地守护着,不吃,不喝,不动……直到天黑后人们拿走朱庆恒的遗像,鸥鸟们才鸣叫着离开。

　　世间能有几人享受得到这样的殊荣?朱老师傅该含笑九泉了。倘若真有天堂的话,那里面一定有他一个席位。

1998年10月

秦征轶事

一九三七年七月,秦征考取了河北保定育德中学,兴高采烈地回到家,喘息未定,骤然晴空霹雳,传来日寇进攻卢沟桥的隆隆炮声。十三岁的少年激愤难挨,和几个同学一商量便投奔了抗日部队。就这样秦征成了一名"小八路",却顿时觉得自己长大了。

但,参军后并未立即真刀真枪地跟日本鬼子干一仗,心里有股火憋闷得难受,似要爆炸开来,灵机一动便找到白灰、锅烟、红土,外加一罐坑水,当即在大街的土墙上用刷子和布团绘制了一幅壁画:《大刀向鬼子们的头上砍去》。

不料此画竟成了军民高涨的抗日情绪的燃点,人们在画前宣誓,部队在画前出发……就是这幅画,彻底改变了秦征的人生轨迹。自那以后,部队每到新的驻地,凡写标语、绘壁画、制作宣传材料之类的任务总是指派他去完成。他也总能多姿多彩、花样翻新地完成任务,这无疑极大地激发了他潜质里的绘画天赋,遂和绘画结下不解之缘。他无时无刻不处在一种学习和摸索的状态中,向战争学习,向生活学习,向环境学习,向一切所能遇到的能者学习,其中有民间艺人也有绘画专家。学以致用,举一反三,战争逼着他早熟早悟,大省大悟。

那个年代,人们同仇敌忾,随时处于燃烧或准备燃烧的状态。一幅画、一首诗、一首歌,都足以激发出现代人难以想象的热情和力量,因此艺术作品就能得天独厚地直接转化为战斗力。秦征的画笔和刻刀也像指向敌阵的枪口一样进入喷射状态。除去行军打仗,连吃饭和睡觉都要服从于创作,在土产毛头纸上,在木板上,在墙上,在队伍经过的大道边……他燃烧着自己,也燃烧着所有见到他的作品的战士和百姓。有些作品能发表在报刊上,就流传得更广,被其他部队的战报所转载,遂得以保存下来。

一九四三年初冬,秦征受命参加了一个文艺小分队,每天都要行军百八十里,穿行于敌占区,宣传群众、动员群众,配合大部队的冬季反扫荡。这支小分队的队长是边区群众剧社社长王雪波,队员有五个人:封立三、张利民跟队长一起演一出小话剧《苦肉计》;颜品祥和王莘(后来创作了《歌唱祖国》),负责作词作曲,现场教唱;秦征的节目压大轴,名曰"唱画"。其实就像"拉洋片",在糊窗户纸上作画,用黑墨勾出线条,点染红、黄、蓝三原色,远看十分醒目。用两跟荆条棍一夹,他往台中央一架,敲锣打鼓,连说带唱:

> 哎——
> 乡亲们看来这头一篇,
> 日本鬼子扫荡进了太行山,
> 人困马乏缺粮又断水,
> 两眼发黑嗓子要冒烟,
> 耳听得山泉叮咚叮咚响,
> 忽啦啦抢水挤成一团,
> 轰隆隆,轰隆隆,踩响了地雷连环阵,
> 东洋兵血肉横飞就上了西天!

一幅画就是一个故事,通俗好懂,朗朗上口。他连比画带说,说到兴致上来还可以唱上两口,总能博得阵阵笑声和掌声。不知道世界上还有没有第二个画家,曾天天办过这样的"画展"?秦征在唱画说画的过程中,加深了对绘画的理解,也包括对战争和人的理解。

他积攒了好几年的速写和木刻作品,心肝宝贝般地随着弹药箱子搬来搬去,却不幸在一次日寇的大扫荡中化为灰烬。对于画家来说,毁画犹如害命,连部队的团首长都心疼得不行,在一次胜仗之后,检查缴获的战利品时发现两本日军的"邮政储金所立账申请册",觉得背面可以画速写、印木刻,便即刻派人送给秦征,鼓励他从头再来。

从此秦征也多了个心眼儿,凡自己的作品,除画在墙上的揭不走、画在路边和麦场上的带不走之外,其余的一律打进背包随身携带,人在画在。日积月累,秦征身上的背包可就有分量了,鼓鼓囊囊,像个小山包。背着这样的小山包行军,那就有他受的了。而战争年代,几乎天天要行军,有时还要急行军、夜行军。那是一个黑沉沉的冬夜,部队向阜平县大黑山方向急速转移,在山道上排成单列鱼贯而行。不断有口令从前面传下来:"背包扎紧,不要发出声响!""互相照应,不得掉队!"

天空浓云笼罩,四周漆黑一团,但战士们都能影影绰绰感觉得出来,右侧方是悬崖,须集中精神跟紧前面的脚步才不会有闪失。而这个时候最难的就是集中精神,除非跟敌人开火。经过长途跋涉,大家已经极度疲乏,再加上连续几天没有正经吃过饭,又渴又饿。累了就容易打盹,过度饥渴则企盼食物和水,容易产生幻想,精神恍惚。秦征身上的分量比别人重得多,两条腿的分量也比别人沉重得多,但他对重量的感觉却越来越模糊,渐渐地仿佛完全由着惯性在往前迈腿,眼皮在打架,心里也在打架:"什么叫老兵?老兵就是在行军的时候能够边走道边睡觉,到了目的地一停下来就能精神百倍地立马投入战斗。"秦征自然是个老兵了。但,那是在白天,走的是平地,现在可是夜行军,走的是山路,万不能打盹儿……

世上许多万不能、万万不能的事,最后都变得能了……恍惚间秦征似听到了流水的潺潺之声,前面碧草如茵,难耐的饥渴驱动着他,奋力向前冲去……猛地右脚踩空,身体失去重心,向下摔去。他突然惊醒,双手本能地胡乱抓挠,然而为时已晚,只觉得一阵风声呼啸,身体几度翻滚,最后砰的一声落下,终于到了实处。

突如其来的坠落,瞬间的剧烈震动,又把他摔蒙了。一时间世界变得非常安静,慢慢地他恢复了意识,仿佛听到有人呼喊自己的名字,这时他发觉自己是仰面躺着,身下垫着那个沉重的大背包,这么说是背包救了自己,也就是说是自己的画救了自己一命!

　　他睁大眼睛努力向上望,依稀能看到高崖上有人影晃动,便急忙应声,并试着用力站起来,一用力便知道身体并无大碍,于是铆足气力双腿一较劲,上身往前一挺果真站了起来。能站起来就好办了,随即活动一下胳膊和腿脚,确信自己身体的主要部件基本完好,再踩踩脚下,感受一下所处的境地。脚下是松软的沙滩,他判断这是一道干涸的河床,正是这些流沙缓解了他下跌的重力。这时,崖壁上的战友们将绑腿带连接成一根长绳垂递下来,他双手抓紧绑腿带,脚蹬石壁,被崖上的战友重新拉回队伍。

　　自那以后,秦征的背包越来越重,而且越重越不嫌重,并一律谢绝战友们想替他分担一点重量的好意。打在背包里的那些画作,凝聚了战争的精魂,不仅是他的命,还是他的一种幸运、一种呵护。

2000 年 5 月

剑桥的节日

幽静的剑桥,城市以大学成名,大学就是一座城市,城市就是一所大学。

二〇〇一年五月十九日,可称得上是这座著名大学城的一个特别的节日。此时,剑桥的名人英秀聚集于已有四百多年历史的三一学院大教堂,还有从美国、中国香港、欧洲等世界各地专程赶来的近三百名来宾。人文繁华,声采灿然,等待着参加詹姆斯·莫里斯(Jame A.Mirrlees)和白霞(Patricia Wilson)的结婚典礼。

——这对新人可称得上是朋友遍天下了。婚礼有了国际色彩,不可谓不盛大。

但不是随便什么剑桥人结婚都可以使用这座大教堂的。皆因新郎莫里斯教授,是三一学院的资深院士、英国财政部政策最优委员会委员、英国皇家经济学会会长、英国科学院院士,同时还是美国艺术与科学院院士、国际计量经济学会会长,是一九九六年的诺贝尔经济学奖得主,被英国女王赐封为爵士。这样一个人物的结婚大典,自然就使整个剑桥都有了一种节日的氛围。连巍峨壮观的大教堂也平添了几分柔和,在阳光中越发地色彩灿烂,气势辉煌。教堂前厅里的老剑桥人牛顿、培根、桂冠诗人丁尼生等人的玉石雕像,也显得神情生动,洋溢着热情和喜气。

尽管新郎名高位重,可来参加婚礼的大多数外国或外地来宾却大都是新娘的朋友,是冲着白霞来的。其中有不少中国学者。大家议论着眼前这一轰动剑桥,甚至可以说是美妙的结合,由衷地为白霞高兴。有人说了一句中国的老俗话:"好人有好报呵!"

好人,当然就是指白霞。

话得从一九八一年说起,由当时的中国文化部副部长英若诚主婚,似乎是杨宪益、戴乃迭夫妇证婚,在北京首都剧场也曾为白霞主办过一次盛大的"艺术婚礼"。导演凌子风给白霞穿上了电影《骆驼祥子》里虎妞结婚时的那身行头,插花戴朵,红布蒙头,身上撒满五彩花瓣。新郎是在中国工作的德人,长袍马褂,披红挂彩,按着北京传统的礼俗当躬则躬,当跪则跪。剧场内笑语喧哗,鼓乐悠扬,如同在进行着一场别开生面的演出。首都文化界的诸多名人和北京人艺的艺术家们,怀着一种友好的谐谑之情,参加了这一对"洋新人"的婚礼,一时曾传为佳话。

——因为白霞在中国文化界的人缘儿特别好。这倒并不因为她的特殊身份或是性格特别的随和。甚至恰恰相反,她常常会忘记自己的身份,把自己当成中国人,该着急的事比中国人还着急,该投入的时候既舍得花钱又舍得精力,只要是她认为对中国有好处的事情,就上边跑下边颠,调动国内外一切可以调动的朋友和力量。她热情专注,记忆力惊人,精力更是旺盛得不可思议,行动起来,纤细的腰身像鹿一般灵活柔韧。她外出带着中国人办事,常常把中国的大老爷们儿累得吃不消。明明见她是个身材娇小的女子,也看不出她的双脚倒腾得有多么快,后边的人就是跟不上,不得不经常一溜小跑。

有时她不懂得区分国情,不理解敏感的政治形势,撞了头还不知道被什么撞的。但她周围的中国朋友看在眼里,感动在心里,不能不对她生出敬意。敬重她是个真心想为了中国好的外国人,她的骨子里有股"中国意识",或者叫"平民意识"。她为什么会这样呢?按着中国人的习惯就不能不查查她的出身和经历了……

她是苏格兰人。苏格兰论面积占了英国的将近三分之一,人口却不足十分之一,在英国大概就算是"少数民族"了。她少年时期曾随着家人到澳大利亚生活过许多年,后来搬到伦敦,几年以后又返回苏格兰。这给她的印象非常深刻:活着就是移动,到处都可为家。白霞从苏格兰最好的大学——爱丁堡大学毕业后,到非洲工作了八年,为世界上的贫富差异之大感到震惊,真切地见识和体会到了什么是贫穷。她的特别之处是没有厌恶和躲开,反倒培养出真诚的同情心和责任感,并由此对世界上另一块古老而神秘的土地——中国,开始心向往之。在非洲工作期满后,经戴乃迭先生推荐,便应聘成了中国"文化大革命"之后的第一批外国专家中的一员。

我认识她是在一九七九年,我的一篇小说引起了大范围的争论,其中一家地方上的党的机关报连续发表了十四块版的批判文章,白霞却组织人将它翻译成英文,并在英文版的《中国文学》上发表。受她的影响,法文版、日文版也相继问世,我自然是心存感激。在北京的一次活动上见到了她,想不到她竟是那么的年轻,一头金发,留着个普通中国妇女的发式,脸像婴儿一样细白、润泽,身材苗条、柔软,待人自然、热情。她用开玩笑的口吻请我放心,说英语世界大概是不会对我搞大规模的批判。几年后她又主编了我的英文小说集,我们也就成了朋友。

但,她在结婚后的第二年就离婚了。原因是曾参加过她们婚礼的一位中国电影界的名人,后来将一名中国女演员介绍认识了白霞的丈夫,不想这名女演员和白霞的丈夫相爱了,白霞便主动撤出。为此,中国文艺界的有些朋友总觉得对不住白霞。等我再去北京看她,她已经有了一个刚会走路的儿子,取名:罗瑞。白霞非常直率地问我能不能陪着她的儿子玩儿一会儿,她担心只跟着母亲而没有父亲的孩子在心理发育上会出偏差。因此利用男性朋友去看她的机会,让罗瑞多接触成年男人。我无法拒绝一个母亲的这个种请求,以后每次去看她,谈完正事后就带着她的儿子在北京友谊宾馆的花园里折腾几个小时。后来还接他们母子到天津的少年活动中心来玩儿过……中国人形容白霞这样的境况爱用一句话:"既当娘又当爹。"

此后她为了儿子就再没有想过结婚的事。在中国工作了十二年,有两个原因让她不能不又回到英国。一是母亲年事已高无人照顾,二是为了儿子的教育。白霞虽然离开了中国,在她的身边却总有一群中国学者或留学生,凡初到剑桥的中国学子有困难找到她,她没有不帮忙的。这就又得谈到她的性格。虽然她只是剑桥大学剑桥管理学院的一名研究员，由于热情爽利，"交友三千"，其活动能量就非同一般。只要她答应的事似乎就准能办成，而她拒绝人的时候又很少，特别是对中国人。

等到罗瑞一懂事，能够自己乘飞机了，白霞就让他回中国认父，利用每年的假期跟他父亲在一起生活一段时间。这一点让所有朋友都为她挑大拇指。一个曾受过伤害，看似娇弱的女子，却有这般宽阔的胸襟。当今年春天我在剑桥看到罗瑞时，完全不认识他了，高大，英俊，全部功课都是 A，却将小时候学的满嘴北京话忘得一干二净。他好像成了白霞的保护神，搂着比自己矮一头的母亲走进了婚姻登记处，在整个婚礼进行过程中，他总是不离母亲左右，说话不多，却显得成熟、懂事——白霞终于盼到了这一天，而且她这个自由的精灵，也找到了适合自己的港湾……

来宾们在教堂里都坐好了，静静地等待着。十点钟整，新郎和新娘手牵着手缓缓地走进来了，伴郎、伴娘和亲属们在后面簇拥着。六十四岁的莫里斯，身材颀长，才气内敛，穿一身浅灰色的礼服，左胸别着一朵白色玫瑰。端重沉实，坚稳自信，有一种难以名状的气度风韵，令人称羡。白霞也已五十岁出头，谢绝了蓬松拖地的婚纱，身着一袭白色衣裙，显得清丽典雅，仪态高贵。平时是那么活泼机俏的她，此时略显拘谨——恐怕没有哪个女人，踏上结婚的红地毯会不紧张！

婚礼在庄重的圣歌中开始，"圣哉，圣哉，圣哉！慈悲与全能，荣耀与赞美，归三一妙身……"然后由前面的神职人员率领大家共同祈祷。每个参加婚礼的人在进门的时候都领到了两本书：一本是参加婚礼者的名单；一本是婚礼的程序，上面印有圣歌的歌词和祈祷词以及新人的誓词。随后是诵经。接下来又是唱圣歌、交换戒指、新人宣誓……白霞语调轻细，一种发自女性的温柔和信任，却立刻在极为安静的大教堂里弥漫开来。

圣歌再一次响起："新郎新娘，今日成婚，同宣海誓，共证山盟。终身偕老,喜乐充盈……"最后,婚礼在祈祷声中结束。新郎、新娘先退场,站到教堂外面的草地上,准备和所有来参加婚礼的人握手或拥抱,以表达谢意。来宾在草地上排起了长队,像等待着首长接见一样,或者说像过海关一样——他们两个孤零零地站在草地中央,一次只能接见一个或两个人,其他人要等在十步以外。大家都很有风度,很有耐性,这种仪式本身就又增加了婚礼的神秘感。我当时有一种感觉,在这样的教堂里按照这样的仪式结婚,气氛太过清肃,最适合功成名就的中老年人。若是新郎新娘太年轻了,恐怕压不住阵脚。

以后的程序就比较轻松了,来宾们可以自由组合,在草地上在剑河边一边聊天,一边喝葡萄酒、吃小点心。凡参加婚礼的人,有个共同的好奇心,想知道一对新人的恋爱过程,特别是莫里斯和白霞这两个都有点传奇色彩的人,是怎么走到一起的? 但来宾中竟很少有人能说得清楚,大家又碍于身份不能去追问新郎新娘——英国似乎不兴"闹喜",人人都彬彬有礼,男的唯恐不绅士,女的唯恐不淑女,使整个婚礼就显得隆重有余,喜庆热烈不足。

白霞和丈夫去苏格兰度了半个月蜜月就回来了,他们太忙了。周末请了三四位平时难得一见的朋友到莫里斯爵士的乡间别墅去住两天。莫里斯驾车,他一身休闲装,平实而随和。但一坐到方向盘后面却喜欢开飞车。英国的乡间公路很窄,汽车如同一阵旋风,呼啸着掠动两旁的树枝,滚过麦田和草地。真难以相信,他一边风驰电掣,一边仍保持着一副恬淡自若的学者神态。

我趁这个时间赶紧向这位创造了一门学科——"福利经济学"的天才提了几个问题。在他送给我的他的著作中,充满深奥的数学公式,我问他,现代经济学家必须都是数学家吗? 他回答:是的,数学是一切科学的基础,也是生活的基石,人们在生活中每时每刻都离不开数学。我就是通过数学模式来分析现实,分析这个世界。尽管现实世界是由人的经济行为在支持,可人的经济行为是能够用一系列的数学公式来模拟、来整理的,以便理出头绪和规律。人只有一个大脑和两只眼睛,观察是有限的。而用数学公式归纳、提炼和推导,则更准确,更接近真实。

我请他尽量用通俗的语言解释一下自己的"福利经济学"——这应该是一件很简单的事情,却好像把他给难住了。大概一时找不到能让外行听得懂的语言……想了一会儿他开始打比方:经济学就其本质来说是一门致用的学问,比如说税收。任何国家都有税收,但不同的社会制度都有个最优的税收率的问题。税收多了人们没有积极性,税收少了不够维持社会开销。收多少税才是最合适的呢?这次英国大选,工党之以所以占了绝对上风,就因为向选民许愿要提供最佳的公共服务,同时又不增加税收。税,关系着所有老百姓的切身利益……他忽然停了下来,可能觉得这样解释并不是自己理论的精髓,便打开汽车上的柜子,从里面拿出一本中文版的《詹姆斯·莫里斯论文精选》交给我。我翻着书,才知道用学术语言给他的学说定义叫:"非对称信息下的激励理论。"准确地说,他是因对信息经济学的贡献而获得了诺贝尔奖。信息经济学已成为现代主流经济学的一部分。一九九六年十二月九日,他在诺贝尔授奖仪式上的讲演题目是《信息与激励:萝卜和大棒的经济学》。我请他用他的"萝卜和大棒的经济学"对中国的经济走势发表点看法。他说这个问题太大,只能简单说。中国经济面临许多特殊的问题,需要特殊的分析才能解答。恰如我已经指出的,激励问题是所有经济面临的一个核心问题,中国经济改革要解决的似乎也是个激励问题……

莫里斯的别墅距离剑桥只有半个多小时的路程,我对他的经济学理论的好奇心还没有得到满足就到达目的地了。这是一幢十四世纪的建筑,全部木结构,橡木房檩,漆黑的草顶,上面涂着厚厚的沥青,外面又罩了一层细密的钢网,以防被大风掀起。英国人喜欢厚重的历史感,房子越老越值钱。莫里斯的这幢别墅已经列入国家的保护名单,自己不能私自维修或改动。别看房子外表这么古朴拙重,里面的装修和布置却非常豪华、舒适,一切现代贵族能够享受的东西一应俱全。他们喜欢古老,并不是喜欢破旧和陈腐。喜欢的是这幢房子里积累了六百多年的舒服！

别墅后面有九公顷的草场，在草场的四周分布着果园、树林、养马场、小湖、河沟，放眼看去，绿色开阔，树木葱郁，层次丰富，气象深远。周围有一种歌咏般的静谧，清晨总是先被鸟的鸣叫声唤醒……我真实地体会到了"爵士"这个贵族头衔的内容。但不要误会，这座别墅不是女王赐的，而是莫里斯自己花钱买的。人需要象征性的东西，房子能使人达到心理上的认同感。住在这种优美而古老的房子里，似乎正和莫里斯爵士的身份相称。

在以后的两天里，我得以近距离地观察这一对新婚夫妇，也和他们有过长时间的交谈，总算知道到了一些他们两个人的故事，并征得他们的同意，可以把我所知道的写出来。人间原本没有完美无缺的结合，但在结合中双方却可以渐渐地趋向完美……

真是缘分，莫里斯也是苏格兰人。父亲是银行职员，他以第一名的成绩毕业于爱丁堡大学数学系。后来考入牛津大学，改学经济学，并获得经济学博士。三十二岁时成了牛津最年轻的经济学教授，以后牛津又给了他许多重要的职位。他在牛津一直任教二十八年，到一九九三年，跟他感情甚笃并共同生活了三十三年的妻子突然病逝。爱成唏嘘，情何以堪，经常睹物伤情。友人劝他，生命的意义很丰富，不可死认一条道。为了转换生活环境，于一九九五年离开牛津，来到剑桥大学任教。同年，白霞也来到剑桥，但两个人并不相识。

一九九六年他获得诺贝尔奖，白霞根本不重视，她自己的事还忙不过来哪，连莫里斯的名字都不知道——这就是白霞的性格。但，她的朋友遍天下，她可以不知道莫里斯，时间长了莫里斯要想不知道她，可就难了。一九九七年，白霞在香港中文大学的一位朋友要来剑桥，这个人以前曾是莫里斯教过的博士生，请她帮助联系自己的老师，希望一聚。白霞便按朋友提供的电子信箱给莫里斯发了一封电子邮件，没有接到回音，只好亲自到三一学院去找他。于是两个人便认识了，并且知道了还是老乡。但他不记得接到过白霞的电子邮件，这让白霞耿耿于怀,一直记到现在。因为白霞是个有着超常记忆力的精怪,她答应的事,她做过的事和准备做的事,是绝不会记错的。

莫里斯渐渐知道了白霞的能量,中国文化部副部长来剑桥,也是通过白霞宴请了二十几个名教授。香港富翁李嘉诚支持的一个基金会,每年要挑四个剑桥的名教授到中国讲演。这是对中国有好处的事,自然少不了白霞。她无偿地出任顾问,协助工作。一九九九年,这个基金会第一个选中的人就是莫里斯,他也很高兴。两个人一块坐火车去伦敦,在路上白霞想刁难他,问他:"你真的值诺贝尔奖吗?"他立刻汗下来了,不知如何作答,一路都局促不安,算是领教了这位女老乡的厉害。她完全坦率,完全自然,在他的生活圈子里真还没有碰上过这样一个女子。但跟着她到了中国,他更深切地体会到她的另一种厉害,精细周到,上下皆通,到哪里都有她的熟人,每个环节都安排得井井有条,非常得体。他深受感动,回到剑桥后便请她吃饭,以示感谢。

通过这段时间的接触,白霞也觉得莫里斯其实很有趣,在许多问题上他们都不会争吵,比如对中国的认识——这很重要。她在关于中国的问题上容易敏感,也容易极端。他随和、热情,还很风趣。虽然他的风趣后面有更多严肃的东西,不过是一种优雅的幽默。在她的印象里,他毕竟像变了一个人。剑桥管理学院的同事们也很好奇,向她打听莫里斯是怎样一个人?白霞回答说:"他就是那种女人喜欢嫁的男人,十足的绅士,风度无可挑剔,有很强的意志,价值观坚定,严肃,可靠,又不沉闷,知道怎么使生活有趣。但不浪漫,我对他没有兴趣。他虽然有热情,却不是个可以在一起玩儿的人。"

此后,每逢学校里有活动,他们都能见面,一起吃饭,说说笑话,都觉得很开心,却没有罗曼蒂克。那一年的十一月,在欢迎一位外国名人的宴会之后,莫里斯突然对白霞发出邀请,希望能在圣诞节之前两人再见一次面。白霞答应了。十二月四日,莫里斯请白霞吃晚饭。这一顿饭吃下来,一切都变了,两个人的关系发生了质的变化,白霞觉得自己爱上了他。可她并不为此高兴,自己本来是有准备不想爱上任何人的,等儿子长大后还要再回到中国去。再说离婚十七年来她没有让任何一个男人碰过自己,心里对再一次走进婚姻没有把握。

转过年来的二月,白霞的母亲去世了,莫里斯陪她回苏格兰,一直到参加完葬礼。回来后便向她求婚,还郑重其事地写了封求婚的信。因为她一直在埋怨他没有回复她的电子邮件,他便用写信的方式求婚。这的确打动了白霞,她无法拒绝。也许这就是命运的安排,她生活中一扇重要的门已经关上了,那就是对母亲的责任,多年来都是她在照顾老人的生活。但是,她生活中又有一扇门打开了,无论是情感还是理智都要求她不要把已经打开的这扇门再关上。

她只向他提了一个问题:"你为什么要选择我?"莫里斯没有想到求婚还要考试,想用一句玩笑话搪塞:"这个问题极具挑战性,我需要坐到电脑前认真求证……"白霞没有笑,认真地在等他继续说下去,而且眼光湛湛,毫无畏惧地在他脸上搜寻着自己的希望。他只有严肃地整理自己的感情,并尽量准确地表达出来,让目光凝注着她:"你是很特殊的,带给我一种很鲜活的感觉,或者叫快乐。我用了一年多的时间才认识到你的价值,不想错过你……"

这就是说,他接受了白霞的精神世界。在他低下头想亲吻她的时候,她趁机捧住他的头,把他的非常平整和很有风度的头发搞乱,挓挲开来。他一下子显得更潇洒自然,神采飞扬,越发地年轻有活力了。他们相视大笑,然后紧紧相拥。生命有年龄,爱没有年龄,爱情也是可以多次重复的。而且爱得越有个性,这种爱就越有生命力。他们都曾经失去过,目前的生活也不完整,正因为此,才有希冀,才有追求,两个人的结合就是一种完整。由于曾经有过的失去,他们便更加珍惜这种完整。实际上,他们婚后的生活,看上去也像他们房子后面的田野一样,辽阔滋润,生气勃发。他内蕴极深,雅健清朗;她成熟纯真,对生活充满热情。他具备那种能在生活中焕发出光彩的品质,她身上恰好不缺少激发出这种光彩的情感。他们的结合天造地设,真是人间传奇。

我观察这位爵士,在家里颇有点田园隐者的恬淡,一切都乐得听从妻子的调遣。白霞叫他去超市买菜,他开上车就出发。白霞想到饭店给大家换换口味,他立刻就给饭店打电话订桌……他胸次悠然,平常而又自在,一切都做得那么智慧舒泰,有情有趣。做饭的时候他喜欢以主人的身份帮忙。吃饭的时候他负责摆盘子,按照英国上层繁复的礼俗,换了一套又一套。他的别墅里有专门的洗衣房,我看他老往里面钻,原来是自己洗衣服,包括客人们撤换下来的被罩和床单……他的别墅里没有雇仆人,他自己就是这幢招待所的所长兼服务员。

白霞也和过去一样,嫁了这样一个满意的丈夫,忽然间成了爵士夫人,在丈夫和朋友面前却完全自然、自在,一如既往地说自己想说的话,做自己想做的事,毫不拿捏,也不在朋友面前做幸福状,显示出一种了不起的大气!

每到下午,他们夫妇喜欢约上朋友在乡间散步,小路两边杂树如锦,野花绽放,他们两个手牵着手走在前面——似乎把以前丢失的全部握住了,把今后两个人的生活也握在了自己的手里。天空清澈,四周洁净,大树凝烟,碧油油的草场和麦田从脚下向远处延伸。他们两个人的身影投放在草地上,飘飘摇摇,绰约多姿,很快就把我们落下了一大截——白霞散步也走那么快,幸好她的丈夫能跟她同一个节奏。男女之爱更多的时候只是一种心境状态,此时看他们身心融净,圆满和谐,经历过绚烂,也能归于平淡。这平淡中的绚烂,才是生命的亮点。

我愿用全部真诚祝福他们!

2000年8月

怀念杨干华

　　新世纪元年的三月二十九日晚上十点多钟，我的老友、广东省作家协会主席陈国凯先生的夫人打来电话，声音沉郁，劈头盖脸就是一串质问："子龙，你写的那是什么文章？怎么可以用那么刺激的标题？（我那篇短文的题目是：《作家，你为什么不自杀？》，在《今晚报》发表后被《作家文摘》一转载，使有些南方的朋友也见到了。）杨干华今天凌晨就自杀了呀！"

　　我猛地被打蒙了，简直无法相信："杨干华是何等的机智诙谐，凡有聚会，他总是大家最喜欢的角色，男男女女都爱凑到他跟前说笑。应该说他是个有大智慧的人，怎么会走上这一步呢？我就是相信自己干了这种事，也不会相信他会做这件事！"老大嫂还是抓住我的文章不依不饶："你的文章里不是说自杀的都是大作家和有大成就的人吗？"

　　好像杨干华是读了我的文章才走上这一步的，令我震惊不安，赶紧转移话题："国凯知道了吗？""他哭了呀，不知有多少年没见过他掉眼泪了。现在刚平静一会儿，你就不要跟他说话了，否则两个人再发上一通感慨，今天夜里还怎么睡啊？"

　　不发上一通感慨今夜就能睡得着吗？我仍不愿意相信这个消息，希望它是讹传，或是杨干华的恶作剧——要知道他向来就是个爱开玩笑的人。于是又拨通了广东作协的另一位驻会副主席伊始的电话，电话里声音杂乱，伊始语调低怅地证实了我不想相信的事实。放下电话我半天缓不过神来，心极沮丧，愣愣地坐在写字台前想杨干华，想所有跟杨干华有关的事情，想找出让他非这样做的原因……

　　觉得跟他相识二十多年却并不真正地了解他。一九八〇年的春天,北京的文学讲习所开班授学,当时文坛上一些风头强劲的人物也成了学员,但杨干华在班上仍然显得十分奇特。因为他身上有一种不协调:装束是城里人,却让人一见之下便立刻想到《绿竹村风云》里的农民。他从广东带来一个像排击炮一般粗大的绿竹水烟袋,没事的时候就蹲在宿舍门口,抱着那个大竹筒子呼噜呼噜地深吸慢吐。这成了讲习所的一道风景,会吸烟的人都轮流尝试他的水烟袋。他平时说话不多,一张嘴必有特殊的味道。他的幽默自然自信,带着浓郁的农民式的智慧。他面色黑红,年龄比我还小一点,却顶着一头漂亮的白发,根根见肉,丝丝透风,头一次见他的时候让我一下子想起李何林老先生,在南开大学的校园里,李老先生那一头洁净润亮的白发,仿佛就是中文系的旗帜。一个抱着水烟袋的农民,怎么会有这样一头富有权威性的白发呢? 这种种的不协调都集中在杨干华的身上,就变成了一种奇特的协调,构成了他的性格特点。

　　文学讲习所毕业后大家都各奔东西,许多同学间都失去了联系,我跟杨干华却一直没有断了联系。也许因为陈国凯是我大师兄,我去广东的次数比较多,每次南下都要见一见杨干华。一九八六年的秋天,他陪我们从珠海出发去白藤湖,走到半路在等摆渡的时候,看到江边有卖甘蔗的,干华问我:"想不想吃根甘蔗?"我说:"想是想,恐怕牙齿降不住了。"他买了甘蔗,给我的那一根让小贩用刀把皮削掉,他拿着一根带皮的甘蔗到江边用水洗干净,然后就连皮一块嚼,咔吧咔吧,轻松清脆,满口甜汁。我看得眼馋:"从表面看你的牙齿让水烟洗得很白净,但没有想到还会这么牢固和坚硬。"

　　蹲在我旁边的一位当地的作家插嘴说:"这不算什么,他吃鸡都可以不吐骨头。"

　　我以为是开玩笑,没有往心里去。到晚上吃饭的时候真有一道菜叫"白斩鸡",有人就哄干华,让他表演嚼鸡骨。他不逞能,也不拒绝,只是轻描淡写地说:"人一过四十五岁,一般都会缺钙,我劝你们平时也多吃一点骨头。"他说着话就挑选了一块带骨头的鸡肉放进嘴里,眼睛看着大家,嘴像嚼其他的东西一样,缓慢而有力,嘎嘣嘎嘣地就连肉带骨头都嚼烂咽下去了。我在一边看着都感到腮帮子发酸发疼,真是厉害!

怎么能让我相信,这样一个生命里充满力道、活得有情有趣的人会自寻短见呢?以后听说他得了抑郁症,我感到不可思议,将信将疑。去年冬天在广州见到了他,白了,也胖了一些,满头白发越发地有风度了。照旧吃鸡不吐骨头,照旧谈吐诙谐,并大讲他抑郁症发作时的感觉,如何地想入非非,如何地想从楼上纵身而下,体验一番飘飘欲仙的感觉……我放心了,醉鬼绝不承认自己喝多了,疯子从不说自己不正常,杨干华像讲故事一样拿自己的抑郁症开玩笑,就证明他没有抑郁症。

倘若不是这种病作怪,又怎么解释他的死呢?二十八日他在作家协会的机关里开了一天会,发言一如既往地条理分明、生动多趣,没有丝毫的异常迹象。第二天继续开会,他奇怪地缺席了,等到人们无法忍受这种奇怪而打开他房门的时候,他早已经去了。许多天来家里只有他一个人,妻子到珠海去照看生产的女儿,儿子另有住处。他走的时候是凌晨两点钟,非常的清醒和理智,留下了条理明晰的遗嘱:让儿子要记住偿还干华还健在的老娘五千块钱,和同会作家吕雷的四千块钱……这是前年他买房时借的。还有关于供楼的诸多琐事,最后也没忘了申明自己的死与政治和经济无关,他解释之所以要走这一步的原因是被病痛折磨得太累太烦了……他并不是受了我那篇谈作家自杀的文章的刺激,或许他根本就没有看到那篇文章,即便看到了也没有在意。我那篇文章的主旨本来就不是鼓动作家自杀的,只是题目太过直白了。尽管这样开脱自己,心却依然发沉,有一团冰冷而阴郁的东西堵在胸口无法排遣。

死者为大,干华已走,便不能再对他抱怨什么。可他实在是不该走这一步啊,让老娘晚年丧子,让妻子中年丧夫,让儿女们青年丧父,让朋友们惋惜痛哉、心变冷了……后来国凯兄告诉我,杨干华的抑郁症是"文化大革命"留下的。从那个年代走过来的人谁敢说自己的精神上没有点疾患?所谓"精神正常",按西方哲学家的观点不过是给自己的心里加了一把锁。毫无精神疾患或许叫健康,但却不是生命了。在杨干华一贯机智乐天的背后,是长久的深切的痛楚。也许正是抑郁,使他更接近自己的灵魂。

他竟然是带着九千元的债务撒手而去的,这可能会让许多人震惊。其实,论经济收入杨干华在当今作家群中是很有代表性的。他不是畅销书作家,收入不是最高的,但也绝不是最低的。他出版过至少三部有影响的长篇小说,一大批中短篇小说和散文,多年担任广东作家协会的机关文学刊物《作品》的主编,每期都要亲自写一篇刊头语,赢得了诸多好评。这样一位勤奋的作家,居然临死还欠下了一屁股债!他买的房子实际是广东作协自己建的宿舍,比社会上的商品房要便宜得多……

我知道自己今夜是无法入睡了,想排遣心中的伤感,就从书架上抽出杨干华的长篇小说《天堂启示录》,打开来亮出他的照片,立在写字台中间,然后在他面前点上一支蜡烛,开始诵读《心经》:"……不生不灭,不垢不净,不增不减。是故空中无色,无受想行识,无眼耳鼻舌身意,无色声香味触法,无眼界,乃至无意识界,无无明,亦无无明尽,乃至无老死,亦无老死尽,无苦集灭道,无智亦无得,以无所得故……"

恍惚间我似有所悟,能让灵魂和肉体分家的并不一定就是死,也许还是生。此时,干华说不定在天堂正看着我笑哪,笑我浅,笑我愚,笑我不明白死的真正含义。前不久我在报纸上看到一则消息,河北邯郸东柳村有位在当地非常著名的"笑话篓子",经常被人们包围着讲笑话。有一天午后,他临时现编的笑话把大家逗得大笑不止,就在众人的前仰后合的时候他倏而含笑仙逝。这是极大的遗憾,不也是一种很大的福报吗?我虽然曾经讲过一通关于作家自杀的事情,又哪里能真正理解自杀者?即使眼下因干华自杀而产生的感伤和震撼,也都是俗人的表现,与死者又有何干?

干华匆匆远行,莫如打点精神祝他一路珍重!

2002年秋

213

公园里的老景

你只要经常去公园,时间一长准能结识一些有味道的老夫妻。

老曹两口子的年纪比我大,他们每天只是拉着手在公园里慢走,走一圈之后就在长臂猿的铁笼子前做他们的"夫妻操":男的先双手趴在栏杆上,躬起背让女的捶打,从肩到臀,细细地捶拍一阵,然后再把腿架到栏杆上,从上到下又捶个溜够。

我在旁边看着都舒服。

女的给男的捶完了,男的再给女的捶,程序一样。只要他们两个一捶打,笼子的长臂猿就响应,追逐,吼叫。先是由一个猿挑头,呜哇儿呜哇儿……首领叫过几声之后,全笼子的大小猿就跟着一起呼应,呜哇儿呜哇儿呜哇儿……

一边叫着一边撒欢,抓得铁笼子呼呼山响。

我问老曹:"这些长臂猿认识你?怎么你们一亲热它们就闹腾?"

老曹说:"相处这么长时间了怎么可能不认识?它们是妒忌,是模仿,是给我们俩助兴。"

老曹是南方人,曾是一家出版社的编辑,"文革"中被下放到市郊的干校,老婆跟他离婚自己回南方了。每到秋天,干校会分点粮食或地瓜之类的东西,他没有家伙盛就装在自己的裤子里,把两端的裤脚系死,扛在肩膀上回城。他现在的老婆当时是跑郊县的汽车售票员,看他这个人很有意思,只要他一上车就给他张罗一个座位,车上人太挤的时候就把售票员自己的座位让给他。

其实老曹把粮食扛回家也没有人吃,渐渐地就开始把粮食往这个女售票员的家里扛了。售票员是天津姑娘，嘴茬子厉害，卖票的嘛，什么人都见过，什么嘎杂子琉璃球都能应付，但他们结婚后过得很好，这就叫合适。

世上没有完美的人，却可以有完美的合适。家是女人的梦，女人是男人的梦，能将梦转化为现实的夫妻，才能长久。在现实中偶尔还能一梦的夫妻，就是快乐的神仙眷侣了。

另有一个老齐，曾是一家有四百名员工的企业主，连续两次决策失误，把企业整黄了。后又借了两万元开了个土产杂货店，不想开张没多久被一把大火烧光。老伴儿急火攻心脑出血，幸好抢救及时，保住了性命。

老齐每天早晨用车推着老伴儿在公园转一圈儿，哪儿风景好，哪儿有好看的，就推着老伴儿往哪儿去。这一圈儿溜下来要两个多小时。然后回家，在路上顺便买了早点，服侍老伴吃完早饭，自己便扛着板凳上街去磨剪子抢菜刀。

他卖手艺有个习惯，客户身上有零钱就给，没带钱就下一次再说，下一次如果忘了也就作罢。老齐经历了大起大落，把什么都看淡了，越穷越简单，活得简单了负担就少，人反而更豁达。他们有儿子，提出要接他们过去，老齐不干，他说凭自己的手艺够吃够喝，老两口子这样挺自在。

只要有老伴儿在，他的房子就是家。有家，自己的心就有地方存放。心放好了，别的东西都丢了也不怕。他还给我念过一首唐寅的《叹世》：

> 富贵荣华莫强求，强求不成反成羞。
> 有脚伸处且伸脚，得缩头时且缩头。
> 地宅方圆人不在，儿孙长大我难留。
> 皇天老早安排定，不用成忧不用愁。

这是唐伯虎受徐经（徐霞客的曾祖父）会试作弊案的牵累，在大牢里被关了一年多,后来虽侥幸保住了性命,却断了前程,只能回乡以卖字作画为生,饱尝世间冷暖,作此诗聊以自慰。不想老齐竟能倒背如流,可见他的内心承受力也很不错,在物欲横流的商品世界也算得上是位高人了。他高在不仅能上能下,能富能穷,而且穷得不失尊严。

人有钱活得体面很容易。没有钱了,就必须有大智慧,才能活得快乐而有尊严。

公园里许多看似很寻常的老夫妻,背后或许都有不寻常的故事。

我还注意到另一种现象,凡一起到公园晨练的夫妻,大都是和谐快乐的。经常闹别扭的或同床异梦、分床异梦的不会到公园里来。老话说,男人最重要的财富就是两样:好老婆和好身体。但不能由此而推断,凡不来公园的就不是和谐快乐的夫妻。只能说公园里确能调节性情,对上了岁数的人更是如此。

2003 年春

地　书

你知道什么是地书吗？如果不懂，赶快去公园里见识一下。

在湖边的台阶上，有十几位老人各自手握一杆一米多长的大笔，蘸着湖水在地面上写大字。躬腰悬臂，提气凝神，有的工楷，提按顿挫，一丝不苟；有的行书，水润滋漫，神韵自摇；有的狂草，笔走龙蛇，水滴飞溅。无论字写得好坏，都浸润着一种气韵精神，泛溢着一股快乐。

有人写的是现成的豪言壮语：老骥伏枥，老当益壮；一点浩然气，千里快哉风；苍龙日暮还行雨，老树春深更著花。有人在抄写时下流行的顺口溜：春眠不觉晓，麻将声声了，夜来风雨声，输赢知多少……

围观者跟着一块念，然后哈哈大笑。每个字都有其含义，每句话都表达一定的内容，于是这种现场地书表演就有了社会性、讽刺性和娱乐性。每个执笔者的性格不仅体现在字上，还体现在所写的内容上，使湖边变成一个大娱乐场。写的，看的，在一旁给出词的，起哄叫好的，相互切磋技艺的，指指点点评头论足的……

这种地书的大笔都是自制的，笔杆用塑料管或拖把杆代替，笔头则是海绵或泡沫塑料，蘸一下湖水能写五六个字。省钱，省事，用不尽的湖水，写不完的土地，既练字，又健身，还可养神益智。难怪写地书的人越来越多，看地书的人也越聚越多。

其中有位老太太的字写得很见功力，自己写一阵就扭脸指导一下身旁的一位老先生："你为什么老把字写这么小？抠抠搜搜，瞎瞎眯眯,湖水又不花钱,让字伸开腰,笔画要舒展,不怕难看,就要个大气!"

老先生不吭声,笔下的字果然写大了。但字一大笔画就散了:"你瞧瞧,这么难看,还谈何大气?"

呀? 听口音有点耳熟,就凑过去仔细端详老先生的面容。果然很像我过去认识的一位梁工程师,学冶炼的留美博士。他的太太则是留苏的,当时是另一个大厂的厂长,人称"香水厂长"……

想到此我似乎真的闻到了老太太身上有股淡淡的清香。在我的记忆里,梁太太只要出门就一定会往身上喷点香水。我第一次知道世界上有香水这种东西,就是从梁太太那里长的见识。上个世纪的五十年代,"苏联老大哥"援建的项目正如火如荼,梁工作为高级专家也在我们厂待过很长的时间,每当他的太太到我们厂来找他,在她走过去两三分钟内,楼道里还有香水味儿,那时候苏联制造的东西讲究傻、大、笨、粗,连香水的味道都格外刺激。只要她一来,我们就禁止闲杂人员随便出入,以尽可能多保留一会儿楼道的香味。

"文革"一开始梁工被打成"美国特务",但他大腹便便,体胖心宽,在厂里挨完斗,回家换一件干净衣服像没事人似的上街混在人堆里看大字报……想起这些往事,我忍不住想笑,便直起身子学着梁工的口吻说:"好,水边写水字,字水灵,人滋润。"

梁工身边的老太太扫了我一眼,到底是留苏的,气势还像"苏联老大哥"那么冲:"什么叫水字? 这是地书,懂吗? 我们有个正经八百的地书协会,会员比在纸上写字的书法家协会的人还多!"

我赶紧改口:"失敬失敬,地面练地书,越练越地道。"

老先生也借机站直了身子,看我半天才笑模悠悠地说:"你是大笔杆子?(这是我在工厂时的外号)"我笑了:"您果然是梁老总,几十年没见却在这儿碰上了。"

"你一定是几十年没到公园来了? 人们不是经常感叹世界真小吗? 何况一个城市!"

"不错,一个留美的炼钢老博士,一个学机械的留苏专家,如今都成了地书协会的会员,好风雅,好情趣,越老越精神!"

梁工摆摆手:"行了,别咬文嚼字,我知道你的本意是想说,水边写水字,越写越水,字水人也水……"

"不敢,不敢!"我也学着他的样子赶忙摆手。

2003年5月

"海怪"——戴喜东

"辽精海怪，×××是大脑袋。"——这首民谚似乎在辽宁流传有一个世纪了。其意是：辽阳人精，海城人怪，×××人的脑袋大。在东北话里脑袋大并不是聪明的意思，恰恰相反是讽喻呆笨。故隐去真名，免得伤害那里人的情感，甚或引起诉讼。

令人不解的是，此谚竟成了这些地方的一种宿命，不知过去多少年了，"精"的总是精，"怪"的还在怪，"大脑袋"的地方似乎也仍未摘掉脑袋大的帽子。在这三个地区里让我挑选采访对象，我选择了海城人的"怪"。

中国近三十年来，连续发生过两次地震的地方只有海城，只这一点就够怪的。在中国近代史上，有位特立独行的海城人占有一席特殊的地位：他既是英雄又爱美人，口碑还挺好；既发动西安事变扣住蒋介石，又亲自送蒋回南京；他是现代世界上被关押时间最长的将领，又异乎寻常的长寿，把关押他的人都熬死了自己才走；带兵作战，杀人难免，最后却皈依基督……我想看看当今的海城人还能怪到哪里去？

不想海城之怪立即给我一个下马威，那年十一月三十日我从天津乘船到大连，正准备登车赶往海城，媒体报道海城刚刚发生了5.6级地震。专程来大连接我的海城朋友问我还去不去？如果害怕可以住到鞍山。

一个"怕"我又怎么能说得出口？

但心里却不免有点嘀咕，也有些丧气，这地震莫不是冲着我来的？是想提醒我，还是要阻拦我？虽然脑子里有这许多想法，嘴上却回答得很干脆:我是经历过7.8级唐山大地震的,难道还怕你们的5.6吗?

车进海城,仍能感受到几天前那场令关里人羡慕的大暴雪的气韵:四野一片洁白,天地清澈透亮,没有一丝地震的痕迹,更看不出震后的慌乱。进入"三鱼(泵业公司)王国",简直称得上是一片喜气洋洋了……喜气是从两幢漂亮的住宅大楼里散发出来的,人们进进出出,兴奋而又忙碌,有人拉家带口一块来看新房,有人已经在往楼里搬运新家具,还有人正在装修新居,相互串门观摩,吸收别人的设计优点,或暗暗较劲要装修得比邻居更豪华……这竟是三鱼公司的职工公寓,即使把这样的楼房放到北京、天津,也算是不错的,公司却以每平方米低于五百元的成本价卖给职工,职工花四五万元就能买到一套上百平方米的房子。就是这点钱,还可以向公司借,不要利息,将来一点点从工资中扣除。

在房价高得吓人的今天,竟还有这么便宜的事!这哪看得出是刚刚发生过地震的,我来到了地震中心,对地震的那点惊惧感反而消失了。三鱼公司的创始人戴喜东,把我接进他的办公室,我说:"全国都知道你们这儿又发生了地震,可你们倒像没事一样。"

戴喜东全不在意:"现在不是三十多年以前了,我的厂房、宿舍都是用钢筋水泥堆起来的,这点地震就像给我挠痒痒,怎还把它当回事?即便再有特大地震把房子震倒了,它也不会散架,人在里面保证不会有事。"

刚一见面,正好借着谈地震让交谈自然流畅起来。我又问:"六十年代那次大地震的时候你在哪儿?"他看着我,嘴上在回答我的问题,心里好像在想别的事情:"那年我还住在土垒的平房里,地震的时候就像坐在疯马拉的木轮车上,整个人被颠起老高,四周就像山崩地裂。闪电是弯角的,铁硬死拐,常常有两个闪电同时出现,尖端共咬着一个火球,如神话中的二龙戏珠。那时孩子都还小,我倒是越遇到事胆子越大,就大声叫喊着地震了、地震了,还让他们别慌,快点往外跑。我先把小女儿抱到房子外面,随后大女儿自己跑了出来,紧跟着妻子抱着小儿子也出来了,我二次进屋把母亲拉出来,赶紧反身进去再把棉被抱出来。一看房子还没倒，又跑回去把孩子们的衣服抢出来，不然震不死也会冻坏的……"

到海城来似乎就不能不谈地震，我一边听着他讲地震，一边打量他的办公室：房子很大，但满满当当，杂乱无章。墙角、墙边堆放着一摞摞一包包的古版线装书，摆在最浮头的有汲古阁的刻本，武英殿的版书，清朝第一版的《康熙字典》《石头记》等。窗台上放满古里古怪的瓷器、玉器，三面墙上都挂着古画，一幅挨一幅，有的一个钉子上挂了两三幅，一幅压一幅。地上还放着几个未打开的大包，里面也装满古玩。办公桌后面摆着两个直通到房顶的大书架，上面码满现代书籍，可大致分四大类：经营管理、历史、人物传记、艺术鉴赏工具书，如：《文物精华大辞典》《现代美术全集》等。

这哪像是一个名牌企业的董事长兼总经理的办公室，更像个杂乱的博物馆仓库。我们正说着话，一个年轻的文物商走进来，手里拉着一个大箱子，肩上还背着个大包，打开来全是字画。戴喜东拿起放大镜开始鉴定这些字画，绝大多数都是假的，他有根有据地说出自己的见解，指出假在哪里。

在这个过程中，文物商不时地从桌上抽出戴喜东的中华烟放在嘴上点着……这个年轻人是专门从丹东赶过来推销这些假字画的。戴喜东像检验产品质量一样，把假的剔除，凡是他想要的东西从不讨价还价，都是先让对方出价，然后在原价上再给加一百元，到最后又塞给小伙子二百元的路费，还把那盒中华烟也递过去让他路上吸。原来他在低头验画的时候并没有忽略文物商人的烟瘾。

如果不是我亲眼所见，很难相信一位知名的企业家会对收藏古玩痴迷到这般程度。由此可见，现代海城人也的确有点怪。戴喜东办公室里的这些古玩，还只是他全部收藏品的一个零头，他见我对他的爱好过于大惊小怪了，便领我走进一所废弃的旧中学，在十几个教室里都堆满他购买的古书、古字画以及瓷器和古家具。光是线装书就装满两间教室，仅油画就有一千多幅。他之所以有这样的癖好，原因却很简单：当年爱读书的时候没有钱买书，发达以后便拼命买书，后来扩而大之又开始收藏各种古代文物……如今搞到这么大的规模,是不是怪得有点离奇?

我心里生出一个疑问,压了半天没有压住,还是说了出来:"你该不会玩物丧志吧? 收藏古玩是无底洞,纵然你很有钱就能禁得住这样折腾吗? 被创业者自己折腾垮的企业我可是见得太多了……"

他大度地一笑:"这没有多少钱,总共也不超过二百万,有不少是别人拿来抵账的,我真正花大钱的地方你还不知道呢。"其实,我很快就知道了,当地人背后喜欢称他"圣人",而有"圣人"的地方必有诸多传说……我在采访中先听到了他砸饭盒的故事。

二十多年前他买下镇办电修厂,成立三鱼泵业公司的时候,曾搞了一次"砸饭盒运动"。饭盒——工人上班的必备之物,从"张大帅"时代工人上班就要夹个饭盒,日本鬼子来了工人仍然要带着饭盒上班,国民党当政更是不能没有饭盒,共产党让工人阶级当家做主了,上班还是少不了一个饭盒,家里做上顿得想着下顿,带到厂里却都成了剩饭剩菜。一人一个饭盒,在车间里到处乱放,各车间都得安上大蒸锅以解决饭盒加热的问题……戴喜东下令,谁也不许带饭盒进厂,见一个砸一个,上班期间由公司管饭。

听到这个决定,跟他贴近的人都吓了一大跳,立刻给他算了一笔账:公司里许多车间都是体力劳动,每个工人每顿饭不会少于六两米,一千五百人一天就净吃掉八百多斤大米,相当一亩高产田的产量,再加上肉呀菜呀,一年少说也得贴进去一百二十多万元,对一个私人企业来说,这可不是小数目! 眼下的风气是打破大锅饭、铁饭碗,你怎么可以倒过来,砸烂小饭盒,重建大锅饭?

戴喜东不为所动,他才是"三鱼"的主宰,有一种令人敬畏又使人平和的力量。他喜欢的格言是:"先谋后事者昌,先事后谋者亡。"在砸饭盒之前他显然是仔细思虑过了,他经过思虑后决定的事不能更改。

于是,"三鱼"的职工就这么日复一日、年复一年地吃下来了。白吃白喝不怕,怕的是乱糟蹋,就因为不花自己的钱,有不少人眼大肚子小,盛的多吃的少,常常将整碗的白饭、整个的馒头,连同还剩下小半碗的菜，也不管里面有鱼还是有肉随手就倒掉了！别人倒着都不心疼，戴喜东看得心疼的慌，他疼的不光是钱粮，还有这人心的残缺，你对他这么好，他靠着这个企业吃饭赚钱，却仍然不把企业当成自己的……还是毛主席说得对，重要的是教育农民。

戴喜东小的时候，每天要起五更到邻村去上学，黑灯瞎火了才能赶回家，现在该结束村上无学校的历史了，他出资给村里建起了一所小学，名为"弘义书院"。不久又出资六百万元，给镇中学建了新大楼。

好事开了头就没个完，干脆好事做到底：海城有些参加过抗日战争和解放战争的老战士报销不了医药费，去年底，戴喜东拿出几万元为这些老人报账。然后又花了十几万元资助一些老同志去旅游，临行前竟然还向老同志提出"四要一不"："要住好、吃好、玩好、休息好，不要光想着为我省钱。"

三鱼公司的干部就更美了，国内玩遍了，就轮流出国旅游，每人还补贴三百美元到五百美元。一九九九年公司花二百多万元为全体职工购买了人身养老保险。他支援灾区就更简单，给红十字会寄去一大笔钱，自己并不到电视晚会的现场登台亮相，也不让公开自己的姓名。他还因处理得当和抢救及时，救活过四五个因陷于绝境自杀或发生意外事故的外地人性命……

像戴喜东这样为别人花钱如流水的人，当今生活中还有多少呢？这大概是他被称为"圣人"的主要原因。

一桩桩一件件，办的都是好事，却又有点奇特，因此也有人把他当成"冤大头"，天天要他出钱资助的人挤破了门槛……原来善门好开不好闭，有些莫名其妙的人打着一些莫名其妙的借口来找他要钱。诸如反腐败基金、厂长经理读书会、计划生育周、世界卫生月……

反腐败还要基金？厂长经理们能凑到一块去读书吗？中国一年之中有近四百个节日，如果这个节那个日的都来找他要钱，打死他也应付不过来。给了张三，李四又会找上来，还有个完吗？有些不该给的钱如果给了，不仅无益反而有害。

但有时，他磨破了嘴皮子也不管用，万般无奈就只有耍肉头阵：

"我不是拿不出这笔钱,而是不能拿,你们如果实在不甘心就自己拿吧,看我这里什么东西值钱就拿走,要不就抢,反正从我嘴里不能说出那个给字。"

为此,他得罪的人也许比感谢他的人还要多。

说也怪,尽管他这么折腾,三鱼公司却越干越大,财源滚滚,这其中的奥妙比他大手大脚地花钱更让我感到惊奇。我端详这位六十多岁的老人,花白短发,面色红润,一身青色中式裤褂,脚蹬青布鞋,气度雅博雍容,苍然有智,无论怎样看都难把他跟他眼前的职务联系起来,倒更像个言方行矩的道学先生。这样一个人又怎样把偌大的三鱼公司经营得这么好呢?

我请戴喜东带我下去看工厂——那才是制造和支持他这个"圣人"的地方,他所有资本都来自工厂里的生产,要我相信种种关于他的传说,就得让我看到一个真实的不同凡响的企业。工厂是崭新的,机器设备是新的,甚至连工人也大都是年轻人,给人一种新异的生气。每个车间都整洁有序,各道工序井井有条,"三鱼"明明是个创出了名气的老企业,怎么会给人以焕然一新的感觉呢?

戴喜东告诉我,他重新为企业设计建造了厂房,刚刚更新了生产设备,所以像个新企业一样。工厂才是他的根本,既然他在别处都敢那么慷慨地花钱,在改造企业上就更不会疼钱。最让我不可思议的是这些新厂房包括刚刚落成的新办公楼,竟然都是他自己设计的,根据需要和自己的心意画出图样,建成自己喜好的样子……

这是个心智奇巧剔透的人,凡是需要的他自己就能干,似乎已经进入了一种随心所欲的境界:他有什么想法都可以变成真真切切的现实。有个"工头"模样的人追上我们,向戴喜东汇报,新办公楼的顶部套灰粘不住,抹了三次掉了三次,施工队想先往上面喷一层胶,然后往胶上抹灰。

戴喜东略一沉吟,断然否定了"工头"的建议:"所有化学胶都有污染,其黏度也是有期限的,过不了几年就会爆皮、脱落,我们的房顶还要不要?套灰粘不住是因为太干,你先往上喷水,把表皮喷湿后再抹灰。"

　　他容貌随和却不失威严,行动缓慢又充满自信。"一喷水就能粘住吗?"干了多半辈子泥瓦匠的"工头"半信半疑地走了。我也有些疑惑,但没有做声,跟着戴喜东又走进铸造车间。车间主任向他反映,新冲天炉的铁水流不出来,他几乎不假思索地就下了指示:"把炉膛加高,向炉口倾斜三度。"

　　我一直惦记着想知道他的这些主意灵不灵,在工厂转了大半天之后,回去时又绕到铸造车间,等了一会儿便看到了出炉,铁水被烧得红里泛白,溅着火花一泻而下,欢快顺畅,光芒刺眼。戴喜东不知是看出我对他在技术方面的权威性有怀疑,还是他也想知道自己的决定是否会奏效,领着我走进正在进行内部装修的新办公楼,顶部套灰的工序已经完成,"工头"欢欣鼓舞地迎过来:"喷水的法子还真灵……"

　　我不解,戴喜东怎么能对自己企业里的各个环节都无所不通呢?他原本只是个小学教员,一九六二年在举国度荒的中期得了肺结核,被学校辞退后给生产大队看水泵。几年后他便成了当地知名的修水泵、修电机的专家,被四村八乡请来请去,人们先是称他为"能人",当他把事业干大了并做了不少好事,就又被人们称为"圣人"。有些好事办得不被人理解,很容易又成了"怪人"。最后还是回到了一个"怪"字上。

　　做人也是一种艺术,能达到"怪"也许是一种很高的境界。

　　我们回到他办公室的时候已经是晚上了,他直奔自己的办公桌,桌上放着几张表格,他逐张地看了一遍,嘴里轻声嘟囔:"今天进账一百九十七万元,周转资金还有二百四十万……"我也凑过去看那几张财务报表,这些表格也都是戴喜东自己设计的,将公司一天的生产、销售以及财务状况一目了然地都反映在上面。他抬头看着我说:"这是最低的了,销售旺季每天可进账二百多万元,公司每天的周转资金是三百万,如果低于二百万,警灯就会亮。"

　　我似乎对他有了一些新的认识,别看他被古版书和古字画包围着,买古玩、看古书、陪朋友参观聊天,在他脑子里真正惦记着的是公司的经营情况,一切都在他的掌握之中。我不由脱口说道:"你是外表大大咧咧,好像花的比挣的多,其实内存精明,心里有本大账。"

他调子很低:"干企业不算账怎么行?我花得多是因为我觉得该花。一个人的资产超过千万就应该属于社会了,必须不断地回报社会。该我想的我尽量想周到,该我做的我尽量做周全,可你知道好心不得好报的古训吗?别误会,不是我自己希望得到什么报答……"

我问他,在海城像他这样的富翁多不多?他说资产高过他的至少有百家以上。

我大为惊异:"海城人到底是怪啊,还是富啊?"他解释说:"海城人的怪跟富有关。海城人的富也跟怪有关。自古海城人的经济意识就很强,重商轻官,其他地方的人读书是为了做官,海城人读书是为了经商。所以清朝分配秀才指标的时候都格外卡海城,跟海城相同的地区可以得到二十五个秀才指标,海城却只能有八点五个。那个时候只有考取秀才,将来才有可能当官,当秀才是获取功名的第一步。也许正是由于朝廷在仕途上卡了海城人,才逼得海城人不得不在经商上寻求发展。你到沈阳、鞍山的大街上去看,穿戴时髦的年轻人往往是海城的,在高级服装市场门口的一辆辆奔驰车也大多是海城人的。"

如果富就叫怪,那谁不想怪呢?戴喜东并没有说清楚,海城人是因富才怪呢,还是因怪才富?我倒是发现了戴喜东的另外一怪:时下富翁们都兴养狼狗,雇保镖,建高墙,拉铁网。戴喜东就在"三鱼"职工公寓的二号楼里买了一个门洞,一家大小都住在里面。无论早晚,他一个人出出进进的还从未碰上过想打他坏主意的人。

看来"圣人"能辟邪,吉人自有天佑。

其实,光是对付社会上的要钱大军还不算难,眼下最让戴喜东头疼的还是自己企业里的"世纪病"。由上个世纪传下来的最大的一种病就是平均主义,穷了要搞平均主义,富了也会滋生平均主义。他说:"按目前的分配状况,公司里很快就造就出一批百万富翁,眼前他们每年的收入可达到十五万至二十万,即使是一个中层干部的年薪也有六七万元。来钱太容易,不明不白地发财,就会使私人企业得国营病,重新再吃大锅饭。体现在工作上就是等靠要,挑肥拣瘦,松懈懒散,敷衍塞责，糊弄老总。拿钱多的认为老子该得，拿钱少的心里不平衡。我可不想当什么'圣人'，也不是慈善家，我的责任就是让自己的企业不停地创造更高的效益。"

从交谈中我感觉到，戴喜东在酝酿着一场变革，想搞一次"凤凰涅槃"——将企业员工身上的坏毛病统统烧掉。同时也能从他的话语中深切地感受到一个被称为"圣人"的成功者的孤独……无论是社会上还是企业中，人的关系永远是个变数。你给大家以很好的福利待遇，发很多的钱，或者让他人永无后顾之忧，却并不能让大家就永远地知足和保持积极上进的干劲，他是个六十多岁的老人，不能不为企业的未来焦虑……

别人都以为戴喜东已经是一方名人，应该算活得很风光了。只有他自己心里最清楚，干企业并不是一件风光十足的事，它需要作出无数冒险甚至是看似荒谬的决定，既要决策跟企业生存跟自己的身家性命攸关的大事，又要处理太多细碎的琐事，而且老是寝食不安，很难有真正放松的时候，一步走错很可能就被竞争的激流所击败。这实在是一种劳心伤神的事，且具有让人一旦上瘾就难以自拔的诱惑。

所以，他要收藏线装书和古文物，享受一种与历史和文化的和谐感。这是他生存的需要，是先天的人性所不能免的，借以中和自己的人格，协调自身的矛盾和痛苦。变换心境就是变换生命，沉浸在自己喜欢的故纸堆里，会有一种灵性的抒发，使心胸空蒙灵荡，清洗大脑中的沉积物。戴喜东说，真要能"玩物丧志"倒好了，"玩物"的时候常常想的是企业，触发的是办企业的灵感。

他只有在谈到自己的收藏的时候，脸上才现出顺畅的线条，有了与年龄相符的安详和笑意。这时候我忽然觉得，戴喜东这个"老海城"其实也古怪不到哪里去……

2003年夏

颖　影

　　倏忽,唐山大地震已经过去三十年了!

　　南京的丛军女士私人出资,准备拍一部六集纪录片《最后的女兵》,纪念她在唐山大地震中死去的六位女战友。其中,年纪最小的只有十九岁,年纪最大的甄颖影也不过才二十三岁。摄制组来天津采访我,希望能谈谈她的故事。

　　三十年来我从未写过关于甄颖影的一个字,太过痛惜便不敢轻易触碰。这次面对她的战友,忽然发觉三十年来竟什么也没有淹没、没有消逝。甄颖影的美丽和聪慧依然清晰地印在每个人心里,大家一直都在想着她。她的死仿佛是生的一部分,而且是最重要的一部分。三十年来留下的痛,益发显示了她生命的分量。真正被改变了的倒是活着的人。当年逃脱了地震的灾难,却未能逃脱衰老。美丽也是冷酷的杀手,它要追杀的就是活着的人。在美丽时死去的人凝固了美丽,从而逃脱了美丽的追杀。

　　我该讲出她的故事了……

　　上个世纪的七十年代初,在天津市举办的一个文艺学习班上我结识了甄颖影。她身材高挑,眉目修长,脸上焕发着摄人心魄的清纯,漂亮得像一种文化,凝结了那个时代的美:军装、少女、率真、阳光。那个年代常有意想不到的事情发生,我本来是被叫来"掺沙子的工人作者",突然变成"炮制大毒草的反面典型"。"兵的代表"甄颖影却公开表态看不出我的小说有什么大问题……她说的那样轻盈随意,一派单纯和善良,却并未给我帮上忙,反而给她自己惹了麻烦。这使我感激、感动和愧疚,便一直与她保持着联系。

她在唐山当兵,家却远在新疆。以后她每次回家或探亲归来,都以我的家作中转站落一下脚。有时她的父亲也直接给我来信,托付一些诸如购买《鲁迅全集》等我能办的事情。颖影的父亲原是中国军事科学院的高级干部,一九六九年为林彪迫害,发配到新疆。颖影当年只有十六岁,却陷于"三无境地":无学可上,无工可做,无农可务。晃荡了近一年才弄明白一个道理,像她这种受排挤的部队干部子女,唯一的也是最好的出路还得去当兵。她的两个哥哥早已入伍,父母身边只有她和弟弟。弟弟尚小,父母自然对她这个聪颖漂亮的女儿格外珍爱,也觉得她年龄尚小,并未把她要当兵的事放在心上。况且他们刚到新疆,人地两生,也真没有办法能让她进入部队。

事情拖到一九七〇年初,颖影突然急迫起来,不想无所事事地再继续晃悠下去。既然父母不管,就只有自己出去闯了。那天外面风沙很大,冷彻骨髓,她跑出去不一会儿就又回来了,说是拿帽子和手套。母亲笑了,就你这么娇气,还能去当兵?正是这句话成了母亲永远的痛,让她后悔大半生。颖影听母亲这样说就甩掉帽子和手套,反身又冲进风沙。她直接跑到乌鲁木齐火车站,掏出身上所有的钱买了一张到北京的车票。一上车就是四天四夜,由于她没有钱买吃的东西,就一直饿到北京,看着别人都下车她却从座位上站不起来了。好心的列车员把她架下车,还扶着她在站台上溜达了一会儿,为她买了点吃的东西,她才慢慢地能够自己走路了。出站后就去找父亲在京的一位老战友。这位老首长看见她的样子,听了她的叙述,没有犹豫,没有推辞,很快就想办法让她穿上了军装,到唐山二五五医院当了一名战士。

部队上的一切在她的眼里都是新鲜的,叫她干什么都行,在伙房做过饭,在病房做过护理员……然而就是这样一个还不够入伍年龄的新兵,却很快成了医院里的名人。她有着少见的开朗和自信,性格狷介,富有灵性,小小年纪竟写得一笔好字,还写一手好文章,很快被政治部发现,经常抽出去为医院撰写各类在那个时期不能不写的文章。逢年过节或部队发生重大事情,还要为医院编写文艺节目。如快板书、小话剧等等。有些还能在报纸上公开发表。这也正是被选送到天津市参加文艺学习班的原因。她打篮球也相当不错,从科里打到医院,又代表医院到外地跟兄弟部队比赛⋯⋯她是如此的多才多艺,却又有一种无邪的气质,她的生命仿佛是在自然地流露着令人心醉的芬芳。

有天晚上,她下班后和另一名女战士结伴回宿舍,在草木繁茂的小路上,一位领导干部跟上她们,像说暗语一样念了句自以为甄颖影一定能理解的古诗:"窈窕淑女,君子好逑。"在那个年代上级对女兵说这种话至少是很不得体,偏是那个时候社会上有种风气,上边的人可以很随便,乃至放肆,下边的人则要拘谨和紧张。女兵面对这种情况一般会有两种选择,接受领导的暗示,或装做听不见赶快跑开。另一个女兵正要这么做,却被颖影拉住了,她自恃自己见过世面,比这位"君子"领导不知高多少级的干部也见过,便理所当然地采取了第三种态度——顶撞:"这里没有君子和淑女,只有领导和女战士。而且你是有老婆孩子的领导,还想求什么?"

她的话随即被夜风吹散,医院的大院子里像什么事情都没有发生过。可从此以后甄颖影当兵的生活却变得艰难了,一切都是在不知不觉中改变的,她的处境掉转一百八十度成了医院落后的典型⋯⋯上业务课,医生讲人的聪明和愚笨决定于大脑沟回,沟回多而深的人聪明,少而浅的人愚笨。那个时候全军都在学习马克思主义,谁都可以张口就能背诵几段,甄颖影下课后去请教医生,沟回的深浅和后天的实践,对决定一个人聪明与否各占多大比例?因为毛主席说过实践出真知的话,马克思也说过搬运夫和哲学家之间的原始差别,要比家犬和猎犬之间的差别小得多⋯⋯这可不得了,甄颖影难为老师,酿成了一场震动全院的风波。甚至在篮球场上,领队要求队员发扬"友谊第一,比赛第二"的精神,主动让球。甄颖影没有吭声,没有以任何形式表示反对,只是投球投顺了手,又将球投进自己的篮筐,那位"君子领导"便当众指责她顶撞领导,不准她加入共青团。

入伍三年,许多人早就是共产党员了,可甄颖影连团都入不了。

一九七三年的春节,她给我来过一信,信上有这样一段话:"有人老找我的茬儿,都是鸡毛蒜皮,我的一举一动后面都有眼睛盯着。因此我有一点小事处理不当,马上就传得全院都知道,直接影响入团、提干。比如衣服泡在盆里没有洗。我被抓了典型以后,天天挨批,大会小会都点我的名,搞得我大脑十分紧张。算了,不费这个脑筋了。最近传说京津唐一带有地震,说不定什么时候就给震死了,省得啰嗦。不过今天是大年初一,好像不该说这种不吉利的话。"

一个曾经那么阳光灿烂的女孩儿,几年的工夫竟变得如此消沉。她那么单纯,竟不能为环境所吸纳。然而,她的生命正因为沉重才有分量。医院的主要领导和她的科主任又非常赏识她,每年都有一种声音嚷嚷着要叫她复员,可每年她都走不了。批评她很容易,好像谁都可以对她说三道四。要表扬她可就难了,医院里因她的业绩突出要给个嘉奖,头头们竟会为此而争论起来,争一次不行就再争,最后她还是得到了这个嘉奖,可就是不让她痛快。

到她超期服役的第三个年头上,共青团终于加入了,提拔干部的命令也下来了,尚未公布她就接到家里电报,父亲病倒,希望她能回去一趟。正好还有探亲假没用,部队便批准她立刻起身。我在天津站接她,然后带她到劝业场买了些带给父母的东西,随即又赶到北京,买了当晚十一时由北京开往乌鲁木齐的车票。

这是一九七六年的七月中旬,限令她归队的时间是七月二十九日。

她以往回新疆探亲都是坐火车,光在路上来回就需要一个星期。这次她的父母为了让她在家里多待两天——实实在在的就是两天,自己花钱为她买了二十六号下午的飞机票。她当天晚上到天津,住在部队的一个招待所。第二天上午,也就是二十七号,抱着一个哈密瓜到我家来,那时的哈密瓜还是新鲜物,我儿子兴高采烈地又喊她姐姐。颖影就继续纠正他,小孩子管解放军要叫叔叔,跟叔叔平辈的是姑姑,哪有管解放军叫哥哥姐姐的?儿子的理由很简单,你那么小怎么能当姑姑?因为他的姑姑年纪都很大。吃过中饭她就要回唐山,我说你的归队时间不是二十九号吗？我是老兵,对部队的规矩很清楚,她只要在二十九号晚点名之前归队就行。

她说自己现在的压力很大,父母之所以给她买了二十六号的机票,而不是二十七或二十八的,就是同意她提前一天回到医院,二十八号休整一下,二十九号一早就上班。我纠正她说,这不是提前一天,而是提前了两天。但没有再详细问她哪来那么大的压力,到底是什么原因让她的神经这么紧张？这个话题太沉重了,一谈开来免不了要发牢骚,而多年来我跟她的交往一直都很谨慎,怕自己身上消极的东西影响了她。何况我当时的日子也很难过,一九七六年初在《人民文学》上发表的小说《机电局长的一天》,正在"全国范围内批倒批臭"。实际上我也真没有太多的心思管她的事,就直接送她去天津站,为她买了当天下午到唐山的车票。

也就在颖影回到唐山的当天夜里,唐山发生了7.8级大地震！

一场毁灭性的大灾难,人们念叨它好几年都没有发生,却在人们忘记它的时候降临了。跟唐山的通讯联络陷于瘫痪,只有谣传在满天飞……到震后的第四天,在亲戚和同事的帮助下,我用苫布在马路边搭起一个抗震棚,将妻儿安顿好,就进工厂打听消息。在那种乱糟糟的情势下,只有找到"组织",才能得到确切的消息。车间有人告诉我,交换台有我的长途电话,我跑到交换台,电话早就挂断了。我问是哪儿来的,接线员说这么乱谁还记那个,反正挺生的一个地方,平常不记得接到过那儿的电话。我一下子就猜到是谁的电话了,必是新疆颖影的父母……我即刻去求助一位熟识的火车司机,两天后的一个清晨,他带我搭上运送救灾物资的火车到了唐山。

作为一个城市的唐山确实已经不存在了,满眼瓦砾,空气中有刺鼻的臭味,大道边还摆放着许多尸体,解放军战士正用汽车将尸体运到郊外掩埋,天空偶尔会有飞机喷药……我一见这场面心就抽紧了,赶忙打听二五五医院。找到医院后又有点发傻,哪里还有颖影曾在信中描绘过的大医院,只有几间歪歪斜斜的破房子……我像疯了一样在废墟上东撞一头,西撞一头,见人就打听,最后竟幸运地问到了跟颖影同宿舍的一名战友。她告诉我颖影刚被扒出来的时候还活着,只是脾被砸裂了,跟着一大车伤员送天津抢救,车到汉沽因大桥震断无法过河,所有伤员都被安置在汉沽一个中学里,颖影因出血过多三天前已经死了……她还告诉我负责掩埋颖影的战士叫周黑子,以及他的部队番号。

我甚至没有来得及感谢颖影的战友,掉头就往回跑,跑到铁道边火车还是开走了。当时铁道没有完全修好,只能靠一条轨道单来单去,每天只能往唐山送两次物资,下一次就得到晚上了。人被逼急眼,就敢想敢干了,我拨头去到救灾部队的指挥部,到指挥部以后再找负责宣传的新闻干事,他叫马贵民。我报上姓名,幸好正在全国被批倒批臭的经历,竟使他知道我的名字。我简单地讲了颖影的事情……马贵民没有多说话,为我拦了一辆去汉沽的军车,临上车时还塞给我两个馒头。

到汉沽很容易就找到了周黑子,这个战士很朴实,曾在二五五住院做过手术,正是颖影护理的他。我说既然是你埋的她,可记得她最后的情形,留下过什么话?周黑子说,她就是老说累,到最后不行的时候说不能告诉她的家里,父母一定受不了。天津有个朋友姓蒋,让他想办法……这时候我的眼泪下来了,颖影啊,我若真有办法就不会让你出这样的事了!

眼看天快黑了,我让周黑子领着来到颖影的坟前。这是一片盐碱滩的高埂,蒿草荒烟,四顾阒然。颖影的坟堆不大,没有任何标志,周围零零落落的还堆着不少新坟。我再三叮问周黑子:你可记准了,这确实是甄颖影的坟!他说绝对没错,是我选的地方,我挖的坑,你看,这坟头上的一锨土里有马辫草。甄护士非常漂亮,病号们都喜欢她,有人就为了她而泡病号,她的头发也很好……其实只要能做手术,有人给输血,她就不会有事……周黑子说着说着嗓子里也有了哭音。

将颖影入土为安,是一件恩德,我说了许多感谢的话,让他先走了。

盐碱滩上植物很少,附近有稀稀拉拉的几蓬蒿子和黄蓿,都没有花,远处倒有几墩红柳,柳梢上正顶着白色小花。我走过去折了一大把，口袋里还留着一个馒头，一并献在颖影的坟前。随后自己也在坟边坐下来，心想应该好好陪陪她了，有些事情也还要跟她商量。我相信这时候我说什么话，她都能听得到。我怎么都感觉颖影的死是不真实的，很像一种艺术虚构。我讨厌这种阴毒丑恶的虚构，想还给颖影一个真实。

我很想大声在她的坟前致一番悼词，不能这么悄无声息地把她埋在这儿就算啦！我说，颖影，这里很安静，不会再有人来打搅你了，这个世界上也没有任何人能够再为难你和伤害你了。你也终于跟命运与环境和解了，不再有任何压力，又回到了生命的初始，而不是终结。你知道我有多么后悔吗？真恨不得撞你的坟头啊！不该呀，二十七号我就不该放你走，再多留你几个小时，你就逃过了这一劫。你的父母也不该让你坐飞机回来……你的命运中有着太多的不应该！但，我不认为你当兵当错了，生命本身就是一场充满意外的历险，以前你不是老在追求意义、制定目标吗？却没有等到能更多地了解这个世界，就匆匆告别了它。你救护过很多人，轮到自己需要救护时却没有人能帮你……唉，人的成长就是付出，没有付出的人生是苍白和浅薄的。所以，这个世界会记住你。所有跟你有过交往的人绝不会忘了你，你将永远活在美丽之中。颖影，你心质很特别，是个令人回味无穷的姑娘，你不仅容貌漂亮，心也漂亮，活得也漂亮。你的人生虽短，却饱满纯良，充满生机。只是对你来说，这儿太荒凉、太孤单了。但这儿的土质中盐碱成分很高，对你是一种保护，一时半会儿不会受损坏。相信我，我绝不会把你一个人丢在这荒滩上。我会选一个适当的时候把你送回你父母的身边，但不是眼下，眼下我没有这个能力，你的父母也未必会受得了……

不知不觉，身上有了潮乎乎的感觉，是夜里的露水下来了。天已经彻底黑透，荒滩上反不如白天安静，唧唧咕咕，闪闪烁烁，各种说不清的叫声和亮光都出来了，我起身跟颖影告别，答应明天一早再来看她。

我回到汉沽镇，汉沽盐场的工人作家崔椿蕃是我的朋友。我敲开他家的门,人家都准备睡觉了。崔大嫂赶紧为我做饭,干的稀的有现成的,加热即可,然后切葱花炒鸡蛋,端到桌上一看,三个鸡蛋竟炒成了三张滚圆的鸡蛋饼,看着很精致,我舍不得动筷子碰它。老崔要往我碗里夹,被我拦住了,说这个炒鸡蛋太好了,留着明天上坟用。

第二天,老崔给我找出一块很厚实的长木板,怕墨水被雨水冲掉,特意又从别处借来白油漆,我用毛笔蘸着白漆写成了颖影的墓碑:

"中国人民解放军战士甄颖影之墓"。

旁边再加上一行小字:"1953—1976"。

崔大嫂准备好了一兜子供品,除去那三张精致的鸡蛋饼,还有水果和一包蛋糕。老崔陪着我一人扛着一把铁锹,来到颖影的坟边,先给坟堆培土,把坟堆加大,做规矩。再将那块木牌竖在坟前,摆好供品。

这时,我站在颖影的坟前才可以说出那句话:"颖影,安息吧!"

2006年7月28日

什么人死后会成神？

　　岳飞是家喻户晓的民族英雄，华夏子孙对他的故事大多耳熟能详：岳母刺字、朱仙镇大捷、十二道金牌、被秦桧毒害……对岳飞最突出的感觉就是忠肝烈胆，冤魂不屈！可是，不久前我去岳飞的故里汤阴，在岳飞庙正殿两侧最突出的位置，看到清同治年间榜眼出身的翰林院编修何金寿的联："人生自古谁无死，第一功名不爱钱。"

　　据说无论在当时还是现在，都有人对此联不以为然，上联抄的是文天祥的句子，下联也太过直白，一如大实话，并未表达出岳飞的主要功绩，诸如尽忠呀、报国呀、浩气呀、威灵呀等等，显然分量不够，为什么却能摆在这么显著的位置？何金寿解释说，他思虑了很长时间，觉得只有这两句话，才能准确地概括岳飞的一生，最能代表岳飞的精神。

　　确实如此。在岳飞屡屡大败金兵，光复建康等故地，让南宋小朝廷有了立足之地，宋高宗也得以喘息的时候，曾相当倚重岳飞，要为他建造府第。岳飞当即辞谢："强虏未灭，臣何以家为？"高宗便也跟着打官腔：是呀，天下确乎是不太平！岳飞随即进言："文臣不爱钱，武臣不惜命，天下当太平！"何金寿认为这两句话所表达的智慧，虽平朴简括，却直道出一个至理，古今亦然！

　　眼下被曝光的贪官那么多，不也是从反面证实了，岳飞的话依旧是"天下太平"的保证嘛。难怪古往今来，大将军无数，能有几人像岳飞这般留给后人如此丰厚的遗产！历经无数个世纪，其精魂依然熠熠生辉，成为历史的一种骄傲。中华民族自立国以来，汉唐最为强盛，两宋最为衰弱，亡国也最为悲惨，而民族英雄的慷慨壮烈又远过于其他朝代。就比如岳飞,连编纂《宋史》的元朝儒生也为其愤愤不平:"西汉而下,若韩、彭、绛、灌之为将,代不乏人,求其文武全器、仁者并施如宋岳飞者,一代岂多见哉。史称关云长通《春秋左氏》学,然未尝见其文章。(岳)飞北伐,军至汴梁之朱仙镇,有诏班师,飞自为表答诏,忠义之言,流出肺腑,真有诸葛孔明之风,而卒死于秦桧之手……高宗忍自弃其中原,故忍杀飞,呜呼冤哉!呜呼冤哉!"

文中提到的岳飞"自为表答诏",是指朱仙镇一战岳飞以五百"背嵬骑兵"大败金兵十万之众,金兵主帅金兀术仓皇遁入汴京,而岳飞大军追至距汴京仅四十多里。此时多名金将来降,父老百姓争相挽车牵牛,载糗粮以馈义军,顶盆焚香迎候者,充满道路……岳飞义气昂扬,谢绝端到眼前的酒,高言:"直捣黄龙府,与诸君痛饮!"就在此时宋高宗赵构下诏令其班师,岳飞惊骇,立马自写奏章:"金人锐气沮丧,尽失辎重,疾走渡河。今豪杰向风,士卒用命,天时人事,强弱已见,功及垂成,时不再来,机难轻失。臣日夜料之熟矣,唯陛下图之。"

然而,高宗在一日之中竟连下十二道催命金牌,创下前无古人后无来者的纪录,最终把功莫大焉的岳飞送上了黄泉路。朝廷既想杀他,自然就要为他罗织罪名,由御史中丞何铸主审。岳飞上得堂来,见满院衙役,举座高官,未发一言先撕开自己身上的衣服,露出背上深入肌肤的刺字:"尽忠报国"!这是在他第三次从戎投军时,其母姚氏夫人请"针笔匠"刺下的。在宋代延续了唐末五代的习俗,在兵士的脸或手臂上刺上军号,以防逃跑。后来演变成自愿在身上刺些花木鸟兽,抗金将领王彦的士兵,都在脸上刺了"誓杀金贼"的字样。

岳母送给儿子的这四个字,也便成了岳飞的宿命。岳飞既然死心要"尽忠报国",为什么当时的一国之君宋高宗还非要置他于死地?这就要先从宋朝的基本国策说起。其开国皇帝宋太祖赵匡胤,出身武夫,得天下后汲取了唐末国擅于将,将擅于兵,五代诸帝多由军士拥立的教训,制定了治国的大政方针:重文轻武,以文制武。经过北宋王朝百余年的贯彻执行,重文轻武的国策已经演变成一种社会风气。君既重文,臣必轻武。文治固然可以制内变,然不足以抵御外侮,所以宋朝长期积弱不振，国力最是衰败。大文人倒是出了不少，如范仲淹、朱熹、司马光、欧阳修、苏东坡、李清照、陆游、辛弃疾等等，武将也都有极高的文学修为，岳飞的一曲《满江红》，成千古绝唱，其书法也大气磅礴，笔力千钧。稍后的文天祥，本来是状元出身，一带兵打仗便倒了血霉，注定死路一条。但他的《正气歌》《过零丁洋》等诗作，却惊天地而泣鬼神，成为不朽。封建时代讲究的是"一朝天子一朝臣"，你岳飞光说"尽忠报国"，要尽谁的"忠"，报谁的"国"？岳飞忠的当然是"大宋朝"，保的是整个"大宋江山"，这恰恰是赵构心中恼恨。

靖康二年，宋徽宗和宋钦宗同被金人掳走，当时被掳走的还有宗室、后妃、文武臣僚等共计三千多人，称"靖康之耻"。宋徽宗有儿子三十一个，已有六人早亡，其余除赵构外都被金人掳到北国去了，皇上的龙袍自然而然就穿到了他的身上。也可以说是国家的大灾大难成全了他这个皇帝。自此南宋开始，北宋结束。而岳飞的大忠是要一雪靖康之耻，直捣金人老巢，迎回"二圣"。倘允许他乘胜一路打下去，直到把父亲宋徽宗和哥哥宋钦宗都接回来，那宋高宗又往哪儿摆呢？岳飞的"尽忠报国"岂不要弄得赵构皇帝当不成了？所以岳飞越是胜利在望，越要把他调回。光是把岳飞调回来也不安全，他的大军已深孚众望，被百姓称做"岳家军"……只要岳飞还活着，赵构的皇上就当不安稳，不杀不足以去心病。自古都是"君疑臣，臣必死"。甚至当秦桧及其爪牙万俟卨等，实在凑不出更多罪证，写奏章准备放岳飞的长子岳云一条生路时，宋高宗竟然朱笔一点，将勇冠三军、功不可没的岳云和张宪也一并处斩，以绝后患。足见其狠毒，也证明杀岳飞并非巨奸秦桧所独为，赵构才是幕后主使。

其时为公元一一四一年，农历十二月二十九日晚，大理寺监狱得密令，佯称请岳飞沐浴，拥其入密室。突然从两旁蹿出大力军士，用棍棒猛击岳飞身体两侧的软肋……谓之"拉胁而死"。岳飞当时只有三十九岁，目眦皆裂，悲愤难抑，怒吼："天日昭昭！天日昭昭！"

不错，"天日"终有"昭昭"之时。在国运垂危之际，奸帝奸臣合谋残杀国之栋梁，极大地刺激和调动了朝野上下和广大百姓的复杂情感,这里面有憎恶、义愤、悲怆、惋惜、不平等等。所有这一切又都化为对岳飞的同情和敬慕,同情产生亲近,亲近推动流传,流传催生神话……古今中外的历史上被神化的人物,大多并没有大圆满的结局。耶稣被叛徒出卖钉死在十字架上;生前不甚得意,颠沛流离"急急若丧家之犬"的孔子,死后却渐渐成了圣人;英雄一世,最后却因骄傲轻敌、刚愎自用而打了大败仗,竟连自己的脑袋都被人偷走了的关羽,却一步步地成了"武圣人"、"武财神"……岳飞也一样,在被害死的那一刻,却波澜壮阔地登上了生命的巅峰,成为民族精神的象征,千秋万代接受民族的崇敬。

是岳飞,强烈而鲜明地提升和区分了中国式的忠奸文化。中国有无以计数的各式各样的庙,只有在各地的岳飞庙前,才塑有奸臣、叛徒和小人的跪像。而且民间传说击桧之头,永不头痛;击桧之心,永不心痛。在永远跪着的群丑两侧,有这样一副联:"蓬头垢面跪阶前,想想当年宰相;端冕垂旒临座上,看看今日将军。"让历史、让民族的良知,让古今百姓,出一口胸中恶气,大快人心!

2006 年 8 月 4 日

无冕之王

人们习惯于将这个称号送给舞文弄墨的骚客,尤其愿意这样称谓记者。可我观察了几十年,还没有真正碰上一个配这种称号十分妥帖的人。或者因为缺乏"王"者气象,或者虽具备了王者风范却有意无意地错过或躲开了这种"王者效应"。最近在美国康州的纽海文市,意外地遇到了赵浩生老先生,心里豁然一亮:他正是当代的"无冕之王"!

美国人讨厌一个"老"字,不喜欢被人称为"赵老"、"董老"、"夏老"或别的什么老。宁愿被直呼其名,或简化为"老赵"、"老董"、"老夏"。好像把"老"字放在前面比放到后面要显得年轻许多。赵浩生,我估算其年龄当在"七老八十"之间,按中国人的习惯实在是不敢不尊称一个"老"字了。但老先生的记忆力之好,思维之敏捷,谈吐之诙谐,令人绝倒。

他住着一栋漂亮的大房子,后面是一溜敞亮的大窗户,和邻居的房子中间是一片草坪,周遭有树林。赵先生说:"这草坪是两家的,但我们不在中间竖篱笆,他看就都是他的,我看就都是我的。常有成群的野鹿和野鸡光顾这里,它们站在我的后窗户跟前向里面扒头探脑。这里的野物不是怕我看它们,而是它们想看看我长得什么样,对我进行骚扰……"

他的谈话天上地下,从古到今,东西南北中,纵横捭阖,妙趣横生。根据眼前一张有张学良的合影照片,赵浩生又谈到了这位"少帅"当年的轶事。当年广西大学校长马君武曾写诗嘲讽他在战乱中太过多情:"赵四风流朱五狂,唯有胡蝶正当行。美人关前英雄冢,七万东

241

师下沈阳。"

作为回应,张学良也作诗自嘲:"自古英雄皆好色,好色未必是英雄。我非英雄也好色,好色我堪称英雄。"多么地坦率,几乎可以说坦率得可爱了。但也唯有张将军才有这样坦率的资格。据说西安事变后有人问周恩来,张学良为什么那么傻,非要送蒋介石回南京?周恩来感慨系之地说了一句令人深长思之的话:张将军看京剧看得太多了!

在轻松的谈笑中,赵老先生能很快让人喜欢上他。我一向认为,从心里喜欢上一个老人,为其魅力所征服,比尊敬和钦佩一个老人更难。

老先生的家就是一个小联合国:他是美籍华人,夫人是日本人,儿子惠程耶鲁大学毕业后到泰国工作,娶了个菲律宾姑娘做妻子,在泰国生了个具有中、日、菲三国血统的儿子。女儿惠纯在纽约大学任教,用英语写作,去年出版了长篇小说《猴王》,颇受关注……更不知未来的夫婿会选哪一个国家的人?

他介绍自己人生的多色彩和多重身份时说:"有人称我是中国的儿子,日本的女婿,美国的公民。"先讲他的"中国情绪",每年至少回中国三次,近二十二年来已经回去七十六次了,在北京饭店住了十二年,在王府饭店住了九年。他从中国回美国叫"出国",从美国回中国叫"回国"。他这样描述自己每月的生存状态:"第一个星期闹时差反应;第二个星期向夫人报账,把在中国乘出租车的烂票子缴上去;第三个星期坐立不安;第四个星期买票回国。"

他回国后必不可少的一种享受,是每天清晨早早地起来去寻找北京老戏迷的胡琴声——在王府饭店对面的路口、天坛的长廊下和筒子河的路边,常有一群老头儿扯开嗓门在过戏瘾。由于只有一把胡琴,老戏迷们不得不排队等候,轮流着一段一段地清唱。赵浩生也不例外,想过戏瘾也得排着,唯其这样排半天队方能轮上唱两口,才更觉着有味儿。老戏迷们记不住他的大名,也不知道他是从美国来的,只称呼他为"赵大爷"。这位"赵大爷"个头不高,气色不错,留着灰白的小平头,一口京腔,张口爱逗乐儿,人缘儿挺好……

赵浩生自称有"三乐"：唱戏、教书和采访。老先生曾是耶鲁大学的教授，退休后担任了米勒公司的高级顾问——米勒公司的董事长米勒，被尊为美国企业界的领袖，卡特任总统时期曾担任财政部长。时间长了赵浩生觉得老给别人当顾问是嘴把式，光说不练。一九九二年，便联络一位朋友，投资北京一家乡镇企业，办起了一个工业公司，赵浩生自任董事长。不能只是站在路边清唱，他要真正登台演练一番。

他说，我跟中国的联系不只是血缘关系，而是生活、山河、岁月交织起来的全部人生。我是外籍，可不是外人，最大的心愿就是为中国做点什么……但他又调侃自己对于工业是外行，是个不懂事的董事长。企业干成功了，就写一本书，叫《钢铁是怎样炼成的》。失败了也要写一本书，叫《钢铁是怎样炼不成的》。运作至今，老先生声称钢铁还在炼着，只是相当困难，总算知道锅是铁打的了！

那一年，作为"日本的姑爷"，赵老盛情难却地答应了日本银行公会的邀请去讲课，日方还希望他能讲讲亚洲金融风暴和中国的经济现状。我随口问了一句："能给日本的金融家上课，你的日语想必是讲得非常之好！"

他说："马马虎虎，我的日语水平就是能够骗来一个日本姑娘当老婆。"

待到讲课日期临近了，他忽然又觉得心里没有底，赶紧给当时的国务院总理朱镕基写信，要求回答一些问题，紧急补充金融知识。朱总理让国家银行的行长戴相龙约见老先生，回答他提出的所有问题，帮着他剖析当今世界的金融形势……其后他在日本的讲演大获成功，这是自然而然的了。

这就有点"无冕之王"的气势了，敢于向大人物提出自己的要求，而大人物们竟都不拒绝他的要求。我在他的书房里看见两幅照片，一幅是他和江泽民交谈的照片，旁边放着江泽民送给他的礼物。另一幅是他采访李登辉的照片，旁边放着李登辉送给他的纪念品。

我说，在您这间房子里，国共再一次合作，祖国实现统一了！

于是,他讲了数次去台湾采访高层人物的故事……

一九六六年,赵浩生以专栏作家的身份到台湾采访,夜里十二点钟的时候,当时的新闻局长沈剑虹通知他,第二天上午蒋介石要见他,这是一般礼节性的会见,不过几分钟的事情。第二天在走进总统会客厅的时候,赵浩生对陪同的沈剑虹说:"我恐怕要向蒋总统提几个问题。"

沈剑虹断然拒绝:"不行,你要想提问题必须提前书面呈报。"

赵浩生说:"我试试,总统回答我就提,不回答就算。"

沈剑虹变色:"那也不行!"这时候副官唱名:"赵浩生先生到。"蒋介石走了出来,与赵浩生握手,然后在靠背椅上坐下,开始客套性地询问,诸如:什么时候来的? 看了些什么? 赵浩生一一作答。蒋介石又问:"有什么意见?"

赵说:"有。"沈剑虹十分紧张。赵浩生却自管说下去:"我是教书的,这次来看到全台实行九年制义务教育很好,我很有兴趣,想采访这方面的情况,请总统发话给我方便。"

原来,蒋介石非常重视教育,九年制义务教育正是他亲自倡导的,他一谈就谈了半个多小时。回美后赵浩生在"海外观察"的专栏里发表了一系列有关亚洲的政治经济、各种人物以及山水风貌的文章,海外报刊纷纷转载,唯台湾的报刊一篇都不采用。原因是赵浩生在文章里说了一些诸如"蒋介石的头发比过去白了"之类的话,被视为不敬。那个年代描写蒋介石和毛泽东都有专门用语,形容毛泽东必须是"红光满面,神采奕奕",描写蒋介石的是"戎装佩剑,两目炯炯"。

我问赵先生:"在您采访过的人中谁给您的印象最深刻?"

他说:"周恩来。世界上有两个政治家最了解新闻的价值,最善于发挥新闻的功能,跟新闻记者的关系最好。一位是罗斯福,一位就是周恩来。我第一次采访周恩来是一九四六年,我是第一次见到一位中国的新闻人物在中外记者招待会上用中文发言,由翻译龚澎再把他的话译成英文。他挥洒自如,谈笑风生,有一种难以抵挡的人格魅力,这也是我第一次在外国人面前感到作为中国人的骄傲。"

赵浩生这大半生可谓丰富多彩,硕果累累。早年做过重庆《中央日报》和上海《东南日报》的记者,一九四八年被派驻日本。中国解放后给当时的新闻局长胡乔木写信,要求回国,但迟迟得不到答复,这当中朝鲜战争爆发了,他想回国已经回不去了,就转到美国读书,毕业后又教书……

——作为教授,桃李满天下;

——作为记者,朋友遍天下;

——作为作家,著作等身。

我读过一篇文章,记得说他还上过黄埔军校,便请教老先生是否真有此事。赵浩生笑着又讲了一段趣事:一九九二年,他第三次去台湾,采访素来不喜欢新闻记者、又最不好说话的"行政院长"郝柏村。赵浩生自报的头衔是教授,一见面就对郝柏村说:"郝院长,咱们两个是同学,你是我的学长。"

郝柏村奇怪:"这怎么可能? 我是当兵的,你是教书的。"

"是的,你是黄埔十二期,我是黄埔十四期。"

"你怎么改行了?"

"我刚入黄埔时,基本训练受不了,就跑了。"

郝柏村哈哈大笑:"你原来是个逃兵啊!"

赵浩生:"这不向你自首来了吗?"气氛顿时活跃了。他接着说:"郝院长,我要报告你一个好消息,你的老家江苏(郝柏村是江苏盐城人),年产值已超过上海。"

郝柏村点头:"好啊,很好。"

"这是你们老乡(指江泽民)的功劳。"

在随后的采访中,郝柏村谈得很多。赵浩生天马行空,几近人生的化境——这大概才算得上是潇洒。

2006年11月3日

245

美国的中国作家之家

　　中国人的家庭观念重,便习惯于以家来比喻自己的所爱:"爱国如家"、"爱厂如家"、爱社如家"、"爱校如家"……等等。以后发现在这个口号下人们把属于国家的和集体的东西随便往家里拿,或随便糟蹋:"厂里有什么家里就有什么","队里的东西也就如同自己家里的东西"……这就使"爱××如家"之类的豪言壮语很有些靠不住了。

　　于是聪明人另外想出主意,利用人们爱家的习性,把公家的单位办成"家"一样的实体,一时间如雨后春笋般地在中国大地上出现了一大批各式各样的"家":职工之家、干部之家、社员之家、青少年之家……全国的专业作家如在一起也不会超过一千人,竟有十几个"作家之家"和"创作之家"。我有幸去过几个这样的"家",那也都是"国营单位",也要讲究经济效益,起码还要"自筹自支"地养着一批人。作家去了无非是少收费或者在有些项目上不收费。想在那种地方找到家的感觉是不可能的,实际上也没有人会把这样那样的"之家"真的当成家!

　　一九九八年夏天,中国作家协会接到了美国耶鲁大学图书馆总馆长写给我的信,他在信上说,数百名中国作家向耶鲁、哈佛、哥伦比亚三所大学赠书的活动已经进行两年多了,希望中国作协派作家赴美举行赠书仪式,并作讲演。这个任务最后落到我和扎西达娃等四个人的头上,在秋末的时候起程了。

　　作家出国是无须提前做什么准备的,该准备的东西都在自己的脑子里,即使一时想不起来的东西也都存留于自己曾经发表过的作品之中。特别是公派成团出访,更用不着多操心,在登机前的碰头会上才

看到了在美国的行程安排,知道了我们在美国东部活动的时候都住在
"中国作家之家"。当时没有多想,只是有一点新奇,是谁有这份热情
有这种本事,居然在美国搞了这样一个"中国特色"? 想当然地猜测成
是将现成的宾馆或招待所改头换面地多挂了一块牌子……

一路无话,当我们搭乘的班机降落在纽约机场的时候,已经是晚
上九点多钟了,没有想到在出口处竟有一群人迎候我们,让人感到亲
近和温暖。全美中国作家联谊会会长冰凌先生,比我想象的要年轻得
多,却已经开始发福,虎背熊腰,热情奔放,一看就是个能在最短的时
间内交上朋友、打开局面的人。他先自我介绍,然后为我介绍了中国
驻纽约总领事馆的几位参赞和其他来迎接的美国朋友,最后才轮到引
见一位静静地站在后边的年轻绅士。不知为什么,我当时一见到这个
人脑子里就冒出了"绅士"这两个字。他在这一群人中美国化的程度
最深,有着得体的冷静和礼貌,足见他有很好的定力。不争着向前握
手,也不拘谨冷淡,面有静气,身材修长,仪表整洁,透出干练又带几分
儒雅。冰凌介绍他是沈世光先生,美国的"中国作家之家"就设在他的
家里,作家之家的主任凌文璧女士是他的妻子。

我的心里咯噔一下,这就是说我们实际上是住在沈先生的家里。

我出国的次数不算多也不算少,不论是公派还是对方邀请,都
还没有实实在在地在私人家里住过。何况我们这是一个四人代表
团……我这个团长在飞机降落之前都不操心,现在想操心已经有点晚
了,只能客随主便先住下来,明天视情况再说。

冰凌安排我坐沈先生的车,他驾的是一辆新型宝马,这倒引起我
的好奇,根据他的车揣度他的身份和财力……香港人爱说一句话:"坐
奔驰,开宝马。"有司机给开车就坐奔驰,自己驾车就开宝马。

沈先生的家在麦迪逊,从纽约到他的家至少要在高速公路上跑
两个半小时。他驾车平稳快捷,很快就把冰凌他们甩在后边看不到了。
高速公路两旁的林带高大稠密,如黑森森的围墙。我有过跑夜路的经
验,最好是聊天或讲笑话,驱散驾车者的睡意,我们也正好可以相互有
个大概的了解。通过交谈,知道沈先生是上海人——这又给我心里增

加了一份紧张感,因为上海人公认是最精明的。上海的报纸就公开讨论过上海人的形象问题,什么小男人、小女人,小家子气等等。我对上海人的反感只有一点,就像对广东人的反感一样,在你跟他交谈得正热闹的时候,他突然看见一个老乡,就会当着你的面用你听不懂的话唧唧咕咕、咿哟哇呀,且没完没了地把你冷落在一边。谁碰上这种尴尬的场面,也只能有一种解释,背人没好话,好话不背人。说来也怪,我在文坛上有两个很好的朋友,偏偏一个是上海人(夏康达),一个是广东人(陈国凯)。

沈先生十七岁到云南盈江县插队落户,一干就是十年。回城后重新规划自己的生活,经过必要的准备,十几年前考进耶鲁大学攻读数学,当然是边读书边打工。他打工的地方是一家日本餐馆,干得认真而刻苦,早来晚走,用当年在云南"干插队"的精神对付今天"洋插队",多做、勤问、明学、暗记、查书……也是他和"日本料理"有这份机缘,一两年之后居然掌握了日本菜肴和寿司的制作技艺,站到了前厅的寿司吧,成了能支撑餐馆营业额的人物。此时,他的夫人也来到美国读书,到一九九二年他们夫妻和兄嫂共同投资买下了那座名为"武士"的餐馆……

我多少知道一点经营一个餐馆该有多忙,他们怕塞车误了接机,七点多钟就到了纽约机场,在机场整整等了两个多小时。也就是说他们五点钟左右就离开了餐馆,耽误了沈先生半天的生意,让我不安。如今为了别人,哪怕是为了朋友,肯耽误自己生意的人已经不多了。我们在路过纽海文市的时候,沈先生绕道回到他的餐馆处理了一些事情。餐馆已经打烊,我在外面等候,得以观察这餐馆的规模,这是一座三层红楼,规模不算小。耶鲁大学同哈佛大学一样,没有围墙、大门之类的阻隔,校园就是城,城就是大学。"武士"餐馆坐落在大学城的中心区,前临大道,后有停车场,位置不错。

从沈世光和他夫人的经历中,看不出跟文学有任何瓜葛,无论是现在还是将来他们都没有要当作家的打算,为什么要把自己的家变成"作家之家"呢?我不能问得这么直白,只要绕个圈子打听出他们夫妻和冰凌的关系,剩下的也就能猜个八九不离十了。

原来,冰凌刚来美国的时候在沈先生的餐馆里打工,沈先生给了他足够的自由,来去随意,来了有他的活干,走了给他留着位置,什么时候愿意还可以再回来。在美国到哪里去找这样的老板?沈先生夫妇暴露出一个弱点:同情文人。冰凌则相中了沈先生的厚道,当老板的都精明,这不足为奇,不是精英考不到美国来,当今商品世界原本就没有几个是傻子。但是,当了老板仍心存厚道,有了钱仍活得单纯,就难能可贵了。生活中能成大气象者,往往是这些内存宽厚、精明而不失善良和朴诚的人。

这就可理解了。我想大凡认识冰凌的人,或被冰凌看中的人,可能都要被他说服为文学做点什么,有钱的出钱,有力的出力。沈先生夫妇恰好是既能出钱又能出力的人。冰凌既然被选为全美中国作家联谊会的会长,他能放过自己的老板吗?于是沈先生的家就成了冰凌文学活动的根据地。设在他家里的"中国作家之家"挂牌开张的时候,总领事邱胜云、正好做客康狄涅格州的中国作协副主席王蒙、家就住在纽海文市的著名学者赵浩生等,为之剪彩。当时年近八旬、离国五十年的赵浩生老先生浩叹一声,感动了所有在场的人:"有家可归了!"

我们离家之后飞越半个地球,真的也能在这个陌生的美国长岛海滨找到家的感觉吗?

晚上十二点多钟,我们赶到了沈先生的家。在夜色中,被四周的灯光托浮着一幢崭新的棕色三层小楼,尖顶木结构,飞檐翘脊,造型古朴别致。进到里面却相当豁亮,房间很多,宽敞透亮。由于灯火通明,我们又是刚从外面的黑暗中闯进来,觉得相当富丽,典雅温馨。室内的陈设和装饰非常考究,显示出主人多方面的情趣和不俗的艺术鉴赏品位,每个角落都布置得富有情趣。

俗云:"店大欺客。"何况这还不是"店",我心里有了怯意,也许是歉意。装修这么豪华的带有强烈家庭色彩的私人住宅,而且看得出主人非常喜欢自己的房子和家庭,深更半夜的突然闯进来一群不速之客,会怎么想呢?此时我脑子里没有一点到了"家"的感觉,却生平第一次如此深切地体会到"不速之客"这四个字的真正含义。

女主人凌文璧，也提前从餐馆出来，先一步到家为我们准备了丰盛的欢迎酒宴：有中国菜，有美国蛋糕和点心，有日本寿司，考虑到藏族作家扎西达娃爱吃肉食，准备了各式各样的面包、奶油、火腿和香肠，还有高档的法国红葡萄酒……餐厅里红烛高照，餐具锃亮，红木的餐桌、餐椅能照得出人的面孔，就连脚下——在厚厚的纯毛地毯上面又铺上一块珍贵的波斯地毯……这是名副其实的"贵宾厅"！

主人越是热情，我越觉得不好意思。由于时差反应，在飞机上又好歹吃过一顿了，再加上当"不速之客"的尴尬和拘谨，基本没有食欲，一边说着道歉和道谢的话，一边观察沈氏夫妇，特别是女主人，因为她同时还是这个"中国作家之家"的主任。这个既是主人又是主任的凌文璧，看上去似乎更年轻，有着典型的江南女子的清秀，身材娇小轻盈，容貌妩媚精致，通身上下体现着一个"快"字：脑子快，眼神快，动作快，说话快，很快就营造出一种融融的家庭氛围，把我们这群深夜闯入者笼罩其中。我的同伴们渐渐由拘谨变自然，开始大口喝酒，大口吃肉……

作家都是敏感的，这要感谢主人的盛情里没有一丝勉强和客套。主人自然，客人慢慢就会自然起来。沈先生夫妇真是天造地设的一对，一个沉稳厚重，一个活泼欢快，谁也不用看谁的眼色，都是主人，都能做主，和谐而默契。外人看着都觉得舒服和般配。

由于明天一早，实际已经是今天一早，我们还要赶往波士顿。无论这顿欢迎夜宵多么的丰盛也不能吃到天亮。我带头放下碗筷，沈先生便起身带我们到二楼，为大家分配了房间。幸好他家的房子多，确实具备了"作家之家"的规模，每人一间房，房间里洁净舒适，配置高雅，地上铺着厚实的长绒地毯。床很大，崭新的被褥干燥而松软……

冰凌则睡在一楼的客厅里，由于事情多，还要安排明天我们去哈佛大学的赠书和座谈，大概忙到凌晨三四点钟才睡。那正是我在楼上豪华卧室里辗转反侧的时候，忽听一阵轰轰隆隆的怪声传来。我的神经原本就够紧张的了，人一紧张对这种奇怪的声音不往好处想，于是翻身下床。好在楼上楼下都铺着地毯,我打赤脚悄没声地循声找去,找来找去,找到了楼下的客厅,原来是冰凌先生的鼾声。这鼾声还是真有点特色,粗细不定,起伏不定,全无抑扬顿挫的规律可循,只是一串串、一阵阵、一嘟噜一挂地从他那雄威体魄里扭结不畅地喷发出来,其鸣响浑厚沉闷,却又极具穿透力。

说也奇怪,见到他那副无节制的大无畏的睡态,我全身心立刻放松了。我们是这家的外人,他也是外人,而且是在他过去的老板家里,竟能睡得这般坦然大方,毫无障碍,我又何虞之有?回到自己房间,在冰凌鼾声的催促下很快就觉得眼皮沉重,渐渐进入睡乡。

此后的十来天里,冰凌一直跟我们同吃、同住、同行,这有助于缓解我们的拘束不安。特别是他的鼾声,简直是大家公认的一种不可没有的景观,每到夜深,大家说该睡觉了,他动手在楼下的客厅里铺被褥,我开始上楼,还没有等我走到房间,他的鼾声已经追上了我。听着他惊天动地的呼噜声,我作客他乡有了一种安全感。他这位全美中国作家联谊会的头头,带头把沈世光夫妇的家当成了自己的家,我们又何必见外呢?

冰凌不仅在该睡的时候睡得快,在绝对不该睡的时候也睡得快。他在高速公路上开着车也常常会闭上眼睛打个盹儿。他写过一篇妙趣横生的小说叫《车轮滚滚》,有位留学生告诉我那写的就是他自己的生活。他刚来美国不久,花几百美元买了一辆汽车,兴高采烈地拉上一帮同学去兜风,他不敢开快,那老爷车也开不快,大家一路说说笑笑,高歌慢进,冰凌突然看见自己的车头前面有一只汽车轱辘在滚动,他大叫:快看哪,真是奇迹,马路上凭空跑轱辘,我们今天可以白捡一只轱辘……他的话还没有说完,自己的车趴在路上不动了。原来那只轱辘就是从他的车轴上飞出去的。怎么样?他自己就是个小说人物,能不叫人喜欢吗?

在沈世光夫妇的家里住过几天以后,再想让我们搬出去我们却不愿意了。在纽约活动期间,有位在华尔街美国奥本海默基金公司任副总裁兼基金经理的朋友,就想安排我住在纽约,活动方便,走的时候也方便。我毫不犹豫地谢绝了，宁愿连夜坐两个半小时的车赶回"作家之家"，哪怕第二天再跑同样的路程回纽约。当时那种无论如何也要回去住的情状，真有点像回自己家的感觉。不管多么豪华的宾馆也不如回到家里舒服自在。

出门在外三件大事：食、住、行。前面说过了，扎西达娃热衷西餐，希望能顿顿有面包火腿、牛奶咖啡。我虽然能够忍受西餐，如果有条件当然还是喜欢多吃中餐，尤其希望早晨能有一碗热乎乎的糯粥、小菜，或面汤、馒头、包子之类的东西。我们团里还有的爱吃辣，有的爱吃甜……俗话说众口难调。但有一个地方就好调，那就是在家里。每个人在自己的家里都不会拗着自己的口味。在"作家之家"里，这一切也不成问题。主人是开日式餐馆的，却把家里装配得够开一个中餐馆和一个西餐馆，不论谁，只要提出想吃的东西，家里就有，没有的很快就可以买回来。食物配备齐全，如果沈先生夫妇顿顿都把饭菜做好了请我们入席，那就嫌太客气，难免显得生分，那样我们就永远也不会把他们的家当成自己的家。他们夫妇还要兼顾餐馆的业务，餐馆每天上午十一点钟开门，晚上十一点钟打烊，他们很忙，每天睡得很晚。于是就把家交给了我们：反正这是你们的家，我们不把你们当外人，你们如果还不把这儿当家，那就是你们的事了。

吕坤有言："诚则无心，无心则无迹，无迹则人不疑，即疑，久将自消。"沈先生夫妇的诚挚，是心的开放，心的接纳，坦怀待人，表不隐里，明暗同度。作家是观察人体味人吃感觉饭的，纵有千篇著述靠的无非是一个"诚"字，求的也是一个"诚"字。阮籍曾感叹过："人知结交易，交友诚独难。"作家一旦感到了对方的诚意，又极容易被感动，被感动之后又容易见面熟，不拿自己当外人。我和扎西达娃喜欢动口不动手，吃现成的。我们团里的另外两名成员，是贤淑的女性，喜欢动手不动口或少动口，下厨的事就由她们包了。再加上冰凌，他虽然睡得快，但睡得深，睡得少，每当早晨我一下楼，他已经早就起来了，先让我喝一大杯纯果汁，说是清理肠胃，而且已经把糯粥熬好，他为自己和我找的那两只盛粥的大碗就如同河北农民用的大海碗。不管主人在不在家,都由着这几个作家折腾,再若说"作家之家"不是家就太没有心了!

在那些天里如果有个生人走进来,很有可能会把沈先生夫妇当成这座房子的客人。常常在我们吃到一半或快吃完的时候,他们回来了,有说有笑地跟着大家一块儿吃一点。我们在外面活动,如果嫌专为我们安排的饭不好,就跑回家来吃。在外面没有吃饱,回到家再补足。

这简直就是中国老百姓所说的"吃大户"!

作家的生活是散漫的,甚至是古里古怪的。扎西达娃是夜猫子,每天晚上在沈先生的家庭影院里尽情享受各种好莱坞大片,或者是跟美国的朋友通电话,不折腾到凌晨三四点钟不睡觉。我由于在国内每天早晨游泳,所以不管睡得多晚,早晨五六点钟必醒,要起来跑步,练力量,室内室外的穷折腾。实在也是因为这儿的自然环境太美了,沈先生的小楼离高速公路不足二百米,有专线通到他的车库,却仿佛坐落在原始林区。房子四周是碧绿的草地,每到清晨,草尖上就顶着一层晶亮的露球,草地外面是野树林,有高可参天的橡树,也有一片片一蓬蓬已经开始转为深红的枫树,林子中间有一深沟,沟底流淌着一条小溪……我第一天看见这景色就想到了梭罗的《瓦尔登湖》。早晨走在这样的林子里,真感到空气是甜的,带着一种湿润的植物气息。

天空高蓝,有时日、月、星,"天之三曜"同悬一天。我既然有幸住在这儿,倘若不充分利用时间享受这份美,岂不是辜负了大自然的厚赐?常年住在大城市里,满眼乌沉沉,见楼容易见天难,见灰容易见绿难,见小绿容易见大绿难,见树容易见林难……这能怪我每天早早地起来出去活动吗?

这样一来,沈先生的家里一天能安静几个小时呢?想想吧,把自己一个好好的家当成"作家之家",实在不是一件容易的事。假如不是相互视为家人,怎么能忍受得了这种折腾?将心比心,我们差不多都有过这样的经历:突然有外地的亲戚住到家里来了,你是什么感觉?

何况,我们这几个人对于沈先生夫妇来说是素昧平生的陌生人,他们怎么会有这般明朗的心地和坦阔的容量?既没有丝毫厌烦,也没有意识到自己是在做好事的那种感觉，"朋友验交际，无陷也无傲"，让人感到随意而宽松。这是装不出来的，也无法用意志来克制，只能是性格使然，天生的心地宽厚。因为没有人强迫他们这样做。

再说"行"。只要我们有活动，沈先生夫妇就全力以赴，必有一人为我们驾车，有时我们要兵分两路，他们就放弃餐馆的业务，一人开一辆车拉着我们到处跑。还有冰凌为接待我们特意买了一辆七个座位的面包车，对作家来说这甚至可以说是有点奢侈，有点浪费了。由于他们在做这一切的时候不是刻意而为，自自然然，仿佛是顺理成章的事，这就减轻了我们的心理负担，我们谈得很多，谈得很深，我也有条件仔细地观察他们的生活……

和中国人相比他们是富裕的，在美国他们也算是"中产阶级"，他们的生活却非常干净，甚至称得上是单纯，这一点也许会出乎许多中国人的想象。美国是"中产阶级强大的国家"，富翁是少数，穷人也是少数，中间的人最多，这批人被称为"有理性的大多数"。据美籍学者董鼎山在一篇谈美国"中产阶级"的文章里引用的数字，在美国要维持真正中产阶级的生活，"每年非有九万、十万美元的收入不可"，折合成人民币就是八九十万元。"勤俭的移民家庭，也需要三四万美元的收益。"

沈先生夫妇应该说是成功的老板了，过的也可以算是典型的"中产阶级"生活。他们每天晚上十二点钟之前回到家，看看报纸和电视新闻，第二天八九点钟起床，十点钟出发去餐馆。没有节假日，一年中有一两次到印第安人保护区或大西洋城娱乐一下，平时的朋友聚会大都是两个或两个以上的家庭聚会，多是夫妻出双入对，看上去和美、体面。美国社会学家西伦·沃尔夫出版了一九九八年的调查报告《毕竟还是一致的国家——美国中产阶级对神、国家、家庭、种族偏见、福利、移民、同性恋、工作、右派、左派以及相互间的真正看法》，其结论是："美国中产阶级大部分对家庭价值与社会的看法相似，他们生活有节制，信仰坚定，行为不失检点，同时也保持自己个别的特性。"

就在纽约的一次聚会上，一位华裔的文学中人宣称，人都是自私的,人跟人的关系都是功利的。他发出这样的感慨不是没有根据的,当今世界几乎没有无功利色彩的社交和聚会了,在这种场合你无须打听,只要静静地观察,就能看出谁是做东的,谁是受请的……世上似乎没有人是愿意白花钱的,有钱的或花了钱的人,那种经过巧饰的得意和傲慢,那种居高临下的挥洒自如、侃侃而谈,都让你感到求人的和被求者、施与者和接受布施者心里的暗昧。

沈世光、凌文璧夫妇年纪不过四十岁上下,我不知道他们是怎样修持的?沈先生直而不激,诚而不浅,有一种可信赖的成熟。他的夫人,清澈洁净,充满灵性,心如晴空朗日,活力充沛。他们都已经无须任何奢华的伪饰,有着一种极为朴素的生活姿态。唯其朴素,所以自然;因为自然,所以自由。他们不像是被吃的"大户",倒更像是我们中的一员,甚至没有主人的矜持。越是朴素自然,越显出生命的本真状态的健康和强大。

质朴是一种高贵,唯自然才越显出品格的真价值。在商品社会里能结交像沈先生夫妇这样的人,就越发难能可贵。我想问的是,为什么在美国这样一个最发达的商品社会,自重的人竟能洁身自好呢?

我们在异国他乡体验到了无功利、纯友情的愉快,我想沈先生夫妇也感受到了这种轻松。大家都可以面对面地望着眼睛说话。尽管以前不相识,今后也未必还能再相见,却很快由生变熟,由熟而近,近而诚,诚而深。与人以虚,虽近而远。以诚交深,虽远也近。哪怕是拙诚,也远胜过巧伪千百倍。而巧伪是很累人的……

谁都有过外出的体验,即所谓"在家千般好,出门一朝难"。如果出门在外没有感到难,甚至也是"千般好",自然就会把外边当成家。我们飞渡重洋,能在异国他乡找到了家的感觉,皆因遇到了像家一样的人。家人家人,家是人,只有人才是人的家。中国人把结婚叫做"成家",就足以说明有人才算有了家。因为有了沈世光夫妇,在美国才有了"中国作家之家"。还是因为有了这一对夫妇,这个不是"官办"的"作家之家"倒真的像个家了。

其实,生活在商品社会的人们尤其需要真挚的友情。如果说"钱可以使鬼推磨",热诚则可以感动神,这能温暖和滋润人的精神,能净化和升华人的性灵。在人的灵魂日益沙漠化的今天,能够被朋友感动,享受朋友,实在是人生的大幸事、大乐事。结识了沈世光夫妇和冰凌,成为我这次美国之行最重要的收获,与此相比其他的都无足轻重。这话也许说得有点极端了,与我这样的年纪不相称,但我不想修正自己的话。这样说最能表达我真实的感受。人生感意气,结交在相知。"丈夫重知己,万里同一乡。"男人感动男人,是地震式的感动。

我们相聚的时间很短,相交却很深。我确信在美国的麦迪逊市有个地方是我可以当做家的,任何时候我去了都会受到家人般的对待。我渴望再见到他们,更希望能在我的家里像对待家人一样地接待他们。

2006 年 11 月

百年佳话

　　一个晴朗的早晨,阳光透窗。九十八岁的国学大家文怀沙先生,其声其韵也像阳光一样舒展而健朗,通过电话正向我讲述一个沉重的话题:时间无头无尾,空间无边无际。人的一生所占据的时空极其有限,我们不知道的领域却是无限,对"无限"我们理应"敬畏"。生,来自偶然;死,却是必然。偶然有限,必然无限……

　　把他的句子竖排,就是一首诗。

　　我听着听着,心里泛起一股温暖,对这个生死的话题不再感到沉重,只觉得优美、深邃。这是一段当世的佳话,百年的传奇。文公口吐莲花,滔滔而出的也确是一首长诗,是写给他九十一岁高龄的"少年老友、老年小友"的林北丽先生。

　　林先生重病在床,自知来日无多。但病痛折磨,生不如死,便向文公索要悼诗,以求解除病痛,安然西去。八十多年前,作为小姑娘的林北丽,曾在西湖边不慎落水,少年文怀沙冒死救她出水。那是"救生",救她不死。今日却要"救死",救度她轻盈驾鹤,死而无痛。

　　知生知死,死生大矣。刘禹锡说"救生最大"。今日文怀沙公,救死亦不凡!

　　能否救得,还需把话题拉开,交代一下他们的生死之缘。

　　一九〇七年,国贼猖獗,局势险恶,"鉴湖女侠"秋瑾托付盟姐徐自华:倘有不测,希望能埋骨西泠。不想一语成谶,女侠就义后,徐自华多经周折,才按烈士遗愿将墓造好。并在苏、白两堤间,傍秋墓为秋侠建祠,取名"秋社"。一九一九年,年方九岁的文怀沙,随母亲来到杭州,拜母亲的好友徐自华为师,在"秋社"里学习经史子集、吟诗作赋。

不久,徐自华的小妹徐蕴华,带着女儿林隐由崇德老家来杭州,也住进"秋社"。用柳亚子的话说是"天上降下个林妹妹"。林隐十岁便有诗:"溪冻冰凝水不流,又携琴剑赴杭州。慈亲多病侬年幼,风雪漫天懒上舟。"

文怀沙称其是由诗人父母"嘎嘎独造的小才女……"

由此,文、林两人开始结缘。后来日本侵华,徐自华去世,大家为躲避战乱,各自西东,一时间文怀沙便跟"秋社"的小伙伴,以及诸多亲友都失去了联系。直到一九四三年,正在四川教书的文怀沙,从南社领袖、国民党元老柳亚子写给他的信中得知,曾轰轰烈烈嫁给林庚白,并用自己柔美的右臂为丈夫挡过子弹的林北丽,竟是他儿时的小伙伴林隐……

这就又引出一个不能不提的人物——林庚白。其字"众难",自号"摩登和尚"。依此也可窥视其不同一般的风流才情。高阳曾这样描述他:"宽额尖下巴,鼻子很高,皮肤白皙,很有点欧洲人的味道。"辛亥革命后林庚白被推举为众议院议员,帮助孙中山召开"非常国会",领导护法。后因军法破坏,孙中山愤而辞职,林也随之引退,重操老本行,研究欧美文学和中国古诗词。他本就擅长写诗填词,曾放狂言:"十年前,郑孝胥今人第一,余居第二。若近数年,则尚论今古之诗,当推余第一,杜甫第二,孝胥不足道矣!"

最为人津津乐道的是他精于命相学,曾出版相学专著《人鉴》。当时许多名流要人都请他算命,轶闻很多。如徐志摩乘机遇难,汪精卫一过六十岁便难逃大厄等等,如同神算。当时上流圈里流传一句话:"党国要员的命,都握在林庚白、汪公纪(另一位算命大师)二人手中!"

他自然也要反复推算自己的命造,且不隐瞒,公开对友人说他的命中一吉一凶:吉者是必能娶得一位才貌双全的年轻妻子。此后不久,果与年龄小他二十岁的林北丽因诗结缘,成为一对烽火鸳鸯。娇妻系同乡老友林景行的女儿,两人气质相投、词曲唱和,取室名"丽白楼"。可以想见,他们的闺中之乐甚于画眉。而他命里的一凶,则是活不过五十岁。因此重庆的几次大轰炸,都让他十分紧张。一九四一年初秋,他发现了一线生机,到南方或可逃过劫数。于是携妻南避香港。不想日军偷袭珍珠港,战火烧到香港。同年十二月十九日傍晚,日寇的子弹穿过林北丽的右臂,射中林庚白的心脏,年仅四十五岁的诗人竟真的倒下了。

丈夫下葬时林北丽写了一首祭诗:"一束鲜花供冷泉,吊君转差得安眠。中原北去征人远,何日重来扫墓田。"

此后她辗转又回到重庆。文怀沙知道了这些情况,便立刻赶去重庆看望她,两人相聚一个月,分别时文怀沙留诗一首:"离绪满怀诗满楼,巴中夜夜计归舟。群星疑是伊人泪,散作江南点点愁。"

解放后,林北丽出任中国科学院上海分院图书馆馆长,编纂校订了与丈夫的合著《丽白楼遗集》二十三卷。一九九七年,文怀沙从北京南下上海,为林氏一门三诗人的合集《林景行、徐蕴华、林丽白诗文集》作序。文、林两位白发堆雪的老人再次聚首,细述沧桑。

事隔十一年,文老先生突然接到林北丽老人从医院的病床上打来的电话,要求在还活着的时候见到他为自己写的悼词……这样一位才女,已经活成了一部传奇,死也必定不俗。所幸知心赖有文怀沙,这恰好也可成全文公的智慧和才情。

心悲易感激,俯仰泪满衿。接近百岁的文公,焦肺枯肝,抽肠裂膈,却压抑着自己的悲怅,寻找着能说透生死的方式。对林北丽这样的奇女子,已经透彻地理解了生的意义,她不会惧怕死亡,只惧怕平淡无奇地死去。

因此靠哄劝没有意义,他的悼诗不是救她不死,而是送她死而不痛,护卫着她的芳魂含笑九泉。这比"把死人说活"还难!文公长歌当哭,当夜一挥而就:

老我以生,息我以死
生不足喜,死不足悲
不必躲避躲不开的事物
用欢快的情怀,迎接新生和消逝

对于生命来说,死亡是个陈旧的游戏

对个体而言,却是十分新鲜的事……

生命不能拒绝痛苦

甚至是用痛苦来证明

死亡具备治疗所有痛苦的伟大品质

请你在彼岸等我,我们将会见到生活中一切忘不了的人……

一百年才三万六千天,你我都活过了

三万天,辛苦了,也该休息了

结束这荒诞的"有限"

开始走向神奇的"无限"

我不会死皮赖脸地老是贪生怕死

别忘了,用欢笑迎接我与你们的重逢

……

在哲学意义上真正活过的人,曾热烈壮丽地拥抱过生命的人,就会有这种智慧和勇气,从容面对死神,跟生命说"再见"。真正的死,是因死而不死。不是哭天抢地的惧怕,也不是无可奈何地垂死。一般人只意识到死的空虚,所以才惧怕。看透生死的转化,死是今生不可缺少的一部分。"如果死亡是黑暗,可以武断:黑暗后面必然是光明。"还有何惧哉?

人在临终时多不流泪,哭泣的是别人。这说明死亡有活人所不知晓的快乐和平和。幸福的人是活到自己喜欢活的岁数,而不是别人希望他活的岁数。死生本天地常理,文怀沙老先生经历百年沧桑,参透了生死,其情其诗足以惊天地而泣鬼神,还愁不能慰藉一个智慧而美丽的灵魂吗?

一个月后,林北丽老人怀抱文公的悼词,安然谢世。于是成就了一段百年佳话,生死传奇。

2007年5月26日

杨丽萍"映象"

　　我好久没有被舞蹈感动过了。前不久看大型原生态歌舞《云南映象》，出乎想象地被震撼、被征服了。被歌舞本身所感动，更被这场歌舞的灵魂——杨丽萍所感动。

　　关于杨丽萍的舞蹈我想无须饶舌，她恍若飞仙，妙舞绝世，早已为世人所公认是当今舞坛上的一个奇迹、一个精灵。而《云南映象》令人惊诧的，还有她的精神、智慧和勇气。这精神像一种火、一种自由、一种神般的气息。

　　毋庸讳言，许多年来舞蹈被一种叫做歌曲的东西给搅坏了。每歌必有伴舞，一个人唱需几个乃至十几个人伴舞，几个人唱就得有几十个人伴舞。唱的意不在唱，舞的更是稀松平常，就如同到市场上买一条蔫黄瓜，再搭上一个瘪茄子，不是得了便宜，而是得了两个坏的。就在舞蹈已经严重败坏了自己形象的时候，杨丽萍堪称是"拨乱反正"，自编自导自领衔，起用少数民族当地的青年男女，不惜倾其所有石破天惊地创作了大型原生态歌舞《云南映象》。何谓"原生态歌舞"？

　　我想这种形式以及这个舞蹈语汇，是杨丽萍创造的。因此她的解释应该是最权威的：原生态的内涵是最人性化的，原生态歌舞就是出于人的一种自然状态，是纯粹的、质朴的，和生命的本质相吻合，没有任何杂念。《云南映象》就是表达了这种自然和生命的关系。人最初为什么要跳舞？跳舞就是人和天地对话、和自然沟通，是一种自发的状态，没有什么功利的目的在里面。

　　这样的立意本身就骇世惊俗，极富震撼力。人们见惯了平庸和浮躁,突然被点亮了希望,值得有所期待。大幕一拉开便怒铁一声击欲碎,生猛鲜活,感天动地,其感染力无法抵抗,不觉魂魄激荡。舞台上的一人一物、角角落落,无不弥漫着原始的沉郁气质和生气勃勃的原生野质。场面恢宏,气势雄阔,意境悠远,魂魄里流淌着浓烈的原生精神,一次次将原始生命的形态推向极致。

混沌初开,重鼓催生。我数不清,也来不及数清,估计舞台上要有一百多面或许是几百面形态各异大小不等的皮鼓,从不同的方位不同的高度以不同的姿势敲响,错落有致地组成了原始的大千世界。大鼓如一堵墙,小的似麦斗,鼓声或急或缓,或轻或重,急时如悬瀑,缓时似琢玉,轻如风摇莲花,重如精钢迸裂,"来如雷霆收震怒,罢如江海凝清光"。

后来看到杨丽萍的说明,才知鼓在那个民族的理解中代表女人,鼓槌代表男人,打鼓表示男女交合,生命诞生。但,这种内涵可意会却很难言传,因此才构成了舞蹈的核心内容,寄托了歌舞的灵魂。山苍苍,水泓澄,人呈现出本然的原始色调,盈盈立于天地之间。迷云弄月,繁衍生息,挥臂生旋风,顿足有激情,这成了他们生命的一种需要,跳舞就是为了满足自己。所以,他们每舞必跳得尽兴、跳得过瘾。而观众也就看得尽兴,看得过瘾。

《云南映象》里,舞好、歌也好。舞,是为强烈地呈现原生态的大景观,并非为舞而舞;歌,也非为歌而歌,是舞的补充和伸延,必不可少,又恰到好处。杨丽萍在《女人国》一场中唱道:太阳歇了么,月亮歇了么,女人歇不得么。女人歇了,地里就会长草,门缝就会进风,孩子就会着凉,老人就会头痛。只要女人在着么,山倒了,男人也扛得起……

低回,沉厚,真率。人们对舞蹈家杨丽萍的歌唱,自然充满好奇。她是用灵魂在唱,而不是她的嗓子。歌声里有沧桑,有追问,更有无尽的意味……

杨丽萍的歌舞无不带着她的强烈个性,这样的创作自然饱含着灵感和激情。《云南映象》获得了巨大的成功,短短几个月就演出一百三十多场,且一票难求,并将应邀远赴海外作全球巡回演出。许多年来,还有哪台节目真正能这般为世界所瞩目？面对媒体的火爆,杨丽萍却异乎寻常的低调,这越发显示了她不同常人的才情和心智。

大家可能早有感觉,当下的电视节目主持人,大多是主持自己、突出自己,随意抢话插话,卖弄自己的见识和机敏,经常咄咄逼人,一逞口舌之快。而杨丽萍无论面对什么样的主持人,无论对方提出多么尖锐的问题,跟她在舞台上"舞不惊人誓不休"的态度正相反,始终保持着一种特有的沉静、柔和与自然,有问必答,答必不凡。比如:有位主持人明显地只对私人生活感兴趣,三番两次的话里话外地提到她婚姻失败的问题,喋喋不休,使谈话变得琐细而沉闷。杨丽萍只正面回答问题,不理睬影射以满足主持人的好奇心。主持人终于忍不住正面提出来了:你怎么看待自己失败的婚姻?

杨丽萍说:"我不觉得自己的婚姻是失败的,婚姻有各种各样,凡经历的都是曾经存在过,都是有理由的,应该发生的。别人不了解当事人的感觉,怎么就能断定哪是失败的,哪是成功的?"我当时坐在电视机前,明显地感到主持人根本无法跟杨丽萍交流,尽管两个人面对面地坐着,杨丽萍的眼睛也在看着主持人,却已神游物外。两个人的精神品位根本不在一个层面上,无法对话。后来在报纸上见到有些记者围绕着艺术创作提出了一些很巧的问题,杨丽萍的回答也极为精彩。如:有人问,《云南映象》里有四分之三的演员是当地人,你怎么这样有把握相信他们能演好?这是不是对舞蹈以及舞蹈教育的一种挑战?

杨丽萍说:"不是挑战,是还原。他们是在跳自己的舞蹈,其独特就在于演员和生活、和原生态贴近。这不是为了展示技艺,而是为了展示生命。这些东西不是能学来的,而是他们与生俱有的。"有人问:你的舞蹈出神入化,这里面有什么诀窍吗?她说:"我没有诀窍,只是一种认知。舞蹈其实是我们祖先在劳动中对自己精神的一种供养,通过这种供养达到精神上的满足。只要你的舞蹈真正满足了这种人性化的要求,它必然蕴含着很多的能量。原生态的歌舞本来就是很人性的,本来就可以和人的心灵产生共鸣,它本来就不缺乏艺术品位,也不会缺少观众。"

大家都认为你是为舞蹈而生的,自己怎样评价这样的认识?杨丽萍答:"舞蹈只是我生命的一部分,是我最佳的一种表达语言。我不会为舞蹈而死,那太极端。偏激是一种很弱的表现。生命有很多部分,我从来不去想舞蹈占有多大成分,什么都想清楚就太累了。如果我能讲清楚,就没有办法用舞蹈来表现了。就因为说不清楚才跳舞。"

说得多好,真实,随意,不假思索便脱口而出。不是刻意地追求一种深邃,却有惊人的见解。她有自己的舞蹈,也有自己独到的思想,舞惊人,见识也惊人,其智能谋,其力能任。所以,她能创作出惊人耳目的《云南映象》,并借这场大歌舞形成了自己的舞蹈创作体系。有大气象,大智慧,自是不同凡响。

2007 年 7 月 6 日

海河沧桑

——从"北水南调"到"南水北调"

楔　子

近代考古发现,太行山东麓,曾是远古时期渤海西岸的海岸线。由于冰川期的影响,地面曾发生过大规模的海进和海退,在距今五六千年时发生的海退之后,天津一带地面上升,渐渐成陆。

至今,在天津平原的东部,还保存着三道长弧形海岸贝壳堤。那就是海岸后退、平原东进留下的"脚印"。正如北宋大学者沈括在《梦溪笔谈》中所说:"予奉使河北,遵太行而北,山崖之间,往往衔螺蚌壳及石子如鸟卵者,横亘石壁如带。此乃昔之海滨,今东距海已近千里。所谓大陆者,皆浊泥所湮耳。尧殛鲧于羽山,旧说在东海中,今乃在平陆。"

随着海退而"东进"的不光是陆地,还有河流。

古时候的河流没有河堤,最是"自由散漫"。就连黄河,都多次移道,从天津入海。至东汉时期,海河水系形成,汇集燕山山脉和太行山脉之水,与珠江、长江、黄河、淮河、辽河、松花江等并称"中国七大水系"。

天津遂成"九河下梢"。

《水经》及北魏郦道元的《水经注》里,称九河为:清(水)、淇(水)、漳(水)、洹(卫河)、寇(大清河)、易(水)、涞(拒马河)、濡(滦河)、沽(北运河),同归于海河入海。通常所说的海河,是指海河水系诸河流汇聚入海的干流,起自天津西的金钢桥,东至大沽口入海,全长七十二公里。

其实,它的上游不止九河,大大小小有三百条河流之多,其中最长的河流达千余公里。像一把巨型的扇子斜铺在华北大地上,组成了海河水系。

1

做官必治水。水利万物,天津是海河水系的最大受益者。

朱元璋建立大明朝以后,封他的儿子朱棣为燕王,镇守北京,屯兵于海河两岸。朱棣要扩大自己的势力,便向四周开辟村庄,从江南和中原迁来了大批移民……

于是,大运河、大清河和子牙河交汇入海河的三岔河口一带,开始繁华起来,船舶集结,漕运发达,客商会聚,店铺林立。

当时三岔河口一带最热闹的地方叫"三汊口"和"小直沽"。

三河下梢及海河两岸的沽很多,曾有七十二沽之称。按明朝弘治时期的户部尚书、大学士李东阳的解释:"沽者,即小水入海之地。"一千四百年,燕王起兵和建文帝争天下,认为小直沽并不小,是南北水陆交通要道,能大有可为,应取个好名字。

有位大臣拍朱棣的马屁,说燕王奉天子旨意平定北方,应将"小直沽"改为"天平"。老臣刘伯温反对,建议叫"天津"。他自然也有说辞:燕王千岁承圣上之命,吊民伐罪,顺乎天意,所以叫"天";车驾又是在这里渡过河津,所以"天"字后面再加一个"津"。

古时洛阳曾有过"天津桥",天河之中有九星,能占据天河都叫"天津"。

"天津"二字很有气派,也很典雅。燕王当即应允,并传谕地方,将三汊口、小直沽合并成为"天津"。

可见正是因为有海河,才有了六百年前地处"海运、商舶往来之冲"的天津卫,并且让天津成为近代中国北方最大的工商业和港口贸易城市。

海河则是天津的血脉,可称得上是天津的母亲河。

理所当然,海河也就成了天津的主要象征,并成为它强大而广阔的依托。

2

然而,人类在依靠河流繁衍生息、发展经济的同时,也吃尽了河流泛滥的苦头。

海河水系东临渤海,南界黄河,西靠太行山,北依燕山,地跨北京、天津两大直辖市,内蒙古和辽宁的一部分、河北大部(流经河北省百分之七十以上的土地),山东、河南、山西的东部和东北部,总面积达三十二万平方公里……

自古以来,它就是一条条放荡不羁的河流。其复杂的扇形水系,扇面极大而扇柄极短,如一柄巨大蒲扇,铺盖着北国大地。

海河水系的另一个特点是,太行山脉和燕山山脉合阻气流,伏汛暴雨,雨量集中。每到汛期,"扇面"上源的三百多条支流若乱箭齐发,洪水奔腾直下,争相灌入"扇柄"般的海河,汹涌之势无可阻挡。而海河下游入海口处多年泥沙沉积,肚大嘴小,宣泄不畅,河水自然就会漫出河道,形成洪灾。

千百年来,曾让生活在海河流域的人们百感交集。感叹海河水系既是众生的生命之源,又是祸患之根。根据河北省旱涝预报课题组一九八五年编辑出版的《海河流域自然灾害史料》和天津市博物馆一九六四年编印的《海河流域历史上的大水和大旱》记载:从一三六八年到一九四八年,海河水系在五百八十年里竟发生三百八十七次严重水灾,平均一年零三个月闹一次大水。仅一九一七年的那次特大洪水,受灾县份就多达一百零四个,被淹面积三万八千九百五十平方公里,受灾村庄一点九万余个,受灾人口共六百二十万人。

其中天津被淹泡过七十余次。

一六〇四年(明万历三十二年)和一八〇一年(清嘉庆六年)的两次大洪水,天津城内积水四米,城外则水天相连,与渤海浑成一片。天津卫成了泡在海中的一座孤岛。

清嘉庆六年七月,北运河陡涨丈余,"海不收水,逆顶内河"。以至于南北运河、永定河及各处旱路均被洪水淹没,大水连成一片。四乡庐舍与庄稼俱被浸泡,百姓纷纷避迁。赵野的《河溢即事有述》记述了当时的情景:

村人夜半走相呼,水势直下奔津沽。

汪洋横溢数百里,洪涛浊浪涨田庐。

孤村势危欲浮动,人如群蚁缘漂荇……

3

进入二十世纪的上半叶,天津又遭遇过两次特大洪水:一次是一九一七年,一次是一九三九年。

据当时《北京时报》报道:"天津各水陡涨,沿河一带村庄尽成泽国……南运河决口三处,天津所属岌岌可危,食粮薪炭饮水一概缺乏。西南关外以至南开、南市、日本租界处,一概水没胸膛,数十万遭水难民,扶老携幼,惨不可言。"

《申报》报道:"天津灾情之重为历来所未有,就全境而论,被灾者约占五分之四,灾民约有八十余万人……查水之始至系在夜半,顷刻之间平地水深数尺,居民或睡梦未觉,或病体难支,或值产妇临盆,或将婴儿遗落,老者艰于步履,壮者恋其财产,致被淹毙者实有二三百人,而其逃生者亦皆不及着衣,率以被褥蔽体,衣履完全者甚属有限。"

一九三九年七月的那场大水,现仍有部分亲历者健在,网上发表了他们的叙述:那是一场噩梦一般的灾难。一九三九年的七月下旬,天气闷热,多日不下一滴雨,而山西方向、太行山脉却连日暴雨,出现洪水。天津水文专家们估计,那洪水一个月后才能到达天津,即使泡了天津,估计最深也就十厘米,一周后即可消退。一九一七年大水之后,天津人汲取教训,防洪上做有一些准备。千百年来,天津地区十年九涝,涝惯了,泡水十厘米,算是乐观的年份。

不想洪水突然冲到眼前,排山倒海般压向天津。

天津人匆忙应战,无奈战线太长。一九三九年八月二十日,陈塘庄大堤崩溃,洪水顿时冲入市区,日、英、法等租界全部被淹。老城里、南开、南市等地都被泡在水里,南市一带水深处达二三米。

"屋漏偏逢连阴雨",紧跟着天津地区也大雨滂沱,连泼十多天,灾情就更重了!

叶道纶老人回忆说,她当时住在和平区成都道,属于天津著名的"五大道"高级住宅区,地势很高,竟也被大水淹了四十多天。一家人困在楼上,没吃没喝,饿得发慌,物价飞涨,变卖金银首饰等家当,换粮仅几斤。危急关头,若不是有位亲戚蹚着齐腰深的洪水,用一只木盆及时送来一袋面粉,后果不堪设想。

同样也经历过那场大水的张连璧老先生说,那水大得令人眼晕,汪洋一片,什么也看不见。好多房子淹泡时间一长,砖酥了,土软了,呼啦一下就瘫在水里。穷人的房子大多盖在市郊,而且全都质量不高,不禁泡,房子一倒,全都成了难民。张连璧至今仍记得那时挨饿的滋味,当时哪有吃的?家中穷得本来就是难有隔夜粮,洪水漫天遍野地一泡,连棵野菜都挖不着了,不挨饿等嘛?

他和五岁的弟弟拿根竹竿,竿头儿上钉颗铁钉,整天在水边上转悠,盯着水中的漂浮物,无论漂来什么,只要是能够吃的,诸如半个烂瓜什么的,立刻用竹竿把它拦住,捞上来弄回家赶紧煮煮吃掉。

当时的天津,日本人甚多,其中日本摄影师秀魔克作拍了好多记录那场水灾的照片,事后还出版了一部影集《天津水灾纪念写真帖——天津居留民团》。从影集中的照片上看,哪里还有天津?只在洪水中看到一些尖形房顶。泊在海河中的轮船,吃水线高过路边的一二层楼,船上的烟囱高过路边一座十层的楼房。处于市中心的老中原公司的门前,竟是船来舟往。宫岛街与春日街交口处的中国邮局,改在二楼窗台上办公,顾客站在船上和业务员交办业务……

——照片拍摄的日期注明"九月四日",说明摄影师记录的是洪水淹城后第十五天的场景!

从一九三九年八月洪水进城,直至十月初方才退尽。市区百分之八十被淹。霍乱、伤寒、痢疾等传染病盛行,饿死病死的人数,远远超过溺水者。

4

会一部人类文明史,几乎就可以概括为人类跟河流打交道的历史,也可以说是"治水史"。

据《天津水运史》记载,最早开始治理海河水系的人是曹操。东汉末年,世家豪族分裂割据,相互混战。曹操北征袁绍,"遏淇水入白沟,以通粮道"。白沟因此获得了丰富的水量,其北征的船队便可循白沟进入洹水,紧逼邺城(今河北临漳)。

后来出于统一北方的战争需求,曹操又征集军民,对华北平原上的沽水(北运河)、滹沱水(滹沱河)、漯水(永定河)以及清河进行一系列的整治,甚至在各河之间开凿人工运河,使诸河成网,以保证军运。

当然,隋炀帝开凿并连通大运河,是更大的治水工程。

在大运河贯通后,在中国形成一个奇观:摊开中国地图,用笔将长城和大运河描出来,便构成一个巨大的"人"字!

倘若在高空看,此大大的"人"字,则更加醒目和神奇。这是中国人民的伟大创造,体现了中华民族的一种大写"人"字的精神和品格。

而南运河的近半,以及整个北运河,都属于海河水系。大业八年(612年),隋炀帝发大军一百一十三万人,东征高丽,前部的官兵已抵涿州,后边的队伍刚出扬州。船舶首尾相接,鼓角相闻,旌旗相望,长千余里。

到唐代,由天津东郊,向东北方向开凿了一条与海岸大体平行的"平虏渠",连通了海河与蓟运河的航道,直通蓟州(亦称渔阳)。使南方来的漕船既躲避了海上的风险,又可节省时间,源源北上。所以才有了杜甫的绝唱《后出塞》：

> 渔阳豪侠地，击鼓吹笙竽。
> 云帆转辽海，粳稻来东吴。
> 越罗与楚练，照耀舆台躯。
> ……

北宋建立以后，海河及大清河成了北宋与辽国的界河。以前的治理在以后的连年征战中受到严重破坏。

清代自顺治到嘉庆一百五十年间，天津城墙因受洪水渍泡大修过十二次，其中一次是落地重建。康乾盛世间，康熙、雍正、乾隆三代皇帝都曾决心治理海河水患。

如康熙一七〇〇年亲自视察筐儿港，下旨修建北运河筐儿港引河。

乾隆一七四六年降旨挖蓟运河旧河道，让河水直排入海。

几代皇帝排洪的工程修建过不少，但对于治理整个海河流域的洪水，其力度仍属杯水车薪，因此根治不了天津的水患。

5

终于熬到了新中国成立。肆虐惯了的海河却不知好歹，在新中国刚建立的当年，就给人民政府来了下马威。一九四九年的大洪涝，致使河北省粮食亩产平均只有八十六斤，棉花亩产二十三点一斤。恢复时期全省吃国家统销粮食三十五点六亿斤。

天津解放后，渐渐的人口多起来，城市膨胀开来，伴随着还有两样东西多起来：一是垃圾，二是污水。

处理固体垃圾还好办一些，污水则顺着两条排污河直接入海。赶上雨季还好说，河水高涨，将污水顶到渤海的深处，让其自我净化。赶上冬春或缺雨的旱季，海水倒灌进海河，城市居民就得喝咸水。这咸水中可不光是海水中的盐,还有排出去的城市污水又倒流回来的东西。

于是,在一九五八年七月,开始了自新中国成立后的第一次海河治理工程——"清浊分流"。其关键项目是修建海河大闸,想用它改变千百年来潮汐河道的现状,实现咸淡水分家,借以保证城市用水,改善农业环境。

建闸的基础工程长宽都在二百米以上,闸室部分作业要在地下十五米到地上二十多米的范围内进行。通过当时最流行的"职工献计献策",采用平行、立体交叉作业,昼夜施工保证进度。最惊心动魄的场面莫过于拦河坝合龙时,龙口水深十多米,潮差四米以上,底层淤泥五米多厚,巨大水流往复滚动,十几吨重的柴石枕抛下水便不见踪影。

工人们把十几个柴石枕捆扎起来,一组一组向下推进,那干劲和勇气就像是战士冲锋陷阵。经过一秒不停的四十四个日夜奋战,终于驯服了海河,筑起了一条坚实大坝。

在建闸的决战时刻,早已身为国家副主席却仍被人们习惯地称为"朱老总"的朱德,于一九五八年十一月十四日亲临工地现场视察,并当场题词:"努力跃进,提前完成建闸工程。"

这给了参战的军民以巨大的鼓舞,又用了半年时间,终于完成土方四百二十万立方米,钢筋混凝土二点四万立方米,闸门及机电设备安装一千多吨,一座雄伟的具有民族建筑风格的海河闸终于落成了。

6

海河不光能涝,还能旱,能碱。皆由于山阻气流,雨水多集中在汛期,冬春两季缺雨干旱。

一九六二年就在连续大涝后出现了大旱,害得海河水系的"扇面"河北省,遭灾面积达二千四百万亩,是建国以来最严重的一次旱灾。

就在这同一年,属于海河水系中的滦河,却发生特大洪水,洪峰流量达到三点四万立方米每秒,是有记载以来的最大洪水。洪量达四十八亿立方米,给沿河及下游地区造成了一千万亩的洪涝。

再说盐碱化,由于"大跃进"时搞了一块地对一块天的处处打坝截流,打乱了排泄通道,地下水位急骤上升,海河流域的盐碱地面积急剧扩大,由原来的一千六百八十万亩上升到二千三百万亩。原来的一些好地,也发生了盐碱化,整个华北粮食严重减产。

好不容易扛过了这一年,转过年来——也就是一九六三年。被涝怕和旱怕的"海河儿女",满心指望会有个好年成,胆战心惊地走到八月,天津地区再次遭遇历史罕见的特大洪水。八月一日至十日,海河流域西南上游地区连降特大暴雨,局部地区雨量最高达到二千零五十毫米,创中国内地最高纪录。

仅海河南系一次的降雨总量就达五百七十七亿立方米,产生径流量三百零二亿立方米,相当于一九三九年淹泡天津洪水的两倍多。雨量平均超过五百毫米的面积多达四万三千平方公里,雨量超过一千毫米的面积达五千三百九十平方公里。

华北平原平地行洪二三百公里,水量超出所经大小河道总泄量的十倍。

凶猛的洪水如同亿万猛兽,冲垮京广铁路,直冲位于"扇柄"的天津而来……

同时,天津地区也是连降暴雨。那时的天津还是河北省省会,省委开会介绍灾情:洪水水量远超一九三九年,若淹天津,大概会淹到三层楼高,提醒大家作好思想准备。

尽管是来自省委的警告,从心里真正相信的人并不多。一是心存侥幸,再是天津人对海河泛滥有经验,心说华北年年闹水不假,但哪里会有那么大的洪水?"大跃进"时代,说大话、讲假话的现象太多,弄得人们真假难辨。

岂料几天后省委的警告就变成了现实。一位老记者描述道:我随空投救灾物资的军用直升机,前往灾区拍摄新闻图片。那天我登上飞机,向西南方向飞行,行程一小时,把我看得是目瞪口呆。我不知道直升机一小时的行程有多远,但放眼望去天水相连,全是无边无际的滔滔黄水。露出水面的点点高地上,挤满冲着直升机拼命呼救的灾民。灾民的滋味我尝过,一九三九年的大水我也见过,都没法跟六十三年的这场大水比。

天津怎么办? 当时许多人都认为天津保不住了。

根据一九三九年的经验,人们认为这么大的洪水谁也挡不住。但没想到,在中央统一指挥下,华北八百万军民扑向抗洪第一线。为了保证天津市区的安全,上游地区主动扒开一个个的泄洪口:

位于天津边上的小关村,扒开了南运河的东堤;

炸开独流减河南堤,把洪水泄入团泊洼、北大港;

爆破东部拦海大道,把洪水直接导入渤海……

事后国家公布了一九六三年大洪灾的实际统计数字:受灾范围包括邯郸、邢台、石家庄、保定、衡水、沧州、天津七个专区,一百零二个县(市),其中邯郸、邢台、保定三市被水淹,市内水深二米至三米。

被淹农田五千三百六十一万亩,进水县城三十六座,水淹村庄二万二千四百七十个,倒房一千二百六十四万多间,受灾人口二千四百三十五万人,死亡五千三百多人。

京广、石德、石太三条铁路路基被冲毁三百四十二处,冲毁桥梁三十二座,公路二万七千三百公里。

佐村、刘家台、东川口、乱木、马河五座中型水库垮坝,小水库失事三百三十座。灌溉工程百分之六十二被冲毁,平原排水工程约百分之九十被冲毁,梯田、塘坝一半以上损坏。

其经济损失无以计数……损失如此惨重,表明海河水系到了非重新治理不可的地步。

7

大水刚退,国家主席毛泽东就多次召集河北省的领导汇报水灾的情况。在汇报的过程中他有许多插话,或长或短……其实是他的心里在酝酿着一个计划。有时会不停地询问,有时会借题发挥,有时在征求汇报者的意见,有时更像自言自语……

下面便摘录几段毛泽东的这些插话。

在听河北省委领导汇报洪灾时说:"从一九四九年到一九六三年十五年来,三年大灾(一九五四、一九五六、一九六三)、五年中灾,三年丰收(一九五二、一九五七、一九五八)、四年中收。"

——偌大的华北平原,本来应该是粮仓,在十五年中却只有四年获得中等的收成,这日子还怎么过?

随后毛泽东又说:"农业要上,首先解决水、肥。水就要修水库、打井、洼地排涝,肥主要是养猪,还有一个林……河北省根本问题还是水利问题。"

在另一次省委领导汇报河北保丰收、搞十年水利建设的计划时,毛泽东又一次插话把重心转到水利上:"河北省要得丰收,根本问题是水的问题。要综合治理,一批一批地解决。"

当省委一把手林铁专门汇报水利问题时,毛泽东问:"河北第一大河流是哪个?"

林铁答:"水量最大的是滦河,第二是滹沱河,第三是永定河。"

当谈到滦河的潘家口和桃林口两个大型水库时,毛泽东问:"作用是什么? 是以防洪为主,还是主要为灌溉?"

林铁答:"潘家口水库能蓄水四十多亿立方米,不仅能防洪,还可灌溉与发电。"

毛泽东说:"四十亿立方就成了河北省最大水库了!"

当林铁讲到"在海河水系里子牙河危害最大,尤其对于天津市的威胁更为严重,打算先在子牙河上开一条献县减河……"

毛泽东问:"献县是哪个专区? 搞减河有多大?"

刘子厚答:"约三百华里。"

毛泽东说:"一百多公里也不算什么大工程嘛,搞了这条减河天津市也受益呀,天津几百万人不负责任吗?"忽然他的思路又跳转到别处,"衡水是历来遭灾的,不然为什么会叫衡水? 衡水是洪水横流,患难于中国。这是禹皇之事,书经有载。"

随即毛泽东改成下指示的口吻:"省、地、县要有个部署,不要搞急了,一批一批地解决,解决渠道也要一批一批地解决,打井也要一批一批地解决,盐碱化也要一批一批地解决。"

他连说了四个"一批一批地解决",或许那时候他还没有形成一个成熟的想法,没有下大决心。紧接着毛泽东开始一个水库一个水库地了解情况:"河北的水库是个大跃进,过去看过你们一个规划,再来时把你们的水库、打井、解决盐碱地、洼地的规划看一下。"

当省里头头汇报到十大水库在一九六三年洪水时发挥了巨大作用时,毛泽东说:"我要从南到北把你们的大水库都看看,搞水库不要一冲就垮,要坚固。减河、水库都要修,还要修村城。"

毛泽东想得很具体,足见一九六三年的海河大泛滥,对他的刺激太深了。

8

一九六三年的特大洪水,给人们带来的教训的确是太深刻了。

当年九月二十一日,中央救灾会议上决定,全面治理黄河、淮河、海河。当时的中央文件上这样写道:"党中央、国务院认为,对于黄河、淮河、海河这三大河系,必须制定一个上中下游全面治理的规划,列入国民经济建设长期计划。在若干年内,分批分期地进行,并且成立一个专门的委员会,直属国务院,统一领导这项工作。"

一九六三年九月二十五日,河北省发布了《今后十五年至二十年治洪规划初步设想》,在"设想"中提道:"必须下最大决心彻底根治河北水患,经过十五至二十年的努力,达到完全能够抵御像一九六三年的甚至比一九六三年更大一些的洪水,以彻底改变河北省洪水为患的局面,为社会主义事业奠定坚实的基础。"

到一九六三年十月、十一月和一九六四年三月,毛泽东又三次听取河北省委领导关于水利建设的汇报。

这么频繁地听汇报,可见国家主席真是有点急了。而且每次都提出"要修村围子"。

当汇报到有些县在一九六三年八月的大水时由于有城墙，群众没有重大损失时，毛泽东说："城墙现在不是对付敌人，而是对付洪水，我看还得搞。大村庄，也要有个地方待嘛。要把它（指城墙和护村堤埝）看成是生产资料，没有它耕牛、犁耙等生产工具都要被冲跑。现在是两个问题：一是城市如邯郸、石家庄、邢台要不要修城墙？一是大村修围子？"

当汇报到当初一解放时，正定县的群众就不叫我们扒城墙……毛泽东插话："那时我们没有这个知识，不能再扒了，过去拆城是做蠢事。现在的城是对付水的，不是对付敌人。"

当汇报到防洪措施时，毛泽东重复道："减河、水库要修，还要修村城、镇城、县城，修一种像邯郸市那样的城。一个中等城市的人把自己的城修起来，比较不那么困难。修水库要从外面调人，修自己的城，一年四季都可以修一点，不那么困难。修城也要有计划，这种生产资料比牛、比土地都重要。"

当汇报到设想每户搞两三间砖的保险房，水来了上房时，毛泽东说："那就时间长了，盖砖房可以，作个五年计划。"

当时的国家主席，管得可真细呀！

9

一九六三年的大灾之后，日子还得过下去，要扫荡晦气，振奋精神，河北省委总结抗洪救灾的经验，表彰先进事迹、新人新风，尤其要感谢人民解放军海、陆、空军和兄弟省市对河北抗洪救灾工作的支持。

于是决定在天津市办了一个抗洪救灾展览，同时研究和制定出海河治理规划，并向中央报告。

当年的十一月，毛泽东路过天津，召见省委领导，又谈到了救灾、治水的问题。毛泽东对着刘子厚、阎达开说："你们都是河北人，你们就是要把河北的灾救出来，要把水切实地治起来。"

国家主席显得语气沉重,对河北的水患极为关切。沉了一会儿他又追问道:"你们十年能把水治好吗?"不等回答转而又问林铁、刘子厚和阎达开都多大岁数了?

听到他们的回答后,毛泽东竟以一种托付的口气说:"我七十岁了,看不见了,你们这一辈子把水治好吧。"

到那次谈话快结束时,毛泽东突然很硬气地说:"我现在不做湖南人了,要做河北人。生在湖南,死在河北!"

林铁见主席要走,赶紧说:"我们在天津市搞了个抗洪救灾的展览……"不等他说出要主席去看一看的请求,毛泽东就截断话头:"以后要来看看。"

大水刚退去,又要重温那个苦痛的过程,何况灾后还有许多事情等着拿主意……或许当时毛泽东没有这个心思。他缓缓地说:"展览在天津,各县看不到呀?"

当省委领导请他为抗洪救灾展览题词时,毛泽东倒答应得很痛快:"可以,我马上就题词。"

但当时没有时间写了,当天是十一月十二日。

两天后省委书记林铁派在毛泽东身边工作多年、当过主席卫士长后来分配到天津市工作的李银桥,带着信到北京找主席。

毛泽东问清李银桥的来意后说:"今天是十四号,你等两天,我写好了,再交给你。"

李银桥在北京饭店等候。

十七日,毛泽东写下了七个字:"一定要根治海河!"

十九日,由毛泽东身边的卫士张景芳,将题词带到北京饭店交给了李银桥,同时还有毛泽东写给林铁的信:"林铁同志,遵嘱写了几个字,不知是否可用? 浪陶(淘)沙一词,待后再写。"

在那首《浪淘沙·北戴河》里,毛泽东开篇就写下了这样的句子:"大雨落幽燕,白浪滔天……"想必是林铁向主席索要过这首词的墨宝。

一九六三年十二月十三日,河北省抗洪抢险展览在天津市新华体育场开幕。

周恩来总理的题词是：

"向为战胜历史上少见的洪涝灾害而进行顽强斗争的各级干部、各界人民、部队官兵表示最大敬意！要为支援灾区，重建家园，争取明年丰收，彻底治理海河而继续奋斗。"

10

"一定要根治海河！"——说明毛泽东治理海河水系的思想已经形成，并下定了决心。

治理海河不但是治理现实的水患，更重要的是要从根本上消除海河流域的水害，彻底改变"十年九涝"，或一有大雨便会出现"滔滔洪水，入海无路，千里沃野，尽成泽国"的局面，使人民能够永远安居乐业。

同时，通过政治的号召和动员，发动广大人民群众参加治水，掀起一场群众性的治理海河的活动，这有利于弥补当时水利施工机械化程度较低的缺陷。

有了国家主席的批示，再加上伟大领导的崇高威望，"根治海河"不仅势在必行，还会形成一种强大的政府行为和民众运动。

一九六五年三月二十四日，中央救灾工作委员会第三百九十五次会议决定："请河北省和水利水电部就此共同做出治理规划，报中央批准纳入国家计划。"

一九六五年五月二十五日，河北省向党中央、国务院提交了《河北省关于在"三五"期间根治海河重点工程的报告》。提出了对于河北省"三五"期间，根治海河重点工程的规划性意见。

一九六五年六月二十六日，党中央、国务院批准了河北省的这个报告："原则同意河北省根治海河的意见，关于'三五'期间的具体安排，由国家计委和水利水电部统筹研究确定后，报中央确定。"

经过这一番紧锣密鼓的策划，河北确定了从根本上治理海河的目标,一场群众性的根治海河运动便由此全面展开。

其实,从一九六四年开始,河北就已经在进行治理海河水系的规划设计工作。

一九六五年五月,"河北省根治海河指挥部"成立。

从此,每年冬春都动员邯郸、邢台、石家庄、保定、衡水、沧州、唐山等专区三十万以上的民工,投入规模宏大的根治海河工程。子牙河中下游地区开挖子牙新河、滏阳新河、永定新河和漳卫新河等。

11

一九六九年初,天津西郊的水高庄,一个个用苇席搭在黄土大洼边的大棚里,治河大军吃的是用明矾沉淀了的子牙河水。他们的任务是,在当城至水高庄的两地重新挖一段三千多米长、一百多米开口的新河,解除每年汛期因疏水不畅而造成的水患。

治河工地上红旗猎猎,人声鼎沸,小拉车来来往往,非常热闹。

民工们自带小推车,吃的大都是高粱面、红薯,睡在高粱秆绑成的"笼子"里,而且没有工资。但是大伙儿干得热火朝天。当年参加过根治海河的穆宗新老人回忆说:"大伙儿的干劲很大,你朝河道里一看,黑压压全是人,从没有人叫苦叫累。"

在根治海河工程中,涌现出不少劳模,穆宗新和侯臣明就是其中的代表。

穆宗新一天能装土推土二十立方米,比别人多出近一倍,被称为"大车王"。而被称为"智多星"的侯臣明,是善用巧劲,他发明的"开大蹬,放缓坡,阶梯式,一手清"以及"二马分鬃人字形"等方法,很好地解决了施工混乱造成的窝工问题,极大地提高了工作效率。

根治海河的施工中自然也会遇到很多棘手的问题。当时下雨多,地下水位很高。黑龙港地区流沙淤积问题非常严重。刚开始施工者不知道是怎么回事,挖了一道沟,一会儿就被水、沙淤平了,白费了不少力气。后来有聪明人想出一个办法,在河道两边挖积水井或排水沟,这样水位降低,流沙问题就解决了。

当时流行一个著名的口号:"勤俭办水利。"头头们常挂在嘴边的话是:"一分钱得掰成两半儿花!"一支工程的勘测计量队伍占了沧州日报社的两层楼办公,桌子借的是儿童课桌,白天围着桌子办公,晚上围着桌子睡觉。虽然条件艰苦,但是大家的工作热情却非常高涨,哪个办公室的灯都没有在晚上十二点之前熄过。

正因为有了一大批前线的标兵、后方的模范,还有能够以身作则的管理队伍,才保证了海河治理工作顺利进行,捷报频传。

一九六九年六月中旬的一天,新河挖好了,要拆除两边的堵头,开始旧河截流。为截流准备了千吨毛石和成垛的草袋,两条铁船索浮在截流上口。截流开始后,人们扛着百八十斤重的大石头、装有泥土的草袋,下饺子般地抛向水中,激起道道水柱,溅湿了每个人的衣服,人们顾不及这些,在摇摇晃晃的两条船上穿梭往返。水流越来越急,投下水的石头已能听到撞击声,可投下水草袋在水里打个滚,冲干净里边的泥土,又在下游被浮起。时间到了中午,截流还没成功,人们都已筋疲力尽。

"沉船!"——现场的指挥员下了命令。

民工们再次振作精神,把石头投进船舱,铁船慢慢地沉进了水里,人们又把装填进泥土的草袋堆码在船面上,一直奋战到太阳西下,终于搭成一座有两米多宽几十米长的截流坝,现场的人都欢呼着瘫软在地上。

当晚,天津市领导带来了天津歌舞团,演出芭蕾舞《红色娘子军》,慰问治河大军。

12

当时每个治河人似乎心里都揣着一团火,而且心里揣着火的不只是一线的战士(既然工地上都是班排连营团的军事编制,索性就称他们为战士更贴切),就连工地上的炊事员都花足了细腻的心思。

晋县民工团周头连炊事员吴玉合每天在工地上起早摸黑,拉水、切菜、和面,整天一点都不闲着,有点轻伤小病也坚持干。一九七一年冬季在潮白河施工的时候,吴玉合因为劳累过度,鼻子流了一大摊血,头晕得站立不稳,眼里冒火星子,领导和医生"命令"他歇几天,但是他说:"这点病算得了什么",就又去切菜了。

有时他实在顶不住,就到旁边坐一会儿,稍微好一点,就又接着干,一天也没有休息。

治理海河七年,吴玉合总共从家里带挂面一百七十多斤、红糖三十多斤到工地给病号吃。除了给病号们做病号饭治病,他还不断地四处打听防病的方子。他听医生说,大蒜、辣子能解五毒,就把家里的大蒜和辣子收拾到了一块,老伴还缝好了几个小布袋,把东西一样一样装好,让他带到工地。

那个年代,人们很容易就凝聚起一股精神。在根治海河的工地上,干部依靠群众,群众相信干部,党员处处跑在前边,上下团结一致。他们是真正发扬了"大协作"的精神,表现了高度的组织性和纪律性。

13

治河工地上还有另外一支队伍,也不可不提,即"巾帼不让须眉"。无论是平常的劳作还是在关键时刻,妇女们都一点也不输给男人。

一九七〇年,保定市成立了一个铁姑娘民兵连,是保定市郊区九个公社的九十多名女青年组成的,最大的二十五六岁,小的十七八岁。铁姑娘们参加了清理白洋淀的工程。白洋淀"虫多、蛇多、地潮、蚊子咬,大苇茬子乱扎脚",可是在这样的环境里,女工们却越战越勇,王凤芝由于水土不服,两手全部脱皮,裂开了许多口子,但她忍着疼痛,一声不吭,愣是没歇一天工。

陈永珍在工程中左脚腕扭伤,脱了臼,可是她明明知道自己有这个病根,在施工的时候仍然毫不在意。曾经连续五次脱臼,每次都咬住牙根,忍着疼痛坚持工作。当大家看她实在太痛苦,强迫她休息,她拐着腿找出大家的脏衣服洗干净。

铁姑娘连除了每天治河,还利用工休时间赶排文艺节目,组成小型文艺宣传队到兄弟连队慰问演出。连里有个姑娘在三年里共为男民工洗补衣服六千二百多件。男民工赞扬她们,用快板唱道:

> 姑娘心红意志坚,妇女能顶半边天。
> 挖河筑堤是闯将,下班散工手不闲。
> 团结友爱风格高,洗衣送水关心俺。
> 一针一线一片心,杯杯热水暖心间。

在广大的海河水系治理工地上,像这样的铁打般的妇女队伍并不是一支。宁晋县东旺公社北丁曹村,还有个远近闻名的妇女打井队,二十四名女孩子大的二十一岁,小的十五岁,平均年龄还不到十八岁。

她们公社属于黑龙港流域,原来是"旱了收蚂蚱,淹了收蛤蟆"的穷地方,长期受旱、涝、碱自然灾害的威胁。根治海河以后,涝的问题解决了,但是旱的问题又成了主要矛盾,在关键时刻这些姑娘们就挺身而出,决定成立个打井队。

当时村子的东头正在打井,但是怎么也不顺当,因为那块地层复杂,除了岩石就是黏泥、流沙,岩石重得搬不动,黏泥提不起,流沙堵不住。村里曾经从外县请来把式,在这里换了三次眼,不仅花了钱、费了劲,但最后还是不行,还把打井的锥掉了下去。有人就说那里是打井的禁区。

然而姑娘们却不肯妥协,她们大年三十晚上也不休息,村里鞭炮齐鸣,家家户户都在欢度佳节,她们却"冒着大雪坚持战斗",大伙儿边干边说:"天越冷,越大干,拿着黑夜当白天,为了早日打成井,再苦再累心里甜。"

经过三个月的奋战,终于揭开了"禁区"的秘密。她们及时总结经验,一口气在那一带打了两眼机井,把三百亩土地都变成了水浇地。

六年间,这群姑娘打成机井十八眼,其中百米以上的十五眼,扩大水浇地面积二千五百亩。

14

就这样,按照"上蓄、中疏、下排、适当地滞"的方针,在整个海河流域掀起了大规模的群众治水运动,即便在"文革"期间,也被标称为"雷打不动"的工程。

仅河北全省的前方骨干工程,每年都要出动几十万人,而后方的配套工程,则会有几百万人参战。

于是,"一定要根治海河,对人民无限负责!"成为特定历史时期的时代呼声,在这一时代感召力的鼓舞下,形成了数以百万计民工参加的群众治水运动。

"一定要根治海河"的浩大工程,自一九六四年开始,到一九八〇年基本结束,出工五百多万人次,土方总量十一亿立方米。

基本构建了海河水系的上游有水库拦蓄洪水、中游有河道泄洪和注淀分洪滞洪、下游筑有堤防的保障体系。

初步建成蓄滞洪区二十六处;修建引堤水工程一万八千余处,打机井一百二十余万眼,发展灌溉面积约一亿亩。

上游共修建水库一千九百余座,其中大型水库三十一座,总库容二百九十四亿立方米,控制山区面积百分之八十五,控制海河流域径流量百分之九十五。

中下游开挖疏浚骨干河道五十余条,堤防六千一百公里,大型枢纽水闸四十八座,桥梁八百多处。在天津周围,建成潮白新河、永定新河、子牙新河、漳卫新河、滏阳新河;扩挖独流减河等直排入海河道。总泄洪能力达每秒二点五万立方米,为治理前的十倍,是海河干流的二十多倍。

——自此人类将牢牢地控制住流入海河的水量,使海河永远地平安无事,让天津也无淹城之患。

　　一九八六年八月,老天爷像是要验收海河治理工程的质量和效果,海河水系的南部又发生大洪水。最终证明工程经受住了考验,各类水库无一垮坝;重要堤防没有决口,蓄滞洪区没有死人。

　　当时的报纸上公布了这样一组数字:减少淹地近二千万亩,减少经济损失九百多亿元。

　　随着经济和社会的全面发展,海河流域治理的内容也在发生着变化。在做好防洪的同时,水资源的节约保护和优化配置,以及水系的污染治理又成为重点。

15

　　大自然的脾气真是令人难以琢磨,自几乎改变了海河水系地形地貌的"根治海河"运动之后,除一九八六年八月有一场局部的洪涝之外,整个北方便嘎噔一下只旱不涝了。

　　这一下真从"根"上把海河给"治"了!

　　也把天津给"治"了!

　　在"根治"之前,海河每年要向渤海湾倾注一百五十亿立方米的淡水。自"根治"之后,所谓九河,以及"扇面"上的大大小小三百多条河流,几乎连一滴水也流不下来了。

　　用水利专家陈曦亮的话说,京津以南的大片平原上,"有河皆干,有水皆污"。

　　地上没有水就到地下找,开始疯狂开采地下水,致使华北地下形成一个巨大的漏斗,天津则是漏斗中的漏斗。原来打井只需挖下两三米就见水了,现在的水井要挖得像油井那么深,才能抽上点水来。

　　过度开采地下水,造成地面急速下沉,有些地方已经低于海平面,于是海水倒灌,海河变成海水向陆地倒流的河。一九五八年建成的海河大闸已经"闸"不住了,只好再建第二道闸。

　　天津人开始常年喝咸水、吃苦水。社会上流传着一首顺口溜:"天津卫真叫怪,自来水能腌咸菜……"其实老百姓们并不真正知道水里那个咸和苦,可不是简单的海水的咸和苦……真若说出那种咸水和苦水的来源,恐怕要让人翻肠倒胃!

在漫长的"根治海河"运动中,天津早已经感到了缺水的巨大压力。但,由毛泽东发动并批准的"根治"规划,谁敢中途停顿?

由于经济发展、人口剧增,天津的用水量急剧加大,而主水源海河上游由于"根治运动"大量修水库、灌溉农田,流到天津的水量大幅度减少,造成天津供水严重不足,曾从北京密云水库调水。

自一九八一年八月起,为了保障北京用水,密云水库不能再向天津调水。

天津的水源几近断绝,用水陷于困境,庞大的工业生产和三百五十万人民生活受到严重威胁,经济发展和社会稳定面临严峻考验。

城市用水量由原来的每天一百八十万方降到一百万方,后又压缩到七十万方。

人民生活用水由原来每人每天七十公升降到六十五公升,并且还是每公升含一千多毫克氯化物的苦涩咸水。

工业生产用水由原来日用七十七万方降到四十五万方,第一发电厂被迫停止发电,纺织、印染、造纸等用水大户随时面临停产威胁。

当时粮田灌溉不允许使用海河水,菜田用水严格限量,整个市郊、农村土地龟裂,一派大旱景象。全市自来水压力不足,三楼以上无水,海河刘庄浮桥不能通行,大光明渡口轮渡困难。

天津全市几千家工厂如果因缺水而停产,将导致每年直接损失二百亿元,间接影响一百三十亿元。国家经委一位负责同志着急地说:"天津要是停产了,比唐山地震损失还要大,国民经济就要大受影响了!"

16

天津如此,海河水系的其他地方又如何呢?

河北省绝大部分都在海河流域内,年均水资源总量为二百零五亿立方米,人均水资源量仅为三百零七立方米,远低于国际公认的人均五百立方米"极度缺水标准"。

"根治海河"之后由于受天气变化影响,由过去的"十年九涝"改为年年干旱。这一来上游省份用水增加,能流到河北的水就少之又少。本省自产水资源总量和入境水资源量,比五十年代分别减少了百分之五十八和百分之七十七,而用水量却由上世纪五十年代的四十亿立方米/年,增加到二百多亿立方米/年。

自来水量减少和用水量增加,加剧了水资源紧缺趋势,引发了河湖萎缩干涸、地下水超采和海水入侵。缺水已经从单纯的资源问题上升为民生问题、社会问题和生态问题,亟须实行最严格的水资源管理制度。

按照"先生活、后生产,先节水、后调水,先地表、后地下,先重点、后一般"的原则,将经济、行政、法律手段相结合,正在探求破解水资源短缺难题的良策。

——哎呀!喝水、用水这么自然而然的事情,竟需要国家动用"经济、行政、法律手段"探求解决的办法!

因为到处都在发生"抢水"的纠纷……

于是,中央决定:引滦河水入天津,以解燃眉之急。因为在华北平原、长城内外,也只有滦河里还有可供外调的水,在它的中游有个容量不算小的潘家口水库。

滦河在天津的大北方,发源于河北和内蒙古的交界处,因此"引滦入津"也可以称做是"北水南调"。

17

一九八一年盛夏,时任铁道兵第八师副参谋长的景春阳,以及铁八师师长刘敏、政委张景喜,一起坐在天津市市长李瑞环的办公室内,汗流浃背地翻阅着工程图纸。

李瑞环给每个人一个白瓷水杯:来,尝尝我的乌龙茶。

景春阳喝了一口先叫起来:啊,这什么味儿啊?

那么好的茶叶,因为海河水的苦涩变了味儿,在座的另外两个人随即也感觉出了茶水不是味儿。

李瑞环说:天津有的老百姓连这样的水都喝不上,一些工厂因为缺水都停产了。

请市长放心,我们保证把滦河水引过来! 景春阳、刘敏、张景喜当时的神色口吻像立军令状。

李瑞环却又"将"了三个人"军":国务院计划三年引滦入津,但城市缺水度日如年,你们能提前到两年完成吗?

当兵的完成任务从来不打折扣。景春阳回答说:我们有信心完成!

那好吧,军队干,我们放心。你们真正两年完成了,在中国水利建设史上是奇迹,我亲自给你们送锦旗。李瑞环送别三位时,还不失时机地再给他们加一把油,打一通气。

一九八二年五月十一日,引滦入津工程正式开工。

引滦入津工程是从潘家口水库引水,穿燕山山脉,使滦河水输入天津,全长二百三十四公里,包括隧洞、泵站、明渠、桥闸等工程一百一十三项。引水线路施工中最艰难的是要穿越我国地质年龄最古老的燕山山脉,在二百多条断层中修建一个一万二千三百九十四米长的引水隧洞,这是我国目前最长的一条水利隧洞,也是引滦入津的"卡脖子"工程,隧洞高六点二五米,宽五点七米。

此处地壳多升降,造成了岩层扭曲、断裂、破碎,地质条件极差,对于工程来讲,它意味着塌方、滑坡、流沙、涌水……当时有句顺口溜这样形容这条引水隧洞:

> 地下水长流,
> 坍方没个头;
> 石如豆腐渣,
> 谁见谁发愁!

曾有一些地方工程队的负责人和工程师来勘查过现场,勘查过后都摇摇头走开了。

到这种时候,就只能由部队上了。铁道兵第八师和天津驻军一九八师担负其中七千二百一十米的施工任务。

他们从四省二市的二百多个施工、训练点上,紧急调兵直奔河北省迁西县景忠山下。仅用四个月的时间,就在冰天雪地里完成了全部斜井开挖和主洞掘进的准备工作。

18

引滦工程是现代化的大型水利工程,工艺复杂,作业难度大,技术、质量要求高。施工中又有大批车辆和机械投入作业,对科学管理也提出了很高的要求。

在那个年代,没有什么先进的机械设备,只有人力小斗车,按照通常的开挖速度,这条长逾十二公里的隧洞,如果从一头开挖要三十年,从两头开挖要十五年。

可是,干渴的天津,等不了那么久!

隆冬,本来正是施工队伍"猫冬"的季节,为早日打通隧洞,作为先遣部队的将士们,却挥锤舞钎向冻土坚石开战了。当时铁道兵战士的学历都不高,受过高等教育的景春阳得以拳脚大展。他请来一些专家办起了技术培训班,一些"老兵"像小学生一样,和新兵坐在一起,听专家讲着"新奥法"、"光面爆破"、"非电爆破"等新技术。

在引滦工程中,引水隧道开挖最大高度达七点二米,断面非常大,而且还要通过一个个的大断层。其中最大的断层长达二百多米。岩石层面断裂,压力没有规律,水文情况也比较复杂,一炮下来就会塌方。

好几天过去了,隧洞竟没有向前推进一尺。李瑞环着急,赶到通往断层的九号支洞,抓过一顶安全帽戴在头上,要下去视察险情。景春阳拖住他:市长,你不能下去,下面太危险!

我不下去看怎么知道危险?李瑞环说着就向深深的斜井里走下去。景春阳和营长、连长、参谋们跟在他的身后。景春阳边汇报边密切注意石质，突然，他发现上方有小石头掉落，这是塌方的前兆，一把拉住李瑞环就往外走，刚走几米，后面呼啦一声果然塌方了，上千方的土石塌在了他们的后面，若迟走一步，后果真不敢想象。

李瑞环却开了个玩笑：老景呀，这下我们可就成了生死之交呀！没有这个断层，也体现不出工程的险峻和伟大，就像京剧《起解》，如果没有"三堂会审"一场就不精彩！

但铁道兵们笑不起来，他们连夜查找资料，寻觅征服疏松石质的途径。几个不眠之夜后，一个新的施工工艺酝酿成熟了。

为了早日打通隧洞，参战部队在主洞两侧开挖了十五个支洞。王金汉是二号隧洞支洞长，为了早日打通隧道，大家轮流作业，唯一的取暖方式就是作业前喝点白酒。在施工最紧张的时候，他干脆在洞口搭了一个不足三平方米的小草棚，这个简易的草棚不遮风不挡雨，但不管日晒雨淋，王金汉就在这小草棚子里住了五个多月。

工程开始那年的深冬，"燕山雪花大如席"，气温降到零下二三十度，即使这样，为了保证工程进度，施工也没有停止过一天。有一天，王金汉正在指挥平整场地的施工，突然间一块巨大的石头从山上滚落下来，众人反应不及，硬砸在王金汉的腰上，他跟着石头一起滚了下去，冲劲很大，越滚越快……幸好那天刚刚下完大雪，王金汉拣了一条命，却也被摔得吐血了，筋骨受到重创。被大家抬到团卫生队，他却要求卫生员简单处理一下伤口，随后又回到了施工现场继续指挥施工。

自打这次负伤后，王金汉开始经常疼得睡不着觉、吃不下饭，即使这样，他还是忍着伤痛在工地上又坚持了八个多月。直到后来师团领导听说此事，派人硬是把他从工地上拉下来，送到天津检查。医生惊讶地发现他的胸膈肌已经被砸穿了一个八厘米的口子，而且当时已经发生重大病变，如此严重的伤情，他竟然能在紧张、劳累的情况下，坚持八个多月，这让医生们非常震惊。他们立即为王金汉做了手术。

做手术后只躺了一个多月，还没等到完全恢复，王金汉又回到工地——真是金刚般的汉子！

那次受伤留给他一个终身的纪念，会经常作痛，尤其在阴天下雨的时候。然而让他最难忘的却还是另外一件事。转过年的冬天,又到了一年一度老兵退伍的时候,头一年由于部队接受了引滦施工的任务,很多已经复员期满的老兵没能按时复员,领导再三考虑,确定了一批已超期服役的老兵复员退伍。

然而,所有要复员的人都不走,说滦水不引到天津,工程不完就不走。后来组织下了死命令,逼着这些战士办了复员手续,欢送他们回家。有些人打好背包,明天就要上车走人了,晚上还要下洞,做最后一次贡献。很多战士最后走的时候,把领章、帽徽摘了,背着背包,就顺着每天上工的这条小路,顺着河沿走,走到平时干活儿的位置,还集体为付出过心血的洞口敬个礼,眼含着热泪,跟部队告别。

由于地质情况复杂,塌方和危险每天都伴随着战士们,但生死关头很少有人想到个人的安危。第六十六军某部教导员梁天宝回忆起当时的一件事,充满感慨:八二年年初,就从这个洞口,刚刚下去十几米,支洞口突然就塌方了,打手电往里照着,看见有一个钢支架被压弯了,在这种情况下已经是非常危险了。当时十七个战士,没有一个后退一步,准备需要装填的木料,我带着其他几个党员就往里塞,这边一边塞着木头,那边石头就啪啪地往下塌,砸在身上、砸伤了肩膀,好多战士都挂了花,哗哗地流着血,却仍然抓紧时间抢修。因为这个洞一旦要塌了,整个工程就全完了。

为了尽快打通隧道,为了解决天津的水危机,磕磕碰碰不算伤,发烧感冒不算病。风枪手们好像是抱着一挺重机枪一样,突突地干个不停;推斗车的人总是一路小跑,有时一天要在洞下奔跑一百二十里。

休息方式也特殊,在洞下连续工作几十个小时的指挥员,用腰带把自己捆在钢支架上,两只脚站在水里,戴着安全帽脑袋歪着就睡。

为了打通这条十二点四公里长的引水隧洞,十九名解放军战士和两名农民工献出了宝贵的生命,每隔七百米就有一名战士永远地倒下了。他们中最大的三十四岁,最小的只有十七岁。

唐喜良就是其中一个。他是铁道兵某部的一位副排长,带领十一名战士在隧洞里施工。他生前的战友何明回忆说:当时发生了一次特大的塌方,把他们十一个人全部都压在了这个碎石里面。当时唐喜良醒过来的时候,他的两条腿被一块巨石压在下面,等其他的同志醒过来后才把他挖出来。他被挖出来以后,腿已经断了,只能还躺在旁边,这时塌方在继续,里面还埋着两个战士,有人喊赶快撤离。他说不行,我们的战友还没出来,就要继续抢救。虽然他的腿断了不能动,却指挥着其他人继续抢救埋在石头里的战友,没有工具,大伙儿都是用手在抠,两手的指甲全部都抠掉了。

直到战友们全部被救出来以后,唐喜良才同意被送往医院。两个月后,伤还没好,唐喜良又回到了工地。当时再过几天就是春节了,他家里来信说,乡亲们给他介绍了一个对象,领导特意安排他回家相亲,他却说:再坚持干两天我再回去。

当时隧道设施很差劲,开装载机最危险,他就抢着开。却就在这时候隧洞里又发生大塌方,一块巨大的石头砸在了他的头上……他带着未痊愈的伤口,怀揣着一张准备第二天返回家乡相亲的车票,永远地倒在了隧洞里。

除去牺牲的二十一人外,在隧洞开挖工程中,施工部队先后有三千五百多人主动推迟婚期、假期,二千一百多人探亲提前归队,六千一百多人带病带伤坚持施工,一百零七人受伤致残。

19

引滦入津的工程如此危险,那么工程质量能够保证吗?

在混凝土工程中,有一种普遍存在的"癌症"——碱集料反应。这种反应是指具有活性的粗、细骨料,在潮湿的环境下会与水泥中的碱性成分或外界中的碱性物质产生化学反应,能够对构筑物造成无法修补的损毁。

加拿大魁北克省的一百四十座大坝中就有三十座因发生碱集料反应而引起损坏。在州河暗渠工程中,由于暗渠主体是常年输水的混凝土地下构筑物,为避免出现碱集料反应,工程使用的混凝土骨料全部是非活性材料。

引滦入津工程的采购部，为了寻找三百万方碎石和一百五十万方沙子的非活性骨料料场，查阅了大量地质资料，跑遍了北京、河北以及蓟县的几十个料场，才找到了工程所需的物料。技术部门还向国内建材专家请教，推出了能使低碱材料保持稳定性的控制措施。这是我国继三峡大坝、小浪底工程之后使用的非活性材料的大型水利工程，也是国内首次把非活性材料用于箱涵工程建设中。

另一个师是野战部队，搞大型水利工程建设缺少技术力量，也缺乏组织经验，于是在师、团机关都办起了工程技术讲座，请地方专家、工程师任教，先后培养了各类技术骨干近七千名，其中经过考核领取技术证书的五千一百五十八人，形成了一支自己的技术骨干队伍。

在开凿隧洞的施工中，该师先后推广了全断面掘进、光面爆破、锚杆支护、钢代木、喷射混凝土等十六种先进技术和方法，加快了速度，提高了质量，保障了安全。广大指战员在掌握先进技术的基础上，大胆改革创新，先后革新技术八十六项。

同时，通过科学管理，保证了施工的安全。在四点五公里长的隧洞和五点五公里长的施工线上，每天有几十个作业队昼夜施工，九千多人进出隧洞，二千多部机械轮番作业，二百多台车辆穿梭运行，每天要放一百多炮，没有发生重大事故。

在整个施工过程中，这支施工部队的各级领导干部都坚持做到"组织指挥、政治工作、技术力量、器材保障、生活服务在第一线"。因此这个部队承担的引滦入津工程的建设速度是惊人的，从全线正式开工到建成通水，仅仅用了一年零四个月的时间。比国务院计划工期提前二年。各项工程质量均符合设计要求，合格率达百分之百，并为国家节约投资百分之十八点五。

20

一九八三年三月二十八日晚上八点五十五分，强烈的爆破声震耳欲聋。岩石,化作大大小小的碎块四处迸射,黄烟卷着雾状的粉尘充溢隧洞。这是一百四十八万炮中的最后一炮,透过刺眼的黄烟,大家都看到前面朦胧间照进一缕亮光:

——"通了!"

每个人都情不自禁地高喊起来,长龙般的主洞,如立体声的音道,发出强烈的共鸣,经久不息。位于景忠山下一百米深处的十号洞发出的最后一声炮响,标志着这条全国最长的引水隧洞全线贯通!

他们用了一年零四个月,胜利地将隧洞打通,创造了当时全国日掘进六点八米的最高纪录。

从进入施工现场,到通水前,在这一年多的时间里,绝大多数官兵都没有回过家。

至此,引滦入津工程大功告成:

共完成新建暗渠三十四点一四公里。

全断面护砌和堤坡整治明渠六十四点二公里。

修建明渠巡视道路四十九公里,隔离网带九十五点二六公里。

修建桥梁三十四座。

栽种乔、灌、花木一百一十六万多株、绿篱(绿草)六点七万多平方米,明渠全线绿化面积达四百四十九点四万平方米,明渠两侧形成了宽三十五米、长六十四点二公里的蜿蜒绿化带,配上坡顶笔直伸展的硬化路面,形成了一道亮丽的风景线。

实施了于桥水库水源地保护工程,累计修建谷坊坝三百五十一条,改造生态厕所三万余个,水库周边栽种杨柳绿化带九千一百三十六亩。

建设村内道路及排水沟渠六十三点八公里,推平鱼池一点四万亩。

建成全国引供水工程第一网——引滦入津工程管理信息系统,集通讯、数据交换、远程监控、输水优化调度、水质数据分析和趋势预测、水库防汛减灾、工程管理决策支持、办公自动化、人力资源管理等多种功能于一体,实现了引滦全线的生产控制自动化、调度决策智能化、输水过程可视化、办公系统网络化、工程管理规范化。

21

一九八三年九月五日八时,潘家口水库、大黑汀水库的引滦枢纽闸依次提闸放水,全长二百三十四公里的引滦入津工程正式向天津送水。

一九八三年九月十一日,甘甜清澈的滦河水流进天津的千家万户,这一天天津人民结束了喝咸水的历史,随之便成为引滦入津工程通水的纪念日。

一九八三年八月十九日,中央军委发布命令,为参加引滦入津工程建设作出重要贡献的部队给予表彰。号召全军指战员学习他们为民造福、为四化做贡献的崇高精神;学习他们勇挑重担,敢打硬仗的顽强作风;学习他们解放思想,实事求是,勇于创新的科学态度;学习他们互相支援,团结协作的高尚风格。

一九八三年九月二十一日,天津市隆重召开引滦入津工程通水庆功大会,向施工部队的先进单位和个人颁发了奖旗和奖状,并在海河的三岔河口修建了引滦入津工程纪念碑,树立了子弟兵的大型雕塑,以示对挥师引滦,造福人民的人民解放军永志不忘。

历史和天津都不会忘记当年那些引滦工程的英雄们。我们相信,天津人也会把由这项工程孕育出的"引滦精神"永远发扬光大。

有了滦河水,津郊四十万亩菜地浇灌不再成为问题,百万天津人民的菜篮子有了保证,小站稻在断产二十年后又飘香四野。

有了滦河水,天津停止使用水源井六百多眼,减少地下水开采,有效控制地面沉降,市区平均沉降量为一九八五年八十六毫米,一九八七年四十三毫米,一九九二年降到二十三毫米。引滦水源二十项水质指标达标率百分之百,塘沽、咸水沽、杨柳青、张贵庄、大港等地近百万人结束了饮用咸水、高氟水的历史。

按照供水要求,引滦入津工程每年应向天津输送滦河水十亿立方米。二十多年来已向天津输送滦河水二百亿立方米,成了天津经济社会发展的"生命线",至少给天津带来如下变化:

第一，为天津的生存与发展提供了极为重要的物质基础。自二十世纪七十年代以来，天津市多次发生缺水危机，水成为制约天津生存与发展最重要的因素。引滦入津工程的建成通水，为天津老百姓安居乐业、经济跨越式发展、社会繁荣稳定奠定了坚实的基础。

第二，结束了天津中心城区和部分城镇居民喝苦咸水、高氟水的历史，提高了人民群众的生活质量。

第三，为天津经济发展注入了活力。近二十多年来，天津经济实现了持续性的快速发展，国内生产总值累计增长，工业生产结构和产业布局不断优化，新兴的具有高科技水平的现代化产业，正逐步取代传统产业。

第四，改善了投资环境。可靠的水源保证，优惠的投资政策，宽松的投资环境，吸引着海内外众多投资者。

第五，改善和发展了城市供水事业。引滦入津工程建成通水后，使天津的城市供水系统不断完善，日供水能力提高到二百二十万立方米。目前，城市供水面积由最初的二百八十四平方公里，增加到五百五十平方公里。受益人口由最初的三百四十九万，增加到五百一十二万。

第六，缓解了城乡用水矛盾。引滦入津工程建成通水后，城市有了专门的供水系统，不再与农业争水，城乡用水矛盾得到缓解，促进了农村经济迅猛发展，农业总产值由引滦入津前的不足十亿元，增加到二〇〇二年的一百八十一亿元；全市粮食总产量由引滦入津前的十一亿公斤，增加到二〇〇二年的十三点八亿公斤。

第七，净化美化了城市生态环境。引滦入津工程通水二十多年来，累计提供城市环境用水九亿立方米。改善了园林绿地灌溉条件，城市绿化覆盖率由引滦入津前的百分之八，提高到二〇〇二年的百分之二十七点三。

第八，有效控制了地面沉降。引滦入津工程的建成，使地下水采用量大大减少，有效控制了地面沉降，市区年平均沉降量已经由一九八五年的八十六毫米，减缓到二〇〇二年的十七毫米。

引滦入津不仅送来了淡水，还提倡了一种精神：全国一盘棋，一方有难,八方支援,雷厉风行,团结协作,为民造福。当时被称为"引滦精神"。

22

然而谁又能想得到,随着全球性的气候变暖,北方雨量减少,累年干旱。连"中华民族的母亲河"黄河都断流了,何况区区一条滦河。

当年在"引滦入津"的同时,还另开了一条渠向唐山供水。仅是一条滦河毕竟水量有限,而且流量逐年减少。就在举国欢庆进入新世纪的那一年,天公大旱,滦河无水,天津的水缸——潘家口水库,只剩下一个库底儿,专业用语叫"死库容",无法再放出水来……

那真是一种绝境!

国务院紧急决定,调黄河水北上,以解急难。

于是便起动了京密引水、引黄济津、引青(龙河)济秦(皇岛)、引黄济冀等多个跨地区或跨流域的调水工程。

然而黄河的水量,只相当于四十年前的百分之十。以前那种"黄河之水天上来,奔流到海不复回"景象已经很难再现了。自一九六〇年三门峡大坝建成蓄水,就造成黄河下游的花园口断流二十五天,利津则断流一百四十一天。更为严重的是,自一九七二年至一九九六年的二十四年间,黄河竟有十九年出现断流现象。而且断流的频数、历时和河长均不断增加,为历史之罕见。

以山东利津水文断面为例,七十年代断流最长年历时为二十一天,八十年代为三十六天,进入九十年代,年内断流历时急剧增长,一九九二年、一九九三年、一九九四年断流历时分别高达八十二天、六十一天、七十五天、一百二十一天(河口地区一九九五年断流一百五十三天)。

断流距离最长时可达六百六十二公里。

黄河下游的百姓不仅失去了黄河地表水,而且地下水位也在下降,引起井泉干枯,机井报废,大片干旱之地无水浇灌,人与畜饮水严重短缺。山东滨州市出现了空前的水荒,工业因供水不足一度处于停产、半停产状态,一些大企业靠临时打深井维持生产。居民生活用水压缩了一半以上,每天在公用水龙头前排长队等水……

这种状况又比天津强了多少?

万一赶上黄河也无水可调,或不能及时调来,天津做了最坏的打算:

所有企业一律停工。每个家庭发给两只同一型号的水桶,每户人家每天只供应两桶维持生命的水。

一个城市、一个地区,没有水就断绝了生命之源,会陷入瘫痪和混乱。

23

其实干旱并不是自"根治海河"后才有的,旱魃祸殃华夏既久远又频繁,自有甲骨文之后,便有特大旱灾的记载。在这里不妨摘录几条历史上最著名的旱灾:

夏桀执政的第十五年,"夜中星陨如雨,地震,伊、洛竭"。

殷纣四十三年,"峣山崩,三川(洛河、黄河、伊河)涸"。

西周幽王时期,"岐山崩,三川(泾河、洛河、渭河)竭"。

东周末代赧王晚期,"河、洛、江、汉皆可涉"。

汉代后,记载灾害的史籍逐渐增多。王莽地皇三年,"天下大旱,关东饥,人相食,蝗飞蔽天,流民入关数十万人"。东汉灵帝兴平元年,黄河中下游"旱蝗亡谷,百姓相食"。

西晋怀帝永嘉三年至五年"五月大旱,河、洛、江、汉皆可涉"。"关西饥道,白骨蔽野,士民存者百无一二。"

东晋和十六国时期,"天下大饥,人相食"的记载出现六次。"民饥死者十之七八。"

唐朝大旱二十次,特大旱灾五次。永淳元年,陕西"连年旱,是年关中及山南州二十大饥,京师人相食,死者枕藉于路"。五年后,"是岁大旱,全国大饥,人相食,山东、陕西尤甚"。贞元元年,黄河中下游大旱,"关中饥民蒸蝗虫而食之。东部、河南、河北死者相枕"。

金朝期间,北方有十五年大旱,特大干旱四次。

金天会七年,黄河中下游特大旱,"泾、渭、沮皆竭,山东大饥,人相食"。

正大四年,豫、冀、鲁、晋大旱,"饥民捕蝗以为食,或曝乾而积(食)之,又馨,则人相食"。

明朝旱灾频繁,大旱七十三年,平均四年一次,特大旱灾九次。从成化年间到万历年间的一百三十四年间,华北、西北地区九次出现大面积的"道殣相望,尸骸枕藉,白骨满路,饥民相食,人烟几绝"的惨重旱灾。崇祯期间更是多灾多难,华北、西北多次出现"河竭湖涸,飞蝗蔽日,民多饿死,十亡八九"的惨景,甚至出现了"父子夫妇相割啖"、"公鬻人肉"等惨不忍睹的现象。

清朝大旱有二十七年,约十年一遇,其中特大干旱有十次。华北有十次旱灾出现"人相食"的惨况。顺治二年至五年,"全蜀大饥,人相食,畜无遗种,百里无烟,虎豹入城"。

光绪二年至四年,华北再遇特大干旱,众多河流断流,湖泊干涸,树枯木焦,赤地千里,人多饿死,至而人相食。山西灵石尤甚,有人相食者四千户,约四万口。初始,仅食死尸,继而杀人充饥,甚至夫食其妻,父母食子,惨况为百年来未有之奇。

一八七八年,黄河中下游因旱灾饥饿致死者达一千三百多万人,陕西蒲城饥死者达三分之二,许多村庄人丁死绝。

民国的三十八年间,共发生六年大旱灾,特大干旱三次。

一九二〇年,华北五省因旱灾饿死五十多万人,青海省也饿死八万多人。一九二四年至一九二五年,四川因旱灾死亡七十余万人。一九四五年至一九四六年,湖南连续大旱,饥民死者甚众,零陵县竟发生割食死尸充饥的惨景。

面对旱魃的残暴肆虐,华夏儿女并未束手待毙。他们从臆造神仙来寄托征服自然的期冀,到依靠科学和实干来增强改造自然的能力,一刻也没放弃抗争的努力。

24

有旱灾自然就有抗旱,史籍记载先人抗旱的办法也多种多样。

造神抗旱——据《淮南子·本经篇》载:"尧之时,十日并出,焦禾稼,杀草木,而民无所食。"所谓"十日并出",实为骄阳似火,酷热难当,天下大旱。百姓无力回天,便臆造一位超自然的大神——羿。

"羿仰射十日,中其九日,日中九鸟皆死,堕其羽翼。"从此,旱情缓解,黎民安生。

祈雨抗旱——这类的故事多了。正如《诗经》唱的:"琴瑟击鼓,以御田祖,以祈甘雨,以介我稷黍。""有渰萋萋,兴雨祁祁,雨我公田,遂及我私。"

最悲壮的是《淮南子》里的记载:汤王时,大旱七年。江涸河竭,沙砾流火,民众堪苦,求雨数年不成。史官卜后曰:"以人祭天,方能降雨。"汤王曰:"为民求雨,我自为先。"并力排众劝,执意自焚。祭天求雨时,汤王披散头发,身捆引火的白茅,登上柴堆。

巫师唱经狂舞之后,点燃柴堆。烟火冲天,汤王汗流如雨,咳嗽不已。眼看所系白茅将燃,不料顿起狂风,乌云飞至,电闪雷鸣,暴雨大作。薪火灭,汤王喜,民欢呼。

当然古人也不是只靠求助神灵、巫师,也会用自己的行动抗旱。例如开沟引水,发明了桔槔、辘轳之类的工具提水灌溉,之后又发明了水车、高转筒车、水利筒车,东汉时发展为水排。水排是机械工程史上的重大发明,早于欧洲一千多年。

进入春秋战国后,随着筑坝修库和跨小流域渠道工程的出现,中国抗旱方式有了突破性的发展。谷地建成了许多灌区,也涌现了孙叔敖、西门豹、李冰父子、郑国等一大批水利名人。

新中国建立后,党和政府更加重视兴水抗旱工作。毛泽东第一次出京视察,就到黄河考察水利。考察时他说:"洪灾也好,旱灾也罢,根治的办法只有一条,那就是搞好水利建设。我早就说过,水利是农业的命脉。把水利建设抓好了,我们就有资本和老天爷斗!"

当时的媒体还形容他在讲这番话时,右手握成拳头,有力地在头顶上举了举。

五十年代为解决首都缺水之难,为给兴水抗旱大军鼓劲,毛泽东亲赴十三陵水库参加劳动,到官厅水库、密云水库视察,并欣然为这些水库题词祝贺。

历史发展到今天,人类对付旱魔的手段就更是多种多样,甚至到了"改天动地"、"出神入化"的程度。

25

由于曾熟读过《毛泽东选集》、《毛主席语录》等书,长时间以来便产生了一种错觉,以为对毛泽东讲过的一些重要话都会有些印象,即便现在记不住了,大体也不会感到陌生。近读《林一山回忆录》,才知毛泽东还说过许多我闻所未闻、现在听来依旧很新鲜并对中国的发展还在发挥着重大影响的话。

一九五二年十月三十日,是毛泽东建国后第一次出京巡视,先来到黄河边,由黄河水利委员会主任王化云陪同,视察黄河水利工作。

王化云在谈到治黄规划设想时说:"将来黄河水不够用,需要从长江流域引水入黄河。我们的勘测队实际测量了长江的水量、地形情况,准备从通天河引长江水入黄河,以补济西北、华北水源不足。"

"好!这个主意好!"毛泽东觉得这个想法颇有见地,补充道,"你们的雄心不小啊!通天河那个地方猪八戒去过,它掉进去了。"

但沉了一会儿,毛泽东认真起来:"南方水多,北方水少,如有可能,借点来是可以的。"

——这也是毛泽东第一次提出南水北调的设想。

转过年来,毛泽东在去南方巡视的专列上,又询问王化云:"通天河引水问题怎么样了?"

王化云:"根据查勘的结果看,引水一百亿立方米是可能的。不过,需要打一百公里山洞,还要同时在通天河上建筑一座高坝,水就可以从通天河经过色吾曲、卡日曲进入黄河。"

毛泽东皱了一下眉头:"多大工程量?得多少年完成?"

王化云:"约需十万人,加上机械化,十年可以完成。"

毛泽东不满足地说:"引一百亿太少了,能从长江引一千亿立方米水就好了,你们可以研究一下。"

王化云知道,通天河的水不足一百个流量,单从通天河引水是不够的。毛泽东提出从长江引一千亿立方米水是从整个流域考虑的。

一九五三年二月九日,毛泽东由长江水利委员会主任林一山陪同视察长江,对被周恩来尊为"长江王"的林一山打趣道:

"你能不能找一个人替我当主席,我给你当助手,帮你修三峡大坝?"

第二天,毛泽东乘长江舰,在洛阳舰的护卫下由武汉直下南京。航行途中依然用询问的口吻对林一山说:"南方水多,北方水少,能不能从南方借点水给北方?"

林一山猛然愣住了,不知如何作答。

毛泽东继续追问:"这个事你想过没有?"

"倒是想过,那是当我思考全国农村水利化等问题的时候,一并考虑过这个问题。"

"你研究过没有?"

"没有研究过。"

"为什么?"

"没有这个任务。"

毛泽东的头一段话在半个世纪后成为现实:"截断巫山云雨,高峡出平湖。"

第二段话启动了当今世界上最大的水利工程——中国的"南水北调"。

26

当时毛泽东在长江舰上摊开地图,拿起一支红铅笔,笔尖悬着在地图上移动,顺着西北高原、腊子口,指向白龙江,随即问林一山:"从嘉陵江的上游,白龙江向北引水行不行?"

林一山摇摇头:"不行。"

"为什么?"

"白龙江发源于秦岭,向东南流向四川盆地,越往下游水量越大,但是,地势越低就越难穿过秦岭把水引向北方。如果越接近河源,工程的可能性就越大,但水量却越小,因而引水价值不大。"

毛泽东点点头,把铅笔指向嘉陵江上游的西汉水:"这里行不行?"

"不行。"

"为什么?"

林一山用白龙江不能引水的同样道理做了说明。

毛泽东手上的铅笔又指到了汉江上:"引汉水行不行?"

"有可能。"

毛泽东眼睛一亮,盯着林一山:"为什么?"

"汉江上游和渭河、黄河平行,中间只有秦岭、伏牛,一山之隔。它自西而东,越到下游,地势越低,水量越大。这就有可能找到一个合适的地点来兴建引水工程,叫汉江通过黄河引向华北。"

毛泽东边听边用铅笔从汉江上游到中游画了许多杠杠,每画一道杠他都要问:"这里行不行?"

林一山说:"这里都有可能性,但要研究哪个方案最好。"

毛泽东满意地点点头,手中的笔沿着三千里汉江的蓝色曲线迅速移动,顺着汉中盆地、武当山区,指向均县(现在丹江口水利枢纽所在地)突然下笔画了个圆圈:"这个地方行不行? 这些地方怎么样?"

"这些地方都有可能,关键是要在这些地区找到一个最合适的地点……"林一山忽然指着地图上一点说,"这里可能性最大,也可能是最好的引水线路。"

毛泽东很感兴趣地问:"这是为什么?"

"汉江再往下,流向就转向南北,河谷变宽,没有高山,缺少建高坝的条件,所以不具备向北引水的有利条件。"

毛泽东做了一个果断的手势:"你立即组织查勘,一有资料就给我写信。"

"好!"林一山回单位后,马上组织人马进行南水北调的勘察和研究,一有成果,他就给毛泽东写信。

在一九五八年三月成都中央工作会议上,当中央批准兴建丹江口水利枢纽初期工程后,毛泽东高兴地说:"打开通天河、白龙江,借长江水济黄,丹江口引汉济黄,引黄济卫,同北京连起来了。"

毛泽东的意图,很快就在同年八月二十九日中共中央《关于水利工作的指示》中得到体现:"全国范围的较长远的水利规划,首先是以南水(主要是长江水)北调为主要目的,即将江、淮、河、汉、海河各流域联为统一的水利系统规划……应加速制定。"

——这是"南水北调"第一次见于中央文件。

党中央的决定在全国引起积极的反响。中国科学院和水利电力部共同组成了南水北调研究组,各大流域机构和长江以北的十四个省(市)的水利部门,以及许多科研、勘测设计单位参加了大协作。引水方案的研究范围,从中下游扩展到上游,乃至东西部的澜沧江、怒江流域,提出了从长江上游、中游、下游分别引水,补济我国西北、华北缺水的总格局。

"文革"期间,南水北调的工作停顿下来。到了八十年代,中国北方严重缺水的现实和实现四个现代化的雄心壮志,使得南水北调工作又提到国家的议事日程上来。

一九九一年四月,七届人大四次会议决定,"八五"期间要开工建设南水北调工程。华北各省市立即做出积极反响,层层建立了南水北调领导小组或指挥部,豫、冀两省省长亲自挂帅,他们迫切希望南水北调工程尽早开工。

27

"南水"——目前就是指长江。

"北调"——面积可就大了,黄淮平原、华北平原、北京、天津。正可谓"滚滚东逝水,滔滔往北折!"

中国有七大水系,当下有三大水系却成了最缺水的地区,即黄河、淮河和海河流域。真是"沧海桑田"!

黄河和淮河两个水系暂不说,单讲海河水系,为什么竟会名存实亡、成了无水之系呢?

行文至此,有必要介绍一下我们的水资源分布情况。

中国的人均水资源,只相当世界平均水平的四分之一。而且水资源的时空分布极不平衡,主要大江大河都在南方,水质也优于北方地区。

我国的水资源不仅自然分布不均,而且与生产力布局不相适应。长江流域及其以南的河川径流量占全国的百分之八十三,耕地面积却只占全国百分之三十八。

其中长江流域年径流量为九千五百一十三亿立方米,占全国的百分之三十五,耕地面积却只占全国的百分之二十五,人均和亩均水量均超过全国平均水平,属丰水区。

淮河流域及其以北地区的年径流量占全国的百分之十七,耕地面积却占到全国的百分之六十二,其中黄河、淮河、海河三大流域和胶东地区的河川径流量为一千五百七十三亿立方米,只占全国的百分之六,耕地面积却占全国的百分之四十,人均和亩均水量远低于全国平均水平,属缺水区。尤以海河流域更为突出,年径流量只有二百六十四亿立方米,不足全国的百分之一。而人口和耕地却分别占全国百分之十和百分之十二,缺水十分严重。长江流域与海河流域相比,长江流域的人均水量是海河流域的近十倍,亩均水量为十七倍。

就是这样,在中国水资源分布图上,写着这样两个不等式:

第一,占全国径流量百分之八十以上的长江流域及以南的河流,水量充沛,仅长江每年就约有超过八千亿立方米水量白白流入大海;

第二,人口、粮食产量、GDP均占全国总量的三分之一的黄淮海流域,水资源量只有全国总量的百分之七点二。

南方为洪涝所累,北方为干旱所苦。世界银行于一九九八年统计了一百五十三个国家的水资源情况,中国的人均占有水资源量仅为世界人均占有量的四分之一,居世界第一百零九位。

而天津的用水量又只占全国平均用水量的百分之十四。

北京也只占到百分之十六。

但缺水的又岂止是北京、天津,在中国的六百六十座城市中,超过四百座水资源不足,其中一百座城市严重缺水。就是这样,中国要用仅占世界百分之七的淡水,养活占世界百分之二十的人口,而且还要繁荣强盛。

很显然,水资源的缺乏已成为我国持续发展的主要制约因素。难怪前水利部长汪恕诚曾大声疾呼:"要么为每一滴水而战,要么灭亡。这就是中国面临的挑战!"

28

人们难免要问,数千年来虽然有涝有旱,但都没有缺水缺到这个地步,今天中国是怎么啦?

简而言之,除天公不作美外,最主要的原因是近几十年来,我国的淡水资源总量变化不大,但用水量却迅速增长。中国人口已由解放初期的"四万万同胞",增加了三倍多,号称十三亿人口。十三亿人是天天要喝水、用水,水怎么可能不紧张?

一九四九年,我国的城市不到二百个,现已发展到六百多个,也增长了三倍! 每座城市都是用水大户,六百多个大户一起用水,水又怎么能不紧张？

还有，我国工业飞速发展，用水量猛增。据统计，我国炼一吨钢需用水二十吨至四十吨，造一吨纸需用水二百吨至五百吨，生产一吨氮肥要用水五百吨至六百吨，提出一吨人造纤维要用水一千二百吨至一千七百吨。由于我国设备技术落后，管理水平低，与经济发达国家比，单位工业产品的耗水量一般要高出五倍至十倍。

八十年代，我国工业和生活用水为五百七十亿立方米，到二〇〇〇年以后达到了一千二百多亿立方米。增幅如此巨大，水怎能不紧张？

农业更是用水第一大户，我国农业灌溉面积比一九四九年增长了两倍多，致使我国用水量百分之八十以上用于农业灌溉，年用水量四千亿立方米。因灌溉方式落后，水的有效利用系数仅为零点三左右。本已严重缺水，加上浪费严重，水怎么能不紧张？

工农业的迅猛发展，创造了滚滚不尽的财富，也加重了对大自然的污染。据专家统计，全国有监测的一千二百多条河流中，已有八百五十条受到污染，受污染的水体约三千亿立方米，一些被严重污染的水体已不能用以灌溉。本已严重缺水，又如此不珍爱水，水怎么能不紧张？

据专家们预测，全球气候将进一步变暖，我国北方的干旱还将加重。中科院院士叶笃正为首的近百位科学家在一项研究报告中提出：未来三十年内，我国华北气温将继续增高，水资源将进一步短缺，生存环境将向不利方向发展。

故而可以说，"南水北调"——是中国发展的必然选择！

但，从哪调，调多少，怎么调……吸纳了来自生态环保、经济、地质、农业、物价、建设、文物保护等各个部门数千名专家学者的意见。召开了一百多次研讨会，有五部委（局），九省（直辖市），二十四个不同领域的规划设计及科研单位参与，有六千人次的知名专家和一百一十多人次的院士献计献策，产生了百余种比选方案，甚至争论一直与规划相伴相生。

29

调水，中国古已有之。早在两千四百年前开凿的京杭大运河，成为沟通海河、黄河、淮河、长江、钱塘江五大水系而纵贯南北的水上交通要道。

两千二百年前修建的都江堰引水工程，灌溉成都平原，成就了四川"天府之国"的美誉。新中国成立后，这个有着悠久水文化传统的民族正创造着一个个新的调水神话……

孙中山早在《建国方略》中的"水力之发展"篇里，就大胆地提出了开发长江三峡的宏伟构想，开启了中国人南水北调的梦想。

从引滦入津到南水北调，见证了中国调水工程的技术创新能力正在实现质的跨越。

河川径流是人类最早利用的水资源，也是上、中、下游地区重新分配水资源的必由之路。但是，由于社会经济发展，仅凭流域内调水已难以满足经济发达地区的用水需求，迫切需要跨流域调水。

于是，从十九世纪中叶开始，跨流域调水规划便应运而生了。据不完全统计，目前世界已建、在建和拟建的大规模、长距离、跨流域调水工程已达一百六十多项，分布在二十四个国家。

其中已建的调水工程调水量较大的，是巴基斯坦西水东调工程，年调水量一百四十八亿立方米；调水距离较长的是美国加利福尼亚北水南调工程，输水线路长九百公里，调水总扬程一千一百五十一米，年调水量五十二亿立方米。

水是生命的源泉，是不可替代的宝贵资源，也是社会经济发展和保护生态环境必不可少的重要因素。没有水也就没有人类社会的发展和存在。

我国多年平均水资源总量为两万八千一百二十四亿立方米，其中河川径流量为两万七千一百一十五亿立方米，居世界第六位，排在巴西、苏联、加拿大、美国和印尼之后。

幸好，中国还有长江，为世界第三大河，每年入海的流量达到一万亿立方米,横贯南半个中国,中下游正好与最缺水的华北平原相邻。

也正因为有长江,这就使"南水北调"的伟大构想,成为可能。自上个世纪五十年代起,国家组织了阵容强大的专家队伍,吸纳了来自生态环保、经济、地质、农业、物价、建设、文物保护等各个部门数千专家学者的意见,反反复复地论证了近五十年。

二〇〇〇年,朱镕基主持召开国务院南水北调工作座谈会,确定了"三先三后"原则,即先节水后调水、先治污后通水、先环保后用水。

二〇〇二年十月,曾任水利部副部长,后到国务院南水北调办公室当主任的张基尧,就国务院审查意见,向全国人大常委会和全国政协作了汇报。当年十二月二十三日,国务院正式批复《南水北调工程总体规划》。

30

二〇〇二年十月十日,国务院批准了专家组的方案,举世瞩目的中国南水北调工程正式启动。

从那一天开始,除东北以外,中国的水系将重新规划,由江河单一地自西向东、南湿北旱,变为相对均衡的"四横三纵",呈网状水系。

"四横"——是珠江、长江、淮河、黄河。

"三纵"——就是从长江调水北上的三条主动脉,分西、中、东三条线。

西线——从长江上游的通天河取水引入黄河,解决涉及青、甘、宁、内蒙古、陕西、晋等六省(自治区)黄河上中游地区和渭河关中平原的缺水问题,以及华北部分地区的干旱。但黄河上游和长江上游相隔巴颜喀拉山,河床高于长江八十米至四百五十米,若让江水入河,需修建至少二百米高的拦水大坝,开挖长达一百公里以上的隧洞。

中线——从位于长江中游的丹江口水库引水,供应京、津、冀、豫四省市。丹江口有"小太平洋"之称,水质优良,正常蓄水高一百七十米,总库容为二百九十亿立方米,每年可平均调水一百二十亿立方米至一百四十亿立方米,枯水年也可保证调出六十二亿立方米。

　　要调水则还要使丹江水库增大容量,抬高水位,必须让旧坝"长高"、"增肥",保证新老混凝土连接、联合受力,以便一库清水一路自流北上。要使渠道经过数百公里膨胀土(岩)地段,必须制伏其遇水膨胀,失水收缩的无常特性,始终保持健全"体形"和良好"身段"。

　　像这种国内外尚无类似工程实践经验的技术难题,在南水北调施工中数以百千计。

　　这样一来丹江口的地势就变得极为有利,其海拔高于天安门一百米,高于天津一百五十米,居高临下,水一出闸便自流到京津。沿太行山东侧山脚,没有污染,易于保护水质,源源不断地浸润中原心腹之地。这条输水线的设计,堪称神来之笔,以它为主才形成了"四横三纵"的黄金网络。

　　东线——从长江下游引水,水源丰沛,有现成的湖泊、河流与水利设施可资利用,江水一越过黄河,便注入早已干涸多年的南运河,顺顺畅畅地向山东、河北和天津供水。我对东线最感兴趣的有两点:一是"江过河"。黄河的地势高于引水口三十七米,如何让长江水跨过黄河北上呢? 可供选择的无非是两个办法:"上天"和"入地"。

　　前者是把江水打上天,从上面翻过黄河。这也不是办不到,上个世纪美国断断续续也用了近五十年时间搞了个"北水南调",从北部奥维罗尔湖南端引水,翻越海拔很高的蒂哈查皮山,先要把水抽上山,送入十三点六八公里长的隧洞。抽水机一次性抽水高度达到了五百八十七米,美国人当时创造了世界第一。

　　后者则是从地下穿过黄河。中国水利专家最终就采取了这种"入地"的办法让长江过黄河,在黄河底下七十米深处,打了一条直径十米、长八公里的隧洞,使长江水在地下静悄悄地穿过黄河。这样做更易于保护水质,同时也是向孕育了中华文明的黄河表达敬意。倘若从黄河上空跨过,工程过于张扬,且不雅观。

　　穿黄工程,要从黄河底下复杂的地层中开凿数千米的隧洞,承载内外水压,克服以往盾构施工尚未遇到的顽石、枯树等,并保证隧洞不漏水;北京段PCCP管道工程是国内首次大规模使用直径四米、双排、埋深高达二十米的预应力钢筒混凝土管的项目,在国际上也绝无仅有,加之工程沿线地形复杂,从生产、运输到安装,攻克多个技术难关,管道制作就获得两项国际专利……

东线还有一个特点让我感动,那就是"江救河"。南运河是京杭大运河的中段,古称"御河"。上个世纪的五十年代,还是一条浩浩荡荡的大河,白帆昼夜往来不绝,两岸是茂密的森林。"大跃进"砍光了两岸的树,"根治海河"后运河断水,渐渐变成一条死河。到九十年代初中央电视台拍摄《话说运河》的时候,邀我撰写河北段的解说词,我随摄制组沿着古运河走下去,发现有的地方在运河河道里种了庄稼,还有的地段在运河里放羊,更有甚者将运河的河床改成一条道,在运河里跑拖拉机……这次长江水北上,无疑是救活了古运河。我渴望着再看到明人李东阳描述的情景:"漕卒啸风前后应,篙师乘月往来频。"

31

以往国内的调水项目如引滦入津等,绝大多数是单一目标,有的以农业灌溉为目标,有的以生活用水为目标。但南水北调工程的建设是多目标的,不仅是水资源配置工程,更是一个造福人民的综合性生态工程。工程实施后,将极大地提高受水区水资源与水环境承载的能力,向沿线城市供水,同时把城市侵占的一部分农业用水和生态用水偿还给农业和生态。在某种意义上是工业反哺农业,城市反哺农村。

同时,还涉及社会层面的征地移民、水污染治理、生态环境及文物保护等。这些都是科学发展观在南水北调领域的生动实践。东线治污线路要经过山东南四湖,由于周边水质差,国内专家把南四湖的治理称为"世界第一难"。

当初曾有人建议,干脆就修个渠道绕过去,不从湖里走。绕过去能解决南水北调本身的问题,但不能解决全国水污染治理的问题。南水北调就是集中人力物力财力来解决治污,如果我们都解决不了,大家何来信心?东线为满足调水水质要求,安排治污项目四百二十六项,投入一百四十亿元,通过坚持"治、用、保"并举,综合治理流域污染,目前已经取得初步成效。张基尧笑称自己有了底气和信心。

调水与治污,正是对综合国力的检验。南水北调工程在规划阶段的投资额近五千亿元,国家批复的可研阶段东、中线一期工程的投资达二千五百四十六亿元。如果放在新中国成立初期,或者十年前,我国经济和技术实力难以支撑这么浩大的工程。但现在可以说,全世界水利工程的科技前沿都在中国。国外同行都羡慕中国,能够集中力量办大事,羡慕南水北调等水利工程推动了世界水利科技的进步,而中国的科学家更是受益其中。

——南水北调东中线渠道,它们就像两串美丽的项链,串联起沿线连绵分布如同珍珠般的数百工程建筑物,构建成一个巨大水网,在广阔的神州大地上铺展开来——渠道蜿蜒而驰,水闸栉比鳞次,桥梁凌空飞架,低压暗涵隐身前行……而支撑这一切的都是技术创新!

32

迄今为止,全世界四十多个国家有四百多项调水工程,南水北调是当今世界上最大的远距离、跨流域、跨省市调水工程。

"综观国内外调水工程,真正跨流域调水的很少。南水北调横跨四大流域,不仅仅是解决水资源补给的问题,是在更大范围内进行水资源优化配置。"

"除此之外,南水北调东、中线加起来长度近三千公里,长距离调水工程受气候的变化影响很大,工程建设和运行的要求非常高。"

南水北调三条线共调水四百四十八亿立方米,相当于一条黄河的水量。

仅中线跨渠桥梁就有一千八百多座,跨越公路、铁路、油气管道一共几千处。除了规模不同,南水北调的工程目标、涉及领域和技术管理都面临巨大挑战。

还有一个所有人都关心的问题,不能不给出答案,如此大规模地分东、西、中三条输水干线调用长江水,长江吃得消吗？对中国的自然生态环境会发生什么样的影响？国务院集各门类的专家、精英,之所以反复论证了五十年,就是要回答这些问题:三条线加在一起的总调水量,只相当正常年份长江自然流量的百分之七,对长江本身影响甚微。

"四横三纵"的水脉布成之后,对中国的自然环境会有很大影响,但不是负面的,而是积极的。有水才有灵气,有水才有生机,对一个城市、一个省是如此,对整个国家也是如此。南水北调功成之日,长江之水便开始滋润中国南北,赶上丰水的年份,还可以将黄河的水也调过来一部分,增加城市和工业用水,将挤占的农业用水置换出来,遏制地下水的过度开采。那将大大有利于环境,希望能逐渐恢复以前中国大陆的最佳自然状态。

那是怎样一番情趣呢？

野旷天低,清水悠悠;彩霞映日,水光浮天。

33

南水北调既是救急、救命的工程,又是人类水利史上功在千秋的壮举。

建成后,南水北调东线和中线直接受益人群将达到两亿至三亿人。

长江因此也将进入它最辉煌的时期,责无旁贷地担负起中国的历史和中国人的命运,并以其雄浑大势给生命注入力量。

长江是祝福,是中国的骄傲！

2007 年 7 月 18 日

天铁之"铁"

"天铁"——即"天津铁厂"。企业实行集团化以后,又称"天津天铁冶金集团有限公司"。前面一下子有了双重"天",强调这个企业是归属于天津。

可它实际上并不在天津。

大本营坐落在距天津千里之外的河北省涉县,地处太行山腹地,靠近冀、晋、豫三省的交界点。是当年一二九师(后被称为刘邓大军)的司令部所在地。日本侵略者曾在中国实行过"烧光、杀光、抢光"的"三光"政策,吹嘘对中国大地采取了"地毯式轰炸"……但他们从未攻破过涉县。可见这个地方的封闭能力,或曰"安全牢靠"。

涉县有座山叫"将军岭",上面建起了刘伯承、邓小平、徐向前、李达等许多当年一二九师将领的坟茔和纪念碑。这些开国元勋并设计了中国的改革开放的英魂,至今还在护佑着这方水土,日夜俯瞰着"天铁"。

"天铁"不在天津,为什么头上要冠一个"天"字?其实,仅仅是"天铁"这个名字,就蕴涵着无穷的意味,它凝聚了一段历史、一个时代,至今还在解说着一种思想、一种体制。

天津作为中国的工业重镇,以其特殊的经济和政治地位,在新中国一成立就被定为三大直辖市之一。天津有着巨大的炼钢能力,不仅有数家专门的炼钢厂,在许多重型机械企业里也都有大型炼钢设备。但是,炼钢需要铁,天津却没有与炼钢能力相匹配的铁厂。历来被讥讽为"手无寸铁"!

雄心勃勃的新中国的国务院,自然不能容忍这种局面长期存在下去,虽计划了很长时间,却到六十年代末,中国经济才从"大跃进"和"三年自然灾害"的重创中渐渐恢复了元气,便又有资本可以搞另一场政治运动了。于是乘着"文化大革命"的热劲,当时的毛泽东主席提出了"备战、备荒、为人民"的口号,要"深挖洞、广积粮、不称霸"。为了防备帝国主义侵略者的轰炸,突发奇想地要把重要工厂都搬到大山沟里去:"分散、隐蔽、进洞",建立"大三线、小三线"。

就这样,在离天津还算比较近的巍巍太行山里,找到了一块地方,经国务院批准要给天津建一个铁厂。刚建厂的时候,"天铁"这个名字只能在内部叫,对外叫"六九八五工程"——即六九年八月五日动工兴建。隐去工厂的性质,而代之以密码,就显得神秘、浩大。那个年代保密是一种时髦,更是一种规格,有代号的厂子都非同一般。其实越保密,名气越大,"六九八五"当时在天津几乎是妇孺皆知,名噪一时。

毋庸讳言,这样的企业有着先天的优势,也有先天的缺陷。从它诞生的那一天起,就会被无穷无尽的麻烦和矛盾所缠扰,它永远都不会有真正建成的一天,总是边建设边生产,边生产边改造。前边建,后边拆,拆拆建建,建建拆拆,厂子尚未建成,一股政治潮流或一个时代却结束了,甚至几多潮流和几多时代都结束了……在"六九八五"的前十年里,更换了十二个领导人,真是到了"走马灯"的境地。在一个动荡的年代,领导层自然又动荡得最厉害,来到这个山沟有的算升,有的则象征着官场失意;有的是"落实政策",有的则纯属一种过渡……不管怎么样,在一九七二年春天第一座焦炉和第一座高炉先后投产,总算结束了天津市"手无寸铁"的窘境。

"天铁"出铁后,却连续十一年亏损,累计亏损额高达二点四亿元。历史真是开了个残酷的玩笑,能够出铁的"天铁",又成了天津的负担,而且这个负担还会越背越重。天津要的是铁,可不是负担。何况"六九八五"的时代已经过去了,社会进入了市场经济,谁成了别人的负担,谁就会被甩掉,这是商品社会的一般规律。于是"天铁"的附属产品化肥厂,下马了,"天铁"的矿山送给了河北省。甚至有了舆论要把整个"天铁"这个大包袱也送出去……这中间中国确实发生了许多事情,许多中国的工程都成了"胡子工程",光光的下巴长出了胡子,黑胡子又变成花白胡子,工程还没有结束,只有剪彩没有闭幕。记得当年在机械行业流传着一句周总理批评"拖拉"现象的话:"天拖天拖天天拖,大姑娘拖成老太婆。"

当"六九八五"正大红大紫、热火朝天的时候,我在天津的另一家万人大企业里上班。那个厂是所谓"苏联帮助援建的一百五十六项"之一,原设计的大门口是一座凯旋门式的六层巨型大厦,两边分别连接着行政大楼和技术大楼。刚建起两层就停工了,裸露的钢筋像打掉叶子的高粱秆,朝天挺立。这一挺就是几十年,直到企业要破产变卖,原设计的大门口也没有建起来。根据国家公布的资料:中国有大小国营企业三千七百万家,每天都有一点二万家企业倒闭,每年有四百多万家企业从工商户头上消失……国营企业的亏损和倒闭之风就像瘟疫在蔓延,所谓大三线、小三线的企业还要再加一个"更"字,觉病更早,亏损和倒闭的概率更高。"六九八五"已经沉寂许多年了,正被人们的记忆所淡忘,想当然地以为它早就黄了,或者半死不活、名存实亡。像这样的企业无论发生什么情况,人们都不会感到意外。它是计划经济的产物,也吃足了计划经济的苦头。比如,当初之所以要建它就是为天津炼钢业提供铁,那现在好了,你既然投产了就应该源源不断地供应我铁,天津炼钢业不断地找它要铁却从不给钱,许多年累计下来竟欠它近六亿元的货款,甚至连我原来所在的工厂也白白地吃掉"天铁"六千多万元……大家这样吃国营,国营若不垮岂不是天理难容?

要知道,"天铁"建厂的总投资才不过四亿多元,它怎么倒贴得起?因为它的铁并不是用气吹出来的,那是要用钱买原料、买设备、买技术、花费人工炼出来的,光是每年采购精煤就需四亿多元。此时的"天铁"不再是别人的负担,别人反而成了它的负担。它磕磕绊绊、连滚带爬地撞进了市场经济时代,想到自己光产铁太亏,便上了炼钢。一晃又是十几年过来了,生产成本暂且不计,"天铁"已有员工两万多名,每年的工资、奖金和保险加在一起就是四亿多元。也就是说,每年需挣出四亿元才刚够发工资的!

——好大的摊子!

另外还要管着两万多名家属,这其中有六个幼儿园、五所小学、两所中学、一所中专、一所职业大学,共有五千多名学生,八百八十名教师,每年企业必须支出的教育经费是一千多万元!另外,"天铁"还有一座自己的医院,每年医疗费是三千万至四千万元!

——这是何等沉重的负担!

而"天铁"本身的劣势却越来越明显了:产品单一、附加值低、设备落后、冗员过多、企业办社会以及地处偏僻山区……这样的企业要想活下去非得有奇迹发生!

把命运押在奇迹上,并不总是现实的。如果幸运的话,倒可以指靠有奇人出来担肩。有奇人自然就会有奇迹出现。

同是国营企业,在相同的体制下,各个企业的情况却千差万别,在很大程度上取决于人,特别是当家人。一个单位好,肯定是这个单位的领导人好;一个单位不好,头头就很难好得了。这已经是人所共知的现象了。"天铁"的幸运就在于,正需要这样一个当家人的时候,恰好有一个这样的人早早地就贮备在那里了——他已经在"天铁"摸爬滚打了几十年,顺理成章地正轮到该担这份责任了。

此人就是刘志嘉。一九六九年毕业于天津大学土木建筑系,他的新婚妻子是他的同班同学,被分配去"六九八五",他则留在了天津市内的一家工厂。第二年他便投奔妻子,成了"六九八五"的一员。他当过技术员、设计室的工程师、生产调度员、安全技术科科长、环保能源处处长、厂长助理、分管生产的副厂长……经历的台阶不少,干得行当不少,可以说是个"天铁通"了。一九九五年春天,担起了"天铁"厂长的职责。这个职责可是大如天哪!表面上看只是一个厂长的职位,却关系着四五万人的生存和出路。他这个国营企业可不能跟大城市里的国营企业相比,人家可以比着亏损,比着倒闭,"天铁"可不能有个闪失。若是"天铁"黄了,这四五万人吃什么?至关紧要就得先制住亏损。市场经济严酷无情,你老亏损就没有人能救得了你。

刚进五十岁的刘志嘉变得睡眠很少,甚至不是极端困乏就不想睡觉。他每天清晨刚一醒来,脑子里闪出的第一组信息总是"天铁"所面临的问题,随即便一身大汗。不知不觉,日日如此,哪怕春寒秋凉,三九严冬,也不能例外。是责任、危机感引发强烈的巨大责任感,如同把他放在了炼炉之上,夜有所思,梦有所想,想不思不想都不行,整个灵魂都融入"天铁"之中。一个企业的头头能够这样对待自己的责任,无论这个企业陷于怎样的困境,都不会找不到出路。身陷险境所激发出来的力量,从来都不容低估。

当刘志嘉真正进入工作状态,面对"天铁"的厂房设备,置身于同事中间,反而踏实镇定,从容自信。局势是明摆着的,不改变是等死,企业会因错过时机、失去市场而渐渐失掉生命力。改错了是找死,突破口选错,时机选错,也会葬送企业……改革是需要成本的。

"天铁"的资本是什么? 可承受什么样的改革呢?

刘志嘉不知出了多少身大汗,方才出台了四个短句子:"大改革,小震动,热问题,冷处理。"从此,"天铁"和"天铁人"开始感知他们的厂长。任何改革都是改变和调整社会关系。在生产上高度市场化的今天,企业的领导就更需要对员工强化人文关怀。"天铁"的每项改革都要反复酝酿、实验两三年,一项措施不让大多数职工都接受了便不实行。市场上的激烈竞争,是不断发现的过程,可以减少无知,扩散知识,抑制和避免错误,激励进取。一个称职的企业家必须具有不断发现的惊人能力,能让他的员工经常感受惊奇。

何谓"大改革"? 改革的力度小了怎么救得了"天铁"?"天铁"的原设计能力是每年只生产一百万吨生铁,然而眼下的冶金市场和二十六年前的计划经济时代大不一样了,产品有产品的周期,企业有企业的周期,不调整结构、升级换代就必然会被淘汰。由于中国的建筑业兴旺,促进钢铁的需求不断增长,全国每年产钢一点五亿吨仍不够用,还要从国外进口两千多万吨。刘志嘉权衡再三,反复测算,断然提出改变"天铁"的产品结构,由原来的以生铁为主改为以炼钢为主,而且要上水平,上规模。只短短几年时间,他们的钢产量就突破二百万吨,成为全国最大的钢坯销售厂,跻身世界钢铁企业百强之列。

"固本开源"——"天铁"的大本营变得牢固和强大了,还须跳出"天铁"发展"天铁",广开财源,为"天铁"增加了新的优势。"天铁"上下把这一系列的决策称之为"生命工程"、"效益工程"。没有这一番脱胎换骨的改造,"天铁"就不会重新焕发生命。"天铁"保不住,"天铁"的职工及其家属的命运还能好得了吗? 这样的改革不可谓不大,"天铁"从动荡又走向急变,刘志嘉何以能保证"小震动"呢?

凡和群众个人利益相关的变革,必然震动强烈。比如"下岗"。

正是刘志嘉出任"天铁"厂长的前后,社会上刮起了下岗风,而且越刮越盛,到了九七、九八年下岗成了大潮流,国营企业没有下岗的就要挨批,上级机关几次三番地催促"天铁"上报下岗人数,并要求下岗人数不得低于职工总数的百分之十。当时,国家把下岗视为国有大中型企业改革和脱困的一个措施,名曰:"减员增效"。我们这个体制就是这么有意思,什么都要下文件,要报表,一刀切,不搞成一窝蜂不算完。于是,国营企业的职工纷纷下岗,构成震动人心的社会现象,但谁也没有办法,谁也不敢说下岗不对。最为时髦的理论就是:"企业是生产经营单位,不应该也没有必要办社会,把社会还给社会,消除臃肿,轻装前进。"

太棒了,这简直就是特为"天铁"制定的。三十多年来,"天铁"在太行山东麓的这片山坳里已经办成了一个地地道道的"小社会",每年必须要安排四五百名本厂的职工子弟在"天铁"就业,退休职工的负担也越来越重,第一代参与创业的七千多人已经陆续退休,第二代六千人也渐渐接近退休年龄……这是何等沉重的大包袱!"天铁"作为企业,却不仅要照管这四五万人的吃、喝、拉、撒、睡、生、老、病、死,连派出所、公安局、法院都是自己的,"天铁"的一个党委副书记就兼着"天铁地区"的政法委书记。

如果能下岗几千名乃至上万名员工,再扔掉这两万多名家属的大包袱,那"天铁"岂不是如虎添翼? 以刘志嘉改造"天铁"的气魄,只要在下岗分流上顺水推舟,借风使舵,就有可能在"天铁"的历史上竖起不朽之丰碑!

　　熟料,刘志嘉石破天惊地出台了八个字:"发展经济,安居乐业。"

　　这样的口号太笼统、太稳妥,更像是经济学家和社会学家的观点,而不像一个企业改革者的口吻。他也唯恐"天铁"的职工及家属不能真正透彻地理解这八个字的含义,便公开解释说:"如果'天铁'有一个下岗的,也应该是我刘志嘉。因为我没有管好企业,没有安排好大家的生活!"

　　这是什么意思? 明显是和社会的大潮流拧着。他还说搞国营企业不可太热衷于赶时髦,比如盲目扩张,盲目改制等等。他说到做到,从自己上任的那天起,就绝不拖欠职工一分钱的工资、奖金和医药费!

　　刘志嘉是何等样人,他能这样做就一定有他的道理,以应对外界的强大舆论压力。他的理论是:企业管理的本质是管人,一个"企"字是人在上,人为大,人是天,去掉了人,就只剩下"止"。管好了人的行为,也就管好了企业行为。"天铁"是独立的工矿区,远离大城市,大家几十年来远离家乡,在深山沟里工作,职工和企业之间的相互依存度很高。企业是职工的载体,也是大家赖以生存的地方。大城市里的企业当然可以不办社会,有多少家属都能够推给城市。而"天铁"的小社会推给谁?"天铁"的家属区就是企业的后院,后院一起火,"天铁"就会被火烧连营。不要说是自己的职工家属,就是跟周围四邻八乡的农民,都得要格外小心地处理好关系,尽力拉动周边经济的发展。否则,当地的农民都活不下去了,你这个企业还能办得好吗? 若农民不让你占地,不让你走路,不让你用水,你的企业再大也寸步难行!

　　"天铁"不是"利益共同体",有利则合,无利则散。"天铁"是"命运共同体",休戚相关,祸福相连! 讲得实际一点,这是国有企业领导起码的责任,不能让职工生活没有着落,不能让他们上马路。企业只是一个微观,能给国家做多少事就做多少事,不能给国家添乱,不能借"减员增效"就轻巧地把历史责任推出去。讲得宏观一点这是企业的文化所决定的——所谓企业文化,就是体现企业多数人的价值取向,是一个企业的信念和命脉。"天铁"文化的核心,就是发展经济,安居乐业。依靠人来发展经济,又使人能够安居,能够乐业,老有所养,少有所教,有工可做,有房可住,有病能够医治……职工的近期利益和长远利益有所保障,这个企业才有凝聚力。

在整个社会都被一片下岗的声浪所震动的情况下,"天铁"却没有一个下岗的,自然就没有受到"震动",或者只是"小震动"。下岗本是"热点",经刘志嘉这样一"冷处理","天铁"人的心反而热了——你不叫他下岗了,他反而知道"岗"的珍贵了。有个工人说的一句话颇能代表这种心态:"你把我当人看,我给你当牛使!"

在"天铁",以自愿加班加点为荣,谁若是干到深更半夜才回家,谁的家人就感到脸上有光。一九九九年深冬,冷得出奇,在最冷的那半个多月里,运来的矿石都冻在车皮里,自动卸车装置失去作用。而矿石若不能及时送到炉前,生产就得停顿。炼铁、炼钢一停,那还了得!这一消息不知是谁散播出去的,在家里休班的,刚刚下班的,都到料场来了,大锤砸,钢钎撬,镐头刨……几千人哪!没有人组织,没有号召,到了上班的时间各自回岗位上班,下班后到料场再接着干。一班顶一班,有条不紊,连续半个月,没有让生产耽误一分钟。

这样的事情多了……一九九六年以前有三十多支外面的施工队伍常年住在"天铁",吃着"天铁"。九六年以后,这些队伍都走光了,因为他们在"天铁"找不到活干了!

这时候人们不得不相信刘志嘉还喜欢说的另一句话:"极大地发挥国营企业的政治优势。"起初人们只是把这当做一句政治套话。在中国,这类套话、空话太多了,现在谁还相信国营企业会有优势,政治还有优势,谁还会拿这种话当真?只有实际置身于"天铁"的"国营"氛围之中,才能被那种特殊的热力和活力所感染,相信刘志嘉的话。

但是刘志嘉所要的却并不单是突发的热力和活力。他要的是能长期保持这种企业热力和活力的机制。他以"小震动"和"热问题,冷处理",要换取"大改革"!

现在他准备了足够的"大改革"的"成本","天铁"该有所作为了。

不让一个职工下岗是对的,大家心里吃了定心丸。但也不能忽视另一种倾向:铁饭碗算是端牢了,再无后顾之忧,身居深山沟,不闻山外事,安于现状并对企业过分依赖。几万人形成一种强大的惰性,无疑将会制约企业的发展!

而刘志嘉要求"天铁人":人在山沟里,眼界是世界的。

企业,归根结底就是做两件事:一是生产活动,二是分配活动。体制问题主要也是体现在收入的分配上。企业是多层次的,分配也是多层次的。可以不让你下岗,但"人员能进能出,工资能高能低,岗变薪变,一岗一薪"。改革用工制度正是为了保证职工不下岗,孩子长大能就业;改革分配制度,是为了最低生活费得以保障,贡献少的少得,贡献大的多得,还有个别的养起来。

刘志嘉敢说这个话,因为他的工资低于炉前工的工资。而这时,恰恰上级有文件下来,要求国有大中型企业的领导实行"年薪制"。而且大凡上边催办的事就都是急的,经委和人事部门一次次催促,要名单,要数额,限时间。这是好事,许多国营企业的领导乐不得快办,年薪制便在一夜之间风行开来。所以,对中国的现存体制有切肤之痛的老百姓总结出这样的话:"有了好处就快点上,晚了就没有份儿。一步赶不上,步步赶不上。"根据文件要求,按"天铁"的经济效益测算下来,刘志嘉一年的收入应该是二十四万。正好是他现在收入的十倍还多一点。

现代世界是商品社会,一切都是商品,由钱决定,用钱找齐,以钱衡量和判断所有事物的价值。这个时候,是国家、是上级,合理合法合情合分地给钱,还会有人不要吗?刘志嘉就不要。理由很简单、很实在:自己接受不了,接受了也很累。年薪制的基础是机制的转变,如果国有企业的产权没有变化,人与人之间的关系还是传统模式,过早地推行年薪制会碰到许多难题,涉及许多深层次的问题。不可因小失大,小是他的收入问题,大是"天铁"的改革。这也是"天铁"的"改革成本"之一。一个经常敢于跟自己过不去的人,别人就会跟他过得去。

改革住房制度——这也是群众最敏感的,但目的是为了让所有的人都能住上房。刘志嘉也不怕,他至今还住着一套不足五十平方米的老房子,有资格说"天铁"的改革是出于公心。可见刘志嘉并不把自己当"奇人",他在"天铁"普通得不能再普通了,可以说普通得出了奇。医疗制度的改革——企业大了,每年的医疗费真是不得了,一年要花掉三四千万,而且每年还以百分之三十的速度增长。一改革立即就见效——医疗制度的改革正是要让所有人都能看上病。实际上,以上这些改革对"天铁"、对刘志嘉来说,也许还只算是牛刀小试,真正大刀阔斧、立竿见影,让"天铁"收获了大效益的,是生产经营活动的改革。

领导改革,重要的是敢于"改"自己。中国的企业出大问题,大多出在领导人的决策失误。现代商业社会,竞争激烈,瞬息万变,常常是一步走错就铸成毁灭性的失败。"天铁"严令规定,重大的经营决策必须公开。领导的本事再大,也得通过职工群众落实自己的想法,有事敢和职工交底,群众就会支持你。所以自刘志嘉出任一把手七年来,"天铁"没有在决策上出现过问题。

大额度的资金使用和一些重要的人事安排必须公开。刘志嘉对全厂职工公开承诺:对任何人求助的私事不批条子,不打招呼;凡属于自己的亲友,不允许在"天铁"干活;不允许老乡、同事和朋友等打着自己的旗号办私事。

企业存在的价值取决于生产社会所需要的产品,创造价值,实现利润的最大化。对市场而言,所有产品都有自己的生命周期,包括导入期、成长期、成熟期和衰退期。目前的钢铁产品,绝大多数处于成熟期。如果说,导入期的产品要靠新颖的性能和优异的质量挤入市场,那么成长期与成熟期的产品关键是靠低价位占领市场,靠低成本参与市场竞争,这是一条基本规律。"天铁"家大业大,每天单是消耗精煤焦就要四千吨,每吨煤多花一元或少花一元,到年终一算就是一个吓人一跳的数字。连老百姓居家过日子都懂得"吃不穷喝不穷,算计不到就受穷"的道理,何况是经营一个大企业。于是,"天铁"撤销了供应处,实行产供一体化的管理模式:由生产部门提出原料以及燃料的标准,由各有关部门人员组成的价格管理委员会确定货源和价格,再有质检和计量人员验收,最后根据质量、价格等指标排队,按顺序结算。

　　而且,"纵向到边,横向到底,每个人都承担成本指标,没有分担成本指标的人,就说明这个人可以转岗。让企业的压力层层传递,实现人人进市场,全员参与市场竞争"。几年实行下来,原料的质量上去了,价格反倒下来了。"天铁"就这样一步一步稳稳当当地变了。

　　这就是"天铁"。我不知道在中国还有没有第二家像"天铁"这样的大型国营企业? 了解了"天铁",就不得不相信即使是现在,也仍然存在着一种刘志嘉所说的"国有企业的政治优势"。这优势确是独一无二的,使"天铁"以一种新的姿态投入到大市场的竞争中,并赋予"天铁"以新的含义——"天铁"不仅生产一种属于硬物质的铁,还出产一种铁质的精神。

　　"铁"——在中国文字中本来就象征着坚固、牢靠。关系很铁,铁哥儿们,铁血,铁骨,铁肩,铁军,铁的原则,铁的意志……

　　"天铁"的职工铁了心,要把"天铁"办得越来越"铁"!

　　　　　　　　　　　　　　　　　　　　　　2007年冬改毕

"武"与"警"

"武警"——这两个字,在精神和视觉效果上给人的冲击格外强烈。

我曾采访一位在救灾中立了二等功的武警战士张虎辰,在最陡处一根电线杆折断滚了下来,下面有几个战友和工人师傅。

他猛然一较劲儿,用肩头硬是扛住了那根下滚的水泥电线杆。也就在这一较劲儿的时候,他的脊椎骨被掰断了。掰断了脊椎也没有让那根水泥柱子砸向战友和工人的头。

他甚至没有喊叫,没有让战友和领导知道他当时的危险……

有的时候,危险本身就是消除危险的最好办法。

——这就是武警!

他说越是紧张,越能感觉到自己的生命力,危险克服后心里特别的畅快和平静,再回想所经历的危险,是一件很幸福很快乐的事儿。

他让我理解了武警官兵精神世界里"文"的一面。他们不仅经历丰富,内心更丰富。许多天以后的一个早晨,我在远处看他们出操,雪白的冬季,雪白的旷野,有一片整齐而雄壮的绿色,使冰冻雪封的大地立刻充满了生机。他们的脸上红喷喷,冒着热气,雄姿英发又厚重稳朴,厚重稳朴又气宇不俗。

或许因为我是沧州人,对"武"有一种天然的钦慕与欣赏。还因为我也当过兵,才益发地对"武"字当头的武警部队,多了一份亲切、一份敬重。

"武"——带着一种阳刚,是男人的梦、男人的魂。勇毅,超迈,敬重行动,以身作则。其疾如风,动如迅雷。身怀绝技,忠肝义胆。"武"连着国,武术又称"国术"。

　　"警"——属于阴柔,是精神,是智慧。敬重言论,警敏、警觉、警策、警世。"警"字,是用血和火写下的对祖国和人民的忠诚,在最危险的时候是这个"警"字,将武警战士潜在的力量和才能激发并展示出来。

　　将"武"与"警"连在一起,响亮、刚劲,有了石破天惊、继往开来的意义。《辞海》里并没有这个词,可是,自中国武警部队诞生的那刻起,这个词就不胫而走,顷刻间妇孺皆知,深入人心!

　　这是因为,在这个多灾多难的和平年代,是武警担当了救灾解难的重任。他们燃烧自己的人生,扶危解困,清除祸患。

　　于是,武警的形象强烈地印在了百姓的心中:"军人形象,菩萨心肠。"还记得几年前长江发大水的情景吗? 大雨倾天而泄,山洪如排山压下,水势若野马脱缰,防不胜防,堵不胜堵,人力已无法控制,决口已成定局,地方政府开始组织群众紧急疏散……

　　就在这千钧一发的时刻,武警部队自天而降,如一片强悍的绿色护住了大堤,压住了滔滔洪峰。官兵们雷霆震怒,精神迸射,要么被洪水吞没,要么压住洪水,不存在能不能护住大堤的问题,"必死则生,幸生则死"!

　　一排排绿色的年轻的身体,如一块块巨石补进江水,岸上另有一片疯狂的绿色军人飞快地传递着装满土的麻袋……

　　我看那则报道时,突然对"武警"有了新的认识,武警之"武"在心不在力,在气不在技。兵强于心,不强于力。战以气为主,以气为决,气勇则胜。洪峰在增高,武警的大堤增高得更快。

　　绿色的武警有着更强大的坚不可摧的战斗力。

　　绿色原本就是不可战胜的。滔滔大水中的绿色,是大地的诗,而武警是这首诗的"诗眼"。创造这诗,须有足够的赤诚、胆魄和勇毅。

　　而这,正是武警必备的品质。

　　它印证了武警的人生:只有献身社会,才能找出那实际上是短暂而有风险的生命意义。

2008年冬

巴老是金

人们常喜欢对上了年岁的人称老,但多用于当面的客气和尊敬。唯一的例外是对巴老,更多的不是当面,而是背后,从口头到文字,从文坛到全国的读者,老老少少,男男女女,都尊称巴金为巴老。

这个"老"字自然形成,并显示了巴老是文坛的寿星、文坛的福星,具有非比寻常的象征意义。巴老的逝世,宣告了一个文学时代的结束。

然而,寿星巴老却认为,"长寿不是一件好事,是一种痛苦"。这固然是因为他经历过种种苦难,在相当漫长的时间里都过得很痛苦。但更重要的,还是他有一颗痛苦的灵魂,悲悯的情怀,到晚年写《随想录》自称是偿还心灵上的欠债,像有一根鞭子在抽打他的心。

"他忠于自己的良心,以真挚的态度注视时代、历史,把自己的理想寓于作品中向人民倾诉。在'文化大革命'中被打倒,复出后以一个文学家的身份,严厉批判社会,同时真诚地批判自己。"(一九九〇年第一次福冈亚洲文化奖——特别创作奖颁奖仪式上对巴金的授奖词)无论中外,凡阅读巴老的人,都能强烈而亲切地感受得到他那颗沉重、深刻、平和并伤痕累累的灵魂。

正是这样的灵魂才能放射出长寿的、永恒的精神之光。丰富厚重,多姿多彩。

文学是生命的体现,是命运与灵魂契合的产物。所以巴老说,"写小说从没有思考过创作方法、表现手法和技巧等等问题"。他不是以技巧达到了创作的最高境界,而是将"立德、立功、立言"熔铸为一体,不仅成就了一代文学大家,而且向世人提供了一代楷模。

前人说过,文学就该向社会提供规范。在这样一个信念匮乏、价值混乱的时代,多亏还有个巴老,敢说真话,敢做真人。真话在此,真人在此,能不说他的存在是文学的骄傲,是文坛的福气?

不要以为说真话、做真人是容易的事,或许这是当今最难做到的事情。"我不是战士!我能活到今天,并非我的勇敢,只是我相信一个真理:任何梦都是会醒的。""我老了,我的书也老了,无论怎样修饰、加工,也不能给他们增加多少生命。"现在谁不吹呀?然而有巴老在,那些能吹的、善于作秀的,显得何其轻小,微不足道。

在当今文坛上,恐怕只有巴老始终没有拿过国家的工资,只领稿费,而稿费也大多捐给了文化机构和慈善事业。当今牛气冲天的人物何其多哉,还没听说有谁自愿放弃了工资?

比巴老的年纪小得多、自称是他学生的刘白羽、萧乾的第一本书,都是巴老从报纸上剪下来,存好、贴好,等数量够了推荐到出版社得以成书。他"总觉得自己欠别人的",所以要付出、要自省、要奉献。而现代人更多的是抱怨自己不划算,总觉得是别人欠自己的。

等等,等等。巴金就这样成了巴老。而巴老又百炼成金。心有金的纯净,性格有金的坚韧,待人有金的厚重,为人处事有金的光明,具备了金一般珍贵的道德勇气。

巴老是金,光芒在内心,外射照亮他人。

巴老是金,有坚实的力量,又从容、自然,深含着巨大的热能、理想和使命感。

巴老是金,有着近乎完美的人格魅力,与生活同行,与人民同伴。他说,"我们活着要给我们生活在其中的社会添一点光彩。"这就是金的性格和特质。

因此巴老是文学的,是中国的,却具备了世界意义。一九八三年他获得了法国荣誉勋章,在颁奖仪式上法国总统弗朗索瓦·密特朗这样评价他:"您用自己对于人们及其脆弱命运的巨大同情,用这种面对压迫最贫贱者的非正义所抱的反抗之情,用这种——正如您的一位最引人注目的人物绝妙言之的'揩干每只流泪的眼睛',使您的著作富有力量与世界性意义的敏锐力与清醒感,在注视生活。"

巴老本身就是"一部说真话的大书",真正做到了文如其人,人如其文,让人读之不尽,意蕴无穷。

2009年8月9日

车轮上的中国

1

当年,红军在异常艰苦卓绝的长征途中,中央首长曾想杀掉马匹为战士充饥。而战士们却保护住了首长的坐骑,并响亮地喊出一句富有经典意味的口号:"让革命骑着马前进!"

革命骑着马,最终创立了共和国。

而飞速建设中的新中国,光有马的速度不行。还需要装上飞旋的车轮,获得一种汽车的速度。济南规模最大的一家兵工厂换牌改成汽车修造厂,副厂长王子开是个"老兵工",某一天突然被召到北京,做梦般地见到了机械工业部副部长、充满神奇色彩的大权威沈鸿。

他听到了一些似懂非懂、如诗如歌般的话语:你是个老兵,肯定懂得反围剿的意义,我们成功地进行了无数次的军事突围,才赢得了革命的胜利。今天国家在进行着一场政治和经济上的反围剿,速度就是生命! 我们制造两弹一星,就是要拥有空中的速度、宇宙的速度,在地面上我们要掌握所有车轮的速度,无论是铁轨上的还是公路上的车轮。国家要强大,必须车轮滚滚……

在延安时期就被誉为"机器神(沈)"的这番话,王子开并没有完全领会。但副部长给他下达的任务,却是神圣而硬邦邦的,他不仅听懂了,且把每一个字都用凿子刻在了心上:

——制造八吨载重汽车!

他像战争年代接受战斗任务一样,不打折扣,不讲二话,待热血沸腾地走出了国家机械部的大门口,才忽然想起自己还没见过八吨载重车。见都没见过的东西怎么制造呢?没有吃过猪肉,无论如何也得见识一下猪走啊!

王子开本就是个能耐人,他急中生智决定在长安街上蹲守。长安街是中国的脸面,凡是稀奇古怪的好玩意儿,比如八吨载重汽车,一定会到长安街上来显摆。如果在长安街上还看不到这种车,那到别的地方就更见不到它了。他坚信守住长安街,就一定能看到"猪走"。

每天早晨天不亮,他就揣上两个馒头来到长安街道边上守候,眼睛死死地盯紧每一辆过往的车辆。从东长安街的最东边的一个路口开始,一天往西挪一个路口,守到第十一天的下半晌,忽然看见从南礼士路方向蹿出来一辆大家伙,平头高肩,块头壮实,他跳起来发疯一样地追上去,嘴里大声呼喊着:停车,停车!

那个年代长安街上车少,而热心人特别多,一见王子开这副架势,路人不知道发生了什么大事,都帮着大呼小叫,伸胳膊摆手,眨眼的工夫便集结起一大帮人,追着卡车边跑边喊……这样的阵势像闪电一样在长安街上急速传导,很快就将那辆大卡车给拦住了。

司机打开车门,满头雾水,两眼发蒙:怎么了,出什么事啦?

王子开连呼哧带喘地跑到近前:同志,你这是什么车?

司机没好气:卡车呀,你没见过?

王子开老老实实地承认:没见过,个头这么大,载重多少?

八吨半。

八吨半?太好了!哪儿产的?

从捷克进口的。

工字板多厚?轮距多大?我能仔细看看你的底盘吗?王子开一连串的问题将司机问愣了,也将周围一大帮看热闹的人问糊涂了。他只好简单地解释了一下情况,然后掏出纸和笔,把捷克卡车的重要数据记下来……

2

一九六〇年四月,济南生产出第一辆八吨载重卡车。

半个月后,毛泽东、朱德等国家领导人就来到这辆大卡车跟前,从前到后,从左到右,围着这个车看了一圈儿,这儿拍拍,那儿摸摸,洋溢着抑制不住的喜爱之情。国务院副总理李先念,还坐进驾驶楼子亲身感受了一番它的性能。

朱老总当场挥毫,为此车命名:"黄河"。

——此名一出,响亮而厚重。

黄河被誉为中华民族的"母亲河",于公元前二八〇〇年就孕育了中国文明,并以其雄浑壮阔和坚韧不拔,著称于世。

黄河载重卡车也一样,它是中国重型汽车史上第一个民族品牌。

它传承了黄河的精神——那是一种民族的精神,母亲的精神。

"黄河"一上公路,别的车都情不自禁地为它让道。是向它表达一种敬意,也因为它的块头太大了,在当时的公路上堪称巨无霸。

3

王子开领导着已更名为济南汽车制造总厂的工人们,一鼓作气生产出一千五百辆"黄河",全部发往部队,以解国防之需。

黄河滚滚,车轮滚滚。从某种意义上说,各种型号的黄河重型卡车,改变了共和国的建设速度,演绎了建设者创造的激情。

作为对他们创造了"黄河"的奖赏和鼓励,当然也是一种重托,一九八三年,国家给"济南汽车制造总厂"挂上"中国"的牌子,成立了"中国重型汽车工业公司"。

一九八九年末,再次升格为"中国重型汽车集团公司",下属六十三家加工配套的企业,这些企业分布在山东、陕西、重庆、浙江、江苏、河北、新疆等十四个省市和自治区,有职工十万余人,一个名副其实的重型汽车王国。

然而,这是一个消解神话的时代,大有大的危险。许多年前,有泰坦尼克号的沉没;许多年后,有美国通用汽车帝国的倾覆。

大,还能带起一股风,跟的,追的,捧的,打的,眼红的,眼热的……重型卡车属于生产资料,而生产资料就是用来赚钱的。既然生产"重卡"能赚钱,谁不想上啊?我们不是有句名言嘛:"有条件要上,没有条件创造条件也要上!"

当时的社会思潮就是"跟着感觉走,抓住梦的手……"于是,中国的重卡业以超过实际的能力高速发展。但脚步却不是"越来越轻,越来越快活",而是越来越沉重,越来越惊恐。因为眼馋中国市场的还有外国人,大批国际知名品牌的"重卡"若洪水猛兽,汹涌而进。

不光眼热,连头脑也发热的人们,似乎忘记了一个普遍规律:物极必反。天有不测风云。果然,市场急剧紧缩,原材料涨价,成本和成品价格关系严重扭曲。在价值规律和优胜劣汰的生存法则的双面夹击下,管理体制与经营理念又严重滞后。

重卡业终于盛极而衰。表面上看是起因于现实,实际却沉积于历史。原因多方多面。

拥有"黄河"的金字招牌,曾经占尽天时地利人和的重汽集团,竟也江河日下,危机重重。国家的企业,危机多重都不怕,怕的是被揭破盖子。

盖子不揭破就不是危机。

像"中国重汽集团"这样的超大型企业,没有足够的能量不敢碰它,更甭想能揭开它的盖子。偏巧,具备软实力的《经济日报》,就有这个能量,又有这种胆识,以软碰硬,以柔克刚,在"中国重汽集团"成立十周年大庆的前夕,发文揭露它弄虚作假,游戏数字,表面上实现利润两千万元,实际却亏损近十亿元。

半年后,一份题为《重汽管理混乱,陷入困境》的新华社内参,摆到了国务院总理的办公桌上。内参里揭露重汽亏损八十多亿,有些公司已经连续十三个月发不出工资,且管理混乱,违法乱纪严重。

更因职工人数众多,加上家属有数十万人,涉及小半个中国。以前是名副其实的"中国重汽",如今却有可能成为"中国生气",或"中国泄气",存在着巨大的社会隐患,形势非常严重。

当年"黄河"车诞生的时候国家领导人亲手抚摸它,表达了一股喜爱之情。如今的国家总理却为这个企业拍了桌子,表达的是一种焦虑,或许还有愤怒:一个企业竟亏损这么多,还胆敢虚报利润!

二〇〇〇年七月二十六日,朱镕基总理主持国务院办公会议,鉴于"中国重汽集团"的根基以及大本营一直在济南,"黄河"牌重型卡车是中国汽车工业的一个里程碑,它不仅是重卡业的一个标志,也是共和国成立以来一个标志性的文化符号。于是国务院办公会议决定将"中国重汽"下放给山东,进行重组,希望能绝地再生,重振雄风。

4

由中央审计署和中央纪律检查委员会,联合组成了四百人的庞大审查团,声势赫赫地进驻中国重汽集团,一边检查审计,一边落实国务院关于重组中国重汽的方案。

这给整个集团乃至济南市带来一种强烈的震颤,当然也有恐慌和不安。且不说心里有鬼、手脚不干净将成为审查对象的人,即便是普通职工的前途也充满了变数,集团在陕西、重庆、湖北等西部地区的公司全部下放给地方,原有的十万职工至少要减掉三万,剩下的七万中还要有三分之二的人要下岗离职……

重组,是为了重生。

要重生就得先死过! 而此时"重汽",比死还难受。

一个极其沉静的夜晚,死寂般的黑暗掩住了惶遽和躁动。集团下面一个子公司沉寂多时的扩音器,突然响了,传出了一个年轻而激昂的声音,在东一句西一句地诵读《凤凰涅槃》:

古有神鸟,名曰凤凰。五百岁后,香木自焚,火中更生,永不再死。火光熊熊,香气蓬蓬,火便是你,火便是我。流不尽的眼泪,洗不尽的污浊,浇不熄的情焰,荡不去的羞辱。死了的光明会更生,死了的宇宙会更生,死了的凤凰会更生,我们也会更生,一切的一切都会更生……

中国重汽是凤凰吗？还是在寻找能够拯救"重汽"的凤凰？

中央四百人的调查团已经架起了大火,就是希望能找到在烈火中重生的凤凰。

或许整个山东省,也在寻找一只这样的凤凰。

中国的组织方式一直信奉这样一种原则:"路线确定之后,干部就是决定因素。"尽管我们有着世界上最庞大的干部队伍,此时若想找出一个能救活"重汽"的人,似乎真比找到一个活了五百岁的凤凰还难。不是难在现实,而是难在人们心里:"重汽"真的能重生吗？有多少人真的相信凤凰涅槃的神话？

心里没有底是一回事,毫不含糊地执行国务院的决议又是另一回事。经过千挑万选,组织部门和省里的头头们绞尽脑汁,过了筛子过箩,最终选定了一个人。

确定了这个人以后,他们越想越觉得这个人最合适。

他叫马纯济,一个"纯粹的济南人"。当过工人,后上大学,学的专业是锻造。当过班组长、车间主任、厂长、党委书记、局长、区长,现在是济南市副市长兼经委主任,年仅四十七岁,前途无量。

此时他带着济南市十几家特大型企业的一把手刚出国三天,一个电话就被叫了回来,不是回济南,而是到北京,由国务院委派的负责人和山东省委的领导共同向他宣布了新的任命:济南市委副书记兼中国重汽集团党委书记。

"济南市委副书记"的头衔是提拔、是温暖、是支持,是给预留的一条后路。可消息传开,群众却在议论,市委副书记不过是个诱饵,是个名义,实际就是让他干"重汽"的事。

马纯济从没跟"重汽"搭过界,更没有把"重汽"遭审计要重组的事跟自己联系起来,而上边偏偏就选中他来收拾残局……为什么是他？

始终没有人能说得清楚。

这时候人们最容易想到的一个词,就是"命运"。经典哲学家有一种说法:"运气——常常是所有伟大事物必不可少的标志。"

这里所说的运气,似乎专指重汽和山东省而言,不管将来如何,眼下终于有了个牵头的人,可以揽起"重汽"这一摊子惊动了中央的大麻烦!

对马纯济来说,恐怕恰恰相反。至少周围的同事和亲友没有人认为他碰到了好运,若说运气不济还差不多。他本来仕途顺畅,这回闹不好要断送大好前程。因此,除去上级领导和擅说官话的人,几乎听不到赞成和鼓励他去上任的声音。

而当事者马纯济,从接到任命的那一刻起,几乎就没怎么说话,既显不出有什么异样的兴奋,也不特别沮丧。对周围的一片反对声,也始终不吭不哈,不顺从,也不反驳。

世上有一种很难的智慧,叫沉默。对不能说的一切都保持沉默。

他对"重汽"一无所知,对未来心中没底,此时只要一张嘴,说出的必然是不该说的话。凡是不能说的,就坚决闭紧嘴巴。对于可以说的东西,也不必争一时的短长,早晚都能说清楚。于是关心他的人更着急了,纷纷猜测:他到底是什么态度呀?去还是不去?

马纯济不说,不等于心里不思索。任命已下,根本不存在去不去的问题,他不会因别人过去的失误和愚蠢,影响自己选择的勇气和决心。

去收拾"重汽"这个大烂摊子,焉知不是命运对自己的惠顾?人活几十年,能干成一两件事就是幸运。去"重汽"就称得上是这样的事,正是命运专为他安排的事,或许是对他的一种成全,也未可知。

值得背水一战,即便为此会丢掉一切既得的权利和安逸。他甚至有些急不可耐了。他很想做好准备再上任,可是不走进"重汽",就无从准备,无法准备。

在一个普通工作日的早晨,他走向中国重型汽车集团。不巧的是正赶上下大雾,须臾便不见了城市,不辨天日,令人迷离,神思恍惚。

或许这场大雾正是冲着他来的，"前程原似雾，何必太分明？"

可等他来到"重汽"，想不"分明"都不行了。在浓雾中集结着一大片黑乎乎的硬块，挡住了大门，阻断了道路。他们都是"重汽"的职工，或坐或站，在大雾中如漆如铁。他们的静穆，比吵闹更可怕，也更具震慑力。

他们不想闹事，也没有闹事，只提出了一个最基本的要求，而这个要求恰恰是集团上下人人心知肚明，却又没人管或谁也解决不了的问题——请公司支付拖欠的工资，他们要吃饭。

马纯济曾动用全部想象力，揣度谁都曾经指手画脚、说三道四的"重汽"，究竟困难到了什么程度？却还是没有料到自己上任第一天竟遭遇这种场面。说也奇怪，就在这一瞬间，他悬了许多天的心忽然落地了，种种的忐忑不安一扫而光。"重汽"都落到了这一步，任何顾虑和包袱都没有必要了，也不怕再丢什么，只有放胆一拼。

即所谓：置之死地而后生。哀兵必胜！

马纯济高声招呼大家，别在这大露天里待着，快进屋，有没有大点的会议室？窗户门都打开，坐不下就站着，总比顶着大雾好啊。也好让我能看清大家的脸，大家也能看见我的模样，咱们才好谈事。他这一番话，立刻把现场那股一触即发的紧张气氛化解了，大家纷纷起身拥进办公楼。

有人向马纯济解释：听口气你就是新来的书记？大伙儿可不是冲着你来的，谁都知道你也够倒霉的，人家牵驴你来拔橛儿。

马纯济笑笑没有吭声，心想倒霉就倒霉呗，你们还不是更倒霉？但光脚的不怕穿鞋的，倒霉蛋真豁了命，往往要比受宠的人更有爆发力，能量也更大。

大会议室里安静下来，大家的目光像箭一样都射向马纯济，有愤怒，有哀怨，有绝望，也有恳求……他简短地介绍了几句自己，就切入正题：我不认为这是对我的下马威，而是在我来"重汽"的头一天给我上了一课。干企业就得动真格的，至少要挣出足够的真金白银养活自己的职工和家属。你们都是"重汽"的有功之人，即便说得难听点，没有功劳也是有苦劳的人,公司拖欠你们的工资就错了,害得你们想用这种方式拿到工资就更是错上加错。从今天起,"重汽"的事情由我负责,你们找我算找对人了。经过中央的核查审计,凡"重汽"以前欠下的账,我都认,都会归还。但今天我还两眼一抹黑,身无分文,请你们给我点时间,短了三个月,长了半年,我一定会给你们一个交代。在这期间,因为生病或其他特殊原因日子真过不下去的,公司得保证活命的钱,不能真让人吃不上饭。

有人冒叫一声:你不骗人? 说话算数?

我和你们都到了这步田地,还用得着谁骗谁吗? 骗你们还不如骗我自己,或干脆不来蹚这个浑水。马纯济在心里提醒自己,越是在这个时候,越要实事求是地对待自己的历史和灵魂……

5

该看的看了,不想看的也看到了;想听的听到了,不想听的话也听到了;原本既不怵场又不糊涂的马纯济,此时脑子里却有点乱,像塞了一团乱麻。

他把自己关在屋子里,面前摊开一张白纸,把眼前碰到的所有难题都写下来,按轻重缓急排出顺序,把自己能想出来的解决办法也写出来,这些办法的可行性如何? 有什么利弊? 一条条地也全都写下来……

他用这种办法强迫自己冷静下来,将脑子里的一团乱麻理出头绪。从他走进"重汽"的那一刻起,从四面八方、各种角落,或明或暗的有数万双眼睛无时无刻不在盯着他,观察他的每一个动作,揣摩他每一个细微的表情变化,然后就不知会生出什么传言,传出多少闲话。所以,他必须先把自己的魂儿定住。

眼下最急迫的是稳住人心。当前职工的情绪一触即发,谣言满天飞,听风就是雨,惶惶不可终日。老处于这种状态,"重汽"就不可能走上正轨。

可怎么才能稳定人心？

——最现成的就是狠狠地处理一批人,敲山镇虎,有的人也确实够刀了,审计团掌握了大量的真凭实据……

但,此是下策。犯法的自当由法律部门去管,那不是我该想的事。处理一个会引起一片恐慌,人人自危。我最需要做的是留住人,留住"重汽"的人气,这才是最重要的。眼下不是要处理一大批人,而是要保护一大批人!

要留住人先得留住心。还有什么办法能稳定职工情绪呢？最稳妥有效的应该是恢复生产,一开工干活儿,企业就有生气,职工自然就会感到有了奔头。现在相当多的人是对"重汽"的生死心里没有底。企业大发展,困难再大也是小困难;企业小发展,困难再小也是大困难;企业不发展,才是最困难!

怎样才能让企业恢复生产,让职工感觉到"重汽"将要大发展呢？

——钱!

说来说去又绕回到钱上来了,没办法,任何一个好企业的发展,都离不开三大要素:资金、人才、产品。

而资金排在头一位。资金链一断,企业就必然会陷于瘫痪,就如同"重汽"现在的样子。可到哪里去弄到钱呢？

在山东是不可能再借到能让"重汽"活过来的资金了,以前该借钱和不该借钱的地方全借过了,又都是光借不还。如今债主们都快急疯了,恨不得把"重汽"给拆巴了,能抢回多少是多少。谁还会、谁还敢,再向"重汽"解囊？

马纯济认定,有一个地方能贷到第一笔救活"重汽"的钱——北京。

"重汽是""中国重汽",别的单位可以不管,国家不能不管。你就是叫我去讨饭,不还得给个碗吗？怎么也得给根打狗的棍子吧？你不让我把企业救活,亏损的那百八十亿可就永远打水漂了,那也是国家的钱。你再贷给我点钱,我把"重汽"盘活,不仅把所有亏损都补回来,还可以再给你挣回双倍的乃至三倍、五倍的钱。

他走出办公室,恢复了标志性的从容和温和,找到财务部的负责人宋其东:我明天一早去北京,你给我准备四百块钱。

宋其东像突然牙痛,神色扭曲,一脸的不自然,眼睛躲避着马纯济的目光,嗫嚅道,马书记,真对不起,现在我手里连五十块钱的现金也拿不出来。

自以为在"重汽"无论再遇到什么事都不会吃惊的马纯济,却还是愣住了。堂堂十万职工的"重汽集团",毕竟家大业大,纵使千难万难,就是砸锅卖铁也不至于难到连四百块钱的出差费也拿不出来啊?

但他转而一想,曾经家大业大过的"重汽",资产总额一百三十七个亿,可现在负债一百六十八个亿,即使不再过日子,把锅都砸了,烂铁也得先归债主们。

马纯济突然笑了,是那种发自内心的哈哈大笑。笑后他说,我什么都想到了,就是没有想到来"重汽"工作还要自己带足出差费。好了,你甭管了,我自己解决。

回到办公室他就拨了一个电话:光西吗,我已经到"重汽"来了,独马单枪。你也来吧,这儿的财务穷到底儿也乱到家了。

电话那一头的"光西",就是山东企业界著名的财务奇才王光西,有"活财神"的美誉。他倒也干脆,略一沉吟就答应了:好,你等着,半小时内我准到。

6

宋其东觉得无地自容。

其实这些天来他一直在为钱的事发愁,按理说新的一把手上任,无论如何他都该准备下一点钱,不然新书记来了怎么开展工作?但他没想到马纯济会来得这么快,还没容他主动去汇报,竟找上门来……

人家都说瘦死的骆驼比马大,这么大一个"重汽集团",再怎么穷也不至于拿不出四百块钱的出差费呀?不要说别人不相信,就连他这个管钱人都觉得这不是真的,闹不好人家还误以为是他故意刁难,诚心让新来的书记难堪。

万般无奈,明知希望不大,他还是跑到跟"重汽"还不算闹得太僵的一家银行求救。没办法,这个时候还能拆兑到点钱的地方,就只有银行了。银行的员工看到他,如见灾星进门,或掉头装看不见,或看见了装不认识,搞得他十分没趣。这却怪不得人家,是"重汽"拖累了银行,欠人家的那几个亿若真的成了坏账死账,也会影响到银行员工的业绩。

宋其东找下边的人没有用,就直接去找行长。有人挡驾,说行长出去了。他说我等。挡驾者说,行长若在外边办完事不回来呢?宋其东只有苦笑,他进门之前先到后院,看见行长的车在,嘴上却说,行长总会有回来的时候,我就在这儿等着。

他傻傻地等了两个多小时,快下班的时候行长出来了:宋头啊,是给我还钱来了吧?这回可以把你的党票赎回去了!

宋其东还是只有苦笑。去年集团已经千疮百孔,快到年底时领导让他来银行弄点钱,好歹把年糊弄过去。他好话说尽,百般央求,见怎么都借不出钱,一时情急突发狠话,愿把自己的党票押在银行,如果不还款就等于丧失了自己的政治生命!

按理说他今天真没有脸面再来见行长,可企业发展要紧,新书记的尊严和威信比自己的脸面更重要,他只有实话实说,我走投无路,不来求银行没有人能帮我。我是看新来的马书记行,说话办事都有点绝的,说不定真能让"重汽"起死回生。可他要进京,我这个财务部的头连他出差的钱都拿不出来!他进京干什么?还不是去找国家给"重汽"要钱、要政策吗?我实在是想不出别的招了,才来求您无论如何再帮我们一次。

一次?你摸摸胸口有多少次了?每次都说能还款,可老也不还。上次你真以为是把党票押在这儿就值那么多钱?告诉你吧,我是同情你这个人还不错,打交道这么多年没有多少坏毛病,眼看着你一个四十岁刚出头的人,只几年的工夫就弄成了一脑袋白头发,好像"重汽"这些年的难处,全顶在你脑袋上了。

　　宋其东满脸苦涩地胡噜胡噜自己的满头白发。他方腮阔嘴,本来有一张宽和而不失刚毅的脸,如今却显得全无锐气了。行长突然流露出一种同情和善意,上次我之所以还贷给你款,是因为你帮过我。

　　宋其东不解,随后晃晃脑袋,以为行长又在拿自己开玩笑。

　　行长却是认真的,你看,连你自己都忘了,你说过一句对我们很有用的话。当时我问你,"重汽"本来就那么乱,中央审计组来到后过了筛子过箩,你这个财务部的老人,怎么就没有一点事,我问你干财务的有什么诀窍能够洁身自好?你当时说,干财务的千万不能把钱当钱,要把钱当成产品,就跟车间工人天天接触汽车零件一样,就不会起贪心。谁会偷个汽车零件回家?我把你的话讲给我的员工听,银行的人天天跟票子打交道,经常有大把大把的票子从自己手上过,如果把这些票子看得跟自己钱包里的票子是一样的,时间一长不产生错觉才怪呢。一有错觉,就要真出错了!

　　宋其东一看机会来了,赶紧抓住:行长,既然您觉得我这个人还可以,就以我私人的名义求您再贷给一点,我以自己的全部人格担保……

　　唉呀,你这个人怎么这样?说你呼哧你就喘上了。这是两码事,你脑子里就光有你的单位,就不替我们想想?再说你的党票还在我这儿押着,拿什么保证你的人格?你们"重汽"还有格吗?一个小扒鸡店,你们都欠了人家六十万!你说说,扒鸡店里又不生产汽车零件,跟你们搞重型卡车的八竿子也打不着,怎么还会欠人家的钱呢?你的格儿在哪儿了?

　　那是过去的事了,那一页已经翻过去了,您就好事做到底,再帮我们一下。

　　不行,你们已经重组,新领导已经到任,我可以暂时不逼账,想再要贷款没有门儿。

　　无论行长怎么数落,宋其东都老老实实地听着,不管多难听都认头,可就是不抬屁股,丝毫没有要离开银行的意思。行长的唾沫星子都快耗干了,心里转而开始佩服他,就因为有宋其东这样的人,"重汽"

还真是有希望。一个企业不可以没有这样的人,勤谨可靠,忍辱负重,认准是自己的责任便死缠烂打,不折不挠。

这种人代表着企业品格中的忠诚和坚韧。

7

马纯济是从企业里干出来的,积多年管企业的经验,深知财务管理是一条独线,任何企业只要管好钱,就等于管好了一半。所以他上午到任,下午就急不可耐地打电话邀来王光西,这位"活财神"正是马纯济的老同学,也共过事。

更为重要的是,马纯济在前半生的学习和工作中,结交了几个人,他们形成了能干事的男人间的一种特殊默契。平时大家并不怎么亲密,一旦谁有困难发出召唤,被召唤的人不管位子多好、收入多高,立刻放弃,投奔过来共患难。

实际上马纯济放下电话没有一会儿,王光西就到了。两个人关门谈了一个多小时,然后王光西就来到财务部,调出"重汽"的所有账目便一头扎了进去。他读最枯燥的账本,就如同"武侠迷"读金庸,津津有味,重要的内容过目不忘。

王光西有两大特点,一是个头很大,却总是衣冠不整,穿着随意,再好的衣服一到他身上,就有点济公味儿,其言谈神情也容易给人以恍恍惚惚、神不守舍的感觉。据说这是为了掩饰他头脑的极度精明,用山东话说叫"装憨"。第二,他对数字格外敏感,重要的数据听一遍或看一遍就能记住。为了防备过于依赖记忆力误事,他身上永远都带着个小本子,凡是他认为有用的东西随时都记在小本子上。

他用了一夜的工夫,待天亮后走出财务部的时候,对"重汽"眼下的财务情况已经了然于胸。吃了点东西,找了个暖和地方睡了一觉,醒来后骑上一辆破自行车,下去挨个公司转。他要验证现实中的"重汽集团",跟账面上的"重汽集团"是不是一致。

两天后马纯济从北京回来,在党委会上推举王光西担任主管财务的副总裁兼总会计师,从今后"重汽"所有开销,只有王光西一支笔签字有效。

王光西既不兴奋,也不谦让,他眼光散漫地做了个简短的表态。但说出的话却像刀子,一刀一刀将包裹着"重汽"的糙皮、厚皮和烂皮都剥了个精光,呈现出一个真实而条理分明的财务状态:现在压得我们喘不上气来的,是五大债务,其中有四项快闷成火药桶了,闹不好会爆炸。第一项债务,拖欠职工工资,最长的十四个月,除去销售公司,剩下的所有人多多少少都拖欠,一般欠一年左右,共四点四亿。第二项,欠养老社会基金和公基金,大体有十四个亿,这是非还不可的。第三项,欠高息集资款三点六亿,都是个人的钱,债主们正在闹事。第四项,欠职工药费一点七亿,有一部分火烧眉毛了,有的可以再缓一缓,我有细账。第五项,欠银行和财务公司从社会上借的款,共一百零四亿,这一项可以拖一拖。但也有人欠我们的钱,比如拿走了车没给钱,我大概拢了拢,不会少于一个亿。就是在我们集团内部也苦乐不均,销售公司吃肉,卡车公司能啃上骨头,而集团在上边却连肉味也闻不到!

第二天,他在办公楼最底层的把角上腾出一间屋子,里面放了一张一头沉的小桌子,桌上摆着个破算盘、一支笔、一个做样子的账本,外面挂上"总会计师办公室"的牌子。由于大家都知道"重汽"的开销完全取决于王光西的一支笔,所有债主就都奔他来了,只要他一露面,屁股后头就跟上一大帮人,他的办公室从早到晚关不上门……

但经过几天的围追堵截和死磨硬泡,债主们还见不到真格的,就按捺不住了,有人开始摔摔打打,见什么抢什么,更多的是堵着他的门口甩闲话:你没钱到这儿来干吗?你不是活财神嘛,现在不就你一个人掌握着"重汽"的财务大权嘛,你就说痛快话吧,欠我们的钱到底打算怎么办?

这些人平时听的见的传的多是集团里最消极的东西,他们除去发牢骚骂大街以外,还反映了许多问题,有道听途说的,也有真贴点谱的,对王光西的触动不小,凡有用的情况他都一一记在自己的小本子上。看看火候闷得差不多了,便很难得地睁大眼,挺直了腰:你们想听我说话了?

你说吧,可得说真话,不能拿虚的假的糊弄我们。

好,真话就是杀人偿命,欠债还钱,这是自古来天经地义的事,社会主义的中国,共产党的中国,还能改了这条规矩吗?但是我刚来,你们怎么也得给我点时间。不错,以前有人高抬我,给我起了个外号叫"活财神",这就说明我不是真财神,真财神一转念、一张嘴钱就来了,我得去活动,活动得好才有钱。你们天天围着我,不让我出去活动,不让我下班,我怎么想办法给你们弄钱去?再这样下去我被你们困成死财神了,看你们的账还找谁要去?还有人砸我算盘,摔我账本,抢招待所的米面,"重汽"现在叫人扒得光剩下裤头了,我不再叫王光西,从进"重汽"的那一天就成了王光腚!

本来激愤填膺的债主们哄一声全笑了:你说怎么办?我们不找你找谁去?

对,现在就只能摁着你这个坟头哭了……

你们找我没有错,我也没说不管哪。可实话说,还你们的钱从哪儿来?咱们的企业资不抵债,外边又欠了满屁股的债,再想还从外边借钱是难上加难,只有让企业开工,公司一有生机,我就可以弄来钱,花谁的钱都不如花自个的钱好使。现在我就跟你们交个实底,在"重汽"所有的债务中,欠自己职工的债排头一号,只要我弄到点钱就先还你们的账。你们天天缠着我也没有用,不如改为一个月来一趟,一个月我向你们汇报一次进度。我估计最长半年,就能开始还你们的钱,至少也会给你们一个还钱的进度表。我现在都是王光腚了,用不着瞒着掖着,跟你们没有一句虚的,你们要相信我,咱们就定这么个君子协定,欠你们的账包在我身上。你们要不信,就还这样耗着,耗来耗去谁吃亏,你们自己去想吧。

他用自己的智慧吸引了债主们的火力,而且他的"活财神"的名号也调动起债主们的希望,暂时稳住了骚动的局面,让集团的核心人物腾出手脚去谋划"重汽"的再生大计。

8

但凡能够成就一番伟业的人,不是他本人有三头六臂,而是他有一种气脉和磁场,能在自己身边聚集起精明强干的"四梁八柱"。

来"重汽"十七八天了,马纯济没有真正睡过一个踏实觉。不是全无时间,是睡不着,所以在感觉上就跟十几天没睡过觉一样。可他全无倦容,别人绝对看不到他打哈欠或闭眼打盹,相反倒总是一副睡眠充足、精神抖擞的样子。这或许是得益于他有一张微胖的团脸,肤色白皙,容易给人以富态的感觉。

其实他真正的危险,恐怕正是越焦虑越劳累会越胖。

他给自己下过一道指令,时时处处都要保持一种精神,不发脾气,不垂头丧气,不说大话也不说泄气话,无论碰到什么困难也不能从自己嘴里说出没办法、干不了的话。领导者的状态和自信非常重要,一把手状态不好,没有自信,企业就甭想干好。

由于集团的摊子太大,下面的情况太乱,每天都有新情况要汇总。而他眼前的工作方式就是回答问题和提出问题:解答下面给他提出来的各式各样的问题,然后再给下面出题。下面的人遇到难题必须向他要答案,也很愿意知道他又在给"重汽"出什么题?

所谓高层管理"高"在哪里?还不就是解决难题、解决复杂问题的能力高一些。

一开始是出于情势所迫,每天晚上集团的几位领导都要碰个头,渐渐竟形成了一个惯例,集团的领导、各部门负责人以及下面子公司的一把手,每天晚上十点半开碰头会。这个会如果在十二点结束,还会有人觉得不过瘾,一般是在凌晨一两点钟散会,有几次竟开到天亮,散会后吃点东西直接又去上班了。这么辛苦的会,可大家都乐此不疲,原因是每次碰完头都会装了一脑子新东西,心里有了方向,身上有了劲儿。

马纯济还要三天两头往北京跑,凡是他要进京的日子,碰头会都会在凌晨两点前结束。因为他要在两点钟出发,赶在北京的机关一开门上班,他就进去了,唯有这个时候找人最容易,办事效率最高。他是宁早勿晚,有时到得太早就在机关大门外等着人家上班,也曾给人家的一般干部买过盒饭……

俗话说苍天不负苦心人,何况"重汽集团"上面顶着的"天"是国家和国家的银行,更不会见死不救。马纯济利用国家安置下岗职工的政策,从北京借到了五千万元。虽然这点钱对于负债累累的"重汽"来说,如同杯水车薪。但它至少是有了启动资金,只要让"重汽"的车轮滚动起来,下面的事情就好办了。

他带着这笔钱当天又赶回济南,这本来是自集团重组以来的头一件大喜事,完全可以张扬一番,用它救急,既是一桩功德,又可为"重汽"的新领导班子树立个好口碑。马纯济却不动声色,只在碰头会前把王光西找来了,将钱交给他。

王光西竖起大拇指,你真厉害,这就好办了!

马纯济嘱咐道,好办什么? 传出去只会让债主们来抢破脑袋,什么事都干不了。你可别把它当芝麻盐撒了,暂时不要声张,我们先得用它开工生产。

放心吧,我明天就用它给你换一个整数回来。王光西冲着马纯济竖起一根食指,然后把左腋下的一大捆纸递过去,这是你要的名单,我估计至少还能再收回一个亿,你恢复生产的那些计划可以开始了……

9

这天晚上的碰头会一开场,大家就感到气氛不一样,跟着马纯济一同进来的还有四个外人,两位穿着检察院的制服,另两位穿着公安局的制服。

马纯济倒还是那副笑模悠悠的样子开口了:我来"重汽"十好几天了,有人反映我太软了,一个坏人也没有处理,用的也还都是老人。我不是搞运动来的,我的责任是恢复"重汽"的活力,使其再辉煌起来,处理坏人是法律部门的事情。企业是理性的,企业越大,越需要更大的理性,好企业的优势就在于理性。而只要企业有问题,也可以说就是一把手的问题。人们都喜欢说,人无完人,可当个企业的一把手,还真不能出问题。大失误不行,小失误也不行。一个企业的好坏在班子,一个班子的好坏看班长。每个一把手,当然包括我在内,你就得把自己公司的问题当成你自己的问题。大家一定会奇怪,今天我们集团内部的碰头会怎么来了检察院和公安局的同志,我把这四位同志先介绍一下,让你们认识他们,说不定以后还会打交道……

他依次介绍完客人,然后把王光西给他打印的那一大卷子纸,在中间的大桌子上摊开,足有三米多长。他话锋一转:大家知道这是什么吗?是集团下属企业的名单,有子公司,子公司下面又有孙公司,子子孙孙三百多个。而每个公司差不多都有自己的小金库,不要以为这是什么秘密,党委接到很多举报,小金库早就不是什么秘密了,天知地知,尽人皆知。以前的"重汽集团"之所以有今天的惨败,就在于集而不团!小金库违背了国家财务纪律,因此党委决定,从现在起各单位的小金库一律上缴集团财务部,五天内不缴的,以后就由检察院找你了。

会议室里极其安静,四位执法人员目光平和地打量着参加会的人。凡有小金库的人,都有点坐不住了……

马纯济继续说,通过集团重组,大家都应该强烈地感受到"重汽"是一个整体,一荣俱荣,一损俱损。哪个下属单位想一枝独秀都是不可能的,大树一倒,根一断,所有枝叶都不能不枯萎。因此党委决定从现在起,"重汽"的所有资金由集团统一管理,统收、统支、统贷、统还,所有开销由集团总会计师一支笔审批……

一向不急不躁、线条绵软的马纯济,突然现出强势和铁腕的一面。所有参加会的人都对他有了新的认识,这一手可太厉害了!

10

王光西选了个大债主——中新银行,"重汽"欠他们二十五个亿。电话打过去,信贷科长提前站在大门口迎候,让银行的职员们好不诧异,不知这个穿着随便得还像没睡醒的大个子是什么重要人物?

信贷科长直接把他让进贵宾室,先为他沏上茶,然后喊出行长,冲王光西打个招呼就要离开。王光西却留下了他:怎么我一来你就走,躲我?

信贷科长赔笑:哪能呢,您是大名鼎鼎的活财神,是我们银行界的贵人,特别是您现在掌握着"重汽"的财权,以后"重汽"欠我们的贷款就得指望您了。

那就坐下咱们一块谈谈这事。

有行长就行了,行长怎么吩咐我就怎么干。

话是这么说,办跟办可不一样,你拖上几天再办或干脆拖着不办,不还得再罚我往这儿跑吗?忘了过年的时候我送给你们的对联了,领导我们事业的核心力量是工商银行,支持我们工作的坚强后盾是信贷科长!现在咱们三头对面,行长一点头你就办了,我顶多耽误你们一刻钟。

行长冲信贷科长打个手势:你坐下好好听听,长长见识,我做梦都没想到"重汽集团"能这么快就能还上咱们的贷款,王总果然是活财神!行长先装傻堵上王光西想借钱的嘴。

真正的财神爷是你们,我们不过是为你们打工。听行长的口气是不指望我们还账,这二十五个亿你们真的不打算要了?

别,我可没那么说。实话说吧王总,这笔贷款收不回来,我这个行长恐怕也当到头了,而且受牵累的还有别人。真要有那一天,你们"重汽"可在我们行缺大德了!

这个我知道,你们放心,欠你们的钱一定会还的。马纯济从未坑过人,我也没坑过人,你们不信吗?

我们信,可你们的工厂到现在还没动静,各银行也不会再贷给你们钱,你拿什么还我的账呢?

你说到点上了,这样耗下去是死棋一盘,你的贷款也肯定会黄。可我们不想守着死棋,国家也不答应,一定会让"重汽"活过来,现在是万事俱备,就差一笔启动资金……

行长陡然变色,我知道你的来意,王总你饶了我吧,"重汽"欠我们那么多,一点不还,还想再从我这里贷钱,打死我也不敢。

贵宾室里的气氛僵住了。王光西把眼光转向信贷科长,科长也赶紧移开自己的眼睛,起身为他的茶杯里加水。

王光西有意让这种该死的僵局持续下去,看看行长有些忍耐不住,准备起身送客了,他才开口:行长别把话说得那么死,咱们也别光想着那二十五亿,活活地被它憋死。那都是老账,我再说一遍,只要马纯济掌管"重汽",我当总会计,这账一定会还。咱们现在换个思路,重新开始一个项目的合作,比如以前银行支持企业和国家重点项目,有个"押一借二"的办法,我在你这儿押上一块钱,你可以借给我两块,眼下咱们还能不能使用这个办法?

行啊,没问题。行长答应得很干脆,因为他知道"重汽"眼下拿不出钱来。

王光西又叮问一句:你肯定?

当然,这种事能开玩笑吗?

好,一言为定,等我们一缓上劲来就先归还你们的贷款。说着他从口袋里掏出五千万的银行本票,递到行长面前,这个押在你这儿,你说话算数借给我一个亿。

行长吃一惊,这么快?怎么可能啊?你们是怎么从北京弄到这笔钱的?

行长啊行长,你是管钱的,可不能掉在钱眼里光看到钱。这说明国务院对"重汽"的信心和支持,别忘了,"重汽集团"的前边还打着"中国"的旗号,国家重组它就是要扶持它重生。我也说实话,我拿着这五千万到哪个银行都能借到一个亿,但你们是"重汽"的大债主,以前老"重汽"拖累了你们,让新"重汽"还你们这个情。

好,我定了。行长把本票交给信贷科长,嘱咐说:给王总办吧。

11

马纯济之所以喜欢不断地给下边出题,是想借这种方式打开局面。

他刚到任,不可能对"重汽"如此复杂的情况,在短时间里就能掌握透彻。下面对他的信任也还没有建立起来,出题比下任务好。

考对方也是考自己。

可下面的人宁愿理解成是对他们能力的一种测试,谁愿意让新来的一把手觉得自己不称职?如果你一次答不好,两次答不好,到第三次你自己就不好意思再占着茅坑不拉屎了。更何况通过重组,许多人心里都憋着一股劲,不愿意"重汽"完蛋,更不想自己被淘汰,所以都不遗余力地要答好马纯济出的卷子。

负责生产的常务副总经理王浩涛,本来就是个拼命三郎式的人物,在马纯济上任第三天给他出了一道题:能不能尽快地拿出个方案,根据当前重卡市场上流行的车型,改造"重汽"的老产品。记住,不是另起炉灶设计新车型,而是在老产品的基础上改头换面或脱胎换骨,跟上市场流行,满足市场需求。

没问题,市场的情况都在我肚子里装着哪!王浩涛最讨厌说不行。

马纯济真想再问他一句:既然市场在你肚子里装着,为什么还生产那么多卖不出去的车?但他终于忍住没有问出这可能会让王浩涛感到难堪的话,只是阐明了自己的市场观,一共三句话:

先有市场,后有企业。

只有市场,才是我们一切工作的出发点。

但市场风云多变,唯善谋者得之。

王浩涛为难地说,要开工生产总得有点启动资金,可我们眼下恰恰缺钱哪,买材料、修设备……兵马未动粮草先行啊。

马纯济说,启动资金的事我负责,你只管出方案。

其实那个时候他对能不能搞到钱心里也没有底,如今他上任还不到二十天,王光西用"押一借二"的办法从银行搞到一个亿,收缴下面的小金库又得到了一亿二,启动生产、逐渐恢复一个大型企业正常的经营秩序,已经没有问题了。

王浩涛和卡车公司的总工程师严文俊,半个多月来几乎就没怎么离开过办公室,太累了就趴在桌子上打个盹儿。他们好几次都想喘口大气,却就是不敢松这口大气,自己知道只要一松气人就拾不起个来了,必须一鼓作气把方案拿下来。

眼看就大功告成了,王浩涛凌晨一点多钟从总部开完碰头会回到办公室,却看见严文俊又打上地摊了,把图纸资料摊了一地,神色甚是焦急。他以为出了什么大的漏洞,经打问才知道原委:刚才严文俊发现老产品的改造方案中有个技术环节不牢靠,需要做些修正,可就是找不到一个必需的数据资料。

王浩涛提醒他,这个问题以前我们也讨论过,在生产"黄河8×8"的时候……

哦……对啦!严文俊恍然大悟,起身回自己的办公室去拿资料。

他的办公室和王浩涛的办公室隔着一道玻璃墙,由于他脑子全在那个技术细节上,把玻璃墙当成了门。又因心急,动作过于猛烈,竟一头将玻璃墙撞碎了还全然不觉,他没有丝毫停顿地走到自己的办公桌前,翻找到那份资料,转身再次从破碎的玻璃墙洞里走过来,直奔铺在地上的产品改造方案。

被这一幕惊呆的王浩涛,看见他满头满脸都是血,赶紧拨打"120急救中心"的电话,然后从严文俊手里抢过图纸说:这个问题我来解决,你先去医院看伤。

12

在藏龙卧虎的中国重汽集团里,还有个不能不提的人物——王文宇。

其父王玉瓒乃张学良的警卫营营长,是打响西安事变第一枪的人,带兵"捉蒋"之后东躲西藏了许多年。以至于让另外一个人误以为他早已被秘密处决,在新中国成立后便放心大胆地冒领了"捉蒋"的功劳。直到当年跟周恩来一道处理西安事变的叶剑英发现当事人不对,亲自给辽宁省委书记黄学东写信,查找王玉瓒下落,并称其"爱国,正义,有功"。王玉瓒于是才得以重见天日。其子王文宇也才有机会考上大连工学院机械系,毕业后被分配到西部"大三线",进山、钻洞地干了不少年。

当时毛主席曾说过,大三线建设不好他就睡不好觉。以后他老人家睡好觉了,可从内地调往大三线里的人又睡不好了……王文宇命运的改变也像他的父亲一样是在西安。一九九〇年他出任陕西汽车齿轮厂厂长,此是中国重汽集团的下属厂,五年后调到集团任副总经理,主管销售。

其人身材魁梧,相貌堂堂,在性格上也秉承了乃父一些老军人的习性,不会打扑克、不会打麻将、不会下象棋、不抽烟、平时也不喝酒,全部爱好就是本职工作。马纯济在上任之初,同样也给这个"卖车大王"出了一道题:

销售公司有一千六百人,每年只能卖出去四五千辆车,最多也没有超过一万辆。你想过没有,如果我们每年生产四五万辆,乃至十万、二十万辆车的时候,你怎么办?难道要组建一个几万人的销售大军?

王文宇一愣,看着眼前这位白面细目的一把手,心想"重汽"什么时候能造出那么多车啊?但他能看那么远,敢想那么远,说不定真是"重汽"的福星,手握起死回生之术?

马纯济见他不吭声就继续提问:不说世界,只说中国,目前的公路总里程是多少?

一百五十多万公里。

卡车的销售总量是多少?

一百多万量。

马纯济轻叹一声:太惨了,我们还占不到市场份额的百分之一。可我们是重卡业的龙头老大,理应占有最大的市场份额。除去产品自身的原因,我们在销售上也有很大的局限,你卖车这么多年,对市场很熟悉,对全国各地各种卖车的人也很熟悉,想请你做个调查研究。第一,目前我们只顾适应市场,老跟在市场后面跑,却越跑就越跟不上,能不能改为经营市场、引领市场,我动,就是潮流在动;我在,就是潮流在。第二,怎么经营市场?建立销售网络,由我们自己卖车变为网络销售。网络包括哪些内容?经销商、改装厂、维修站、售后服务站以及4S店,这个你最清楚了,包括整车销售、零配件供应、售后服务、信息反馈。第三,你那一块的主要工作,是将卖车变成为网络服务,你觉得怎么样?

王文宇腾一下站了起来:好,"重汽"有救了!你要我什么时候交卷？

一个月。因为一个月后我们就将陆续有三到五千辆新卡车下线，你在销售过程中逐渐实现前面我说的三个转变。

啊？车哪？现在还没一点动静，一个月就能造出过去一年的产量？刚被激励起来的王文宇，忽然又有点泄气，觉得这个马书记深不可测，竟辨不出他是在变魔术，还是在开玩笑？

马纯济果真笑了，放心吧，我们就是造卡车的，到时候一定有你卖的车，就怕你卖不过来。

13

又是一个碰头会上，马纯济的目光似乎格外锐利，扫视着疲惫的同事们，有人从进屋一落座就闭上了眼，抓紧时间打个盹儿。

他尽量把声音压低、放轻，想让那些困得实在熬不住的人继续睡，讨论一旦涉及谁负责的问题，谁自然就会醒来：我知道，天天夜里碰头把大家都累坏了，可眼下是非常时期，每天都有新情况需要商量，一时半会儿这个碰头会还取消不了……

不管他声音放得多轻，只要他一张嘴说话，所有到会的人立马都精神起来。好嘛，漏掉这个会上的内容，就少知道许多重要信息，无法了解"重汽"眼前的整体情况，明天该怎么干心里也没有数。

马纯济的声音继续像大明湖的泉水一样，缓缓地向外流淌：已经有人总结我的工作路数就是爱出题。我的责任就是发现问题，提出一个问题，带出一种理念，提供一种思考方式和解决问题的办法。只有发现问题，才能激发创意。经过这么长时间的调查研究，从明天开始，重组后的"重汽"要恢复生产，进入一个大企业正常的运营状态。

会议室里鸦雀无声，可大家的眼光提出了一个相同的问题：恢复生产？干什么？

马纯济斩钉截铁：拆车！

拆车？拆什么车啊？

马纯济苦笑：真是奇怪呀，在党家庄占地五百公顷的超大型停车场上，放着五千辆"重汽"自己生产的车。我来"重汽"后第一次下去就看到它了，可这么长时间从没有人跟我提到过它，不管我们亏损的数字多么吓人，欠了别人多少债，以及逼债的闹出多少事，大家似乎都对那五千辆重型卡车视而不见，没有人意识到它的存在，那可是一笔巨大的资金呀！这是为什么呢？因为那些车已经报了产值，属于过去，与现在的"重汽"无关了。

立刻有人说，那车可不能拆，那是好车呀，一拆准有人骂我们是败家子！

放在那儿任凭风吹雨淋、太阳暴晒，让它锈坏了烂掉了，就不是败家子吗？我烦恶那个大停车场，我们不去开创市场，却建个大停车场，好像我们的车造出来不是为了到公路上跑，而是为了停在自己的院子里。它是一种羞辱，一个失败的见证，见证了以前"闭门造车"的恶果！我的想法是不光拆车，将来还要拆那个停车场，那么好的地方，市区边上，九顶山下，位置好，风景好，名字也好，党的家，党的庄子，如果开发好了价值连城。

马纯济还很少这么慷慨陈词，赢得了很多人的响应。

也有人问，把那些车都拆了怎么办？

浩涛和卡车公司的严工搞出了几套方案，拆下的零部件进行清洗检测，不合格的重新打磨加工，凡合格的按方案中的设计组装成新的车型，这是目前市场上正流行的车型，文宇已经发下大话，装出多少他负责卖多少。现在大家就来讨论这件事。

一开工就要用钱哪……

王光西答话：钱我筹了一点，保证恢复生产没问题，谁用多少报计划吧。

14

"重汽"一恢复生产，氛围大变，连厂区的味道都不一样了。

好看的场面也多起来。

在总装配线上,一个叫和光的小伙子,发疯般地不知连轴干了几个昼夜,当他亲手装配的第三百辆车下线的时候,他突然坐在地上哇哇大哭起来。

班长问他怎么了,他说太累了。班长朝他屁股踢了一脚,你个熊包,累了就歇一会儿,要不躺下睡一觉,哪有一个大老爷们儿累了哭的?活像个老娘们儿!

班长正数落着却发现和光打起了呼噜……

15

这些天,无论马纯济走到哪里,已经领到工资的职工们看到他总爱问同一句话:马书记,下月还能如数领到工资吗?

他也以相同的话回答:放心吧,既然是月工资,从今后就会按月发。

有兴高采烈说些感谢话的,也有不少人嘴上不说什么,可那眼神分明告诉马纯济,并未将担心全放进肚子里。

马纯济感慨万千,"重汽"的职工是世界上最好的职工,明明是他们应该到月就拿的工资,你拖了很长时间才给人家,人家还会感谢你。只有把企业搞好,才是对职工最大的关心。

一批好事的债主们,拿到钱之后在王光西的办公室门上贴了一份更名告示:"鉴于王光腚说话算数,认真还债,经债主委员会研究决定,自即日起,准其改回老名字王光西,也可重新使用老外号活财神。特此公告。"

16

二○○○年十一月十六日,国务院总理朱镕基来山东考察国有企业的发展态势,在一个跟企业家的座谈会结束之后,把马纯济叫到眼前问道:据说你们"重汽"亏损八十多个亿,可是真的?

朱总理态度温和,但口风凌厉。

马纯济非常紧张,来不及多想便据实而答:不是真的,比这个数大得多,经中央审计署核查确定之后是一百零四亿。

朱总理似乎有些意外:一提到亏损别人都往少里说,你怎么往多里说?

马纯济的汗下来了:不说实话不行啊,今天跟您再不说实话,还要等到什么时候说呢? 不过请总理放心,自我接手后,"重汽"的事情就都由我负责,包括债务,我们不会再这么亏损下去,所有欠债也都会归还的。

朱镕基总理以特有的锐利眼光看着他,半天没有再吭声,似乎是在考量眼前这个临危受命的马纯济……忽然,朱总理起身离座,对马纯济说:谢谢你能跟我说实话,这让我对你的承诺也有了信心。来,我们合影留念。

此时,马纯济已浑身透湿。

17

本来只有三十多岁的蔡东,戴着一副与他的性格十分相配的深框眼镜,益发显得持重内敛。大半天来他就这么趴在图板上埋头工作,陆陆续续会有人进来向他请示或询问技术上的问题,他也多半只是动动身子,并不抬头。既然听声音就知道对方是谁,便省却了再交流目光。该他签字的签字,该他解答的解答,话语极其简练,能用一句话说清楚的绝不说两句。

马纯济坐在他斜对面,静静地观察了很久,在心里揣摩着眼前这个人,不论现在拥有多好的位子、多么地被看重,他心里都不是很快乐……越观察马纯济的把握就越大,估计十之八九自己今天不会白来这一趟。

蔡东一直没有抬头,却不等于没有看到屋里还坐着个人,这个人半天来既不靠前,也不说话,他所为何来呢?蔡东竟然也好奇地扬起脸来,见墙角的椅子上坐着个陌生人:您?

来者起身,含笑走到他近前:你好,老蔡!

蔡东心头一振。他习惯了人们称他"蔡总"、"蔡工",看对方的年纪要比自己大得多,这一声"老蔡",有尊敬,有客气,又有种伙伴般的随意。不禁问道:您是?

我是马纯济。

哦,马书记!蔡东肃然起身,伸出手去:您怎么到这儿来了?

能这么熟悉而顺口地喊出了"马书记",就说明他一直在关注着"重汽"。马纯济看着他的眼睛,轻轻地吐出两个字:圆梦。

圆梦?蔡东大惑不解,眼睛也一直没有回避传奇般成了"中国重汽"的新当家人。

不错,我原本没有梦,到了"重汽"之后才有了一个汽车梦。我还知道,你心里也有一个汽车梦,所以找你来帮着我圆梦,圆我的梦,圆"重汽"的梦,也圆你自己的梦。

蔡东震惊,感动和欣慰多于意外。他是学汽车制造的,一九八三年来到"重汽"后成了汽车迷,有了汽车梦……可现实却使他离自己的梦不是越来越近,而是越来越远。

直至两年前在"重汽"江河日下、濒临绝境时,他被这家大公司挖出来做了副总工程师。几个月前听到"重汽"重组的消息,心里还隐隐地有些痛,也有一种莫名的失落。

马纯济的突然造访,让他兴奋,心里涌动起希望。他请马纯济重新落座,亲自给沏上茶,像是很随意地问道:不知马书记的汽车梦里是怎样一番景象?

好,马纯济从心里佩服蔡东的精细和严谨,这才是他要找的总工。你既然想请人家回"重汽",人家当然也要考考你这个一把手是什么成色?他喝了口水,缓缓说道,你这是考我,我在你这个汽车权威面前谈汽车,岂不是班门弄斧?但你既然问到了,不妨跟你交换一下想法。"中国重汽"是中国重型汽车工业的发源地,理应是重型汽车制造业的脊梁,创造出中国汽车工业的史诗……可它眼下的状态不能算是正常的。但我对"重汽"的未来有信心,我的信心来自对国家的信心。国家一定会崛起,这是毋庸置疑的,对吧?国家要崛起,经济必须崛起,经济要崛起,制造业必须崛起。而汽车工业,特别是重型卡车业的发达兴盛,将提升整个中国制造业的品质。因为汽车制造是一种综合性强、关联度高的产业,涉及计算机技术、信息化技术、钢铁、橡胶、塑料、玻璃、纺织等行业,还对石油炼制、电子、金融、道路交通以及市政管理等,都有重要的互动和影响。你想想,在这样的大背景下,"重汽"只要有得当的人和得当的管理,还愁不能重振雄风吗?现在人们习惯谈机遇,何为机遇?机遇对于能够认识到它并能抓住它的人才是机遇。认识不到或认识到了没有抓住,就不是机遇。不知你是怎么看的,我觉得"重汽"的机遇来了,想请你一起来抓住它。

您想怎么抓呢?

如今的重卡市场上群雄角逐,想要赢得竞争必须形成两种优势,一是思想,也就软实力,要棋高一招。二是硬实力,产品领先,技术领先,质量领先,服务领先,主流产品做强,产品领域拓宽,拉开了与竞争对手的差距,还愁不能立于不败之地?

蔡东被感染、被打动,心想"重汽"可能真的等来了最适合它的领导者。马纯济的到来显然使一盘散沙的"重汽"重新凝聚起来,并有了自己的灵魂。他又问:您怎么会想到了我?

马纯济笑了,这还不明白吗?谁缺什么就会天天想什么,到处打听什么,我想到了你是因为"重汽"正需要你!现在"重汽"已上轨道,重生的大戏已开场,班子也配得差不多了,就差一个管技术的主角,所以来想请你出场。

蔡东嗫嚅,这是吃回头草,多少有些心理障碍。

马纯济摇头,大事面前不可书生意气,何况对你来说不存在吃回头草的问题,你根本就没有掉头而去。这两年来你敢说从心里真正放下"重汽"了吗?

蔡东眼潮,想不到马纯济会这么了解他。他就需要这个台阶:您想让我做什么？

我跟党委一班人都通过气了，将推荐你担任"重汽"的总工程师兼副总经理。我希望你快点到任，越快越好，有两项工作在等着你，已经迫在眉睫。一是设计新产品，一个生命力强盛的企业必须要有自己过硬的产品，和打得响的品牌。第二是跟瑞典的沃尔沃集团合资，要引进就选择世界上最好的。沃尔沃是欧洲最大的重型卡车制造商，拥有最著名的重卡品牌。我们引进一个产品就是请来一位世界级的老师。在全球化的今天，企业不走向国际将无法腾飞。

蔡东站起身：我今天交代一下工作，明天一早到"重汽"报到。

18

获得重生的"中国重汽"，此时既不缺方向感，又有了可信赖的领袖，剩下的就是"干"了。也唯有通过"干"，才能验证和体现前面的所有努力，以及企业的全部管理理念。

装配车间四百五十米的生产线上，有上百个工人在三十三个工作岗位上，每六分钟就下线一辆重型卡车，红的黄的蓝的绿的……不同品种、不同型号、不同配置，几乎没有重样的。他们同时可以装配二十七种车型。

这就是"重汽"的新章程：

零库存——再不需要党家庄那个巨大的停车场了。

先卖车，后造车——即没有订金不造车。面向市场，按订单生产。只要市场需要，就是一天换五十个车型，也必须满足客户的需求。

还有一条，不见货款不发车……

凡此种种，在国内重型卡车业当是首创，在世界上也不多见。

很快，民间就有了顺口溜，表达了一种欣喜之情："远看像进口货，近看是中国车；打开车门往里瞧，竟然还是咱黄河！"

黄河 12×12、黄河 14×14、黄河少帅、黄河王子……被称为"中国重型汽车的神来之笔"。

紧跟着又开发出"飞龙"系列,先后推出一百多种车型。以"重汽"产品为标志的中国重型卡车,开始向人性化、舒适化发展。

从此,"中国重汽"走上了"生产一代、储备一代、开发一代"的良性运营秩序,源源不断地推出新产品,总能给市场和消费者以鼓舞,有更好的和更适合的新车造出来,等待你去拥有、去感受。

在这种大背景下,合资也见效果。被命名为"斯太尔王"的重型卡车横空出世,并随之开发出"HOWO"等七种"斯太尔王"系列,在中国重卡市场上一枝独秀,引领潮流。

人心大振,"重汽"一鼓作气又推出"豪沃"等新车,简直令人目不暇接……

有人打问:"豪沃"是什么意思?

工人解释说:这还不懂?"豪沃"就是豪华沃尔沃,"斯太尔王"就是世界王牌重卡系列里的王中之王!

19

同年的春节前,一月八日上午十点钟,山东胶州市湖州路小区的大门前,在一阵鞭炮声中迎来一队披红挂彩的"豪沃"重型卡车,共有十一辆,排成长长的一大溜。前面几辆塞满了小区里的通道,后面还七八辆阻断了小区外面的大街,一下子吸引了一大片人围着看热闹。

这竟是个迎亲的车队。

别人迎亲都时兴用小轿车,这位别出心裁的新郎是开重卡发财的个体运输户,灵机一动也就招呼了几个小哥们儿,开来一队新买的"豪沃"卡车,车前面系着红气球,一条条红丝带在车顶迎风飘舞,喜气洋洋地来迎接住在这个小区里的新娘郭姗姗。

20

或许有人不解,明明是中国车,为什么要起个洋名字?

在合资企业里，用谁的技术生产的车，就像谁生的孩子随谁的姓一样，自然而又合乎情理。其实，在全球一体化的时代，名牌本就没有国界。

奔驰汽车并不只在德国生产，巴西、中国等世界各地也都在生产奔驰。

中国人喝的美国名牌产品可口可乐，就是在中国生产的。

瑞典的汽车名牌沃尔沃（Volvo）也不是来自瑞典语，而是取自拉丁字母，其意为"我滚——"。这个"滚"可不是"我滚蛋"，可以理解为"我滚动无前"！

行笔至此，也不妨回顾一下中国的"卡车史"。

一九二九年，张学良在沈阳迫击炮厂筹办汽车工厂，投资八十万大洋，两年制成"民生牌"载重一点八吨的货车。该车发动机、电气设备及后桥为外购，其余部件自制，可以说是国内正式生产的第一辆汽车。正准备陆续投产，"九一八事变"爆发，工厂被日军强占。

一九三六年，上海筹建了汽车工业公司，与德国奔驰合作，购买其图纸、设备，并聘请他们的技术人员，先由德国运散件来上海装配，然后再逐步生产零部件直到整车。确定商标为圆环内一个中字，名"中圆牌"，计划生产货车和公共汽车两种车型。不想爆发了"八一三"沪战，工厂被迫停产。

同年，一批制造业的仁人志士心有不甘，又准备在昆明筹建全国最大的中央机器厂，其中包括汽车制造厂，生产美国设计、试制的"资源牌"货车，计划月产百辆以上。不久爆发抗日战争，工厂落入日军之手。

又是日本……说起中国汽车工业的命运，实在是一个沉重的话题。

21

还应该再罗列出另外一个时间进程表。

二〇〇一年——"重汽"出产的十五吨以上的重型卡车，占了中国市场百分之四十二的份额,二十吨以上的占了百分之八十。在中国的公路上,数"重汽"生产的重型卡车个头最大,数量最多。

这一年"重汽"销售收入六十二亿,开始扭亏持平。

当时经济界乃至整个社会,流传着一个著名的观点:"扭亏为赢,就是英雄!"

二〇〇二年——马纯济提出:"扭亏持平"是低水平,"重汽"的发展要的是高水平。

何谓高水平?怎样才能高水平?他要求一是管理要上水平,二是人员要上水平。管理的水平高低,需要考核才见分晓。没有考核的管理就是无效管理。

——考核像电,通到哪里,哪里亮。

而人员的水平高低,要看成效。让合适的人才找到合适的岗位,合适的岗位用合适的人才。人人都是人才,岗位最能培养人才。

世界上没有干不成的事,只有干不成事的人。

22

沃尔沃的技术价值,可以通过他们获取的一项项专利计算出来。

中国重汽集团也应该以自己的专利,培育企业核心技术,提高企业竞争力。

这一年,"重汽"集团从国家知识产权局,获得一百二十六项专利,平均三天获得一项专利。转过年来,获得一百八十多项,平均两天取得一项专利。

以后逐年递增……

"重汽"还明文规定,谁的发明创造,就以谁的名字命名,包括工人。

电焊工崔广辉解决了补焊的难题,使模具的寿命延长三倍。他发明的焊接法就被命名为"崔广辉操作法"。

"王九时操作法"是改进了大型橡胶波纹套的加工方法,每年可创造效益一百多万元。

这一年的四月,"重汽"的D12大马力发动机投入生产,填补了中国重型汽车发动机达到欧Ⅲ排放标准的空白。实现销售收入一百一十亿,上缴利税五亿。

至此,"重汽"人可以长出一口气了。

23

二〇〇二年一月十八日,是新的中国重汽集团成立一周年。于是有相当多人,酝酿着要开一个隆重的庆功大会,好好地放松一下,笑一笑,热闹热闹。

这个建议最后竟真的提到了马纯济的面前。

马纯济却甚不以为然,未加思索就嘲笑道:好了伤疤忘了痛,甚至伤疤还未好就把痛给忘了。你们说有什么功可庆?瑞典只有九百万人口,还不及我们一个山东省的一小半,却在文化上有个引领世界的诺贝尔奖,出了个世界级的大明星嘉宝,还培育出了沃尔沃、萨博汽车、爱立信通讯和伊莱克斯电器等国际知名品牌,成为世界上拥有跨国公司最多的国家。还有奥地利,世人尽知是世界音乐之邦,也能生产国际一流的载重车、越野车、牵引车和装甲运输车,出口到世界许多国家和地区。工业强国德国就更不用提了,经济以重工业为主,汽车工业居首位,光是奔驰公司的年销售额就达到二千多亿美元。我们"重汽"的车还没有走向国外,就在国内卖那一二百亿,还值得一提?

兜头一盆冷水,把下边人都浇哑巴了。

有人很想辩白,你为什么非跟世界上的老大比,若是跟国内比,跟"重汽"的过去比,我们的功劳可就大了!但最终却没有人再吭声。

马纯济能如此想,应该是"重汽"的幸运。一把手的胸襟有多大,企业就能做多大。

马纯济略一思忖,忽然转换口气改造了下边人的建议:开个会也好,但与庆功无关,叫招商会,或者商务大会,将国内外的客户请来。

我们现在有条件与国际接轨了,在全球一体化的今天,处处有危机,世界上不可能再有太平天子。"中国重汽"要想强大,必须走向世界,要走向世界必须实施四个步骤,低成本、区域化、技术领先和国际化!

24

二〇〇三年——"重汽"实现销售收入一百五十亿,每周都会有一两款新车型完成设计,开始接受"个性车"的订单。

二〇〇四年——这一年值得认真提一笔。"重汽"销售整车四万五千辆,收入三百亿,利税十七亿。另外,第一次出口整车近千辆,收入外汇一千二百七十万美元。

中国重汽集团的生产能力进入世界重卡业前十名。

当年的九月,在汉诺威国际商用汽车展上,十几位世界顶级重型卡车公司的总裁例行聚会,有位老总坐在马纯济对面发酸腔:"马先生,这次展会我们大家还能济济一堂,不知下一次展会时,我们中的哪一位就会被你给挤出局了。"

马纯济接口道:"我不想将在座的任何一位挤出去,只想给自己争取一块生存空间。目前中国是世界上最大的重卡市场,相当于日本和东南亚诸国的总和。我们拥有这么大的市场,而作为东道主倘若没有自己的立足之地,岂不是很不公平吗?"

马纯济的话说过没多久,沃尔沃公司的十二名高级主管专程来"重汽"参观学习,这个举动对于欧洲重型卡车业的老大来说是不多见的。倘若他们没有感受到某种震动,甚至是压力,是不会花钱这么做的。他们都是世界重卡业的行家高手,上上下下仔细看完"重汽"的工厂之后,一定要请马纯济给讲一课,并再三追问:"你是怎么做到的?你的主要经验是什么?"

马纯济能对这些外国管理专家说什么呢?

世界王牌重卡企业来向他们学管理,这说明"重汽"的管理与世界上的哪一家大汽车企业相比也不差了,甚至强过他们。比如,"重汽"

拥有全世界最完美的营销体系,销售、服务、配件、改装四项合一,及时而又可靠。在全世界有九百三十五家销售网点,每年都要派自己的技术人员,到国外去培训被"重汽"招聘的那些外国销售人员……

正如回到"重汽"一年后就被提拔为集团总经理兼总工程师的蔡东所言:刚引进斯太尔项目的时候,我们和国际重卡业的差距是天上地下,几年干下来,现在也不能说就没有差别,但我们已经有了自己的优势,完全可以平等地跟他们对话了。

马纯济考虑再三,对外国同行只能实话实说:"中国有句老话,叫师傅领进门,修行在个人。你们是我师傅,我是先把师傅领进门,然后自主创新……"

25

就在马纯济获得了为世界重卡业巨头讲课的资格时,"中国重汽"的内部却产生了严重的不安,乃至整个集团又笼罩在一种忧虑之中。

这一年,中央出台了一个文件,明令禁止政府官员在企业兼职。

而马纯济就是地道的官员,他的第一个头衔是"济南市委副书记"。想要继续当这个在中国官场上已经不算小的官,就得离开"重汽";若想留在"重汽",就必须辞掉济南市委副书记的官职,不仅仅是断了自己的"后路",甚至是失掉了大好的"前程"。

理论界把当前中国的社会现实分为三大块:官场(政治)、市场(经济)和情场(文化),而官场是强势。如果要别人替马纯济做出一个明智而又稳妥的选择,恐怕多是建议他去做市委副书记,在中国的传统智慧中这叫"见好就收"。当初他临危受命,随后就真的创造了奇迹,重写了"中国重汽"的历史。此时若选择离开企业重回官场,是一种凯旋,不仅上下都能理解,将来也必定会更受重用,在官场上会一路高歌前进。

如果选择留下,就放弃了安全牢靠的仕途,今后的命运将充满变数和风险。更重要的是,按目前的官场和市场习俗,当他失去了市委副书记的头衔后,会不会给他在"重汽"的工作增加难度?

如此这般,几乎每个"重汽"的员工都在设身处地地反复掂算着这个大难题,越掂算就越觉得不妙。曾经被惊吓过的"重汽"职工,不得不往更坏里想,现在刚刚上了轨道的"重汽",如果没有马纯济会怎么样?

那就更难说了。因为一个企业的一把手太重要了,他必须有思路、有办法。别人可以没招了,就都去找他。但他不能没招,必须得给出办法。企业可以陷于困境,一把手则必须给企业找到一条走出困境的路。

——眼下"重汽"似乎就陷入一种精神上的困境,且看马纯济这个一把手怎么带领"重汽"走出困境?

一把手就是企业的胆、企业的天。

天无绝人之路。在一个小型的干部碰头会上,讨论完正事以后,马纯济轻描淡写地说"再啰嗦几句":最近听说有不少人突然对中央文件格外感兴趣,还捎带着议论我的去留问题,替我出了不少主意。我谢谢大家的好意。但我已经跟组织部表过态了,哪儿也不去,就在"重汽"干到退休了。因为我对"重汽"有信心,留下来跟大伙儿继续做咱们的汽车梦。

在场的干部们突然起立,不同寻常地鼓起掌来。

这样的话只要他随便对任何一个人讲了,很快就能在整个"重汽"传开。第二天,整个"重汽"都安定下来了。

26

"重汽"的年收入还在不断增加,其数字的变化像变魔术一样令人称奇。

这一连串的数字变化,对中国的企业管理乃至经济学界,都有着怎样的警醒和启示意义?抑或是理论价值?

其一,生存就有危险,不发展就被兼并。失误就是自取灭亡。现在干企业,不允许有失误,大失误不行,小失误也不行。

其二,豁上身家性命能打造出一个成功的品牌,就算是幸运。

再用品牌体现企业精神。

其三,中国重汽集团再也失误不起了,企业和员工已经彻底丧失过尊严。败军之师更要言勇,才有今天的成就。他们的每一项决策,都是先由领导发现问题,或群众提出意见,交到干部层讨论,然后是领导层形成决定。在付诸实践的过程中发现不当之处,及时更正、补充。故多年无失误。

其四,大企业的从生到死,或从死到生,在数字魔方的背后是一种文化现象。

以前的漏洞有多大,也说明管理上的失误有多大;以前管理上的失误有多大,也说明管理上的潜力有多大。

马纯济也有他的说法:中国的企业管理不严密,空间都非常大,大起大落或大落大起,都不足为奇。

27

由中国重汽集团承办的国际商务大会,吸引了二千余名中外代表,大家都想认识一下参与创造了"重汽神话"的老总蔡东,请他讲话。

蔡东平时做人很低调,他的全部激情似乎都用在造汽车上了。但盛情难却,好在一谈起汽车,他也不愁没话可说:大家还记得改革开放之初,有一个很霸道的汽车广告,几乎家喻户晓,叫"车到山前必有路,有路就有丰田车"。中国公路上行驶的水泥搅拌车清一色都是日本产品。而且他们还小心眼儿,占着中国的道,赚着中国人的钱,还老想卡着你,让你永远落后于他,听命于他。终于,"重汽"完全具备了制造水泥搅拌车的技术实力,不干是不干,要干就大干。我们几乎又打了一个八年抗战,终于把日本搅拌车挤出了中国。他们主要是输在了文化上。现在是我们在主导自己的市场,任何别的车,包括国际知名品牌,都无法跟我们竞争。

大厅里一片掌声。蔡东的"八年抗战挤走日本车"一说,很给在场的人提气。有人不解,这个一向说话处事极其低调的人,今天怎么突然发狠放出了高腔?

了解情况的人都知道,蔡东实际上还留了很大的余地。

二○○五年,"中国重汽"的产品除去满足中国市场需求之外,还出口苏丹数百辆重型卡车,其中包括水泥搅拌车。

二○○六年出口伊朗一万辆。

二○○七年出口俄罗斯六千辆。

蔡东领导的技术团队只用了一个月的时间,就为泰国政府设计出令他们满意的环卫车。

二○○八年初,当智利的公路上出现了中国重汽集团生产的重型卡车时,惹得看新鲜的圣地亚哥人一阵阵大呼小叫:"中国人来了,中国汽车来了!"

28

无论是金融界、经济界,还是企业界,没有人不相信这句话:"当今世界,是资本的江湖。"

所以,一个企业的价值,以及考核其干得成功与否,在于它能否上市,在哪儿上市。

企业的投资价值,取决于企业的价值。总说没有利益只有责任的话是愚蠢的,最好不说。

中国重汽集团于二○○八年十一月,在香港成功上市,吸纳资金九十亿港元。

二○○九年七月,拥有二百五十年历史、世界重卡前三强之一的德国曼公司(MAN),以五点六亿欧元(约合人民币五十三点九亿元)购买"中国重汽"百分之二十五的股权,成为"中国重汽"的战略股东,双方签署了长期合作协议。

如此，"中国重汽"的地位和分量，便与它的名字十分契合了。

<h2 style="text-align:center">29</h2>

代替无法分身的马纯济和蔡东，在香港领导和组织上市工作的是韦志海。

——重汽又冒出一员大将，此何许人也？

马纯济的"老副手"。

出国访问马是团长，他是副团长，马中途受命回国，他便接替马当了团长。马在担任济南市经委主任的时候，他是副主任，后来马来"重汽"，他又接替马当了经委主任。

韦志海本来在官场也有一个不错的前程，组织部已经征求过他的意见，有意让他去领导一个重要部门。偏偏此时接到了马纯济的召唤。企业界谁不知道上市太难了，大陆的企业到香港上市，就更是难上加难。不难马纯济能想到他吗？

他二话不说就赶来了。

有人问他：给官不当，你给马纯济当副手有瘾哪？

他同样以玩笑化解：还真叫你说对了，凡老马没当过一把手的地方我不敢去，只有当他的副手心里才最踏实。

韦志海精明干练，口才极佳，是"重汽"的"外交家"、"谈判代表"。二○○九年初，他奉命到北京参加一个投标会。

共和国六十年大庆，北京要举行大阅兵，自然需要一批重型卡车。国内来了十几位汽车厂商的代表，个个意气张扬，信心十足，似乎志在必得。

韦志海坐在后面像个局外人，饶有兴趣地看着别人发言。直到所有人都讲完了，大家的目光才开始转向"重汽"的代表，等着他表态。他轻轻一笑，神色谦恭，语气刚硬：能中标参加国庆六十周年的大阅兵，是极大的荣誉，是重要的机会，但更是责任，一个中国企业的责任，一个中国公民的责任。所以我要当仁不让了，我不说别人的车不行，就说只有我的车行。为什么？大家都知道汽车的魂儿是芯片，目前在中国只有我们的车，用的是自己的芯片，别的条件先不说，仅仅从安全可靠这一点考虑，谁能跟我们比？从一九六〇年朱老总为我们生产的第一辆重型卡车命名为"黄河"，"重汽"的产品就有了浓重的军工色彩，国庆三十五周年时邓小平同志阅兵，用的就是我们的车。为国庆六十周年阅兵提供用车，我们同样是责无旁贷。

30

二〇〇九年早春，全国人民代表大会开幕后的第二天上午，国家主席胡锦涛来到山东代表团参加讨论，山东的代表们站在门口迎接。

胡主席一眼看见马纯济，便走过去低声问道：听说你现在是世界第一了？

马纯济一惊，急忙解释：仅仅是产销量排第一，去年整车销售十一点二万辆，收入五百二十亿，出口整车一点八万辆，创汇五点七亿美元，今年的前两个月也都是第一。这并不说明我们最强，是世界经济下滑，把我们给突出来了。在重卡的质量和技术水平上，我们跟世界第一还是有些差距的。

胡主席频频点头，流露出一种欣赏：你这话是实事求是的。

一个月后，胡主席又特意到中国重汽集团视察……

31

在中国，一个企业能做到像"重汽"这样，一个企业家能做到像马纯济这样，应该说是很风光了。马纯济似乎仍没有时间彻底放松精神，好好地高兴一番、庆祝一番，随即就投入跟德国曼公司紧锣密鼓的合作谈判之中，并最终取得圆满成果。

很显然，这是"重汽"成全了曼公司对中国市场的渴求，但"重汽"也需要这种合作。不是因为钱，而是看中了曼公司在全球最好的两项技术:设计技术和发动机技术。

或许马纯济希望在今后的某一天,能理直气壮地告诉国家主席,"中国重汽"无论是重卡的产销量,还是制造技术和质量,都是名副其实的世界第一。

所以,马纯济经常挂在嘴边的是:"我们现在全部任务就是两句话,一句是为了可持续性发展;第二句是为了企业的长治久安。"

这两句话听上去很普通,更像套话。这也正体现了马纯济的精到和智慧。他结合企业实际,经过深思熟虑形成的思想认识,一定要用安全稳妥的"中央通行语言"表达出来。然后不断地重复,让部下慢慢地从这些类似的套话中咂摸出不同寻常的深意。

比如,怎样理解他说的"可持续性发展"呢? 中国真正的百年企业很少,百年大企业就更是凤毛麟角。为什么? 这取决于文化,特别是制度文化和经济文化。企业发展有自己的轨迹,只有按轨迹运行,才能形成深厚的企业文化,再由企业文化促进和保障企业的长期稳定和发展……

他是有原则,且以原则为大的人。将执政党和国营的优势发挥到极致,然后再将市场的优势也发挥到极致。

正因为此,才会有人说他跟总经理蔡东是"绝配"。其实他跟王光西、王文宇、韦志海等等不也都是"绝配"吗?

正因为他有原则,下边的人跟着他才有安全感,所以在他的身边高手云集。

也正因为此,才有今天"重汽"和所有"重汽"人的成功。企业家的命运不是孤立的,一定要在时代的背景下发光。

一个人在一个时代中迸发出光芒,其实就是这个时代的光芒。

2009年冬

新"贤妻"标准

　　七夕晚上,我被朋友拉去参加《家有贤妻》的评选活动,是沙龙式的,气氛温馨。最后被大家一致推举出来的现代"贤妻",确是一位可爱的女子,智慧而爽利。那么她"贤"在何处呢?我大概记住了这么几条:

　　她是单位的业务尖子,收入比丈夫高,却全部交给丈夫。刚结婚的时候丈夫让她管,她就往抽屉里一丢,她们家所有的抽屉都没有锁,谁用谁拿,出哪门进哪门,经常对不上号,丈夫心细不得不把钱都管起来。有女同事提醒她,把钱都交给男的很危险!她却说夫妻如果连这点信任都没有,在一起还有什么兴味?他如果拿我们过日子的钱去破坏我们的生活,这样的男人不要也罢。

　　她对儿子说,你在我肚子里待了十个月,这是无法改变的事实,到我对你有要求时你不能拒绝。她几乎没有批评过儿子,还对儿子的班主任说,你不要批评他,非要批评先告诉我,说不定是我惯出的毛病。有时丈夫叫他管管儿子,她说我不管,我管那么多他就不跟我好了,再说要留点缺点将来让他媳妇管。就像你身上的那些毛病,还不是你妈给我留下的作业。我若把儿子管得很好,将来岂不是便宜了另一个夺走我儿子的女人?

　　说也怪,她的儿子在学校却很出色。上高中时娘儿俩在一起像姐俩,儿子上大学后,娘儿俩上街还是挎着、撂着,她看上去像儿子的女朋友。丈夫告诫她跟儿子要正经点,她说我要正经就没有他了,他长多大也是从我身上掉下来的肉,小时候吃我的奶、赖我的怀,长大了跟我亲、跟我近再正常不过。你连儿子的醋都吃,是变态的假正经。

其实他们夫妻关系也很美满精妙。只讲一个他们相识的细节:大学毕业后乘火车回家,见对面一小伙子对他奶奶照顾得特别好,中途小伙子把老奶奶送下车后自己又回来了,她很好奇地问他,怎么没有跟你奶奶一块下车?小伙子说她不是我奶奶,是上车后认识的。她心动了,这个人对不相识的老人都这么好,将来跟他结了婚,一定对我错不了。那个小伙子就是她现在的丈夫。

——果然很特别。可,这就是现代"贤妻"的标杆吗?我想跟当今的社会情势有关。现代人都成精了,可人精成天跟人精打交道,也会感到太累太烦。于是,事业优秀,生活马虎;做事极其精明,做人大大咧咧甚至有点愣,就成了现代人所喜欢的"贤惠"。

2010年3月

关羽，真神！

中国的神，大致可分两种：一种是人造的，如玉皇大帝、王母娘娘等；另一种是人变的，最具代表性的当数关羽、岳飞。人造的神，高高在上，安享人间香火。人变的神，离人间很近，人间冷暖，世道沧桑，都会影响到他的神性与神位。过去的封建帝王，在位时个个都是"真龙天子"，连上界的诸神都要听其差遣、为他们服务。一旦王朝覆亡，立即便跌下神坛，还原为人，甚至还会被大泼脏水。

近六十多年来，我们也亲眼见证了一位人变的大神，后来又被拉下了神坛。然而就在这个反英雄的时代，人们看似热衷于毁神，实际却更渴望能有真神出来救世。不然九米高的孔子塑像，怎会突然矗立于天安门对面？引起轰动和争论后又悄声挪了个地方。中国邮政即将隆重推出首套关羽特种邮票，由甄子丹、姜文、孙俪联袂主演的电影《关云长》公映后，媒体报道还将有四部关羽题材的影片陆续出炉。还有一说，审查部门嫌关羽题材太多太热，想砍掉一些……一文一武、一圣一帝，无论是放是禁，都已经说明问题了。

老版电视连续剧《三国演义》公映许多年来，在片中扮演关羽的青岛演员陆树铭，一直大受社会欢迎，走到哪里都被当做"关老爷般地敬奉"，这甚至因此而改变了他的戏路和生活，他自觉胸中平添了一股忠义之气，"关老爷"仿佛就站在他身后，敢于出头做好事，很长时间不能接演其他角色，更绝无可能再演反派人物。一个角色竟然对演员具备这样的影响力，不也是颇为神奇吗？

由人变成神，至少要有两个先决条件：巨大的人格魅力和有口皆碑的丰功伟绩。关羽神勇异常,一生战功赫赫:诛文丑杀颜良、温酒斩华雄、千里走单骑、单刀赴会、水淹七军……青龙偃月势挟风雷,美髯飘动绝伦逸群。陈寿在《三国志》中称关羽"威震华夏"。蒋星煜先生考证说:"整部《二十四史》,也未有任何名将有过'威震华夏'的声势。更值得注意的是'群盗或遥受羽印号',这说明除魏、蜀、吴三国公卿百官之外,流落社会上贩夫走卒以及流氓无产阶级也都对关羽心悦诚服,愿意为之驱使。"

只有具备大本事、真本事,到了出神入化的程度,人们才会确信他能护佑大家。所谓"真本事"是不能弄虚作假、编造历史,时间一长想若不露馅是不可能的,一旦戳穿,便要跌下神坛。关羽从解白马之围获封汉寿亭侯到成神,经受了九百余年的漫长考验,经历过许多朝代更迭,他的声望却几乎是呈直线上升。公元一一〇二年宋徽宗先封关羽为"忠惠公",过了六年又觉得不解气,再加封他为"崇宁真君"、"义勇武安王";万历十八年(1590年)明神宗封关羽为"协天护国忠义大帝",二十二年后又加封为"三界伏魔大帝、神威远镇天尊、关圣帝君";顺治元年(1644年),清廷封关羽"忠义神武关圣大帝",到光绪五年(1879年),关羽的封号又追加成"忠义神武灵佑仁勇威显护国保民精诚绥靖诩赞宣德关圣帝君",简直要把世间好词都加到关羽头上。

如此这般先后曾有十六位皇帝、二十三次为关羽颁旨加封,且一个比一个高。至清朝中期,"全国就约有关帝庙三十余万座,仅北京就有一百一十六座",其数量之多,居各种庙之首。(《文史参考》2011年7期)成神就要有神性、神品。关羽的品行恰恰代表了中华民族的理想人格,寄托着万千民众的道德精神,日月可鉴,妇孺皆晓,所以被尊为"万世人极"。

关羽的人格魅力首先体现在一个"忠"字上,其次是义、仁、勇、烈……气贯千秋,亘古一人。而且"赤面秉赤心",内外一致,"隐微处不愧青天",磊落落、坦荡荡,人前背后都没有见不得人的事。凡成了神又被推下神坛的,人格上一定有大缺陷,做的那些上愧青天,下负百姓的事一旦曝光,头上的光环便立刻消散,为人所不齿。

关羽还活着时,就已经跟神差不多了,即使受挫或失败,也能成就千古名句,传为美谈。如"刮骨疗毒"、"华容道义释曹操"、"大意失荆州"、"走麦城"……如此生得忠勇,死得伟烈,纵然被杀,也令人觉得不馁反雄,不丑反美。而杀他的人反而担惊受怕,惶惶不可终日。孙权就急忙将关羽的首级给曹操送去,想转嫁恐惧和祸患,曹操却将关羽的头颅厚葬于洛阳。孙权随后也以诸侯之礼将关羽的身躯葬于湖北当阳。人死后仍能让曹操、孙权如此敬畏,可见关羽已经具备了强大的神性。然后便在各种民间传说中频频"显灵"、"显圣",救苦脱危,广济民生,其英灵之威便在社会越传越神。

人变的神,之所以能越来越神,是因为社会上正需要这尊神。需要是因为欠缺。缺少信仰的时代,关羽的忠诚便成了稀有品质;商品社会唯利是图,而关羽却是"春秋大义"、"义薄云天"。当散漫、怯懦、自私成为风气时,关羽的勇武、骨子里的刚硬,在现代人眼里似乎只有神才能办得到。关羽身上集中代表了中华文化的核心价值取向,他怎能不成神?他的成神可以说是水到渠成,成全民意,顺乎历史潮流。因此才会"儒佛道三教并尊,士农工商四民同拜",凡是人们能想得到的行业,诸如剃头刮脸、描金制革、屠宰典当、治病除灾、辟邪驱恶、开饭馆、办酱园、设武馆、建学校、做衣服、磨豆腐等等有一百多种职业拜奉关羽为"祖师爷"或"保护神"。他真是"万能之神",全民崇拜。

这又因为他曾是人,他这个神是人的"升级版",能实实在在地折射出人的理想和愿望,所以才愿意拜他、求他,相信他能理解人间疾苦。

关羽,真神!

2011年2月

国凯师兄

　　我一向称呼陈国凯先生为大师兄。一九八〇年,我到北京文学讲习所进修,秦兆阳先生只带两个学员,选中了陈国凯和我,他比我年长两岁,自然是师兄。其时他已经是广东省作家协会主席,我仍在工厂里卖大力气。他进工厂的时间也比我早,只不过他干的是令人艳羡的电工,我干的是"特重体"锻工。一九七八年他以《我该怎么办?》摘得全国优秀短篇小说奖,到第二年这个奖才落到我的头上……无论从哪个角度说,他都是我的大师兄。

　　从文讲所毕业后,国凯师兄的创作进入井喷状态。《代价》、《文坛志异》、《好人阿通》、《大风起兮》等长篇小说相继问世,还有数十本中短篇小说集,获奖无数。就在他正处于人生和创作的高峰时期,于上个世纪末突发脑溢血。这是大病,十分凶险,但师兄福大命大,硬是挺了过来,我得到消息便立刻启程去看他。以往我们每次见面,都有不少话题要谈,交换各种信息,询问或讨论一些两个人都关心的事情……我只要南下广东,一个必不可少的程序就是看望他,有时纯粹是为了看望他才寻机南下的。他经历过生死挣扎,终于大难不死,师兄弟再次重逢,自然都装着一肚子的话要说。他表达的欲望也很强烈,但每次张口都急半天才能吐出一两个字……我为他难受,从包里翻出纸和笔递给他,他吭哧憋嘟地又说又画,却仍旧不能将自己要说的话表达清楚,便愤怒地丢掉笔,闭上眼睛,不再出声。

　　我在旁边更着急,不敢再向他提任何问题,也不知该怎样自话自说,只能默默地看着,心里难过,百感交集。想想国凯师兄的语言智慧,以前在文坛上是有一号的。在一般情况下他绝不会主动说话,总是一副心不在焉的样子。正是这副沉默的样子,反而让人感到亲切,觉得他离你很近。当他必须开口讲话的时候,却突然会令人感到一种陌生,一种神秘,明明是近在眼前的他反而离你很遥远了。有很多时候他的话令北方人听不懂,也可以让南方人听不懂,口若悬河,滔滔乎其来,却没有人能知道他在说什么。只听到从他的嘴里发出一串串的音调、音节,以及富有节奏感的抑扬顿挫……有人说他讲的是古汉语,有人说他讲的是正宗客家话。这也正是国凯的大幽默。

我跟他相交几十年,却从来没有语言交流上的困难。我们一起去过许多地方,记不得和当地的作家以及文学爱好者们举行过多少座谈会,也从没有发生过语言交流上的困难。即便有个别的词语别人听不清,我在旁边还可以做翻译。他在国外也曾一本正经地讲演过几次,莫非是依仗上帝的帮助才博得了理解和喝彩?那么奥妙在哪里呢?他想叫人听懂,别人就能听得懂。他若不在意别人是否听得懂,便会自然发挥,随自己的方便把客家话、广州话、普通话混成一团,似说似吟,半吞半吐,时而如水声潺潺,时而若拔丝山药……不要说别人听不懂他在说什么,就是他本人那一刻也未必真正闹得清自己在讲些什么。这可以说是国凯师兄的绝活,朋友们都格外喜欢他这个特长,一碰到会场上沉闷难挨的时候就鼓动他讲话。

一个有着这般出神入化的语言能力的人,真的从此就不再发言了?不久,国凯师兄由家人陪同来到北京,住进一家很不错的康复医院。此院有一科,专门训练失语病人恢复说话能力。医生对他做了全面检查后很有信心,认为他的失语状态并不严重,经过训练可以恢复正常的语言交流功能。然而谁都没有想到,国凯兄不配合,拒绝接受任何训练。家人劝不动他就求助于我,起初我也相信自己有这个面子。许多年来我们彼此尊重,遇事都是先替对方想,何况这是好事,我想他对这种训练比我们任何人都更迫切,绝没有理由驳我的面子。

但真正一谈到这件事,才知并不如我想象得那般容易。任我磨破了嘴皮子,他始终一声不吭。我把能想到的关于语言对于一个作家的重要性,重复了一遍又一遍,最后归结到要开始训练时,他却毫不犹豫地摇头拒绝。最后逼得我不得不央求他:"国凯呀,我可以想象你心里一定经历了别人没法理解的创痛,或者叫悲苦,甚至是绝望。可吉人自有天相,大灾大难不是都被你挺过来了吗?现在只不过是学学说话,医生都打了包票,你又何必不配合?即使你不想说话,别人还想跟你说话、听你说话哪,你也要替家人替朋友们想想呵!你我兄弟几十年,从来都客客气气,不驳对方的面子,就算我求你了行不行?为了我们老哥儿俩今后还能像过去那样海阔天空地瞎聊,还能一起去参加活动,开会发言,说说笑笑……"我越说越急,不知怎么声调中竟有了哭音儿。国凯猛地站了起来,嘴唇动了动却没有出声,反倒闭上了眼睛,有泪珠从眼角溢出,并坚决地冲我摆了摆手。我起身抱住了他。从那以后,就再也没有劝过一句让国凯师兄接受训练的话,并经常用一句"顺其自然"的话,解劝国凯夫人。既然不接受语言训练,国凯在北京康复医院再住下去就意义不大了,没过多久他们便回到广州。

一晃又是几年过去了,国凯师兄如今"自然"到了什么程度呢?我很想念他,这种想念是被一个人的魅力所吸引。人的谜一样的魅力取决于精神世界的丰富。师兄陈国凯正是具备这种魅力的人。有一个现象或许能说明这一点。他身材比我矮小,体格比我瘦弱,眼睛又高度近视,总给人以迷迷瞪瞪的感觉。可我们两个人下饭馆,服务员总是把他当老板,把我当成他的部下或保镖一类的人物。足见他骨子里有一种东西,或者可以叫做气质,天生就是我大师兄。去年初冬,我借去珠海出差的机会,专门绕道广州看望了他,可用四个字形容我刚见到他时的惊讶:"焕然一新"。

过去他有两样标志性的东西,一是满头蓬乱的浓发,因其身材瘦弱,总给人以头重脚轻之感。如今剃掉了满头的"烦恼丝",以光头招摇,透出一种短平快的爽利劲,整个人都显得匀称而精干了。另一个标志,是两个厚瓶子底般的黑框眼镜,把脸也衬得又黑又窄,棱角嶙峋,显得过于老气的脸。现在摘掉了那个大眼镜,脸被突显出来,变得白净、圆润了许多,看上去倒年轻了。以前那个邋邋遢遢、迷迷糊糊的大师兄,如今变得干干净净、清清爽爽,脸上洋溢着喜悦。我由衷地为师兄高兴,心里却不无惊诧,总觉得这不再是过去的那个陈国凯。我们之间表达相见的喜悦,不再需要语言,有音乐就足够了。国凯走过去,熟练地打开一道道开关,房间里立刻弥漫开美妙的乐声,从四面八方,从脑后向你的心里钻,向你的灵魂里渗透……

家人说他在听音乐上花的钱,足可以买辆宝马汽车。一排复杂而气派的音响设备占据了大半个客厅,后面垂挂着各种型号、各种颜色的电线,粗粗细细,结成发辫,扭成一团。国凯夫人告诉我,这都是他自己到商店里选购的,大件东西商店里管送,小件就自己拎回来,然后自己组装、调试。我甚是好奇:"他不说话又怎么能做到这一点呢?"他的夫人含笑摇头:"我也不知道他是怎么办到的,因为他从来不运动,所以我就不干涉他逛商店,就权当锻炼呗。他现在奉行三不主义,第一是不运动,第二是不忌口,想吃什么就吃什么,以前不爱吃肉,现在却专爱吃肥肉。第三是不听话,不管好话坏话全不听,只听音乐。"

如此说来国凯师兄倒是活出味道来了,这未尝不是一种强大。音乐和旋律既能把生命引向深奥,又可以让人的感觉和理解力变得奇妙而迅捷。我忽然觉得国凯师兄仍然有一个豪华的精神世界。听着曼妙的西方古典音乐,我走进他的书房,见写字台上摊着一堆稿子,原来他正在校改十卷本《陈国凯文集》的书稿。地板上铺着一幅大字:"人书俱老"。运笔流畅,苍劲有致,上款题字是"子龙弟一笑"。这是提前就为我写好了,我果真笑了。对他说:"能写出这句话的人至少智慧不老,你到底是我的大师兄呀!"

二〇一〇年底在《南方日报》头版看到消息,广东省人民政府授予陈国凯先生终身成就奖。真为他高兴,为他祝福!

2011年5月

城与镇的启示

城镇需要示范

毋庸置疑,上海世博会自然要把中国最好的东西展示给世界。凡参展的二百多个国家和地区也一样,拿来的都是他们引以为荣的最高文化成果和科技进步的成就,谁有粉不往脸上擦? 令人惊异的是,世博会上还要展览一个中国的小城镇,带有示范性质,既代表中国城镇发展的现实与未来,又具备典范价值、样本的意义。

这至少说明两点:

第一,城镇的发展与进步,在中国乃至世界都显得异常重要,千百年来人类一直在探索城市的发展模式,而城又离不开镇,怎样解决城与镇在空间、秩序、精神和物质上的平衡与协调? 现代人类该怎样与城市、与自然相处? 由于地球的环境污染和发展问题的日趋严重,研究和探索城镇的发展形式和方向就愈加迫切。

第二,既然敢向世界宣布,就说明中国有信心能够选出这样一个可作示范的小城镇。

全国县级以上的城市六百六十一个,镇一万九千五百二十二个,乡一万四千六百七十七个。

"城镇"——显然不是指"城"和"镇",也不是指城市,而是单指靠近城市的"镇"。

镇在乡村,则称"乡镇"。

在这近两万个镇中,还有所谓"十大古镇"、"九大名镇"……遴选的结果,天津的华明镇拔得头筹,成为"中国首例示范小城镇"。

在世博会开展的一百八十四天里,有二百余万人、三百个专业团队参观了华明镇馆,领略了"一样的土地,不一样的生活"。

他们写下了五万条留言。一位叫里果的加拿大人写道:"这个馆我来过两次,真为中国农民的幸福生活感到高兴。我爱这个小城!"

一位北京老人流着泪写道:"华明镇实现了中国农民的梦啊!"

那么,华明镇的"梦之旅"又是如何起步的呢?

从荒草坨走来

海浪筑堤,河流造陆。历史上黄河曾三次从天津入海,泥淤沙垫,海进海退,逐渐生成了天津平原。滩涂广阔,河道密布,海淡水交汇,沼泽地成片。

但大自然的造陆运动并未停止,桑田沧海、沧海桑田,湿地渐渐地变成"干地"。天津的东部平原,由于缺水而土地板结,盐碱加重。别处的盐碱地是起白霜,这里的土地竟被盐渍碱浸得发红,于是有一个千年古村,干脆就取名为"赤土"。

在这方圆一百五十六平方公里的范围内,散落着大小不等的十二个村落:荒草坨,胡张庄,南、北于堡,南、北坨,范庄,赵庄,永和村,贯庄……一九五三年,建立"荒草坨乡"。

一九八四年,国务院决定放宽建镇标准,实行镇管村体制,荒草坨顺理成章地又改为镇。

在大自然"造陆"的同时,人类也在拼命造城。荒草坨一带的村民们,明显地感受到身边大城市的膨胀和霸道。他们的楼房越建越不嫌多,似乎就快要建到自己的地头上了……

一场西风下来,村边、树梢就会挂满脏兮兮的白色塑料袋,像正在办一场大的丧事。农村的脏东西还可以沤成粪肥,这些城里的袋子埋在地下不烂,被猪呀羊的吃了会得病。

已经干涸了许多年的老河道,老盼着发水,却总是无水可发,甚至连海水也不再倒灌。有一天早晨,村民们醒来便闻到一股奇怪的臭味,大家追逐着臭味来到村外,看到干河道里涨满了乌黑的臭水,水面上翻滚着恐怖的气泡……

臭河形成很容易,仿佛是一夜间的事。要治理臭河可就难了,找了多少人,讲了多少理,臭水照旧源源不断地从城里流出来,这么大的城市,这么多工厂,你总不能让他们光吃不拉呀?

牲口拉的东西可以当粪,为什么城里工厂拉的东西不能养地?于是有胆大的农民,待立冬后地里干净了,便将臭水灌进地里,积水半米深,真可谓臭气熏天,家家户户无论白天黑夜都门窗紧闭。经过一个冬天,到来年开春,臭水已全部渗入土层,黏土地变成黑土地,看上去还不错。随即开犁下种,稻子长得也还可以。但收割后碾出了米,却无人敢吃。试着喂一头小猪,几天后小猪就躺倒不再进食。

村里终究还是有能人,几年下来挣了点钱,学城里人的样子盖起了两层小楼,鹤立鸡群般的很是风光了一阵子。但很快就觉得不是味儿了,看着是楼上楼下,却没有上下水道,还得到外边刨坑拉屎,在楼里也还是抱柴火烧大锅,楼外被垃圾包围,楼内跟其他庄户人家没什么大的区别。所谓两层小楼,不过是把两间土坯房摞了起来。

以为把两间平房摞起来就是"楼上楼下",代表了城郊农民的一种心态。离城市很近,村子不但没有变干净,反而更脏了,人的心思也更浮躁。尤其是年轻人,种地不认头,进城没门路,眼界高了,心里却暗了……

荒草坨镇的十几个村子,和城市紧密相连,却又被一种隔膜和差异撕裂开来。

我们谁都不能不承认,最早是农民运动带动了中国革命,从而造就了共和国。在中国历史上,每一次大的变革都与农民和土地有关,商鞅、王安石的变法,张居正的新政等等,土地的变革始终是推动历史发展的重大动力。然而,革命并没有自然带来公正对待农民的社会秩序,农民人数最多,在政治和经济上却始终是弱势群体。到"文革"后期,农村几近破产。于是,二十世纪八十年代初的改革开放,又最先从农村开始,被称为是中国的"第二次革命"。农民像以往一样又成了推动社会历史前进的原动力。

中国三十年的高速发展,农民功不可没,前几年的"三提五统"时期,中国农业每年上缴国家财政上千亿元。但残酷的现实是:农民还只是"利益的旁观者"。对于农村,我们索取的太多,而给予的又太少了。

现代人称其为:"城乡二元困境。"

一九九四年秋天,荒草坨镇更名为"华明镇"。人们都祈望,这一大片荒草坨,有了一个华贵明亮的名字之后,也真能过上一种华贵明亮的生活。

村口的讲演者

二〇〇六年秋后的一个傍晚。一个精壮的中年汉子,肩上背着沉重的帆布兜子,走进偏远的范庄。他一进庄就被村民们盯上了,看他肩上的大兜子必定是做小买卖的,可看他的神态装束,又实在不像个买卖人。

来人进庄后不发一声吆喝,在庄里走了一圈,选了靠村口一个豁亮的地方停下来,放下肩上的大兜子,抹抹额头的汗水,笑模悠悠地打量着跟过来瞧新鲜的人,却仍旧不出声。

有人奇怪,忍不住先发问:你这人有意思,进村转了一大圈也不说话,谁知道你是卖什么的?兜子里装的嘛?你卖什么得吆喝什么呀!

来人终于出声了:好,那我就吆喝吆喝我兜子里的东西,幸福!

幸福?世上还有卖幸福的?围着他的人一阵哄笑,一阵惊讶。

你的幸福怎么卖?论分量,还是论兜子卖?

不卖,幸福无价。但可以兑换。

拿什么换?

每家每户的宅基地。

哦呵……我知道你是谁了！有个在庄上管点事的人认出了来者，大声嚷嚷起来，我说怎么看你都不像买卖人呢，他是咱们镇上的书记！

来人终于自我介绍道：我叫张长河。

农民们立刻客气起来：那就快到村委会去坐着吧。

张长河一摆手：不用了，在这儿好跟大伙儿说话。

大家七言八语，话多了起来……不一会儿村干部们听到信儿也跑过来了，有的手里拿着电喇叭，有人还扛来一条板凳，是准备让张长河坐的。可村民们越围越多，后边还有一群一伙地像赶庙会一样正朝这儿拥过来。大家已经听说用宅基地换房的事，心里充满期待，都想听一听是怎么回事。

张长河见村民们越围越多，便抬腿站到了板凳上，有心急的扬着脸催问道：张书记，真的可以宅基地换房吗？

"不错，这次是上边给坐劲，说白了就是市长拍了板，让我们这么搞。没有市里坐劲，我一个镇书记哪有这个智慧，哪有这个气魄？你们算是赶上了好时机，中国的农村要进入一个城镇化建设的阶段，我们这一片正好蓄势待发，大有可为，所以领导就给咱想出这么个好主意。可以说是个金点子。我们也得下决心，动真格的。"

怎么个动法？

"大伙儿肯定已经听说过这件事了，各村的干部和党员骨干也都培训过，已经在全镇都热闹起来。可我就是不放心，老想跟村民们都能直接碰个头，面对面地把这件事说透，我要亲耳听到你们说同意，或者听你们提出不同的意见。"

张书记你就快说吧，到底怎么个换法？说了归齐这是个什么招儿呀？

"大家要知道，现在无论谁想干什么事，国家有一条大的法规不能破，绝对不能再占用耕地。如果能随便卖地，嘛招都不用想，傻子都能赚钱。谁不知道咱们的基本国情是人多地少，目前我国耕地总面积就还剩下十八亿亩，这是保证十三亿人饭碗的最底线。手里有粮，心里才不慌嘛。还有一条，上边没钱，别把宝压在靠国家出资上。又不让占地,上边又不给钱,那我们怎么办?用我们的宅基地换一座新的城镇,这真算得上是神来之笔!我们镇十二个村子的宅基地加在一块是一万二千亩,拿出三分之一做商品房开发,用赚的钱建一座占地四千亩的农村新城,还剩下四千亩搞商业区,安排农民就业……"

张长河的面前已经聚集起一大片人,挤挤擦擦,交头接耳。有的伸长脖子凝神静气,唯恐漏掉书记的每一个字。有的带着满脑子问题想当面向书记问个清楚,抓他喘气的空就插上了嘴:张书记,你说的宅基地,是光指宅子,还是连我们承包的土地也得交出去?

"不,光是你家宅子所占的地。这次宅基地换房有两大原则,一是土地承包责任制不变,是你的地就还是你的。二是必须尊重自愿,谁不想换绝不会有人强迫你。刚才我是搭便车来的,车把我放在你们庄外的道边上就去干别的事了,我背着个大兜子进庄,有人问我是卖什么的?现在我可以告诉你,我的大兜子里装的是刚印出来的《拆迁还迁办法》,一户一本,分不过来村主任再到镇上去领。"

下边有人议论:这个书记说话痛快,心思敞亮,像个干事的人……

有人抬起脚跟发出高腔:张书记,你说的这个新镇建在哪儿呀?

张长河一脸自信:"既然要建新的,谁不想选块风水宝地呀?我们请专家帮着千挑万选,还得考虑长远规划,最终可以说是四面见线地确定了一块好地方,距离天津市中心区十公里,在空港物流加工区对面,在京津塘高速和津汉公路的中间,东边挨着东丽湖度假区,西边靠着经济功能区,四通八达,为的是将来安排我们的人就业方便。搬进新城之后,咱们的目标是把全镇人打造成'四金农民'。"

哪"四金"?

"就是金子的'金',金钱的'金'。第一层金是有薪金,保证劳动就业。看看我们的周边,都是大型经济实体,是市里新的经济增长点,你只要不挑肥拣瘦,我保证你有活儿干。第二层金是有保障金,扩大养老保险,实行养老金保险补贴,推行新型合作医疗,增加农民养老金收入。第三层金是有股金,农民入股,坐地分成,趁创建新镇的机会,我们也确立一些新章程,探索农村的新型经济组织形式,实现农民变居民,农民变股民,切实增加农民股金收入。第四层金是租金收入,你的土地可以个人转让耕种,也可以集体承包经营,还可以由镇上统一经营,你只管等着收租金,用宅基地换的新房子多的,可以卖也可以出租,月月年年赚租金。"

听着真不错,人群里像开了锅:这个书记说话贴边,有股子利索劲。就是不知道将来的新城是什么样的?

一谈起新城,张长河越发的喜不自胜:"这我得多说两句,我们是请天津规划设计院给规划设计的,在同类设计评选中获一等奖。为什么要称新城呢?完全建得跟城里的小区一样,那就没多大意思,得保留农村的优势,比如将原来田埂上的一千多棵旱柳和果树,全部保存下来,突出田园特色,塑造湿地风情。但又不能跟农村差不多,如果出了咸菜缸又进萝卜窖,那我们还折腾个什么劲?要吸收城市的优点,一年四季采用地热温泉集中供热。新区内有九年一贯制的学校、中心医院、中心幼儿园以及全套服务设施,既是高水准的新型生活区,在建筑风格和规划布局上又突出我们这个地方的文化特点,街心公园和湖面漂亮得让人不想进屋。咱们费了这么大的劲,当然要搞个绝的出来,就得让农民惊喜,让城里人眼馋。不过,我在这儿说多好也没有用,得你们自己去看,尽管去选自己满意的新家。"

有人高叫一声:张书记你们办了件大好事,这才是父母官哪!

张长河也高声回应:不,我们不是父母官,是为父母办事!

几天后,范庄子的村民百分之百地到村委会登记,申请迁往新镇。曾立过七次功、原是北京军区特种兵部队示范连连长的张长河,受启发开始一个村一个村地讲演。

万户大搬迁

入冬后,北风振野,湖冰清绝。然而在天津市的东半边,却千门万户不知寒,喜气蒸腾,人心大热,感染得津沽大地也急剧升温,似满街都是张籍的吟唱:"满堂虚左待,众目望乔迁。"

　　谁能想象得出,十二个村子有一万多户农民,同时往一座崭新的新城里搬家,那该是一番什么样的景象? 很像当年的一场解放战争,大军正在进城,浩浩荡荡,车水马龙,烟尘滚滚,鞭炮轰鸣。

　　所不同的这是一支农民大军,有庞杂的步行者,男男女女,老老少少,绵延不断,说说笑笑。或手提肩扛,或怀抱细软,经之营之,庶民攻之。

　　有花花绿绿的自行车队,车把上挂着七零八碎,后座上驮着大包小兜,骑者们的脑袋都扬得老高,嘴里哼唧着流行小调……还有大车队,一辆辆码得像小山包,然后用大绳横七道竖八道地从外边绑扎结实。车把式晃悠着手里的鞭子,把牲口轰赶得咴咴直叫。

　　最牛的是汽车队,那是有本事的农户雇了城里的搬家公司,将所有东西都放进封闭的铁皮车厢里,严严实实,安全牢靠。前面响着喇叭,后面卷着尘土,占据着乡村大道的中心位置,威风八面地呼啸而进……

　　这样一支支庞大的人流和车队,通过几条大道涌向天津市,最后汇集在距离市中心十公里处的新城镇。济济大城市,赫赫农民居。这是一片崭新的新城,占地近六平方公里,建筑群落和环境规划,体现了当下最先进的设计理念,很好地保留了当地的民风、民俗和民习。飞槛向空摩,窗前绿影动。亭阁相扶,阳光辉映。美哉轮焉,美哉奂焉。

　　难怪村民们个个都兴高采烈,喜气盈盈。家家的大门上都贴着双喜字,亮得耀眼,红得热烈,在大冬天里透出一股浓浓的春意。农民们表达喜庆最简单的方式就是放鞭炮,搬离农村的老房子时要放一通,车子一进农城还会再放一通,一通接一通的鞭炮声,更震激得农民们心花怒放。

　　刚搬来的人家自管随意燃放鞭炮,但鞭炮声一停,立刻便有农城的环卫工过来清扫现场,将鞭炮的碎屑装进麻袋,用小车推走。一开始小区雇了外来人打扫卫生,农民嫌扫大街丢人,而且乱丢乱吐,一点不爱惜自己的小区。有好管事的看不过去,再加上镇里人做工作,清洁工一律换成小区农民,责任心大了,敢随意糟蹋小区环境卫生的人也少了。

这些环卫工多是中老年人，是刚搬进农城后第一批就业的农民，每月结结实实的有好几百元的固定收入，可比在老家种那些黏土地惬意多了。

一个穿戴得像新郎官的年轻人，小声对一位老环卫工说：大叔，在老家你老可是有头有脸、说说道道的人，怎么在这儿扫起当街来了？

老人直起腰，满脸喜兴：小子，这儿的当街比你们家的炕头还干净，你忍心祸祸，我可不忍心看哪。

你老倒还挺好意思的？

这有嘛不好意思的？还别不告诉你，你大叔我这撸锄把子的手，能扫上这样的大当街，是上辈子修来的福。你小子要是心眼够用的，就赶紧去登记，听说看大门的保安还没招满，还剩下最后几个名额。

真的？

除非你有技术，要不就去参加培训班，毕业后可以到旁边的企业里去应聘。

就在老环卫工开导小伙子的这工夫，四周围过来一帮老乡亲，大家都是刚搬进农城，对什么都感到新鲜，兴奋得就想找人说道说道。他们还有许多消息要打听，听到别人说话就想凑过去听一听……

华明新城里到处都是这样的问候语：

搬来了？

干吗不搬呀，人往高处走嘛。

住几楼啊？

五楼。

五楼高了点。

嘿，好不容易盼着住上大楼了，干吗不住高点？你没听说在国外楼层越高越值钱，住高了夏天凉快、清静，站在窗跟前看得远。再说了也是图个同村的人都住在一块，相互好有个照应，干吗都方便，心里也踏实。

这道出了华明新城里一个非常有趣的特点，绝对不同于城里任何一种档次的住宅小区。凡是同村人住在一个楼的，无论是楼洞口的电子安全门，还是家家户户的防盗门，都大敞四开，相互串来串去，随意而不介意，这就叫远亲不如近邻。而那些选房时晚了一步，没有跟同村人住在一起的，自然就得跟外村人混住在一个楼，各楼洞口的大电子铁门都锁得很紧，谁想进楼谁自己拿钥匙开门，各家各户的防盗门也都关着，显得生疏而戒备，觉得格外不方便。人的心思就是这么奇怪。以前住在同一个村里，并没有觉得有多么亲近，甚至为房前屋后的宅基地还闹过别扭。如今住进同一个楼，村民间的感情突然变得亲近了许多……

于是那些门户大开的人，得便宜卖乖地嘲笑那些孤单的住到别的楼、不得不时时关门闭户的人：你们家的门关这么紧，就不怕掩了尾巴？

有人挑头就有人帮腔：是啊，这种日子大家不停地进进出出，你们的大铁门叽里哐当地开了关，关了开，就不怕碰坏了？再说这儿又不像在老村子里家家都是单门独户，新城里门口有警卫，四周有围墙，里边到处是探头，谁就是撅下屁股放个屁，都有人盯着，生脸的人根本就进不来。你们把门关那么紧，不是成心折腾自己吗？

这倒也是，你说的探头是什么玩意儿？

先搬来的人用手一指灯杆上的摄像镜头：那不是吗？整个新城里所有关键的地方，要道、楼角、街口，都有录像机，不信你到保安的监控室去看，咱们在这儿说闲话，他们电视里就正播放着咱们的镜头哪。

是吗？这我得去看看。

快去看看吧，长点见识。咱们这个新城里可是三级防卫。

嘛叫三级防卫？

第一级是警防，就是警察一管到底，旁边就是派出所；第二是民防，新城里有自己的保安和执法大队，经常巡逻，昼夜值班；第三是电防，这些探头、报警装置直接跟派出所联网，一有动静警察立马就到。甭说别的，只说一条，你到大城市里看看，家家户户的窗户、阳台都用铁栏杆封起来，像监狱一样，你看看咱的小区里，没有一家封窗户封阳台的,就这个也跟住在保险柜里一样安全!

想不到探头下的农民们,对摄像探头不仅不反感或惧怕,反而产生了浓厚的兴趣。

"赤土扣肉"

关于"赤土村"的得名,还有另一种说法。在抗日战争时期,此村勇烈,人人皆是"赤色分子",拼死不让鬼子进村。鬼子倚仗人多,并借助猛烈的炮火,最终还是占领了该村,将全村人绑在一起,准备全部杀光。当鬼子的刺刀挑到一个叫魏三的半大小子时,突然大雨倾盆,电闪雷鸣。鬼子心虚,害怕激起天怒人怨,被电击雷劈,便急忙收兵,仓皇撤走。

当地却已血流成河,满村皆红——从此人们便称这个地方为"赤土"。

当年由雷公救下的魏三,如今已是年近八旬的老人,满脸无奈,眼光混浊,站在自己孤零零的老房子跟前,迟迟不肯挪地方。孙子扶着他,一遍遍地催促:爷爷,快走吧,这破地方有嘛可舍不得的?

魏三爷生气地呵斥道:你懂个屁,咱老魏家祖祖辈辈可都住在这儿呀!

问题是咱祖祖辈辈也没在这儿住好啊!孙子一句话还真把老人给噎住了。年轻人赶紧再拿软话哄:当初刚兴换房的时候,我爸不是先跟你老商量的吗?你老不也点了头吗?到这会咱新房子也买了,家也都搬过去了,你老还在这儿耗个嘛劲儿呀!这房子已经不是咱的了,归了政府了。人家等着把地翻了,晾这一冬,明年一开春就下种啦。

老人嘟囔说:当初我是答应过,看你们都这么乐意,我不答应你们也不干哪!可真要让咱老魏家从此拔根,往后再也见不到赤土的老窝了,我打心里过不去!赤土可是千年的大村子,就这么说没就没了?以后在中国的地面上就再也没有赤土这一号了?

孙子跺脚撇嘴:哎呀,赤土算个嘛?秦始皇的皇宫,刘邦的老家,楚霸王他们家的大宅院,不都没了吗?也没见人家像你老这么心痛。

人家心痛不心痛的你看见了?魏三爷长叹一声,咳,你们呀,也就仗着年轻,任嘛都不管不顾!

孙子装模作样地也长叹一声:哎呀我的宝贝爷爷,你老都一大把年纪了,怎么就没有不惦记的事呢?这叫旧的不去,新的不来。明白了吧?

明白个屁!老人终于无可奈何地转身了,好吧,你陪我在村里转一圈儿咱就走。

哪还有村?如今的赤土已经不成个村子了。魏三爷转身一离开自己的老房子,推土机随即就开过来,哗啦啦轻而易举地就将土坯房推倒了,紧跟着把垃圾铲上卡车,后边就是拖拉机,连翻带平。眨眼的工夫,老宅子复耕成地。赤土的大部分村民都搬走了,多半个村子都变成了耕地,连平时最热闹的那条正街也被推平了,但饭馆还保留着,后墙上的"赤土扣肉"四个红漆大字,显得张扬而又孤独。这是一道从老辈儿传下来的名菜,方圆几十里凡来赤土赶集上市的人,都以能吃上碗扣肉为荣。

魏三爷不免又是一阵长吁短叹:赤土扣肉不知传了多少辈儿,为咱赤土扬了大名,往后连赤土都没有了,这道菜自然也就跟着一块没了,真是可惜了的!

饭馆门前竟然还有不少人,或蹲或坐或站,但都不说话。有的闷头抽烟百无聊赖,有的耷拉着眼睛生闷气,有的唉声叹气无计可施,有的嗑着牙花子心有不甘……这些都是还不打算马上搬走的人。他们没想到镇上复耕的决心这么大,搬走一户拆一户,村子被拆了个七零八落,四处尘土飞扬,市场商店都没了,连孩子上学都麻烦了,这让留下的人还怎么过呢?故土难舍是人之常情,可事到如今想不舍也难呀!

有人看见魏三爷由孙子搀着溜达过来,心里升起一线希望,急忙起身打招呼:三爷,你老也没有走啊?这咱们就有主心骨了,你老得给咱赤土撑腰坐劲哪!

魏三爷晃晃脑袋:赤土已经没了,谁也撑不住、坐不上劲了。

你老可是老革命,以前也当过支书,只要你老不挪地方,谁也不敢把赤土铲平了!

谁说把赤土铲平了?一位留下来负责善后的年轻村干部,赶忙把话头接过来,生怕魏三爷再掺和进来,那可真就有点不好办了。我们的地还在,赤土的村子还有,不过就是由村里搬到镇上去住,而且那儿比咱现在住的地方强一百倍,你们说有什么不好?我就奇了怪了,当初大家哭着喊着要换房,除了能住上新楼房,每人还有十万元的补贴金,一家子如果有个四五口人,一下子就干得四五十万。过去挣一辈子,也不一定就能存不下这么多钱。你们还想在这儿耗个什么劲呢?

有蹲着的一挺身从地上站起来,随声附和道:要说一人给十万元是真不少,甭说别人,反正我是第一次见到这么多钱。可我们家有俩壮劳力,到城里要是找不到工作,光靠这十万元养老那可就不够了……

你这不是胡嚼吗?如果你不往镇上搬,也没有十万元补贴,养老就有办法了?

我可以种地呀!

你就是搬到镇上去,地还是你的,乐意种照样种你的地,谁还会拦着你不成?

你站着说话不腰疼,谁住到城里了还会跑到乡下来种地?

镇上离这儿就一二十里,最远的不过二三十里地,骑自行车这点道都不算嘛。再说,你有钱了可以买轻骑、买摩托,甚至花几万买辆小汽车,都不是不可以呀。

啊?开着汽车种庄稼,你是拿我找乐?收的那点粮食还不够汽油钱哪。

这你就老外了吧?现在开着汽车种庄稼还算新鲜?这就要看你种地的规模,种的是什么样的地,又是怎么个种法了……说这话扯得太远了,眼下跟你说你也听不明白,还是说说你养老的事吧。你完全可以把心放到肚子里,昨天张书记讲了,已经搬进新城的人,从十岁到五十五岁的适龄人,已经有百分之八十参加了养老保险。男的六十岁、女的五十五岁以上的,平均每月可领到四百七十元社会保障金,这个钱还不够你的生活费?就是每周吃两顿赤土扣肉也没问题。扣肉是不能天天吃的,吃多了你就不怕血脂高、血压高,甚至会弄出个心脏病吗?八十岁以上的人,每月是五百七十元保障金。凡事就怕比呀,即便是有儿子的人家,谁敢拍胸脯说他们家的儿子每月能给你孝敬这么多钱?这时候你如果还老拿着养老说事,就得问问自己还有没有心了?

你提到儿子我倒要问问你了,用宅基地换房的这一招,对只有闺女的绝户人家是大好事,因为没有儿子就不用再买房,换的房就够住的,还白落下几十万块钱。像我这种有个半大小子的户就亏了,说话就到了要给儿子说媳妇的年龄,你怎么不得再多买一间新房?政府给的那点补贴不就得搭进去了……

你要这么说,我就得给你们家算算账。你们是四口人,一个老人一个孩子,按镇上的规定每人可换三十平方米,你们家新分的那套房子是一百二十多平米,你知道在市面上这套房子能卖多少钱吗?手拿把掐是六千五百元一平方米,你自己算算值多少万吧。老人住一间,你们两口子住一间,孩子住一间,你说这样还不够住的?如果你想给儿子单独弄一套,就换成小户型的,如果想再多买一间也可以,镇上有规定,可以优惠八平方米,每平米只收一千元,超过八平方米就是每平方米五千元,比市面上还便宜一千五百元。你手里有四十万补贴金,再拿出个四五万就能买间很大的房子,加上原来换的,还不够你们住的?

对呀,就依照你这么一算,有儿子的户要买房不还是亏了吗?镇上是不是考虑给买房的户再增加点补贴,或是在卖房子上再优惠点……

你甭想,老话说有子万事足,你有个大儿子本来就沾了光,还想再多拿钱,好事都是你的了。那些没有儿子的户,还宁愿多花钱也想有个儿子哪!真要这么一来,让镇上还怎么平衡?张书记说了,好事办不好,上对不起组织,下对不起百姓。怎么才能将好事办好,第一是公正,第二是公正,第三还是公正。如果多给了你补贴或优惠,那些高高兴兴搬走的人就会都不高兴,好事一下子变成坏事。

你不能那么较真,能凑合的就凑合,能对付的就对付。

那就更没门儿,张书记三令五申,给老百姓办事千万别对付,越对付越麻烦!

你怎么一口一个张书记,你是咱赤土的村干部,就要为咱赤土的村民争利益。

张书记是咱镇上的当家人,我不提他,要是我说的,你们听吗?你们信吗?张书记说了,宅基地换房是法律上找不到的词儿,不知深浅地走下来了,时时刻刻都很紧张,压力很大。干得好了是创新,出了毛病就是胡闹,天天加着小心还小心不过来哪,出格的事谁也甭想。不信你们当面问问魏三爷,他老人家是咱赤土的老英雄,十七岁的时候就砍死过俩鬼子,多少年来都是咱村的一面大旗,这次换房没得到过一点照顾。你们谁敢站出来跟三爷比?别再转花花肠子打些歪主意了。

人们掉头去打量魏三爷,老人家却不知什么时候离开了人堆,已经坐上孙子的二等车扬长而去。

"活着"和"生活"

谁也没有想到,在开始搬迁的头一天,全镇十二个村子共计四万多人,就有近三万人搬进了新城区。剩下的一万多人也像娶媳妇赶时辰一样,按照自己看好的吉日良时很快也住进了新居。最后只甩下很少几户没有赶上点的人家,到新城镇一看,真有点着急了。

外面上了大冻,新城镇的屋子里却温暖如春,清一色的地热采暖,一进屋子四面八方都是热乎的。据说在市里也只有极少数高档住宅区才是这种规格。早来的人真是一步登天了,房子有的是,还可以由着自己的喜好随便挑选,没想到天上还真有掉馅饼的时候!

听着那些已经搬进新居的人,得意洋洋地炫耀着自己的满足感:

你以为就是换地方、换房子这么简单?换房子就等于换命运,首先是身份换了,农业户口改成非农业户口,咱现在是城里人啦!二是岗位换了,过去种一亩地辛苦一年不过收入五百元,现在一个月的工资就一千出头……

是呵,原来农民有的咱还有,城里有的咱也有,过去农民和城里人都没有的咱也有,比如我现在就是"四金之身",有薪金、有股金、有保障金、每月还能收租金。

镇长说了,咱现在是"三区联动",住的是社区,上班在工业园区,方圆十多平方公里,宅基地复耕八百公顷,建成了三千亩全国最大的温室花卉种植园,还有一千亩有机蔬菜园,一亩地一年能收获一两万,高的到十几万。

现在才知道以前那种日子不过是凑合活着,现在才叫生活,有生趣,感到滋润。

每个楼道里都布置得像家家的客厅,干净有情调,墙上挂着本楼洞里的学生绘画和手工作品。

过年的时候全镇有二十一支文艺队伍"踩街":高跷、落子、秧歌……大年二十九烟火晚会,正月十四是灯会……不管多么热闹,头天晚上燃放多少烟花爆竹,第二天清晨全镇大街小巷、角角落落全都打扫得干干净净。

清洁工全部是华明镇的农民,他们爱自己的小镇,喜欢自己的生活,做一个华明镇人有了难得的自豪感。

他们改变的不仅仅是物质条件,还有生活理念、生活质量、生活状态。早晨或傍晚,会有中老年农民夫妇牵着手散步,这在过去的农村是不可想象的……

创意的价值

"天在升平外,春归小雪中。"纷纷扬扬的雪花,给络绎不绝的参观者更添兴致。

上海世博会之后,还有数不清的来自全国各地,甚至还有国外的考察团,直接到华明来看真实新城镇生活。这让小镇的农民们几乎天天都要生活在外人的艳羡好奇的考量与询问之中。

世界正在进入同质时代,真正的创意总是令人向往。尤其是农村的发展变得极为迫切,而发展农村就必须破解土地和资金的双重难题。华明镇在这方面的经验具有电光石火般的启示性。在这个小镇里能够找到所有问题的解决办法,弥足珍贵。

二〇一一年秋天,国家副主席习近平,考察了华明镇后,很动情地连用了四个四字词组:"这里真是脱胎换骨,凤凰涅槃,华丽转身,立地成佛。"

——这是再一次对"中国首例示范镇"的褒奖。

"示范"是一种持守、一种力量。把握住契机,与命运一同前进,就是幸运,就是快乐。这也正是华明镇人眼下的状态。

世界上最珍贵的勇气,就是相信奇迹。而最难的,是让奇迹天长地久。

2012年春

母　道

　　前些年去书店为小孙女选购读物，见到一本荣荣写的童话《住在贝壳里的老爷爷》。甚感惊异，想知道这本童话的作者是不是那位诗人荣荣？急忙翻看前言，不错，正是她。我并不认识荣荣，却听人谈过她在当代诗坛上所创造的纪录：凡跟诗有关的林林总总的各种奖项，当然也包括规格最高的鲁迅文学奖，她几乎都拿过了，出版过多本精美的诗集。这样一位出色而勤奋的诗人，怎么会写起了童话？

　　我当即买下这本书，读到作者写的后记时更是吃一惊，原来她曾"身患重疾，十几年来生命朝不保夕，悬而又悬地生下了儿子"。当儿子长到四五岁时，发现了他性格和行为上一些应该注意的倾向，诸如胆小、乱丢东西、过于贪玩等等，已经全身心担当起母亲角色的荣荣，不是呵斥儿子，而是即兴给他讲故事。现讲现编，现编现讲，越讲越多，越编越顺，有时连她自己也被这些故事感动。一位老编辑偶尔听到了这样的故事，便鼓励她整理出版了这本童话。细读之后果然不错，有空便读给孙女听。

　　比如《很丑很丑的石头》中那块难看的石头，不满足于当一块安安静静的石头，发现那些能够花样翻新、大出风头的东西，是因为比自己多了一个"心"。于是便千方百计地也给自己弄了个"心"。从此它再也无法安分了，一会儿想变美，一会儿要出人头地，蠢事、坏事做了一件又一件，反弄得焦头烂额，最后几乎连石头也差点做不成了。既童趣盎然，又意蕴悠长。还有《太多太多的云》，讲一个好东西太多了也会生出麻烦的故事。本来很美的云彩，多到堆满了天空就成了灾难，地球上的所有生物都受不了啦,只好让那些不讲卫生的云朵变成了屎壳郎,爱撒谎的黑云变成了乌鸦,爱占小便宜的送雨云变成了老鼠,爱欺负别人的雷电变成了狼或狐狸⋯⋯

母爱丰沛而滋润,是最高的激情,能焕发出伟大的想象力和创造力。世界经典童话《长袜子皮皮》,就是瑞典女作家阿斯特里德·林格伦讲给女儿的故事。但她们创作童话首先不是想自己出书成名,而是为了教育孩子健康成材。教育子女本来就是为母之道的重要内容,《广雅》解释:"母,牧也。言育养子也。"在古人看来,"育"重于"养"。生养了孩子就必须教育,还要会教育。是天性赋予母亲成为伟大的教育家,在孩子的成长过程中担当着独特的不可替代的作用。被尊为"镭夫人"的居里夫人,对还不满周岁的女儿就开始进行智力和体操训练,她不仅自己曾两次获得诺贝尔奖,其长女伊蕾娜继母亲之后也成为世界上第二个获得诺贝尔化学奖的人。她们母女创造的奇迹至今无人能超越。在中国的传统文化中也不乏这样的经典故事:《孟母三迁》、《三娘教子》等等。

而且那是在"夫权社会"、"师道尊严"大盛的年代,讲究"师徒如父子"、"一日为师,终身为父"。把孩子送进学校交给老师,家长就可放心大吉。而今"师道尊严"大打折扣,教育产业化,没有家长敢完全信任老师和课堂,不能不带着孩子到处花钱"补习"。越如此越逼得中国人不得不拼孩子,竞争从呱呱坠地就开始了,谁都不愿意让孩子输在起跑线上,因此母道显得尤为重要。正如蔼理士在《不生育的问题》中所言:"这种母道的任务,要是做得好,也等于一个必须维持好多年的职业,而其所需要的惨淡经营、全神贯注,也还在一般专业之上。"根据家庭条件的差异,充分发挥自己的优势,现代母道可谓五花八门、异彩纷呈,不乏妙招、绝活儿。荣荣为儿子写童话,不过是千万母道中的一种。

许多年后,在舟山渔民文化节上我结识了荣荣,几句寒暄话后便打问她儿子的情况,很想知道她的母道效果如何? 她说儿子在七岁的时候出版过一本小诗集,现在上小学六年级,功课中上等,比较调皮捣蛋,也经得住批评乃至处罚。有一次因上课做小动作不好好听讲,被老师叫到前面罚站,下课后就写了一首题为《罚站》的诗,调侃自己因为刚才动得太多,现在一动不能动,"像一条踩扁的蚯蚓"。他们母子经常一起写"同题诗",在一首《雪花》中他写道:"雪花从很冷的地方来,像六角形的飞盘,它停在我手上,变成一滴眼泪。我把很多很多雪花放在被子里,我要给雪花温暖,这些冰冷的朋友很感动,把我的被子变成水被子。"荣荣是一家文学期刊的主编,校对时有拿不准的字句,就跟儿子商榷,小家伙常常能随口就为她解疑答惑。可见他确实认字很多,且记得牢靠。或许是童话丰富了孩子的心灵,使他的思想保留了立体感,眼中的世界也丰富得多。

每个家庭都有自己的"中心"。《礼记·大传》中说:"其夫属乎父道者,妻皆母道也。"母亲若是家庭的灵魂,在孩子的教育上自然就多行母道;家里的权威是父亲,当然就以父道为主。比如最近声名大噪的中国"狼爸"萧百佑,一贯奉行"在中国不打不成材"的理论,"因为我们的竞争太激烈,同时中国的社会环境又比外国复杂,小孩没有分辨能力,不管很容易沾染坏习气"。他有四个孩子,分别从三岁起执行"棍棒政策、军事化管理、魔鬼式训练",对他的孩子们规定了许多不许:"不许在校外跟同学接触,不许看电视,不许自由上网,不许随便喝可乐,不许随便打开冰箱门,不许吹空调……"

事实证明他是成功的,如今培养出了三个北大学生,目标都是拿博士。最小的还在上高三,目标是中央音乐学院。"狼爸"的成功经验被媒体热炒之后,惹得许多当了父亲的男人羡慕,想学他,却缺少他的气魄和狠劲,或半途而废,或闹出笑话。江苏海安一位老兄,儿子在一所重点中学上初三,周六赖床不起,他嘴喊不管用,想打下不了手,情急了之下竟拨打110向警察求助,反遭警察一顿抢白:让孩子多睡一会儿就房倒屋塌、世界末日吗?

还有母道、父道的"双道合璧",乃至爷道、奶道等"多道参与"。"誉满全球"的钢琴家郎朗的成功,就是"双道合璧"的典范。但这都是凤毛麟角,他们的经验很难推广,也就不可能大面积地收获天才。而有些民族，将一些具有普及意义的成功母道、父道，或"双道合璧"等变为风俗习惯，形成社会共识，从而整体提升民族素质和成材率。

比如犹太人的优秀是举世公认的，随口就可说出一大串尽人皆知的名字。迄今为止全球最伟大的科学家爱因斯坦，哲学家马克思、弗洛伊德，艺术家卓别林、毕加索，超级富翁摩根、洛克菲勒、巴菲特等等，这跟他们是世界上最爱读书的民族有关。几乎每个家庭都有一种习俗，当孩子到了该接触书的年龄，母亲或者在《圣经》上滴蜂蜜，让孩子亲吻书，或者在书上涂蜂蜜，让孩子从小就知道书是甜的，渐渐养成"吃"书、爱书的习惯。犹太人还喜欢将书放在枕边，告诉孩子脑袋是离不开书的，书是大脑最好的陪伴和营养品。

然而，欧洲一些国家，却严格禁止孩子在入学前读书认字。理由是那会破坏孩子的想象力和思考能力，久而久之会养成习惯，只被动地接受知识，缺乏主动的创造性。德国甚至将这一条写进宪法，可他们的民族照样也很厉害，自诺贝尔奖设立以来，只有八千多万人口的德国竟拿走了将近总数的一半！可见，世界上的母道、父道，有千条万条，似乎"条条大道都能通罗马"。说了归齐，还是老子高明："道可道，非常道……"

2012年4月8日

美满人写美满人

　　人物传记通常需"双向选择"，传主选择做传人，作家选择传主。居功至伟，被尊为国家路标和界碑的"中国航天之父"钱学森、"中国原子弹之父"钱三强、"中国最早的女院士"何泽慧、"中国力学之父"钱伟长、"主持了十五次核试验"的邓稼先、"杂交水稻之父"袁隆平等诸多科学巨匠的传记，竟都出自祁淑英先生之手。被这些影响了历史的天才人物选中的作家，该是怎样的一个人呢？

　　先说她写的第一部"巨人传"：《钱学森》。最早选中她的并不是传主，而是国家。一九九三年底，中央发文号召全国向五个先进人物学习，其中有唯一的科学家钱学森。花山文艺出版社顺势邀请刚退休的老记者、老编辑祁淑英为其立传。而传主本人却不同意生前立传。本来是"双向选择"的事情，一方不配合，如何能"传"得成？恰恰是多年的记者生涯帮了她的忙。祁淑英在先生魏根发的陪同下，采用了"曲折迂回"、"扎根串联"的办法，先从自己认识的科学家入手，继而采访了何祚庥、于光远、傅承义、朱兆祥等科学界的名家，由他们引荐采访了钱学森的同学，走进了钱学森亲自创建的力学研究所，所里为祁淑英百折不挠的精神所感动，提供了大量第一手资料。而后他们开始占有各大图书馆和大机关资料室里与钱学森有关的资料……历时近两年，她成了"钱学森资料大全"。西安交通大学的钱学森图书馆得到消息后，专程赶到她家中把全部资料复印收藏。

　　《钱学森》于一九九七年九月出版。十月末钱学森夫人蒋英，约请祁淑英夫妇来家做客，很动情地对他们说："我连夜读完了这本书，读着读着就哭了,读完书竟哭湿了两条毛巾。里面有好多细节我都忘记了,你们是怎样挖出来的呢?"当时钱学森健在,夫人的这番话可以理解为他们认可了出版社为他们选择的做传人。临别时祁淑英恳请夫人对书提些批评或建议,夫人说:"如果再修改,把学森晚年进行的复杂艰巨系统和大成智慧学的研究成果补充进去,就更完整了。"

于是《钱学森》一书有了后来的修订版,更名为《钱学森传》,获中国图书奖。祁淑英获"优秀传记文学作家奖"。因为书上只署着她的名字,而书稿的完成却是夫妻二人的"流水作业",她写出一页,魏根发先生在后面连誊清带修改。魏先生是高级编辑,退休前为河北省广播电台文艺部主任,写一笔好字,无论毛笔、硬笔。二位可谓伉俪偕行、珠联璧合。受《钱学森传》成功的鼓舞,两人一鼓作气,用同样方法又完成了《邓稼先传》、《钱三强传》。

同样是被祁淑英的诚意和文字所感动,"几十年来从未接受过任何记者采访"的钱三强夫人、已九十六岁高龄的何泽慧老人,竟邀请她和先生在二〇〇七年中秋夜到家里品尝月饼。好情致,好氛围,亲切而温馨。老人娓娓话旧,深意款款,一切都水到渠成般地开始了《何泽慧传》的采写……就这样祁淑英好像总是能机缘巧合,一"传"引出下一"传",写了一"传"又一"传",用十五年的时间完成了六位科学大家的传记,堪称皇皇巨著。

在敏感多事、聚讼纷纭的现代社会,文字争端剧增,作家们谨小慎微地躲避着"真人真事",害怕"触雷"。祁淑英却不躲不闪,直面最为敏感的高端功勋人物最真实的生活,却无一本传记引起过麻烦,反而连连获奖,好评如潮。这就是她做传的最大特点,对传主怀着一种真实自然的崇敬来做传。在这个流行"戏说"、以"雷人"为时尚的娱乐时代,她做的是"史传",以史实为根据,为传主立正史,写出他们的生命史、事业史、家庭及情感史。她的文字敢于面对传主、面对社会、面对历史的考量。

也只有这样才能写出大科学家的"大",以及他们"大"在哪里、为何能"大"。从大处着眼,从细处落笔,生动地还原每一个传主横空出世时的国际大背景。比如袁隆平"杂交水稻之父"的称号,是上个世纪的八十年代初,印度农业部长斯瓦米纳森在一个国际学术会议上喊出来的,并郑重地向各国专家介绍说:"袁的成就不仅是中国的骄傲,也是世界的骄傲,给世界带来福音。"其后袁隆平获国际"拯救饥饿奖"。美国前总统顾问帕尔伯格在颁奖会上对他"隆"起为世界顶端,表示了由衷的钦服和感谢:"袁的研究成果击退了饥饿的威胁,他正引导我们走向一个营养充足的世界。"

钱学森何以被人誉为"中国导弹之父"? 他和晚一些的钱伟长同是世界航空航天领域的元老冯·卡门的学生和同事,曾参与设计了美国第一枚"下士"导弹,对"二战"的胜利做出过贡献。钱学森"用脑子记下了几个大箱子都装不下的资料和数据",当时的美国海军次长金波尔有句名言:"钱学森无论到哪里,都抵得上五个师的兵力!"但他还是把钱学森说"小"了。钱学森回国领导研制了中国第一颗人造卫星和导弹,打破了国际上的核垄断和核讹诈,其作为和贡献才称得上是伟大和不朽。钱三强夫妇也如此,曾留学法国十一年,先是约里奥–居里夫妇的得意门生,后成为他们的得力助手。他和夫人何泽慧博士共同发现并解释了铀的"三分裂"、"四分裂"现象,被誉为"中国的居里夫妇"。一九四八年回国时,约里奥先生为表达对他们的支持与友谊,"将若干个保密的核数据和一包放射源赠送给了钱三强"。他们也为自己的国家购置了第一批核物理实验设备,参与领导和组织研制了中国第一枚原子弹、第一枚氢弹和第一枚战略导弹……这样的功勋、这样的人物,才配得起一个"大"字。

这些中国的科学奇才有个共同的特点:家学渊源,在国内受了良好的教育,出国则师从当时世界上的顶尖人物。从世界尖端回国后,为国际大势所逼,民族急需,举国重视,在他们所从事的领域帮助落后的祖国跟上世界尖端,成就大国地位。"伟大的代价是责任",民族和国家的急需,会使人崇高。祁淑英借几部科学家的大传,勾勒出了能毁灭地球数十次的核威胁的由来:一九四五年七月十六日,美国第一颗原子弹试爆成功。就在同一天,美、英、苏三巨头聚在一起召开了著名的"波茨坦会议",用丘吉尔的话说,"杜鲁门像换了一个人,告诉俄国人应该这样,应该那样,操纵了整个会议。不可一世的斯大林竟都接受下来"。三个月后在五国外长会议上,美国国务卿贝尔纳斯更加蛮横,苏联外长莫洛托夫嘲讽他:"国务卿先生,你的口袋里是不是装来了一颗原子弹?"贝尔纳斯却有恃无恐:"如果你还继续延长时间不谈正事的话,我就从口袋里拿出个原子弹叫你尝尝!"人造的原子弹,主宰了人类的国际事务。当苏联也有了原子弹后就更牛了,赫鲁晓夫竟在联合国的讲坛上公然进行核恐吓:"我的核按钮在陪伴我讲演,我的氢弹、原子弹在为我伴奏。"

一九五三年,约里奥-居里夫妇托中国放射化学家杨承宗带口信:"你回国后告诉毛泽东,要反对原子弹你们自己必须拥有原子弹。"就在当年,一次毛泽东在向钱三强敬酒的时候下达了命令:"到时候了,我们也要搞一点原子弹、氢弹。没有这个东西,人家就说你不算数。"如古人所论,有非常之势,然后有非常之人;有非常之人,然后有非常之事;有非常之事,然后有非常之功。当我们的第一颗原子弹爆炸成功后,周恩来发出的第一声感慨是:"现在是应该扫清一切自卑感的时候了。"原来在没有原子弹前,我们的国家领导人一直不能真正挺直腰杆。陈毅元帅说得更痛快:"有你们这些科学家撑腰,我这个外交部长就好当了!"至今,这些科学巨匠们创造的业绩,不还在实实在在地支撑我们的大国地位吗?

不能不相信,伟大人物的产生是可遇不可求的,充满天启。那个时代需要巨人,就迎来并创造了自己的巨人。他们的精神却不只温暖和照耀了那一个时代。祁淑英对传记文学的贡献,就是写出了传主的文化史。"三钱"同为五代吴越王钱镠后裔,此一脉群星璀璨,还有钱玄同(钱三强之父)、钱穆、钱钟书等鸿儒硕学。钱学森远行前,其父塞给他一张纸条做礼物,上写:"人,生当有品,如哲、如仁、如义、如智、如忠、如悌、如孝! 吾儿此次西行,非其夙志,当青青然而归,灿灿然而返。"这很像诸葛亮式的"锦囊妙计",成为钱学森的座右铭。后来因为要坚决回国被关进美国监狱,在大牢中他朗声抗辩:"家父告诉我说,天听自我民听,天视自我民视。"美国人不解其意,他就可以从容地讲出自己的道理……

钱伟长保存的《钱氏家训》中也有类似的内容:"心术不可得罪于天地,言行皆当无愧于圣贤;持躬不可不谨严,临财不可不廉洁;处事不可不决断,存心不可不宽厚。"邓稼先出身世代书香门第,其六世祖邓六如被人推为"清朝第一人",其父邓以蛰是现代著名的美学家和美术史家,终生从事文化教育事业,对邓稼先自小进行了严格的传统文化教育,培养了他忠正纯良的品格。为了造出原子弹,他没有讲出任何理由就失踪般地离开了百般恩爱的妻子和一双年幼的儿女,隐身大漠二十八年,再见到亲人时已经因核辐射患上绝症。古人云:临大险而不惧,圣人之勇。邓稼先率领的原子团队,被称做"满门忠孝!"人们实在找不到更合适的现代词汇来称颂他们。没有单纯、善良和忠诚,就不会产生伟大。"满门忠孝"是一种真正的伟大,这种伟大不是让别人感到渺小,而是让所有人都成就伟大。当核试验成功起爆的那一瞬间,随着大地沉闷地抖动,邓稼先绷紧的身躯却晕倒了,然而他生命的金字塔,却高耸入云!

由此可见,文化培养巨人,只有重视文化才能产生巨人。这些科学巨匠生命饱满,人格健朗,就像爱因斯坦评价居里夫人一样:"第一流的人物对于时代和历史进程的意义,在其道德方面也许比单纯的才智与成就还要大。即使是后者,它们也往往取决于品格的程度。而且他们的品格将偕同他们的成就一起流传于后人。"或许正是得益于此,祁淑英立传的这些科学家们,都拥有美满的家庭和婚姻生活。而婚姻,"是所有文化的起源,也是顶峰"。

一代才女何泽慧,终生都牢记还在当姑娘时外婆对她的嘱咐:"作为一个女人,这一生之中要守住一个人,守住一个家。"在清华大学读书时她是第一,钱三强是第二。然而在事业上要自己发现自己,在婚姻中要被对方发现。美满的婚姻就是被爱情圣洁化,被生活牢固化。培根有妙论:"一切真正伟大的人物,没有一个是因爱情而发狂的人。"爱就是确信,美满的婚姻就是以整个人生为目标,让婚姻成为两个人一生的凯旋门。

邓稼先的夫人许鹿希,是毕业于巴黎大学,师从居里夫人研究放射性物理学,回国后却成为著名政治家的许德珩的长女。他们的结合简直是"一桩美丽的故事"……在邓稼先"失踪"前,他每天晚上都骑着自行车到公共汽车站接下班的妻子,风雨无阻。他的解释是:"伴侣者,伴旅也!人生旅途上相依相伴。这是一种特殊的缘分,就应好生珍惜,细心维系。"后来有了一对可爱的儿女,每天对着他不知要喊多少声"好爸爸"、"好好爸爸"。他曾对友人说:"二人相爱无以言叙,可叙之爱是有限度的。"美满的婚姻就是"经常恋爱,而恋人不变"。他用自己的婚姻证明,爱是一种旅程,一种行动,一种聚合力,一种创造力。

蒋英是民国时期军事学巨擘蒋百里的千金,以一首钢琴曲为钱学森送行,可谓一曲"订终身"。爱是选择,不仅是选择对方,也是选择自己成为一个什么样的人。钱伟长与夫人孔祥瑛则在战乱年代经历了生死恋情,让一生的相濡以沫有了一个传奇般的壮丽开篇,也打下了坚实的基础。袁隆平的父亲是国民党高官,母亲乃大家闺秀,精通英语,可想而知在他的前半生经历了多少坎坷,受到了多大的屈辱!夫人邓哲是始终陪伴在他身边的"贤哲",处于低谷时劝慰他:"自古来只要真的怀才,就不会不遇;有搞杂交水稻的抱负,就一定能搞成。"袁隆平功高盖世时,夫人更显"贤内助"本色,不然像他这样一个多才多艺、内心豪华的人,怎么还能过着"老农一样的俭朴生活"?百万奖金分文不取,全部用来奖励青年科学家。难怪周围的人称颂他们是"天下最投缘的结合"!

祁淑英的笔墨是"从感情上认识伟大的人",使传记充满情致和色彩。这是因为她自己就婚姻美满。她信仰文字,而丈夫是她终身的粉丝、助手、合作者,很多时候还是她的主心骨。美满人写美满人,收获美满。这些传记作品让她的写作生涯变得丰赡厚重、多姿多彩。

2012年5月

后 记

　　此生让我付出心血和精力最多的，就是建构了属于自己的"文学家族"。感谢人民文学出版社提供机会，能将这个"家族"召集起来，编成队列。

　　——这就是整理《蒋子龙文集》。

　　整理文集确实像召开家族大会。将我亲手创作的各色人物，聚集到一起，大大小小，林林总总，他们的风貌、灵魂、故事（即便是散文随笔中也有人物、事件和思想）……一下子勾起我许多回忆，感慨万端。

　　有的令我欣慰，有的曾给我惹过大麻烦。如今竟都让我感到了一种"亲情"，不仅不后悔，甚至庆幸当初创造了他们。

　　将他们收拾停当，排出先后次序，送到人民文学出版社这个"大广场"上，像所有等待检阅的人一样，有兴奋，有期待，还有紧张。

　　首先将检阅我这个"家族方阵"的是责任编辑包兰英，然后是出版社的老总。他们是我写作上的贵人。而人民文学出版社则是我的文学福地。

　　"文革"结束后，我头一次住在出版社的招待所里改稿子，就是在人民文学出版社。

　　我在文学讲习所读书时，导师是人民文学出版社的秦兆阳先生，他看了我的《赤橙黄绿青蓝紫》后，给我写过一封长信，那是我收藏中的珍品。

　　我的第一部长篇小说《蛇神》在人民文学出版社《当代》杂志上发表；我下功夫最大也是自己最看重的长篇小说《农民帝国》，也是在人民文学出版社出版。

写了大半生，能在人民文学出版社出版文集，我视为是一种"终身成就奖"。

由衷地感谢包兰英先生的举荐，感谢人民文学出版社的厚意。

蒋子龙

2012 年 12 月 31 日于天津